París despertaba tarde

Autores Españoles e Iberoamericanos

Máximo Huerta

París despertaba tarde

Planeta

Av. Diagonal, 662-664, 08034 Barcelona
www.planetadelibros.com

Diseño de la colección: Compañía
Fotografía del interior: © archivo del autor

Primera edición: enero de 2024
Depósito legal: B. 20.577-2023
ISBN: 978-84-08-28239-6
Composición: Realización Planeta
Impresión y encuadernación: Rotoprint by Domingo, S. L.
Printed in Spain - Impreso en España

PEFC Certificado
Este libro procede de bosques gestionados de forma sostenible
PEFC
PEFC/14-38-00305
www.pefc.es

Tener razón demasiado pronto es lo mismo que equivocarse.

MARGUERITE YOURCENAR

PRIMERA PARTE

—

PARÍS 1924

En aquellos días, París era tan fácil. Las casas no tenían paredes porque todos vivíamos en las calles, y estas no tenían techo porque vivíamos en el cielo. En parte por la mugre, en parte por el alcohol. Siempre borrachos, borrachos de vino, de poesía, de pintura, de risas... Borrachos de todo porque emborracharse era vivir.

«Para no sentir la horrible carga del tiempo que te rompe los hombros y te inclina hacia el suelo, debes emborracharte sin parar». Lo gritábamos. Baudelaire lo había dicho y nosotros lo llevábamos a cabo hasta las últimas consecuencias, que solían coincidir con el alba. Lo repetíamos como plegarias de misas a las que no íbamos. Era el alarido alegre de nuestras fiestas y de nuestras tristezas.

«¡Emborrachémonos!», gritaba subida en la mesa.

De ron, de palabras o de pintura, lo que el deseo pidiera.

París despertaba tarde, con las sábanas pegadas en la cara, marcada de maquillaje malo; y los adoquines sucios, de restos de verduras, porquería, lluvia y barro. Y en la triste soledad de la habitación del hotel Istria quedaba la resaca, la embriaguez bailando en la cabeza, el olor a sudor ajeno y perfume. Permanecías ahí, medio muerta, oyendo el viento que golpeaba el cristal, los pájaros buscando migas entre las mesas de la calle y el reloj que ayer y hoy por todo se ríe.

Quién nos iba a decir que pasada una guerra vendría otra, más destructora todavía.

Pero no nos adelantemos, qué oscura necesidad hay en sufrir por adelantado. Cuando diviso a uno de esos seres sombríos, pesimistas, funestos... huyo como de la peste. No es que me lleve mal con la tristeza, pero ya la viví.

Dicho esto, sírvame en la mesa dos copas de vino, por favor. Necesito hablar francamente. En esos años de felicidad exagerada vivíamos sin saber que éramos parte de ella, o ella parte de nosotros, consumiendo botellas, droga y nuevos vestidos. Por eso amábamos sin fecha, salíamos sin hora y disfrutábamos de los días como si fueran regalados, agotándolos hasta exprimir los minutos, los segundos y las palpitaciones de todos los corazones de la pista de baile. Siempre era el cumpleaños de alguien desconocido que, con los días, se hacía íntimo o amante, qué más da; siempre era una Nochevieja constante en la Rotonde, en Le Dôme o en la Closerie des Lilas. Thé Colombin, Le Gaya o El café des Amateurs.

Ay, París.

Artistas de todo el mundo y de todas las disciplinas, ricos y pobres, gente que quería vivir, pero sobre todo olvidar la guerra, nos juntábamos en las mismas mesas. ¿Cómo lo hicimos? Nos lo inventamos. La risa y el placer como objetivo vital, sin ayer, sin excusas, sin rémora. El único freno, las trabas y otros atolladeros los ofrecían únicamente el pudor y la falta de dinero. Sobre todo, esto último. Pero eso se podía salvar fácilmente dejándose llevar en aquellos antros inhóspitos, congelados, de 1924, de ese París de entreguerras.

En la historia pasada había agresores y agredidos, atacantes y defensores, fuertes y débiles. Pero ahora todo era diferente. Ahora solo éramos muertos y vivos.

Ya sabes de qué parte estaba yo.

Mi niñez había sido oscura como las aguas del Sena. El cubo de hojalata estañada que servía para hacer sopa humeaba también para mi baño de los fines de semana. Si yo no aguantaba el jabón seco en el esparto con el que me restregaba el cuello, las orejas y la espalda, mi madre amenazaba con el cucharón. La abuela escuchaba, con el vientre contraído, aquellos gritos ahogados de niña. «Es mi Cenicienta, que pronto será princesa», decía con una sonrisa. Luego merodeábamos entre los puestos de coles que tenían un olor terrible. Apretábamos el paso entre la gente que vestía gabanes grasientos por los fardos de comida que cargaban en los hombros, entre las gordas andrajosas que cortaban pan y lo untaban de manteca junto a animales atados con cuerdas a las patas de las mesas, porque habíamos robado algo. Digo habíamos porque la mirada de la bribona de mi abuela me hacía cómplice. Así que aquella chiquilla, delgada y maliciosa, tenía que correr con la mitad del botín en los bolsillos para salir cuanto antes del laberinto de puestos de verdura y latas de sopa caliente. El aire era espeso y al mismo tiempo refrescaba, el hambre tenía un olor a mierda inexplicable, acuchillado, lleno de nubarrones grises, pero al mismo tiempo balsámico porque nos dominaba el estómago por encima de todo. Correr entre los ajos, los hatillos de tomillo, la lavanda, las zanahorias, las patatas que al rozarlas rodaban por el barro que me salpicaba en la cara, tan próxima entonces al suelo. Vapores, perros hurgando entre la basura, cántaros de leche, ramos de alcachofas, montones de judías verdes, lechugas atadas, matas de apio y puerros, mesas con cebollas y queso, tomates y berenjenas alineadas como músicos y, de pronto, el estiércol a mis pies, salpicado hasta las rodillas. Y cuando estábamos fuera, otro mundo. En los alrededores del mercado aparecía la civilización más elegante a los ojos de una niña: horteras trajeados curioseando novedades, hombres con manguitos limpiando herramientas que trataban como joyas, y putas que aumentaban la alegría de aquellos seres de pantalón, levita y chaleco. Me entraban unas ganas locas de quedarme allí, mirándolas marchitarse como flores ante las rudas manos de los hombres que las galanteaban al cogerlas por la cintura, o más abajo.

—Vámonos, Kiki —cortaba mi abuela la ensoñación en medio de la barbarie de porquería y deseos—. Mamá nos está esperando.

Aquel barullo excitante y peligroso en el que me crie fue mi pasaporte para distinguir ladrones, pícaros, tramposos y truhanes. El suelo pringoso, pero la sonrisa a tiempo. Sí. Esa era yo: la sonrisa a tiempo.

Ahora escuchaba el fragor de la alegría de tazas y vasos de Le Dôme entre la multitud achispada y gozosa, y mascaba los recuerdos que obstruyen a veces la felicidad. Son una agonía. La melancolía lo invade todo de repente, como los escalofríos de madrugada que hacen castañetear los dientes. Lo mancha todo. La miseria de la niñez lo ciega todo. Sigue ahí. No escapa. Mejor beber.

Olvidamos por aquel entonces los horrores, olvidamos la guerra, olvidamos los uniformes, olvidamos los terrores, olvidamos las casas y salimos a las calles. París era una fiesta, sí. Las terrazas de Montparnasse estaban llenas, el jaleo en el interior fluía como espuma hacia las aceras, a borbotones; los artistas pintaban, los músicos nos hacían danzar con el *jazz*, trenzándonos entre vidas nuevas, desconocidas, sin nombre; las mujeres nos cortamos el pelo, libres y salvadas, y nos arrancamos el corsé como una piel vieja, seca, gastada. Innecesaria. ¿Qué teníamos? Nada. O todo. El insensato poder de la vida en unas manos que arañaban lienzos, vestidos y sábanas. Éramos pobres pero felices. Jamás lo fuimos tanto. Jamás.

Alice y yo éramos uña y carne. Pero en medio de ese tiempo, ella decidió montar una tienda en París. Yo seguí bailando y cerrando locales que eran idénticos a los hombres con los que me acostaba. De modo que no recuerdo el nombre de ninguno. Y si lo hago, me duele. Porque todos me hicieron bailar. Alice había apostado por uno solo: Ërno Hessel, un exmilitar dueño de su destino y de sus negocios, rico y guapo como pocos, elegante y sofisticado. Bueno. Era un hombre bueno, además. Un buen hombre. Tal vez yo también habría puesto mis monedas en el número de su ruleta, todas, pero consciente de que lo perdería todo en un santiamén. Ella no, mi amiga Alice las puso sobre el tapete soñando que ganaría años a su lado. Pero la fortuna es una hija de puta, gigante, inmensa, desagradecida y saltimbanqui. Aquí se queda hoy, allá se instala mañana. Para algunas de las mujeres que llenábamos las calles de París siempre era ayer y, con suerte, hoy. Nunca había un mañana. La suerte era un mísero hado que jugaba con nosotras, nunca al revés. La sombra de la fatalidad estaba a la vuelta de la esquina, sin signos de orientación. La brújula estaba siempre en el corazón, aunque yo la pusiera muchas veces en la entrepierna.

Alice y yo.

Alice era mi mejor amiga.

—Necesito hablar contigo.

—¿No puedes esperar? No creas que es fácil estar coqueteando con el hombre acertado. Y por fin he encontrado mesa con buenas vistas. Siéntate conmigo.

—Kiki, es urgente. Es muy urgente, necesito hablar contigo —insistió Alice Humbert.

—¡Cómo sois las chicas buenas! No sabéis esperar, quién lo diría. Luego soy yo la que carda la lana. En fin, voy a pagar y salgo contigo.

Pagar era batir las pestañas, apretar los labios y caminar hacia afuera con la cabeza bien alta y el escote más bajo.

—¿Qué ocurre, Alice? Espero que valga la pena lo que me tienes que contar, porque hacerse con un buen sitio en Le Dôme a estas horas no pasa así como así. Lo sabes mejor que bien.

—Kiki, Ërno se ha ido.

—¿Tu... amor?

El llanto de Alice se intensificó y los sollozos le impidieron hablar.

—Se habrá ido de viaje —le dije para amortiguar el resorte que contenía el dolor—. Esos hombres ricos siempre tienen negocios.

—No, Kiki. Ërno se ha marchado para siempre.

—¡Maldita sea! —exclamé con la mirada en las manos temblorosas de mi amiga—. Si no le has encontrado es que algo le habrá pasado, alguna urgencia... Imprevistos de última hora. Has cazado al único hombre bueno de París, no creo que esté muy lejos.

Alice no hablaba. La tierra se la tragaba mientras yo la salvaba agarrándola de los brazos. Ella se moría de pena en una intensa tristeza. Yo hacía de tripas corazón, buscando palabras de consuelo.

—Se ha ido. Me ha dejado.

—¿Cómo que te ha dejado? —repetí, empezando a entender el significado de aquellas palabras. Ella moría y yo, que estaba acostumbrada a hacerlo, también, cada vez que el llanto le agujereaba la voz.

—Para siempre —respondió hundida en mi hombro.

Alice se quedó así, una muñeca de trapo a la que yo sostenía, callada, como si el «para siempre» la hubiera llenado de piedras, incapaz de digerir lo que acababa de decir.

—¿No sabes nada más? —pregunté cuando recuperó el aliento.

—Se ha ido a Nueva York —me dijo.

—¿A Nueva York? ¡No me lo creo! ¿Qué me he perdido? ¿En qué momento la maravillosa pareja se ha roto? Mira, no te creo. Seguro que es un órdago, típico de hombres. Que se van, pero no se van. Se quedan y nos la juegan. Lo mismo dan el portazo, estamos cambiando las sábanas... como si regresaran en diez minutos. Vamos, cuándo te lo ha dicho, dime dónde está o... lo averiguo yo y voy a buscarlo de inmediato.

—Kiki, se ha ido. Me ha dado las llaves de la tienda.

—¿Qué tienda?

—¿Recuerdas que yo siempre soñé con una tienda en París?

—... Sí. Y además recuerdo que no debiste dejar el taller de Coco. También te lo advertí. A esa zorra le va a ir muy bien, te lo digo yo. Las víboras no nos picamos. Y esa lo es. Lo supe desde el primer día que la vi: su mirada es oscura como los túneles del Bois de Boulogne. Allí te habría ido bien, haciendo lazos o sombreritos de aquellos.

—Olvídate de eso, Kiki. Es historia. Ërno se ha ido. Me ha dejado, me ha regalado lo que siempre quise... y me siento muy culpable.

Lo dijo todo de carrerilla, sin preámbulos.

Me enseñó las llaves de la tienda, las llevaba envueltas en un pañuelo dentro del bolso. Un manojito que desplegó como si fueran joyas para el contrabando y que, una vez mostrado, volvió a guardar como si fuera a romperse de delicado.

Preguntar me daba apuro. Escuchar que se sentía culpable sonaba a dolor sin detalles tontos, a tormento y desolación. Me pregunté si el hecho de hablar, de compartir su angustia, de elegir unas palabras entre todas las que existen para el lamento, e hilvanarlas sobre otras, le permitía aliviar la realidad. Hablar y llorar, a trompicones; era su forma de creérselo, de hacerse a la idea de la nueva realidad. Sobre todo, de empezar a vivir con ella.

Alice sintió una punzada en el estómago, se desplomó en la silla.

Se habían conocido en la exposición de Kisling en la galería Taitbout, y andábamos de modelos para pintores como forma de sacar cuatro francos por posar desnudas en talleres que olían a tabaco, ron y aguarrás. Pasábamos de artista en artista, del 9 de Campagne Première al Quai d'Orfèvres y de ahí al 10 de la Grande Chaumière, intentando no ser descartadas, y para eso había que soportar erguidas la humillación y la peste. También el tono con el que se dirigían a nosotras: «¿Han venido las nuevas putas?», como algo habitual. Sin embargo, aquella noche la obra *Mujer joven desnuda* de Moïse Kisling triunfó, cosechó todos los piropos y aplausos de los asistentes. Para los artistas, éramos trozos de carne, pero para el público, el entusiasmo. Alice, Treize y yo, cogidas de la mano, nos metimos de lleno en la fiesta y en la celebración de la exposición.

Ërno Hessel compró aquel lienzo, y Alice Humbert, el amor.

No daba tiempo a que se secaran las flores, cada día la buscaba con un ramo nuevo, encantado de amarla, y ella se relamía de felicidad, como si la vida fuera un dulce interminable. Él era un galán discreto, pero aquella pareja no pasaba desapercibida en ningún café de París.

Una vida descascarillada empezó a empolvarse de glamur.

La actitud de Alice se embelleció con el romanticismo de Ërno, y este con la simpatía de ella. Durante aquellos meses, visitaron los mejores *chateaux* y los más maravillosos restaurantes. De pronto, todo giraba alrededor de la felicidad: viajes en tren, las mejores ropas, fiestas espléndidas y tertulias literarias donde Alice pasó de sentirse como en una primera clase de matemáticas a opinar y ser escuchada. Tenían un talento especial para vivir, para llegar a las cenas en el momento justo o para reírse entre los canallas de Montparno. Si los hombres miraban a Alice, ellas lo hacían con Ërno. Cruzaban las calles como quien cruza fronteras, pasos firmes, pasos hacia el futuro común. Ella le miraba fijamente cuando hablaba, por la noche le acariciaba la cicatriz del cuello, dulcemente, algo que amplificaba el deseo. Él la observaba cuando ella se giraba, memorizaba sus movimientos, sonreía sabiendo sus manías, amándolas, y por la espalda le colocaba, seducido, ese mechón de pelo. Se veneraban, se querían, se deseaban. Muy pronto, la vida se volvió fácil y hermosa para Alice. Y la de todos los que estábamos a su alrededor.

Ahora todo se había roto.

Alice se inclinó en el banco para intentar respirar mejor, los recuerdos desde aquella noche en la galería Taitbout se agolpaban en la garganta y en la nostalgia de los ojos verdes del hombre que se iba para siempre. Hizo una pausa para serenarse. Derramaba dolor.

«Cuánto le he querido, Kiki», me dijo ahogándose en las palabras. Fue el único momento en el que mi amiga habló en pasado. Quizá el alma sabe antes que el pensamiento que las cosas se han roto. Y de ahí, a la voz. ¿Quién no ha amado como parte de la respiración? ¿Quién dijo que si mirásemos siempre al cielo acabaríamos por tener alas? ¿Flaubert? A Alice se le habían roto. Le pregunté qué había pasado, qué había sucedido para que Ërno se marchara. No quiso dar detalles. Me repitió tres veces que le había dejado como legado una tienda en Pont Louis Philippe, con largos silencios entre una frase y otra. Entendí que la razón de la desavenencia todavía iba a quedar dentro de ella. Algo grave. Incapaz todavía de ser mencionado. Callé. Fuera lo que fuese simpatizaba con mi amiga, en realidad era muy difícil no sentir afecto por ella. Alice era una bellísima persona, siempre atenta y cariñosa, educada, y además tan guapa... «Una tienda para mí», respondió intentando animar la voz. Mientras eso sirviera para salvarla del dolor, pensé, mientras la vida volviera a florecer como en un invernadero, estaría a salvo.

Un cobertizo para suplir el amor.

«Será mejor que salgamos de aquí a pasear», le dije para que se agarrara de mi brazo. En la terraza nos miraban y me resultaba más incómodo por mi amiga que por mí. El mundo se derrumbaba. Alice perdía a su amor, y nosotras, con ella, la esperanza de salir del pozo de los amores de una noche que prometían vida eterna. «Ojalá se hubiera muerto en lugar de dejarte», le dije seca. Rompió a llorar. ¿Acaso no era mejor eso que sentirse abandonada?

Anduvimos un rato en silencio, raro en mí, hacia ningún lugar, del brazo y cada una en su mundo. Necesitaba beber, fumar. Me asfixiaba verla mal. Sus sollozos me desgarraron el corazón. El dolor es contagioso y a mí también me estallaba la cabeza, embotándolo todo. Si se acababa el mundo de una amiga, parte del mío también se iba a la mierda. La niña que corría entre el estiércol y robaba cebollas aparecía en mi mente, sepultando la felicidad en la que ahora vivíamos. La felicidad, desgraciadamente, nunca es continuada.

—Estoy destrozada. Querría morirme ahora mismo.

—O sea, que es verdad.

—Pero, Kiki, ¿cómo quieres que te lo diga? ¡A la vista está que sí! Se ha marchado, se ha ido, me ha dejado, fin de la historia. Se acabó.

—¿Has ido a buscarle?

—¿Para qué, Kiki?

—Para decirle que le sigues queriendo. Porque es así, ¿no?

—Ha sido culpa mía. Y tiene suficientes razones para dejarme...

—Pero tú también tienes las tuyas para amarle, Alice.

—Déjalo ya. No va a suceder. Un hombre como él no volverá a acercarse a mí. Así como tampoco me voy a enamorar nunca más.

Sus palabras me hicieron daño, en el fondo hablaba de todas nosotras. Debíamos conformarnos con uno de nuestra clase, con un canalla del Montparno que vistiera y oliera como nosotras. Ese pensamiento me destrozó como lo hacía también a ella; pero fiel a mis costumbres y a mi forma de ser, cuando más se acerca el miedo, yo más me alejo, por eso le ofrecí beber.

—No es el mejor momento para un trago, ¿verdad?

—¡Kiki!

Era por sacarla de quicio. Prefiero una mujer enfadada a una mujer triste. Trataba de restar importancia a lo ocurrido, porque por el rabillo del ojo percibía el filo de la guillotina que oscilaba sobre mi amiga. En esos momentos estaba desconsolada, todo era aún muy reciente. La peor parte, la más dura, estaba por llegar. Y no quería que se llevase por delante a mi amiga. No quería que el dolor de la soledad la zarandease como a una muñeca de trapo, que la arrojase a las aguas oscuras y frías del Sena. Quería a Alice a mi lado, a mi Alice. Si ella se diluía, yo correría el mismo riesgo. El daño de ver marchitarse a una amiga es más temible que el de una picadura venenosa. Y en esos momentos todo lo que podía ofrecerle era mi amistad, mi apoyo, mi calor. Pero no podía sustituir ese amor que empezaba a dibujar una mancha oscura en su pecho.

Querido Ërno:

A medida que han pasado los días, las semanas, he reunido fuerzas para escribirte esta carta. No pretendo disculparme por lo que hice, ni por haber roto nuestro compromiso, ni suplicarte ningún tipo de respuesta o perdón; solo quiero desearte la mayor felicidad del mundo y darte las gracias por todos los días que pasé junto a ti. Todavía no me he quitado ni tus zapatos... Kiki me ha confirmado que has buscado nuevos rumbos en Nueva York y que después de tu viaje no han hecho más que lloverte los negocios de ultramar. Sospecho que estarás viviendo ya al otro lado del océano. Recuerdo tu cara cuando regresaste ilusionado de allí y, no hace falta ser muy lista, sé que ese será tu lugar en el mundo. Lo noté en tus ojos confiados de volver.

Pero no puedo negar que tenía una esperanza. Quizá estas palabras las escriba solo para mí, y perdóname en el caso de que no tengan para ti el valor con que yo las siento. Porque tal y como deseo que tu vida sea plena allá donde la hagas crecer y brillar con tu alma, también deseé que fuese así teniéndome a tu lado. Llegué a entrever un futuro juntos. Podría decir que ese reflejo borroso que se abría ante mí me llenaba el corazón de dicha, pero en realidad lo hacía de temor. Nadie me había amado nunca. Me habían querido, mucho, tanto mis padres como mis hermanos. Lo hicieron como solo puede hacerse en la pobreza, con esa especie de amor instintivo que trata de evitar que el frío cale en los huesos y se quede para siempre. Pero tú, Ërno, me ofreciste algo distinto. Ni siquiera permitiste que lo rechazase de entrada, no podías consentir que alguien como yo continuase sin saber lo que era sentirse amada.

Durante la mayor parte de mi vida soñé con futuros llenos de color, con vidas radicalmente opuestas a la mía... Ahora sé lo vacías que eran mis ensoñaciones: faltaba verdad en ellas. Tú fuiste una realidad mucho mayor que cualquier otra que me hubiese atrevido a soñar. Te lo cuento por si acaso alguna duda te impide ver lo que has hecho conmigo. No me has convertido en otra, sigo y seguiré siendo la misma Alice que entró un día hecha un ovillo de dudas y nervios en el taller de unos artistas que la desnudaron sin miramientos, la misma Alice capaz de volver a posar para ellos en cualquier momento. Pero esa Alice sabe ahora otras cosas que antes no, y muchas se las has enseñado tú. Por eso quiero impregnar esta carta de agradecimiento y no de súplica o de arrepentimiento.

Quizá te preguntes por la tienda, ese espacio donde muchos solamente verán un rincón con telas y donde yo habito un mundo que hago mío. Va todo muy bien, he conseguido que las chicas hagan publicidad de mis tejidos incluso en las revistas de moda y no hay día que falte un encargo o un pedido para el pequeño taller que he montado en el primer piso. Ni te imaginas cómo lo he organizado todo... Ha sido una hazaña agotadora, pero el regusto que deja la satisfacción es la mejor sensación del día. Me paso las horas ordenando las telas, buscando cómo sacar el mayor provecho a los diseños que yo misma hago y hacer de tu regalo el lugar más maravilloso de París. Sé que, a pesar de todo, estarás orgulloso de mí. Y hay algo más por lo que me siento tan agradecida: mis hermanos forman parte del negocio. Pensé que también los había perdido a ellos, pero tan solo necesitábamos encontrarnos de nuevo. Ahora que aprecio de otra manera el valor de las personas que me rodean, los cuidaré y mantendré a mi lado, y les compartiré cualquier temor. No quiero que nada nos aleje.

La mayoría de los días se me hace de noche aquí, en la tienda, y he habilitado también el sótano para quedarme a vivir. El cielo no se ve desde mi cama, ya sabes cuánto me gustaba buscar la luna llena desde la ventana, pero cuando todo se calma y cierro el negocio, salgo al puente a mirar, esperanzada de que siempre me ilumine la cara... Debe de ser la misma que tú ves desde Nueva York. Cuando estoy aquí abajo, sola, me sorprendo al pensar en la diferencia de horarios entre ambas ciudades, en las distintas rutinas que las moldean y en las personas que transitan sus calles y llenan de vida sus restaurantes, sus tiendas, sus hogares. Dos mundos distintos que siento unidos por un hilo invisible. Delgado pero irrompible. Y a través de esa hebra me llega un destello del resplandor con que siempre te veía aparecer en cualquier lugar en el que entrabas. Ese destello cegador que valía la pena seguir contemplando a pesar de los riesgos.

He conseguido ser feliz a mi manera. Y así quiero que seas tú, inmensamente feliz allí donde estés. Me gustaría llenar más hojas con palabras que se me acumulan dentro, pero me veo incapacitada moralmente para robarte un minuto más de tu vida. Al final, tenías razón, este era mi sueño.

Alice

Las cartas de Alice Humbert eran cartas no enviadas. Las palabras sin respuesta son como las flores: cuando las cortas, la muerte se precipita.

Alice estaba así. Muerta en vida. Se dedicaba a la tienda y recorría París para mendigar encargos. Tenía un hermano rebelde, Jules, que jugueteaba con los anarquistas, y Claire, la pequeña de los tres, una adolescente bastante hacendosa con las tareas de la tienda y atenta con su hermana mayor.

Yo, que gastaba las horas en el bulevar, aparecía en la tienda cada tarde con chismes y propuestas para que olvidara el dolor y, decididamente, fuera río.

—Los ríos no miran atrás.

—¿Qué insinúas, Kiki? No te entiendo nunca.

—... Debes ser como ellos. Siempre adelante. No se puede volver, querida.

—Haré lo que pueda. La cabeza está aquí, en la tienda. Y en mis hermanos. Nada más.

—Pero sé que aquí —posé el índice en su pecho— andas revuelta todavía. Y para qué engañarnos —alcé el dedo hasta detenerlo con firmeza en su sien—, aquí también.

—Dame tiempo.

En realidad, Alice Humbert se sentía atada al muelle por mantener viva la memoria. Y lo hacía voluntariamente, consciente de que si soltaba amarras y se dejaba llevar, perdería lo único que le quedaba: el recuerdo.

Era con Alice con quien compartía mis secretos de mujer, los que años atrás nos habían vuelto locas hasta las tantas. El caso es que a ella le hacía gracia, se le rompía por un segundo la amargura. Por eso seguía yendo a verla, a darle aire, a inventarme las noches y alargar las tardes entre sus telas.

Claire, su hermana pequeña, era resuelta y paciente, se le notaba la madurez en la mirada, pero la diferencia de edad con ella suponía una eternidad para las confidencias más íntimas, sobre todo tratándose de un hombre. Ella estaba alerta a las recaídas de Alice, aunque disimulaba para que su hermana se sintiera dueña de sus sentimientos y esperaba el momento en el que Alice quisiera compartir su dolor.

De momento, era yo el crisol en el que se precipitaban las lágrimas.

—Nada que no sepas. Estoy desesperada y no sé qué hacer... Las cosas no tienen vuelta atrás. No intentes darme consejos, aunque sé que eres la única que me podría entender.

Alice habló con impotencia, con ese cansancio que uno arrastra cuando ha visto la misma escena y hace el recorrido de memoria. Me confesó que no se hacía a la idea de borrarle de su cabeza ni de su almohada.

—No puedo dejar de pensar en lo que pudo haber sido.

Hubiera deseado abrazarla. Pero no lo hice, me reprimí para que no se rompiera. Volvió a quedarse un tiempo indefinido con la mirada perdida. Hice como ella, callar. La edad da enfermedades y arrugas, pero también un olfato que indica claramente cuándo una amiga no quiere hablar porque para ese derrumbe no tiene fuerzas. No era un buen momento para dejar salir las palabras, y mucho menos si estas hablaban de amor.

El claxon de un coche nos sacó de la nube.

—He visto que escribes. Pero ¿se las envías?

—Ahí están —dijo Alice señalando la mesa—. Como si quieres quemarlas, tirarlas al Sena. Haz lo que quieras.

Estuve a punto de coger las cartas para hacerle caso, pero las habría leído. Hay en la arqueología de las emociones algo incómodo y al mismo tiempo atractivo, uno es consciente de que está profanando una intimidad, invadiendo una habitación privada, y disfrutando a la vez de la sacudida que genera ese secreto abierto. Me fui después de obligarla sin éxito a salir a tomar una copa en Le Gaya, un pequeño bar detrás de la Madeleine revestido de baldosas azul claro, por lo que todos le llamábamos el bar-lavabo. El pianista era capaz de pasar de la música clásica de Chopin al *jazz* más moderno sin solución de continuidad. Allí estábamos los andrajos de la escena parisina, con el joven Radiguet borracho a conciencia a base de ginebra y whisky. Pedí un oporto. Sonó *St. Louis Blues* y no dejé de pensar en las cartas.

Encerrada en ellas, quedaba ahora la esencia de mi amiga. Eran cárcel y a la vez refugio de sus emociones. ¿Y para qué? Conocía a Alice, sabía que ninguna de aquellas hojas humedecidas con su caligrafía saldría rumbo a su destinatario. Adivinaba su contenido. No las palabras exactas, pero sí los fragmentos que de ella iban quedando plasmados a través de la tinta en el papel. Eso bastaba para querer hacerlas trizas, quemarlas, masticarlas hasta digerirlas y no dejar rastro de ellas. También se me ocurría lo fácil que sería coger alguna y hacérsela llegar a quien debía leerlas. Ërno. Cuánto dolor había dejado en el pecho de mi amiga. Le había dado una tienda, el anhelo de toda la vida. Y ese sueño sustituía al otro. El de una vida a su lado.

Las cartas eran el único testigo mudo de los sentimientos de Alice. Las guardianas de sus palabras, de su verdad. Quién sabe si de su destino. Yo podía acceder a lo que ella quisiese contarme, y una nunca cuenta toda la verdad a sus mejores amigas. Ni siquiera se cuenta toda la verdad a sí misma. Salvo que escriba.

Bastó la Primera Guerra Mundial para cambiarlo todo, para hacernos entender todo. Y la olvidamos, esa fue la clave para vivir.

El poco dinero que llegaba a nuestras manos se disolvía rápidamente en aquel crisol de fiebre. A veces no se trataba más que de una pequeña fiesta de artistas, una de esas que André Salmon se permitía de vez en cuando con Modigliani y la pandilla en los talleres, en el entorno de los estudios o en alguna academia donde los muchachos aspiraban al Parnaso del arte. Todos se hacían llamar aprendices de pintor, los que merodeaban por el Barrio Latino y los que se perdían por Montmartre. Y no todos tenían aptitudes, pero eran simpáticos y golfos con más pretensiones que ganas. Los de la orilla izquierda se pregonaban como discípulos de François Villon y los del Sacré-Coeur optaban por Baudelaire, supongo que porque en alguna borrachera habían escuchado algún verso de *Las flores del mal.* Todos eran maleantes con astucias y estupefacciones, ay, la mermelada verde... Granujas, chamarileros y falsificadores de monedas. Pero con éxito. Alguna modistilla caía en sus redes y en sus camas. Qué ingenuas éramos todas. El atractivo de la desvergüenza.

Esos días estaba de moda la cantina de Marie Vassilieff en la avenue du Maine; la pintora era una mujer minúscula que escribía poemas y hacía muñecas de trapo con las celebridades del momento. Nosotras acudíamos con algún retal nuevo que nos había tentado en algún escaparate rebajado de la rue d'Odessa. Alice tenía maña y en un periquete cosía un deslumbrante vestido de baile. Luego nos felicitaban como si fuéramos modelos de Poiret. Volvérselo a poner era ¡impensable!, lo decía Beatrice Hastings. Nos movíamos tanto por la noche que la tela se hacía más famosa que Notre-Dame. Pero desgraciadamente no teníamos muchos, así que, si no podíamos cambiar de vestido, cambiábamos de lugar.

Éramos encantadoras de serpientes, o eso decía Alice de mí. Supervivientes de la pobreza con amigos y ambiciones.

A veces nos veíamos inmersas en los escándalos de las rues Bonaparte, Seine y Buci; otras, éramos reinas de la tranquilidad de algún interior bien caldeado. Y siempre estábamos lejos de la paz de la vida familiar que no existía. Por eso no temíamos a nada ni a nadie. Como decía Jean Moréas, el maestro de las Estancias: «Los jóvenes están muy bien porque son absurdos».

Eran años de amanecer en la comisaría de la Gaîté, a la que nos llevaban a rastras, o sentadas con alguna caja de pasteles, esas cajitas oblongas de madera blanca que habíamos robado a algún parroquiano ebrio. Años de pasear bajo la lluvia sin frío, del brazo de pintores que debatían si sus pinceles eran más finos o más largos, sobre las técnicas y los colores. «Puedes reírte», me decía Modigliani. Vaya que si nos reíamos. Sobre todo, de la Vassilieff, que a veces aparecía vestida de campesina rusa, calzada con unas sólidas botas y el *kokoshnik* ladeado. Bailaba lo que ella llamaba «la danza del pececillo». Aunque si aparecía Tsuguharu Foujita todos parecíamos aldeanos de la estepa, porque siempre se ponía el kimono más hermoso de su colección.

El patrón de la Rotonde, el señor Libion, nos trataba como reinas. Y tenía incluso la amabilidad de comprar bocetos a su clientela, terrible y mimada a base de alcohol. Suspiro. ¿Bailamos lo suficiente, entonces? Sobre todo, ¿bailamos felices? Créeme que sí, que aunque solo fuera por coquetería, éramos dichosas.

Confundíamos el paraíso con el infierno. Confundíamos las horas. Y los nombres de los hombres. Seguramente porque la muerte andaba cerca, con su voz estimulante y sórdida. Con esa tos que aparecía y se convertía en sangre. ¿Eres pintor? ¡Pinta, muchacho! Modigliani no dejó de hacerlo. Siempre con las manos sucias, pero llenas de color. Montparnasse se maravillaba con él y se echaba a temblar con sus borracheras. Enfermo, violento, bello como ninguno y brillante hasta la extenuación. Todo el mundo hablaba de él, pero ya nadie podía hacer nada por él. Solo Jeanne, su joven amor. Ella lo soportaba todo, como podía. Le dedicó la vida al más admirado, al más grande, al más divertido hasta la agonía.

Cuando consiguieron entrar en su casa, con la ayuda de un empleado de la carbonería, se los encontraron juntos en una gran cama que parecía un jergón. Todo estaba manchado de aceite, un montón de latas destripadas de esos últimos días de encierro mortal. «Avisad a Kiki», dijeron. Y yo fui. Amedeo iba a morir en el hospital de la caridad. Yo sabía, mirándole, que hubiese preferido caer rendido en la Rotonde. Borracho con todos nosotros. Los médicos hicieron lo posible por salvar a mi amigo, al chico tuberculoso desde la niñez. Deteriorado por el alcohol y el hachís, decían. Demasiada miseria, susurraban otros a los pies de la cama.

Escupí sangre también al escucharlos. Y supe en ese mismo momento que dirían lo mismo de mí. Qué se puede esperar de una mujer que escribe su vida con las mismas herramientas.

Lloré, aquel 25 de enero. Y lloré con Jeanne cuando con sus largas trenzas, embarazada, se acercó al muerto al que las llagas habían borrado su belleza, pero no su luz. Aquella mujer cedió al dolor con el grito más desgarrador que nunca nadie ha oído. Le besó después y nos pidió quedarse a solas.

No debí, no debí, no debí.

Jeanne abrió la ventana de par en par.

Y yo decidí vivir por todos.

Desde entonces me propuse darle la espalda al dolor, corresponder a la vida con más vida, perder las horas en los bares, buscar nuevos bistrós, aprender de los pintores, distraerme con ligeras bromas y con las historias del barrio, jugar, bailar y escuchar. Ser aprendiz de todo. Y creo que eso hicimos, todo. Todo menos ir a misa. Dios estaba en los bares. Alguien poderoso no podía estar lejos de la alegría.

—¡Oh, Kiki! ¿Te das cuenta de lo que dices?

—Alice, no podemos andarnos por las ramas. La vida se va.

Aquellas noches de buen humor con Foujita, con Henri Hayden, con Noix de Coco, con Judía Roja, con la negra Aïcha, una de las más bellas modelos de Montparnasse, y con algunos más, exagerábamos acentos y emociones. Eso era contagioso. De las noches salían planes, cuadros y excursiones. Éramos una pandilla de juerguistas empedernidos con la fuerza del Sena, siempre en descenso.

Íbamos imitándonos unos a otros, organizábamos mercados de saldos con los cuadros, ¡el arte a saldo!, para comer o para beber, para pagar las pensiones y los pinceles. Y curiosamente nada era falsificación, porque ese mundo está lleno de verdad.

Jamás, y digo jamás, nadie se había sentido así.

Descubrir que se vive es el mayor hallazgo de la vida. Y la obligación es hacerlo. Esa era la gran obra. Vivir, vivir, vivir.

Quería que mi Alice también viviese. Aunque su alma no perteneciese de la misma manera que la mía a la noche, a las copas llenas hasta rebosar, a los bailes sobre las mesas que eran puro descaro y júbilo. No quería ver en su rostro la amargura de un amor herido. ¿Qué podía hacer yo por ella? Hubiese recorrido París entero para dar con la respuesta. El problema era que no la encontraría en nuestra ciudad. La respuesta había volado, lejos. Y había dejado a mi amiga sin brillo en los ojos, sin luz en sus palabras. Lo difícil de un amor roto es que muy pocos están autorizados a recomponer las piezas. El propio causante, tal vez. Un nuevo amor, quizá. El tiempo.

—Alice, no te apenes.

—Dame unos días, Kiki. Solo quiero tiempo...

Y me callé, pero lo pensé mirándola: el tiempo es algo que nadie te da nunca, porque no existe tiempo para regalar.

Querido Ërno:

No pensaba escribirte esta segunda carta. Pero aquí estoy, en vez de permanecer en silencio, vencida a contarte mi vida, lo que ha quedado de ella. He decidido hacer de esta tienda mi hogar. Es la única forma que tengo de habitarte, a pesar de que ya no existas en mi presente. El hecho de callar no salva; bueno, digamos que a mí no me ha salvado. El silencio está lleno de imágenes, de recuerdos imposibles de evitar. Escribir como forma de calmar el dolor, como solución a las horas en las que disfrazo mi tristeza en esta París que me has dejado. Nada es lo mismo sin ti. Ni siquiera la ciudad que presume de bella y feliz. Escribo y paseo,

escribo y paseo,

escribo y paseo...

Y se irá calmando, me dice el río que tantas guerras ha visto. En una de esas tardes, sentada en el muelle, me quise dejar caer, como las hojas muertas, al agua. Bajaba violento y vi la solución. Pero habrá sido París, que no quiere más dramas, quien sentó a mi lado a dos niños para hacer sus deberes. Ella escribía, él pintaba torpemente uno de los edificios. Me quedé mirándolos, fue la pequeña a la que su madre atendía con mimo la que me devolvió la sonrisa.

No se me llevó el río, se me llevarán estas palabras hasta que me canse, si acaso eso es posible, de ti.

Habrá días difíciles, sin duda. No tengo a esa madre que me mime, como la pequeña del muelle. Y días en los que la incertidumbre lo inunde todo, como el de hoy, en el que vuelvo a ti, de alguna manera loca; qué es si no escribir a alguien del que no recibirás respuesta. Una voluntaria forma de hacerme daño. Así estoy frente al folio después de pasear durante horas hasta la colina de Chaillot, donde, desde los escalones del nuevo palacio de Trocadero, me he quedado mirando la Torre. Sola como yo en el descampado de Marte. ¿Hasta allí has ido, Alice?, dirás. Ni me di cuenta de los kilómetros, como tampoco lo hice de las lágrimas.

Mis hermanos se han venido a vivir conmigo, nos necesitamos. No podíamos asumir el alquiler de la casa solo con mis ingresos. Trabajan ahora en la primera planta de la tienda, que hemos adecuado para poder convivir algo apretujados, pero a gusto los tres; las cosas van moderadamente bien así y ellos me ayudan a sobrellevar el trabajo y la ausencia. Hoy mismo han colgado el cartel en la fachada:

Aux tissus des vosges
Alice HUMBERT
Nouveautés

Nos hemos puesto a aplaudir en la puerta y hasta unos vecinos del edificio de enfrente han salido a la ventana a gritarme «*Courage, courage!...*». ¡Valiente, sí! Ni se imaginan. La cocinera de Chez Julien ha venido con unas copitas de champán y ha dicho que las buenas nuevas deben celebrarse. Y así ha sido.

Mi hermano no ha tardado en llamar a un amigo fotógrafo y en una hora ya estábamos listos, arreglados con nuestras mejores galas y apostados en la puerta de Mi Tienda. Tendrías que vernos, qué caras de circunstancias. Una seriedad que parecía de risa, envarados y comedidos.

Cuando nos dé la foto, pienso ponerla en el escaparate, como homenaje a nuestra ilusión.

Debimos hacer una el día que me entregaste las llaves. Esa cara no la recuperaré jamás, pero por ti lo intento. Sonrío. Lo que puedo, Ërno. Como puedo.

Y confío en que este rincón de París me reserve algo de la felicidad perdida. ¿Qué es la vida sino una mezcla de tristeza, asombro, alegría y esperanza?

Escribo y paseo. Y suenan las campanillas de la puerta.

Era una clienta. Quiere un arreglo en un vestido que le ha regalado su señora. La delgadez del hambre no es la misma que la de las damas que solo quieren ser maniquís de revista. La pobreza huele a humedad. Los vestidos que no se usan, los abrigos, las blusas... se ponen rancios cuando son prestados. Pero esa es, de momento, mi clientela.

Contesto con evasivas, todo bien, esta tela es preciosa, con cuatro metros le basta, ¿no prefiere este color? Es moda, yo le pondría una cinta alrededor del escote, le tomo las medidas, fíjese en estas fotos, las revistas anuncian novedades, mírese en el espejo. Mírese, qué bella. ¿Le parece bien?, le digo a su señor.

Trato de ser otra para los demás y la misma para ti. Quizá es por eso por lo que sufro. Quizá porque la distancia entre una y otra no la llena nadie.

No salió bien lo nuestro, culpa mía. Me arrepentiré eternamente.

Te echo tanto de menos.

Te echo tanto de menos, Ërno.

Pensé que sería más fuerte.

Tanto.

Tanto...

Alice

¿Recuerdas a Juliette, de la Grande-Chaumière? Seguro que sí, coincidimos alguna vez con ella en el Jockey. Tan guapa, con sus pecas que parecían pintadas y su corte *bob* bajo el sombrero. Tan alegre. Creo que ha posado para todos los pintores. Bueno, pues no te imaginas cómo estamos de desoladas. Kiki iba a ser la madrina de su bebé. Se lo había dicho. Y siente la pérdida del niño como si fuera suyo. Juliette ha tenido un aborto natural, tuvo una infección muy fea y... lo ha perdido. Era su última oportunidad de tener un hijo. La matrona le había dicho que había abortado demasiadas veces. ¡Pero qué iba a hacer, si los pintores no quieren barrigas! Y estaba tan ilusionada con esta vida que llegaba...

Hemos acabado llorando en la trastienda. Creo que cada una lloraba por una cosa, cada una lo suyo. En momentos así somos muy egoístas.

Kiki siempre ha dicho que querría tener algún día hijos con un hombre al que ame y que la ame de verdad. Yo ahí he callado. Qué podía decir. No sabes cuánto quiere a Man, sé que lo han hablado, pero él no la entiende. Man Ray, tan buen artista como corazón de piedra. No sé yo si él está por la labor de ser padre. Un día le dijo que lo suyo no era amor, que no se confundiera.

—Quiero ser madre, Alice —me ha dicho.

—Lo sé, Kiki. Lo sé muy bien... Y Man, ¿qué opina de todo esto? —le he preguntado, sabiendo la respuesta.

—Sospecho que no me imagina como madre, que soy la Kiki de las fiestas, la de la noche..., que debe ser la mujer inadecuada para algunas cosas; para él la creación son sus fotos y sus... placeres. Yo debo ser eso. No quiere cargar con un niño. O no me ve con un niño en brazos. Y yo... sería buena madre, Alice.

Esto último lo ha dicho llorando. Rota.

Nos hemos abrazado no sé cuánto rato. Su voz se rompía en sollozos cuando intentaba recomponerse. Luego, fiel a su estilo, intentó reírse. Volvía a llorar. Juraba por el diablo y por Dios, soltaba palabras procaces, se sumía en pleno dolor, en ese barro que cada uno conocemos de nosotros mismos y en el que es fácil hundirse y revolcarse, con la rabia de la niña, de la mujer, de la «madre que no seré», gritaba. «¡Ah! ¡Qué odio más profundo!», repetía refiriéndose a Man. «¡Y cuánto amor...! Sé que se irá con otra cuando esto acabe y tendrá niños con una de esas que no son putas como yo. Lo odio. Lo amo». Todo lo decía con el espíritu tierno y la rabia caliente de quien no puede cambiar ni engañar a nadie. Acabó acurrucándose en mi cama. Allí, en las profundidades de su sueño, le estuve acariciando el pelo como si fuera también mi hija. La que tampoco tengo.

—Por supuesto que serías buena madre... —le susurraba para consolarla, pensando en mí misma.

—Solo tengo que hacer lo contrario de lo que hizo la mía.

Me quedé parada ante su latigazo verbal cuando despertó, no podía reaccionar. Es tan duro... Lo ha dicho así, entre sollozos. Creo que nunca la he oído llorar tan de verdad, ni siquiera se molestó en enmascarar tanto dolor. Ella, especialista en disimular lamentos para que todos rían...

Kiki se marchó bruscamente. Ha sido salir de la tienda y esconderme en el baño a vomitar por si venían mis hermanos.

He vomitado al bebé que nunca tendremos.

La ilusión es un vestido sin coser.

Alice

Ayer pasé el día en los jardines de Luxemburgo, mi amor. Qué sol hace. París está precioso.

Madeleine LeClercq, clienta habitual desde hace semanas, nos ofreció sentarnos con ella en una de las mesas del Jardín. «Somos tres», le dije pensando en mis hermanos. Necesitamos aire, son demasiadas horas entre las paredes de la tienda. Aceptamos encantados.

Fue a través de esta mujer como se pusieron en contacto conmigo de la Salpêtrière. Cruzó un día el umbral de la tienda, y pensé atemorizada que alguien con esa presencia no aguantaría más de tres segundos sin esbozar un gesto de decepción y dar media vuelta. Me equivoqué. Contempló todo con detalle y respeto, y en cuanto le pregunté si podía ayudarla en algo, fue directa al grano. Podría probar a decir una cifra absurda sobre el dinero que puede tener, y siempre me quedaría corta. Pertenece a una clase social que yo solo he visto de lejos, agarrada a tu brazo. Pero destina muchos recursos a causas benéficas. Y eso nos ha puesto a la una en el camino de la otra.

El pícnic que desplegó la chica de servicio fue pantagruélico. Podríamos haber comido diez o veinte, ni te imaginas. ¡Hasta zumo de naranja sirvió la doncella! Le tuve que dar varios codazos a Jules para que dejara de vaciar jarras en su copa. La sangre me subía al rostro. Pero como si les hablara a los burros; él, como si nada. Es valiente y trabajador, pero terco, obstinado. La señora Madeleine se dio cuenta y me hizo un gesto de confianza, como un «déjalo, no te preocupes». Mi hermano come por todos. Alto, con un bigotillo a la moda y unas manos que me recuerdan a las tuyas. Parece aristócrata. Pero solo lo parece. Porque de pensamientos anda demasiado revolucionario. Vive en un permanente 14 de julio, pregunta por la Bastilla, y cualquier periódico que aparece en la tienda en manos de los señores que acompañan a las clientas se lo reserva para la noche. Ay, por Dios, que no me salga anarquista. Temo por él, ya conoces cómo acabó lo de Tours. Le pillé con el *Libertaire* y lo eché al fuego. Mi hermano en ese momento se sobresaltó, se irritó como nunca antes, cerró la boca como si echara un pestillo y en los ojos vi el fuego de la rebelión. Está día sí, día también con no sé qué del sintetismo, ojalá pudieras ayudarme. Me ocupo de él como puedo: dándole muchos encargos, se pasa las horas haciendo kilómetros en la bicicleta que nos presta el señor Fresnault, con los pedidos y las muestras de tela que nos abastecen y que hago llegar en pequeños trozos para que elijan. Quisiera que vieras cómo acaba, rendido en el sillón de la ventana.

«No eres mi madre», me dice. «Sería peor si lo fuera», le contesto con furia y pena, por lo que se pierde. Mamá no permitiría algunas cosas que dice o hace. Tiene un amigo ruso, Piotr, y el fiel Philippe, que es un santo, pero juntos son un avispero. Menos mal que lo avasallo a preguntas para que me tenga al tanto de las correrías. Pero los jóvenes exigen aire. Y Jules, más. Le miro y sé que alberga un luto inmerecido, pero sonríe y achina los ojos. Hoy los tres iban bromeando con la mermelada verde, decían: «Vámonos a la isla». Y se han ido gritando proclamas de «libertad, libertad, libertad». Me preocupa. Mamá no sé qué haría en estas circunstancias, lo pienso a cada momento; la veo cada vez que tiemblo, cuando dudo, ante los miedos y con las alegrías.

No fui buena hija. Le fallé en el peor momento.

La primera vez que me llevaste a cenar renegué de su mirada. Aquella noche —recuerdo el intenso frío que hacía, la luz de los faroles, los detalles más absurdos: el gesto del cochero, la puerta semiabierta, el barullo del local, la invitación del portero, su sombrero, el perfume que elegí y los ojos de mi madre clavados en mí, suplicando hablar...— mi mundo se partió en dos. Elegí.

Mamá no sabía que yo frecuentaba la Campagne Première, los talleres, y que andaba con las modelos de los jueves; tampoco tenía ni idea de mis escarceos con los pintores. Me advirtió mil veces: «Cuídate de ellos, son todas putas. Así las tratan. Tú no, hija». Pero entre la vida que tú me ofrecías y la que me esperaba en el pestilente mercado de Mouffetard, qué podía hacer. Fingí no conocerla, no la miré, mamá estaba en la acera de enfrente, con la cabeza cubierta con una manta negra, temblaba de frío. Entramos en el coche, sus ojos me juzgaron al verme vestida de fiesta, saliendo de aquel lugar saturado de diversión y lujo. Me sentí mal. Y hui de su mirada como de la peste. Me arrepentí al minuto. Tú no lo sabías, yo iba colgada de tu brazo, otras miradas me habían juzgado ya antes. Pero esas las dejé de ver con la primera copa de champán; las burbujas y tu mano pendiente de mi cintura fueron el pasaporte a este futuro. Curioso que también te perdiera a ti.

Qué puede escribir alguien que ha fallado a las dos personas que más la han querido. Qué puedo decir.

Me quedé sin el perdón y sin el amor.

Su muerte fue mi muerte. En la desesperación caí en brazos del asqueroso de Kisling, que me recogió perdida en la calle la noche en la que descubrí que mi madre había muerto sola. Cuando vi la casa vacía, sin mamá, me abandoné. Hui de mí, espantada por lo que representaba mi vida y consciente del dolor que no se apagaría jamás. No me despedí de ella. Ni un adiós. Ni una palabra. Mamá había muerto y los Fresnault habían ayudado en el entierro. Mis hermanos dejaron de hablarme. Qué podían hacer. Me pregunto si la abrigaron al final, si le prestaron ropa, si tenía las manos en el pecho, quién le cerró los ojos, si llevaba la medallita de la Señora. Si... La vida se cobra muy duramente, Ërno, nos mata cuando menos lo esperamos. Nos desnuda. Eso pasó. Tropezando con mi desconsuelo de acera en acera, ebria de dolor, fui a dar con él, maldito Kisling. No era una mujer, era un trozo de carne y huesos que cayó en los brazos del primer hombre que la abrazó. Volví a posar desnuda para Moïse aquella misma noche con aquel collar que tú me habías regalado. Y un dolor trajo otro. Y de ahí, la nada. Fin. Te perdí.

Recuerdo bien la inauguración de la expo de Taitbout, aquel cuadro que compraste, aquel vestido que llevaba puesto y tu carta invitándome un día después a este restaurante. ¿Sabes que todavía la guardo, a pesar de sabérmela de memoria? Hoy podría repetirla destinada a ti. Cierro los ojos para recordar.

«Admirada Alice».

Era la primera carta que recibía en mi vida.

«Tengo que confesarle algo que no pude verbalizar anoche entre tanta gente: la obra de Kisling no le hace justicia. Usted es inmensamente bella».

Así lo escribiste.

«Me gustaría verla. Solo verla. Entenderé que no me conteste y que quiera dedicar su vida al arte y a posar ante grandes artistas. Si está de acuerdo en que nos veamos, la espero para comer en la mesa de la ventana de La tour d'Argent. Un coche a mi nombre la esperará en la puerta para acompañarla. Haga que el cuadro que ahora llena mi salón llene también mi vida». Y aquí brindamos, Ërno, dijiste algo en húngaro que no entendí y que supuse tierno por tu tono de voz cálido. Estaba tan feliz que quería ser un foco de luz con aquel vestido blanco que se quedó manchado de rojo burdeos como un pagaré de amor.

Mamá, te echo mucho de menos. Te pido perdón. Y espero que estés orgullosa de este pequeño desastre que soy. Hazme una señal. Me bastaría con un mensaje en algún rincón de esta tienda, de la calle donde vivo, en París, donde quieras, algo, algo para saber que me quieres todavía.

Escribo para perdonarme, Ërno.

Sobre todo, con la muerte de mamá. Aquella noche en la que la vi por última vez estaba contigo y me olvidé de ella. No me lo perdono y odio a aquella que fui en esa velada de champán y bailes mientras mamá moría.

De madrugada, su respiración se tornó intermitente. El pequeño Jules durmió con ella, abrazado a su espalda y suplicando al cielo para que no muriera. Claire me lo contó todo. Ella estuvo sentada en una silla toda la noche. Cuando empezó a amanecer, utilizó sus últimas fuerzas para pedir por gestos un vasito de agua. Jules no se despegó, como un animal adherido a su madre. Claire se apoyó en la cama y le cogió la cabeza para ayudarla a beber, a sorbitos, como si fuera un gato. No dijo nada, y si lo dijo no me lo han contado, porque entiendo el dolor. Y el rencor.

Cuando terminó de beber, se durmió. No tardaron en darse cuenta de que había muerto. Jules notó el cuerpo frío. Claire se abrazó a los dos.

Cuando llegaron con la caja, el pequeño Jules salió a la calle para serenarse y una tormenta de nieve le pilló en medio de las Tullerías. Volvió de noche, calado hasta los huesos, y con unas fiebres que le confinaron en la cama durante semanas. Pobre mío.

Los Fresnault pagaron el sepelio en el cementerio de Montparnasse. Al velatorio acudieron un puñado de familiares lejanos y algunos vecinos; entre ellos la señora Champsaur, Pierre Mariel, Jean Trocher, Irwing y Evane Weber, Jacques Baldran, Jacqueline Plessis, Renée Souvais, Michel Bonneau... Todos menos yo. No pude, de vergüenza. Prefería pensar que mamá había huido a otra ciudad menos fría que París y que había logrado ponerse a salvo de las heladas de alguna manera, aunque no quisiera saber nada de mí. El cuerpo congelado en esa casa sin fuego es ahora mi calvario. Mi día a día se convirtió en un sufrimiento continuo.

Mis hermanos pequeños... y yo, bailando.

Me reproché no haberla visitado más que dos o tres veces después de abandonar la casa. Demasiado absorta en mi felicidad, no encontraba nunca el tiempo necesario para ir a verla.

Me esforcé como pude en volver. Quedaba una semana para Navidad.

Jules y Claire me acogieron de nuevo en el silencio que deja una madre muerta.

Les pedí perdón con el corazón. Mi madre tenía la delicadeza de movimientos de un pájaro y, a su lado, yo era un murciélago. Más tosca, más oscura, menos sutil. Pero sabíamos ambas movernos en los aires difíciles. Eso hice. Poco a poco, muy poco a poco fui convirtiéndome en un gorrión.

Hoy puse flores en su tumba.

Alice

Posdata: Guardo esta carta en el escritorio, como si fuera una sucursal de tu corazón.

Ërno:

De nuevo me mandaron llamar de la Salpêtrière, quieren otros uniformes, ahora para unos niños que van a ser voluntarios en las labores de ayuda. Muchos son hijos ilegítimos de esas mujeres, pobres madres. Los niños perdidos, les llaman. Me dio tanta pena que he dicho que sí a pesar de que me costará un disgusto y un montón de dinero. No soy capaz de cobrarles.

Iba tan despistada que llegué hasta Bercy, se me fue la cabeza, tenía en mente ser frívola y calculadora, como dice Kiki, pero soy incapaz. Ella me insiste: «Querida, no puedes ponerte tan intensa con todo, que tú también te vas a morir».

Intento hacerle caso.

Lo intento.

Me senté en un banco de la estación a llorar, ¿quién presta atención a una mujer que llora junto a las vías? ¿Una despedida, un adiós, un hasta pronto? Además, yo lloro con mucha facilidad, me cuesta poco porque tengo siempre la lágrima asomando. La guerra no queda tan lejos y todos tenemos muertos, nadie presta atención al dolor ajeno.

Los niños tienen entre cinco y diez años, no más. Sonríen, ¿te lo puedes creer? A la primera mirada de cariño, sonríen. Y cuando les he dicho que debían ponerse en fila porque íbamos a tomarles medidas, no sabes con qué orden se han puesto en línea. Del más pequeñito, Benôit, al más grande, un tal Thierry. Las niñas, en frente. De Hortense a Catherine. Eran menos, las pequeñas son elegidas muy pronto para ayudar en cocinas y en familias ricas, como servicio. Los críos tienen peor final: huyen y se convierten en chavales de la calle, robando y malviviendo por lugares de mucho tránsito donde pasar desapercibidos. Y cuando alguno desaparece, no lo buscan. Yo creo que les alivia la ausencia, uno menos, dirán. Me lo contaba Camille, la mujer que han puesto de encargada en la Salpêtrière para ayudarme.

¿Entiendes que llorara?

Camille me dijo, al ver mi palidez cadavérica: «Por mucho que sople el viento no se apagan las estrellas». «Pero son niños», le dije. «Por eso sonríen», replicó ella. «Correspóndeles, ese ratito serán felices».

Reí interiormente al recordar cuando mamá me decía que para conseguir mejor género en el mercado de Mouffetard había que acompañar todo con el músculo. Yo, como era boba, le hice el gesto que hacen los forzudos en el circo. Y no. Me puso los dos índices en la boca y estiró mis labios como si fueran de miga de pan. «Este músculo es el verdadero, Alice».

Sonreí instantáneamente. Y la fila entera, a ambos lados, «correspondió».

Creo que la vida a veces es bonita.

Salí caminando con las medidas de todos esos niños que serán voluntarios y que llevarán un uniforme azul y blanco, hecho en mi taller, apuntadas en mi bolsillo. En cada medida, el nombre de cada angelito. En cada nombre, una edad. Hortense, la más pequeña, tosía sin parar.

Se ha quedado con mi pañuelo, y era tan prudente que, por no mancharlo, apenas se rozaba la carita.

—Toma, niña.

—Me llamo Hortense.

—Y yo Alice, Alice Humbert. ¿Cuál es tu apellido?

—No lo sé.

—... ¿No lo recuerdas?

—No lo sé. No tengo.

—¿Te gusta el mío? ¿Te gusta Humbert?

Asintió con la grandeza de una dama y se tapó la boca para toser con mi pañuelo.

—Te lo regalo, pequeña. Y el apellido también, puedes llamarte Humbert, si te gusta. Hortense Humbert.

«Está enferma», me aclaró Camille mientras nos dirigíamos a la salida. No quise preguntar más. La miré de reojo cuando, ya desde la puerta, quise echar el último vistazo y... sonrió. Tenía razón mamá.

Al fondo se quedaron los niños rompiendo filas, saltando y coreando canciones de la Goulou que no sé dónde habrán aprendido. Yo no tardé en venirme abajo en cuanto los muros de la Salpêtrière quedaron lejos, tal vez al cruzar el *pont* d'Austerlitz en dirección a casa. Sentí como mío el desamparo que atenazaba muchos de esos cuerpos pequeñitos, tan necesitados de abrigo y protección. De amor. Y, al mismo tiempo, reconocí en ellos un aplomo que me hizo sentir vergüenza. Porque por un momento me sentí más abandonada que ellos. Me faltaba mi madre, me faltabas tú... Pero ¿qué era eso comparado con todo lo que les faltaba a ellos? Por un momento, dejé de tener claro si el abrazo que me habría gustado darles a todos sería para transmitirles mi calor o para refugiarme yo en el suyo.

No me atreví a pedir un anticipo, pero madame Madeleine le Clercq ha dicho que correrá con todos los gastos. Así que ya ves, hay gente buena. Pienso compensar la penuria de esos niños con la ilusión de que se vean felices, con ropa nueva y de su talla.

Gracias a Madeleine mis finanzas van mejor, se deterioraron en los últimos meses por culpa de la primera tanda de uniformes. Tanto que Jules y Claire han ido a Chez Rosalie varias veces a por comida, la italiana siempre nos ayuda. Lo hizo entonces cuando fuimos modelos y lo hace ahora. Te lo he dicho, hay gente buena. ¡Hubieras visto la carita de Hortense! No me la quito de la cabeza.

Te sonrío para acabar esta carta, Ërno. Por si por alguna casualidad del destino, sonríes tú también... allá donde estés.

Alice

Ayer, después de varios meses sin saber nada de ellos, vinieron a la tienda los Fresnault. ¡Qué sorpresa! No los esperaba, así que imaginarás mi cara cuando sonaron las campanillas y levanté la cabeza del mostrador. Fue una sombra fugaz de aquellos años de infancia y, sobre todo, y aquí está lo más terrible para mí, también el momento en el que se reveló en mi garganta el «*bonjour*» más difícil de mi vida.

¿Por qué?, te preguntarás.

Cuando murió mamá y tuvimos que abandonar aquel alquiler en el que los teníamos como amables vecinos para instalarnos en la tienda, ellos se vieron afligidos porque no nos pudieron ayudar más en ese aspecto. Atormentados por mi infortunio, se ahogaron también en la tristeza. Es contagiosa, igual que pasa con las frutas en los cestos, la pena va pudriendo todo, también a los que te rodean. Y yo, que soy de naturaleza resolutiva, opté por desaparecer de su entorno para que no sintieran la culpabilidad ni la obligación de mantenernos a los tres. Bastante hicieron con encargarse del funeral de mamá y de mis hermanos aquellos días de desdicha continuada.

Después del «gracias por venir a verme, señores Fresnault, bienvenidos a mi humilde tienda», permanecí muda, sin saber qué más añadir. Estaba ahogada en los recuerdos y en el remordimiento. Todos somos animales heridos, ellos a su manera. Al reconocer la misma aflicción en sus caras, he abandonado la trinchera del mostrador y me he abalanzado a abrazarles.

—Por favor, Alice. No deberías huir, ni esconderte. Seguimos siendo tus vecinos de siempre. Queríamos saber de ti, ¿cómo estás? ¿Cómo van tus hermanos? Háblanos... Os echamos mucho de menos.

—Pero yo...

Bajé los ojos, cohibida.

—Cuando dejé la casa de mi madre... —añadí aguantando la enfermedad de los recuerdos que vuelven de pronto.

—Calla, Alice. No digas nada más.

Noté que mi pena iba dando paso a la frustración y solo musité en voz baja:

—No fui buena hija, madame Fresnault.

—No te disculpes. No se puede volver atrás.

Me cogió de las manos, noté sus huesos, su frío también. Y el paso de los años que se había extendido como el otoño lo hace por toda la campiña.

—¿Quieren tomar algo?

—Molestaremos, seguro que tienes mucho trabajo. Es una tienda muy bonita, la tienes tan ordenada que parece de revista.

Serví un vasito de agua para cada uno mientras Mme Fresnault echaba un vistazo al modelo del escaparate.

—Pues es... precioso.

—He visto tu nombre en la puerta. Alice Humbert —añadió monsieur Fresnault—. Tu madre estaría orgullosa de ti. Nosotros también la echamos de menos, pero quiero que sepas —paró para agarrarme la mano— que se despidió con amor.

En ese momento los abracé.

Necesitaba sentir el calor de mi vieja casa, Ërno. Me he quedado durante unos segundos en el cuello de Mme Fresnault, era el mismo olor de mamá. El jabón de Marsella, el humo de la chimenea y la sopa de cebolla. ¿Todas las miserias se parecen?

Monsieur Fresnault me ha secado las lágrimas con su pañuelo.

—Toma.

Ha alargado un sobre. «Es tu madre», ha dicho apartando la mirada hacia la calle. Supongo que también quería esconder la emoción.

—Luego lo abres.

Mme Fresnault me acarició en ese momento la cara.

—Lo prometo —musité antes de volver a abrazarlos.

Esa noche lloré tanto y tan amargamente que mis lágrimas podrían haber rivalizado con el Sena. Tras mi espantada, habían regresado sin pedir nada y no hicieron preguntas. La buena gente se me acerca, amor, pero parece que los expulso. Acostada en la cama, mientras recordaba el olor de mi querida vecina, reflexioné sobre mis días pasados, sin arreglo, sin vuelta atrás, sin posibilidad de mejora. Todas mis buenas personas malogradas, abandonadas por mi culpa. La idea de que me siga pasando esto me provoca palpitaciones. Cogí el sobre y salí a la calle, era madrugada ya, pero el simple hecho de no tener que cruzarme con nadie se me hacía necesario. El simple hecho de estar tumbada sobre el colchón que ni siquiera habíamos compartido hacía que me faltara el aire. En el *quai* abrí el sobre, la luna iluminaba extrañamente ese rincón del puente. Y fue suficiente luz para ver la cara de mamá con su mejor vestido, bella con el moño que recogía con peines y alfileres, sonriente como si fuera a darme las buenas noches, con unas flores en las manos y su collarcito de siempre. Aquel que vendió para darnos de comer. Cerré los ojos. El Sena bajaba con fuerza en el silencio de la noche. Cuando le di la vuelta a la foto vi nuestros nombres, los de sus tres hijos: Alice, Jules y Claire. Y cada uno con la fecha de nacimiento anotada al lado. Algo tan simple.

Cumpleaños de mis hijos,
lo que más quiero en el mundo.

Abrazada a mi madre volví a la tienda. Los dos dormían, los besé sin que se despertaran. Y me di cuenta de que el olor a jabón de Marsella, humo y sopa de cebollas seguía todavía en mí.

Alice

Hoy he tenido visita del matrimonio Dardel, estoy segura de que ambos, Nils y Thora, saben exactamente dónde te encuentras, pero no he querido preguntarles. Intento imaginarte en ese Manhattan donde decidiste desertar de mí: todo tan grande, tan exagerado; me da miedo. ¿Cómo será tu vida allí? ¿Lo saben ellos? ¿Les escribes? A mí escribirte me da paz.

Hacía tiempo que no los veía, seguramente porque las circunstancias de unos y otros han variado mucho, y hoy han venido a saludarme con su hija, Ingrid. Qué preciosidad de niña, es una copia exacta de los dos, sobre todo de Nils.

La pequeña de los Dardel ha estado todo el rato alargando su manita para reclamar atenciones, tan dulce. Pero no sabes qué rato he pasado, disimulando para no echarme a llorar.

Debe ser que la vida se ha propuesto enseñarme a todos los niños del mundo precisamente ahora. Menos mal que en cuanto salimos a la calle para despedirnos ha aparecido Kiki. ¡Me ha salvado! Nos hemos dicho adiós cortésmente y Thora me ha mirado como si quisiera decirme algo, pero he visto el gesto de Nils. Saben dónde vives. Saben de tu lugar en el mundo.

Le he apretado los carrillos a la pequeña Ingrid y nos

hemos despedido hasta la próxima vez, qué felicidad la suya. Son una familia. Una familia feliz.

—¡Venga, Alice, que nos esperan en Le Dôme!

¿De dónde habrá sacado Kiki el perfumador que llevaba en el bolso? Me ha fumigado como si desinfectara colchones.

—Así, así. Que dejemos rastro. Somos bellas.

En cuanto hemos girado la calle, me ha dicho que los Dardel tienen los días contados. A bocajarro. Como es ella. «Despreocúpate de su suerte. Vive la tuya».

Pienso ahora en Jeanne. Ay, Ërno, qué injusta es la vida. Me estremezco al recordar cómo acabó. Aquella jovencita angelical de ojos claros y largas trenzas rubias también pintaba. Parecía una virgen de Colonia perdida en Montparnasse. No sé quién lo dijo. En aquellos días, prestaba oído a las conversaciones con la misma curiosidad insana con que escuchaba las letras de las canciones de la Goulou. Jeanne, con el lápiz en la mano, se aplicaba en el arrepentimiento, era enternecedor ver el descontento consigo misma en la pintura. Modigliani gozaba de ella y de los lienzos, pero Jeanne era tan inocente... Creo que Modi el único día que no bebió fue cuando quiso conquistarla. Ella se arrojó a sus brazos en la primera cita, al guapo judío de Livorno, como se encargaba de repetir. La virgen y el bello príncipe en el exilio.

Se unieron en lo mejor y en lo peor.

Ambos se quedaron a vivir en el estudio de la Grande Chaumière. A escondidas, porque Hébuterne no quiso romper con sus padres.

—Ayer llevaba una buena tajada. Menos mal que Jeanne vino a buscarlo.

—Se dejó arrastrar dócilmente.

—No será por la fuerza de Jeanne... Tan débil.

—El sí que está mal. ¿Lo viste escupir sangre? Modi está cada vez peor del pecho.

—Jeanne está entregada a él. No solo es su amor, también su enfermera. Menos mal que lo cura. Está consagrada a él.

Jeanne no solo lo amaba: lo idolatraba, lo cuidaba, soportaba su ego, le aplaudía. Él era feliz en esa admiración. Pero nadie confiaba en su historia. Me gustaba verlos caminar en aquel tiempo de enamorados desde la esquina del Observatorio, junto a la Gloserie des Lilas. Qué amor más complicado.

—¿Cuándo no lo es?

—Dos víctimas en una pareja son demasiados.

—Cualquiera sabe. Modi si no está ella, enloquece. No soporta estar solo en el estudio.

Pero dejó de estarlo. Hormigueaba de un bar a otro, y en otra cama. La pobre Jeanne no recobró el ánimo jamás. La pareja se perdió en la noche, como él se perdía en los cafés hasta el amanecer borracho de ron y de óleos con los colegas de La Rotonde. Él sin pintar. Ella embarazada de nuevo.

—¡Mira cómo vive! —dijo Jeanne poniendo la mano de una amiga en su vientre.

Pero la muerte acechaba. Jamás se ha oído un grito tan desgarrador cuando la sangre de Modi latió por última vez. Aquel grito ante el cuerpo del hombre, del amor.

Jeanne abrió la ventana de par en par. La calle estaba llena de gente, el bullicio banal del día a día.

Otro grito de horror en la acera.

La bella Jeanne Hebuterne sobre el pavimento.

—Pero ¡si es una muchacha! —dijeron al ver el bulto en el suelo.

—¡Y embarazada!

El niño que no vio la luz. ¿Qué habría sido de él?

El padre devolvió el cadáver de su hija al cuchitril de la Grande Chaumière, donde los restos de pintura y cuadros, se unieron a los de Jeanne muerta suicida con un niño en su vientre. Por allí pasamos, entre la casa burguesa que había tras el Panteón y la casa de artistas, un depósito de cadáveres con olor a aguarrás.

Me acaricio yo también el vientre vacío.

Kiki ha llegado a la hora de comer y «cansada como una mula».

—¿Tienes medias?

Se ha descalzado, se ha quitado las rotas y se ha puesto las nuevas que le he dado.

—Kiki, date prisa, puede entrar alguien.

—Si entran, que lo hagan por aquí.

Te imaginarás dónde se ha puesto la mano.

Por ese ratito de risa descontrolada ha valido la pena su visita. Bueno, y por su ayuda. Así es su carácter: cuando ve que el dolor es inevitable, cierra los ojos. Luego los abre y dice que se acabó, que se fue para siempre. Pestañea y aleja los problemas.

—¡No te imaginas cómo están siendo las fiestas del Jockey! —Ha suspirado al decirlo con tanta fuerza que una señora que estaba asomada en la ventana de enfrente ha apretado los morros y ha cerrado las hojas. Yo he hecho un gesto de cortesía, Kiki le ha lanzado un beso como si fuera su público.

Una de las cosas que me contó es que me estoy perdiendo unas grandes noches de farra. Milles, el propietario, es su amigo, y están montando unas fiestas de órdago, por todo lo que me cuenta. Le faltó tiempo para sacar una foto del bolso: «Este del fondo es Holger Cahill; Miller,

Les Copeland, mira la cara de Hilaire con Curtiss. Y la que está a mi lado es Margaret, Jane... no recuerdo, este de su lado no sé quién es. Mira, Ezra Pound, Mina Loy con un abrigazo fantástico, ¿verdad? No sé dónde está mirando... A los otros ya los conoces: Cocteau y Tzara. Y... mi Man Ray. Estoy entrada en carnes y ya lejos de mis cuarenta kilos de la adolescencia. Pero no me falta energía. Y si me falta... me la compro».

—No deberías, Kiki.

Me miró batiendo las pestañas porque sabe que no me gusta que se drogue. Conseguir cocaína no supone ninguna dificultad. No hay más que dar un paseo por el centro, hasta el establecimiento del Chino en la rue Croix. Todos van allí, lo mismo tiene jades de colección que droga. Confieso que sí: he acompañado dos veces a Kiki al Chino. La primera me esperé en la calle, asustada por el misterio. La segunda, entré. Hay dos damas, una más joven que la otra, muy agradables y con bastante dignidad. Basta con acercarse y depositar la módica suma de veinticinco francos diciendo: «Buenos días, señora, desearía una cajita». Y la dama, nada sospechosa, que podría ser empleada de mi tienda o de una guantería o zapatería, saca de debajo de la caja registradora una cajita de hojalata de un cuarto de libra y sonríe. Luego la empaqueta sin demostrar ningún asombro.

—Debes sentar la cabeza, Kiki.

Una sola mirada me bastó para comprender que era imposible hacerle cambiar de vida. Apoyé la cabeza en su hombro para reprimir mi regañina. Me dio un beso de hermana, su aliento olía a humo.

—Si fuese un poco más puta —arrancó a decir—, ¡lo que podría estar consiguiendo! Pero ya sabes que solo me divierto. Del Jockey al Claridge, para cenar con un ministro plenipotenciario de un país de América del Sur que no recuerdo, es inmensamente rico.

—¿Qué dices?

—Todas las noches me espera su apartamento lleno de flores y con una deliciosa cena en la mesa... y todas las noches le envío a una amiga con menos escrúpulos que yo.

—¡Kiki!

—Es un hombre encantador... Podría amarlo. Pero me quiere conquistar por la pasta. ¡Puaj! Hacerlo por dinero... Ya sabes cómo soy... Y eso no. En todas mis orgías...

—Baja la voz, por favor.

—... en mis noches de locura hay algo que nunca traiciono: el amor. Siempre soy la niña romántica y llena de afecto. Todo aquello que reprimí en mi niñez sigue vivo. Ya ves. Por cierto...

—¿Qué?

—Seguro que tu amiga Madeleine, la señora, conoce Le Chabanais, está reservado para clientes de la alta sociedad... Dicen que siempre está Dirty Bertie buscando favoritas.

—¿Quién?

—Eduardo VII. Es todo muy sórdido y muy secreto. Hay una reconstrucción de una cabina del Orient Express y habitaciones indias, árabes y una sala de torturas para los sadomasoquistas.

—¡Kiki!

—Bueno, me callo. Pero que sepas que eso también es París. Aunque no tengas interés.

—Si debo elegir prefiero ahora un paseo por la quietud del Palais Royal, un oasis en esta locura de ciudad.

—Allí viven ahora Vita y Violet, ni te imaginas cómo es el apartamento, todo estilo imperio. Están tan enamoradas que no creo que pisen el jardín. Se riegan ellas solas...

—¿Y al cine?

—Treize dice que le encanta. En cuanto tengas oportunidad deberíamos ir juntas. Treize y todas hablan de

Max Linder, de su mirada penetrante. Les encantó *Los tres mosqueteros.*

Nos hemos quedado así, hablando de cine. Todo el mundo va, menos nosotras. Las gotas de lluvia empezaron a golpear el cristal del escaparate y sonaban como si fueran balas. Kiki me miró frunciendo el ceño. «Me temo que no voy a lucir las medias», me dijo enfadada. Nos envolvió el olor a lluvia. Incluso esa calma respiraba algo de preocupación.

Ërno:

Hoy ha venido muy temprano Mme Madeleine LeClercq para acompañarme a la Salpêtrière, nos esperaban antes de que los niños empezaran sus clases. Le he dicho que yo prefería ir andando para aprovechar estos rayitos de sol que a veces nos regala París como limosna, pero ha sido ella la que ha abierto la puerta del coche que nos esperaba en la esquina de la rue de Barres.

—Pasa, anda. No está tan cerca —ha remarcado con su ironía— para mujeres de mi edad. Vámonos.

Su conductor, cómplice, me ha guiñado un ojo desde el espejo retrovisor.

—Vale, madame LeClercq, mucho mejor. Ando cansadísima estos días, las piernas, la espalda...

—¿Estás bien? Deberías cuidarte, yo no sé si la tienda es un lugar confortable para dormir.

—Sí, sí. Lo es.

—Pero... esa humedad del sótano.

—Pronto llegará la primavera, madame LeClercq.

Entre las dos, empapamos bocaditos de pan en vino y azúcar y se los dimos a los niños.

Un eco lejano llegó a mis oídos. Era la pequeña Hortense, que traía una muñequita de trapo. Pude adivinar por el tono de su voz que estaba más enferma. Le dolía al hablar y se quedó callada a mi lado, pegada a las faldas. Noté cómo aspiraba el aroma de la tela, hechizada por el tacto y el olor. Sentí alegría y una gran angustia —¿se pueden experimentar al mismo tiempo emociones tan distintas?— cuando cerró los ojos cabeceando de cansancio. La naturaleza me estaba jugando una terrible pasada.

—Pequeña. Dime, ¿cómo se llama tu muñeca?

—Ay, pues mire, madame, oí su nombre y le llamo Alice. Como usted. ¿Le parece bien?

—Ya lo creo, pequeña. Toneladas de felicidad es lo que os merecéis esa muñeca y tú, las dos.

—Me la encontré y la he adoptado. Duerme conmigo. Y... —empezó a toser— le hago mucha compañía.

Sentí desesperanza. Era ella la que cuidaba del trapo, como si los escombros pudieran hacer sombra al mendigo.

—¿Y has comido ya pan con azúcar?

Asintió. Le di mi sándwich de mostaza que llevaba en el bolso.

—Gracias.

—Eres muy bonita, Hortense. Márchate a las aulas antes de que se nuble el cielo y empiece a llover. Tienes la piel de gallina. Ahora iremos todos.

La niña se fue a toda prisa y me dejó con una amarga sensación de impotencia. Todo su amor puesto en la mirada, quisiera que vieras cuán brillante son sus ojos, con qué cariño abriga a su muñequilla y cómo le peina la cabellera enredada de suciedad y paja. La boca se le despega al juguete, y ella anda todo el rato pegándola con un poquito de saliva. Y parece que la besa. Ay, Ërno. Mi madre también me curaba así, con su saliva.

No sé cómo reuní el valor para no desmoronarme y me puse a trabajar a toda velocidad para acabar con el desayuno improvisado y empezar a gestionar todas las pruebas de los uniformes. Pero tenía una cosa clara: no llores delante de los niños, Alice. Me lo dijo Mme LeClercq cuando vio que las gotas que empezaban a caer del cielo ya no disimulaban mi tristeza. Para cuando habíamos repartido todo el alimento, tocaba subir al aula. Tarea imposible sin ayuda; los pequeños son eso, dan igual el origen y los nombres, cuando uno estaba con la chaquetilla cogida con alfileres, otro le pinchaba el culo al de delante. «Malditos renacuajos», gritó una de las superioras. «¡Estaos quietos! ¡Parad!». Con el segundo grito noté que se ponían firmes como varas. Alguno que otro empezaba a llorar y contagiaba a los más pequeños en una culebrilla de fuegos artificiales.

—¿Un sorbito de... algo? —me preguntó madame mientras volvíamos al coche—. Verás como te animas.

Negué con la cabeza, pero el coche se detuvo donde dijo la señora: La Tour d'Argent. Tenía que parar ahí, no podía elegir otro lugar de todo París para invitarme a comer, Mme LeClercq.

Ay, Ërno, ahí sí que rompí a llorar a escondidas en el baño.

Mme LeClecrq no sabe nada, claro. Qué va a saber. Me he pasado toda la comida distraída, muy ausente, con la vista puesta en esa mesa en la que tú y yo, aquel bendito día, nos quisimos con la mirada.

Estuve un rato inmóvil oyendo el ruido de los camareros, las copas de cristal chocando en las bandejas, los cubiertos en los platos, que venían a aumentar mi desazón colándose en mis recuerdos. La Torre Eiffel se veía desde mi posición. Hoy también. Es curioso. Tiene un no sé qué que me gusta, debo ser la única.

—Es una pesadilla, ¿no le parece, Alice? —dijo de pronto Mme LeClercq—. Tengo tantas ganas de que lo quiten o la quiten, ¿qué despropósito es eso? Alguien con cordura debería haber en este gobierno, porque ha convertido el maravilloso campo de Marte en un jardín de aceros y grillos. ¿Qué cree?

Asentí, pero por dentro, en lo más profundo de mí, pensé que si esa torre de metal desaparece un día de la ventana, ya no quedará nada del paisaje de aquella vez. La veía borrosa a través de las lágrimas que luchaba por contener, y, tal vez por eso, me pilló desarmada una conversación al fondo.

Una voz me hizo girarme, una voz de hombre que tenía tu mismo timbre. «No puede ser —pensé—. ¿Será posible que pueda estar pasándome esto aquí, precisamente en este lugar?». Miré a madame.

—¿Te pasa algo? —me preguntó.

Busqué con la mirada, pero no te encontré. Vi que junto a las puertas un hombre se hacía el nudo de la corbata delante del espejo.

—Discúlpeme, ahora vengo, madame.

Estaba de espaldas y el camarero aceptaba la propina en un cruce de dinero y abrigo. Ahí te sentí cerca, eras tú otra vez. Pero en la cercanía su voz no era tan imperturbable como tu actitud cuando me dijiste un simple «hola» por primera vez. El señor bajó la escalera y yo volví a aquella noche:

—Soy su nuevo dueño.

—¿Cómo? —titubeé.

—Acabo de comprar su lienzo. Me presento. Me llamo...

Ërno Hessel, sí. Tú.

Cuando recuperé el aliento, me entretuve mirando las fotografías de las paredes, buscándote, un relámpago anunció una tormenta intensa. Algo tan simple como un timbre de voz parecido al tuyo me había hecho abandonar la mesa a la que estaba sentada, había guiado con urgencia mis pasos hacia un hombre que era en realidad un desconocido.

—¡Alice!

Era Mme Madeleine haciéndome gestos para salir del restaurante. «Debemos irnos», vocalizó. Oí dar las tres, me parece, en el reloj de pared. Salimos. De reojo observé la Torre Eiffel como si su presencia efímera me anunciara que las cosas buenas también se van de París.

Alice

Madeleine no es una mujer hermosa, pero todo el mundo la encuentra deslumbrante. Tiene la piel delicada, los ojos como dos carbones, algo tristes, bajo las pestañas más largas que he visto en mi vida, y la figura erguida, como un maniquí de alta costura de Poirot. Suele llevar corsé, pertenece a esa generación de señoras que todavía lo mantienen para afinar la cintura. Es de huesos largos, siempre vestida de azules y lavandas, con collares elegantes y discretos, prohibitivos pero no sobrecargados. Ella se ha convertido en una figura indispensable para mi nueva vida, nada que ver con la que antes llevaba con Kiki y la pandilla en aquel derroche social de talleres y mesas de bar. Sin pretenderlo, Mme LeClercq es ahora mi faro. Madeleine, como insiste ella, es mi referente.

—Debería empezar a acostumbrarse, querida Alice, a usar mi nombre. La viuda de un señor no es más que ella misma, así que use Madeleine para dirigirse a mí.

—Lo intentaré Madam... Madeleine.

—Y ahora, ¿qué hacemos?

Me acobardó con sus palabras. No entendí a qué se refería. Me explicó que esa misma noche iríamos a cenar con unas amigas suyas, también viudas, que tienen mucho dinero y alto nivel de aburrimiento. Ignoro qué puede compartir Mme LeClercq con ellas, pero debió sentir que rumiaba algo similar y me apretó el brazo, cómplice: «A determinada edad, la compañía de unas amigas no es sinónimo de libertad, sino de necesidad. Somos como los elefantes que van a morir, necesitamos ir en grupo, a terrenos conocidos, donde todo es amable». Lo dijo así.

—Puede que te aburras, pero en eso estará la gracia.

Así sucedió. A las siete de la tarde cerré la tienda, dejé lista la cena para Jules y Claire, y el coche de Madeleine me recogió donde siempre, pero esta vez no para visitar el hospital de la Salpêtrière, sino para ir a un palacete de Saint Germain-des-Prés, próximo al jardín de Luxemburgo. De camino a la residencia corroboré que París, vista desde esa posición, era la ciudad que había soñado contigo. Las tiendas, los enormes bulevares, esa agitación en la calle... En mi cabeza iba apuntando todo para contarle luego a los chicos, hasta el olor de la tapicería del coche. Pensé que ni en toda una vida podría disfrutar de todo lo que la ciudad ofrecía. Me fijé en el estilo sofisticado de las mujeres que paseaban por el barrio. En el fondo, reconocía muchos de los modelos que llevaban; estaba claro que Chanel marcaba la tendencia de las nuevas mujeres, aunque cada una le daba su toque de personalidad. En cuanto llegué a la plaza de Saint-Germain, aquello me pareció, como siempre, el paraíso. Creo que debía tener la misma cara que mi hermana cuando la llevé a Lafayette. Aquel día se probó todos los tocados de terciopelo que le gustaría llevar. «Hazme uno como este», decía. Deambulaba por las distintas plantas de la gran tienda, como la llamó, pensando que todo aquello era perfecto. Tenían trajes de muchos diseñadores, perfumes y ungüentos exquisitos, lencería y telas magníficas que se alejaban de las que nosotras teníamos al alcance. Amagué un grito cuando paró el coche. Yo llevaba mi mejor vestido y tus zapatos, los que me regalaste cuando llegaste aquella vez de Nueva York.

Nada me hacía parecer lo que más temía: una dama de cámara, en busca de algo urgente para la señora. En cuanto el conductor me abrió la puerta, otro hombre, que elevaba mucho la barbilla, hizo un ademán y se dirigió a mí.

—Madame Humbert.

—Sí, soy yo.

—Acompáñeme.

Fue algo mecánico, instintivo: me giré hacia el conductor como si fuera mi padre. No me preguntes por qué. Me sonrió como diciendo: «Entre sin miedo, disfrute, nadie notará nada de sus inquietudes, está bellísima». Otro hombre, uniformado con librea, abrió el portón y pasé. La escalera que se abría en el enorme recibidor se doblaba en caracol hacia izquierda y derecha, toda de mármoles de diferentes colores, cuadros enormes de familiares de varios siglos que podrían haberme escupido en otro tiempo. Un perrito vino a mis pies, ignoro la raza, era una bolita de algodón que a saltitos bajaba los escalones en mi búsqueda.

—Petit Prince, no molestes a la señora.

—No pasa nada, es precioso —respondí moviendo la cabeza y acariciando al animal.

—¿Alice?

Era la voz de Madeleine LeClercq.

—Sube, ven con nosotras. Solo faltas tú.

—Te estábamos esperando —añadió la primera. Estaban bebiendo un *dry* Martini y usaban una larga boquilla para fumar; se sobresaltaron lo justo.

Fue entonces cuando la ansiedad se me clavó como un rayo en el pecho: «¿He llegado tarde?». Me disculpé sin necesidad, porque luego descubrí que llevaban toda la tarde de cháchara y la única que faltaba era yo. Las había reunido Madeleine y estaban felizmente achispadas. Pero yo, de manera un tanto atropellada, hablé de cómo estaban los alrededores de casa, de que había unos anarquistas cortando el puente de Louis Philippe, de que mis hermanos se habían puesto algo tozudos con la cena, y que disculparan mi demora. Madeleine LeClercq se acercó cariñosa, estaba elegantísima con una estola de visón, un traje de brillos plata y un tocado que le había comprado a la misma Coco Chanel. «Tú la conoces bien», dijo para que todas se maravillaran de mis contactos. Asentí, que es lo mejor que sé hacer. Mme LeClercq le sacaba diez centímetros de altura a la anfitriona, una mujer regordeta y de simpatía innata que ya me había advertido con el perrito. Petit Prince y lady Bertha eran tal para cual, dos bolitas simpaticonas y expansivas. La tercera dama estaba apoyada sobre el respaldo curvo de un banco, los brazos alzados sobre la cadera. Parecía que posaba para algún escultor invisible. Esta visión de ella en una postura que bastaría para un cuadro de Taitbout me pareció graciosísima. Ella, Mme Villeneuve, no era consciente. «Venga. Le prometo que no tardarán mucho las presentaciones». La frase fue esencial para que Mme Thadée y Mme Boursin acudieran a mi vera, para hacer los cumplidos. Eran distinguidas, de elegancia innata y se desenvolvían con la soltura de las bailarinas del Moulin. Pero ese pensamiento se me fue rápido de la cabeza, seguido de una mirada de «ya está todo» que Madeleine hizo acompañar de una copa de champán. Lady Bertha, con el perro correteando entre sus piernas, hizo perder el equilibrio a Mme Villeneuve, la de las posturas. No tardaron en elogiar mi vestido.

—Es justo lo que le he pedido. Quiero uno así —espetó sin perder tiempo Mme LeClercq. Ahí entendí el plan a la perfección—. Mira.

—¿El qué?

—Mira a tu alrededor, Alice.

Madeleine LeClercq alzó la vista, y la seguí. Me rodeaba todo el brillo de decenas de lámparas, tapices, sillones donde nadie se había sentado nunca, desde las ventanas se veían jardines con sus fragorosas fuentes. Era increíble. Parecía de cuento. Pintoresca y barroca, baúles chinos de laca roja, mesitas con incrustaciones de marfil, terciopelos, tapices, una chimenea de mármol blanco sobre la que me miraba una máscara africana y figuritas rusas, puertas altísimas para columpiarse, relojes y más relojes.

—El tiempo es oro —murmuró.

—El tiempo —asentí.

—... Ellas tienen más oro que tiempo.

Empezó a sonar la música en un salón contiguo, alguien había puesto un disco.

—¿No quieres tomar algo? Aprovecha, que aquí podemos estar tranquilas. El bar del Ritz parece ahora un nido de fantasmas, elegantes, pero fantasmas.

—Por Dios, es un lugar divino.

—¿Cómo se llama esa mujer que entraba con una serpiente a modo de pulseras y collares? Ah, sí, la marquesa Luisa Casati. Qué excéntrica. El *maître* se veía obligado a alimentar a los reptiles con conejos vivos.

—No, no he comido. Prefiero reservarme...

En ese momento sentí que era una hambrienta, ¿qué podían pensar de mí, que había reservado el buche para saciarme en la cena?

—Pues sí, deberíamos tomar algo —me salvó Mme LeClercq—. La que está hambrienta soy yo y estas señoras tendrán que aplanar las burbujas de alguna manera.

—Qué quieres que te diga, a mí —la que hablaba era la delgadísima de las posturas— podrían mantenerme solo con copitas...

—Mira, no desvíes el tema. Madame Humbert acaba de llegar y deberíamos hacerle caso. Yo también tengo algo de hambre. Por no hablar de esta cosita pequeñita —respondió la tal Bertha dirigiéndose al perrito.

—Querida, tanto él como tú deberíais controlar el apetito.

—¡Serás grosera!

—Llévame la contraria, si puedes, querida amiga. Debes saber que la moda, y de esto sabrá mucho nuestra invitada, está hecha solo para delgadas.

—¡Y para ricas! Y lo que no tengo en huesos lo tengo en posibilidades. ¡Ja!

—Alice, ¿ha leído a Proust?

Negué con la cabeza.

—Me gusta mucho leer— acerté a decir—, pero...

—... El Ritz es un sitio con mujeres inmensamente ricas, cuyas fortunas privarían del hambre a generaciones y saborean plácidamente su té como elegantes fantasmas. Lo dijo él. ¿Tiene razón o no?

Madeleine LeClercq me miró con la expresión que cerraba nuestra conversación anterior. Su movimiento de cejas fue maravilloso.

—¿No os parece maravilloso Cole Porter?

Mme Boursin tradujo la canción, pero no recuerdo qué es lo que decía la letra. Puse mi mejor sonrisa y respondí algo más digno de Kiki que de mí.

—Es perfecta para bailar, pero no tenemos caballeros con los que trenzarnos.

Quise morirme. Fue decirlo y desear que se abriera el suelo hasta el infierno de Dante. Pero el aplauso de Bertha, Mme Villeneuve y Mme Thadée fue tan sonoro que regresé al cielo del salón y me crucé con la mirada redentora de Madeleine.

—*Tu as du chien!*

Era la segunda vez que me lo decían en mi vida. La primera vez fue en el taller de Chanel, cuando me recibió como aprendiz. Lo recuerdo perfectamente, quién me iba a decir que aquellas palabras se repetirían otra vez en circunstancias tan diferentes. Sonreí satisfecha, tal vez como en aquella ocasión, liberada de nervios y absuelta de miedos por lo que soy o lo que no soy. Ella, encantadora, le dijo a Madeleine que había tenido muy buen ojo al traerme, y yo, más suelta, agradecí sus palabras y le dije que me encantaba su vestido. Mme LeClercq sonrió vencedora. Su plan había salido como ella esperaba. No tardaron en decir que vendrían a ver mi tienda, que estaban deseando conocer mis diseños, mis telas y que anhelaban que las vistiera. No sabes, Ërno, cuántos suspiros de felicidad caben en un cuerpo. Todos los amagué para reservarme la emoción hasta este momento en el que te escribo.

Después de brindar fuimos al salón donde estaba la cena.

—Mira, ese de la foto es Cole Porter —me dijo cómplice la anfitriona cogiéndose de mi brazo—. Y ella soy yo, la que está junto a Linda Thomas, su mujer. Fui a su boda. Diciembre, París. No entiendo cómo se les ocurrió. Me tuve que abrigar tanto para no pasar frío...

—... dirás que bebiste para entrar en calor.

—Llámale abrigo, llámale alcohol, querida.

—Ese matrimonio me huele a chamusquina, ella es ocho años mayor que él, me parece que son solo amigos.

—Bueno, Cole es adorable, pero todos sabemos que es un matrimonio de conveniencia. Los contactos los ha puesto Linda. Le irá bien, triunfará.

—¿Y bien? —preguntó mi interlocutora.

Sus manos llenas de anillos y pulseras que bailaban en una muñeca finísima servían el té en una taza decorada con ciervos. A pesar de su edad, inscrita en todos los pliegues de su piel, era firme. Y su voz, rotunda. Me quedé mirando los animales saltando de taza en taza, brincaban felices sobre campos verdes con árboles que se enredaban en las nubes. Busqué la alarma, ¿de dónde salían corriendo desamparados? El cazador estaba dibujado en la gran tetera, armado hasta los dientes, sujetando un rifle en dirección a los animales que brincaban. Giré la vasija hacia la ventana. Me retiré un mechón de la cara y descubrí que la dama seguía esperando mi respuesta.

—Siempre está buscando inspiración.

La respuesta fue de Madeleine.

—Triunfará Cole Porter y triunfará nuestra Alice —sentenció.

Me quedé pensativa. Resultaba evidente que mi emoción al sentir el éxito ante unas damas de clase alta mutaba en rubor.

La anciana esbozó la sombra de una sonrisa.

—Es usted muy amable, son ustedes muy amables. Estaré encantada de crearles un diseño a la moda. Y me dejaré la piel aunque esté empezando.

A Mme LeClercq le faltó tiempo para mentir.

—Esto que llevo ha salido de su cabeza. —La sorpresa me dejó boquiabierta. Me esperaba cualquier cosa menos eso. Como si no tuviese bastante con mis miedos, ahora se sumaban los de la mentira. Pero era su argucia. Y salía desde el corazón. Hizo una pausa—. Y quiero que demos la oportunidad de brillar a nuevas estrellas. Usted lo sabe bien, Mme Bertha.

Cómo sabía a quién dirigirse para que todas asintieran. La gordita era una bola de carácter y bravura.

—Señoras, a nuestra edad, es lo que nos podemos permitir. La osadía. ¿No creen?

Al terminar la cena, un muchacho diferente al que nos había abierto las puertas, bastante joven, avanzó hacia mí. Llevaba el pecho marcado con colonia y una camisa de color crema; su figura desgarbada le hacía elegante. Tal vez como esos ciervos de las tazas de té. Me pilló desprevenida, entre nervios y mi atoramiento por el exitoso plan de Madeleine. Mi interlocutor, observando mi vacilación, decidió por mí.

—La acompaño al coche.

Fue él quien me devolvió a casa.

Ahora, sentada y bajo la luz tenue alumbrando este papel que deja de estar en blanco, pienso en lo mucho que puede significar el encuentro de hoy. Lo que puede repercutir en mi futuro. No quisiera engordar la esperanza, pero ¿quién puede resistirse a ella? Hace tiempo que no me siento ilusionada. Estaría bien al menos levantarse con el ánimo lleno, con una luz creciendo en el pecho. Sé bien que las expectativas son el germen de la decepción.

Alice

Me despertó el sonido de las risas de Jules y Claire. Se reían de mí. Dicen que he estado todo el rato hablando en sueños, en voz alta —estas paredes son cartón—, y que repetía nombres y colores. «El servicio de una casa debe componerse, como mínimo, de un intendente, un capellán, un escudero, dos ayudas de cámara para el señor, un tapicero, un ama de llaves, una nodriza, un tutor, un *maître d'hôtel*, un *officier*, un cocinero, dos mozos de cocina, una pinche, dos pajes, seis o cuatro lacayos y catorce caballos de carruaje». Todo eso. Jules se reía y añadía:

—¿Necesita la señora trasladarse a la finca campestre o se quedará en el castillo?

—Calla. No te creo.

Claire asentía aguantando la risa.

—Y hablabas de un guardabosques, un cazador, la gobernanta... Y hasta de un pastor y un vaquero.

—En cualquier caso, no pedí *sommelier*...

—Si quiere, mademoiselle, limpio la plata, saco la vajilla y ordeno los utensilios. Haré inventario de cocina, si le parece bien.

Claire se desternillaba. Yo creía que iba a estallar de la risa. Me mordí los labios y la empujé para que bajara a la tienda.

—Ve abriendo. Y calla de una vez.

Al encender la luz estaba Piotr, el anarquista, pegado al cristal. No le dio tiempo a disimular, vi cómo escondía unos panfletos en la espalda. Y giré la cabeza como un búho hacia Jules.

—Ahora se han acabado las bromas. Dime que no viene a lo que parece.

—Piotr es amigo.

—Eso ya lo sé. Y es precisamente lo que más me inquieta, Jules. —Claire se quedó escuchándonos en la escalera, temiendo lo peor—. Hazme el favor de quedarte hoy en casa. Sabes cómo está París, sabes la cantidad de líos en que te puedes meter. Ya han empezado los preparativos de los Juegos Olímpicos. Hay más policía que nunca, y eso sí que no es un juego.

Levantó los hombros, ignorándome. No sabes cómo me puse, habíamos pasado de soltar el trapo a las malas caras en segundos. Y esto me generaba más miedo que inquietud.

—Saldré con él.

—Hazme caso.

—¡Tú no hiciste caso a mamá!

Fue algo más que dolor lo que me sacudió el cuerpo. Jules se convirtió en alacrán, supo dónde dar y cómo hacer daño. Claire pegó un respingo y estuvo a punto de lanzarle las tazas que llevaba en la mano, pero mantuvo la cabeza fría y se lanzó escaleras arriba. Tuvo una arcada y vomitó. A mí me recorrió un escalofrío de angustia por todo el cuerpo, todo el desconsuelo acumulado, los restos de tristeza, la vida rota, y rompí a llorar.

Jules se quedó mirándome y lamentó inmediatamente lo que había dicho. No había bastante aire para sus «lo siento», que iba encadenando en una batería de abatimiento y aflicción. Más tarde, por la noche, al irse a dormir, me abrazaría con fuerza. Pero en ese momento, la rabia le pudo. Abrió la puerta y la hostilidad que sentía por dentro, la ira contenida, fue a parar a Piotr.

Sonó la campanilla justo cuando mi hermano le daba un puntapié a su amigo en la calle. Quería morirme. Era Mme Bertha la que entraba. Y, además, acompañada de una joven que resultó ser su sobrina. Una chica pelirroja, de piel nívea y vestida de rosa, con botines altos.

—¿Qué está pasando aquí, mi querida Alice?

—Nada, madame. Es mi hermano, que siempre acaba metiéndose en líos. Lo lamento. —Miré a Jules con la rabia contenida—. Anda nervioso por los Juegos.

—Oh, no pasa nada. Todos los jóvenes son así. Rebeldes, activos y... hombres.

—No tardaré —dijo Jules volviendo al arco de la puerta con una media sonrisa—. Hoy nos han dicho que el ensayo de la inauguración es solo para las banderas. Han montado una buena. Dicen que vendrán personalidades de todo el mundo, de momento mirar y trabajar. ¿Quieres que te traiga algo?

—Nada, Jules. No tardes —le dije invitándolo a irse.

La chica escuchaba cada palabra sin dejar de mirar a Jules, noté el fuego adolescente en su piel, que, de blanca, empezaba a coger el color de su pelo.

—Solo ha sido un malentendido —dije mirando a Mme Bertha.

—¿Nos presentas?

Le faltó tiempo para quitarse la gorra y ofrecer la mano como si fuera un caballero de la Sorbone. Yo no daba crédito al cambio.

—Jules Humbert. Para servirla.

—Madame Bertha, me disculpo por el comportamiento de mi hermano, siempre se mete en líos. Desde que todo cambió...

—... hombres. Son todos iguales, da igual el palacio que pisen o el calzado que usen.

Asentí y sonreí de manera forzada para templar la situación. Pero la sobrinita, creo que dijo llamarse Annette, no estaba por apagar la pasión que había nacido, y con ímpetu similar al de Jules, preguntó:

—Entonces... ¿este es su hermano?

—Sí, soy su mucho más joven y guapo hermano —respondió engreído mientras jugueteaba con la gorra.

¿De dónde sacó toda esa arrogancia? Faltaba espacio en la tienda para respirar, abrí la puerta y le hice un gesto para que saliera con el amigo anarquista que, a pesar de la bronca, estaba esperándole en la acera de enfrente. Y fumando.

—Vete, vete, querido; diviértete.

Annette movió la barbilla y apretó los labios en una sonrisa.

—Jules —arranqué como pude para cerrar el episodio—, estas son unas clientas muy importantes a las que estaba esperando y tenemos mucho que hacer. Podrías...

—Seguro que coincidiremos en otra ocasión —contestó educada Annette. Después se dirigió a su tía Bertha y siguió cascabeleando—. ¿Por qué has mantenido en secreto esta maravillosa tienda, tía? Me parece preciosa.

—Por favor, Jules... ¿no te vas? — insistí.

Apreté el puño tras mi vestido.

—Soy la oveja negra de la familia Humbert, ¿verdad, Alice? —susurró Jules con despreocupación.

Annette lo oyó.

—Pues a mí las telas negras me parecen interesantes, querida tía —respondió mientras se sacaba el pelo del cuello del abrigo.

Madame Bertha, sin atender a nada, observaba el escaparate y las nuevas sedas colgadas en la vitrina de exposición; y quizá fuese el silencio de la señora el que hizo que todo se quedara ahí.

Yo era la hermana mayor, y me había adjudicado el rol de madre en ausencia de la nuestra, pero en esos momentos me daba cuenta de que me quedaba grande.

—Bueno —zanjó por fin Mme Bertha—. A pesar de lo entretenido de la situación, no tenemos mucho tiempo. Deberíamos empezar a elegir telas. ¿Alice?

—Tengan un buen día.

Annette volvió a sonreír sin disimulo.

Jules salió sonriendo a la calle, chocó los pies en un salto, se giró hacia el escaparate y allí estaba la damisela, también pegada al cristal.

Me alegré en el fondo de recibir a la mejor clienta que podrá existir, junto con Mme LeClercq, claro, y ocuparme en elegir las mejores piezas. Las horas que nos quedamos entre tejidos y cinta métrica llenaron mi cabeza de pájaros y eliminaron malos pensamientos, envuelta en su excesivo perfume floral, que inundó la tienda.

—Alice, ¡que me pinchas con las agujas!

Me sobresalté.

Mme Bertha estuvo a punto de caerse del pedestal, menos mal que la pequeña fiera de su sobrina tenía, además de arrojos, bien sujetos los brazos en la enorme cintura de madame. Di gracias al cielo porque no se desplomara.

—Disculpe, tenía la cabeza en otro lugar. Supongo que le habrá contado Mme LeClercq...

—Frialdad, querida. Llegará un momento en que sabrás que todo ha terminado. Ese será el principio. A veces tenemos que ser un poco egoístas. Nosotras, no-so-tras —repitió dos veces.

Ërno:

Haciéndole algo de caso a Kiki, llevo días sin escribirte.

Son las diez y mis hermanos duermen felizmente, se hicieron la cena ellos porque les dije que pasaría la tarde en casa de los Fresnault. Así fue.

Antoine y Marianne me han recibido como si fueran mis padres. Ha sido extraño, pero el abrazo largo y afectuoso fue verdadero, en doble dirección, y se sintió como una comida caliente. Al entrar al edificio olía a tabaco y humedad, a polvo, a espeso, a cierta suciedad acumulada en el tiempo. No esperaba otra sensación, solo que ahora he podido distinguirlo como un perfumista, entrenada en la profundidad de fragancias y recuerdos. Creo que todos los vecinos son mayores, no he visto apellidos nuevos al entrar. Solo faltaba el nuestro, borrado con una tiza. *A louer*. En alquiler.

—¿Quieres entrar, Alice? —me ha preguntado Mme Fresnault al verme paralizada ante la puerta del que fue nuestro mundo durante tantos años—. No está cerrada, la dejo solo entornada por si algún día venís. Solía escaparse tu hermano y se sentaba en la puerta, un día lo vi. Y salió huyendo. Sabía que estaba llorando y que no quería que lo viéramos.

—Por eso ahora la dejamos abierta, no se nota —ha dicho Antoine, dando un puntapié al portón.

—Voy preparando un té, Alice. Te esperamos los dos en casa. —Ha remarcado «los dos» para invitar a su marido a dejarme sola en el rellano frente a la puerta abierta.

Sueña con liberarse de los dolores de la vida, con olvidar lo que nos hizo daño, con tener capacidad de crecer y de ser mejores. Pero la vida es solo naturaleza, y entregada a ella, siempre me dejo llevar. He heredado el mismo ímpetu que tenía papá, el idéntico arrebato que veo en Jules. Ese arranque de caballo en carreras que no sabe si va a ganar o perder, pero que en la furia tira hacia delante, frenesí y entusiasmo, torpeza, disparate y mucho desacierto.

He dado el paso al pasado. Ha bastado un solo escalón.

La casa parece una caja vacía de bombones. Parece que alguien se ha comido todo y ha dejado los recuerdos, que no ocupan nada y que ocupan todo. Créeme si te digo que he entrado evitando el mueble que ya no está y en el que nos recibía como un saludo la foto de novios de papá y mamá. La única que tenían juntos. Me he girado hacia el espejo, pero no me he visto. Tampoco estaba. Y, sin querer, he ido a tocar el collarcito de cuentas de colores que siempre colgaba del perchero. Nada. Hay una capa de mugre que cubre todo, telarañas, polvo, bolas de pelusa y manchas allí donde hubo mobiliario. Se me ha empañado la vista y, en lugar de entristecerme, ha sido un bálsamo de melancolía: he vuelto a verme de niña, la Alice que ponía las manitas frente al fuego, la niña que se metía en medio de la cama de mis padres, la cría que hundía los dedos en la masa del pan, la chiquilla que pegaba la nariz en la ventana, para ver la calle, deseando ser mayor, soñando con llevar aquellos pasados vestidos de grandes capas y lazos, la muchachita que barría con desgana y que se quejaba de las tareas, la adolescente torpe y testaruda que se soltaba la trenza y que quería con todas sus ansias ser mayor.

La vida solo me ha hecho caso en eso: ya soy mayor.

Con la cabeza apoyada en la misma ventana, por la que entraba el aire frío de la calle, olor a pan y a cenizas, he sentido el calor de mamá. Estaba a mi espalda, lo sé, diciéndome «tranquila, no te apures». Es ahí cuando me he secado las lágrimas para que ella no me viera llorar. Como entonces. Mi padre esperaba sentado en la mesa del comedor, erguido como un palo, con el bigote fino, largo y enroscado. Lo oía cantar una melodía que jamás he vuelto a recordar. Lo sentí levantarse y acercarse a mí, y me giré... La sangre comenzó a brotar escandalosamente de mi mano, manchando los cristales como en una cascada exagerada que llegaba al suelo. Me aparté de la ventana y vi el pellejo abierto de mi dedo índice, había estado abriéndose sin ser consciente en el vidrio roto.

Creí ver la sombra de mi madre sentada al lado de la chimenea, pelando patatas y con un «te lo dije» entre dientes. Pero su mirada me condujo hasta la alhacena empotrada entre dos pilares, único mueble que seguía allí y que construyó mi padre para «aprovechar el hueco». Abrí la portezuela y lo único que había eran trapos viejos, doblados, como si esperaran allí para mi alivio.

Me seco, rompo uno en tiras y lo ato para frenar la hemorragia. «Ya está», parezco oír. Mamá me acaricia el pelo. La siento. A mi hermano lo veo gatear junto a Claire, que se ha hecho pis y va mojada. Tose por el pasillo vacío camino de la estufa, para calentarse. Lo cojo en brazos y acompaño a la niña a secarse.

«Llaman a la puerta», dice papá.

—Ya voy yo —contesto.

Es Marianne Fresnault. Vuelvo al presente.

—Teníamos tantas ganas de ser felices.

Eso le dije al verla. Pero ella gritó. Un grito de horror que se elevó desde el suelo. Sobre la madera había un rastro de sangre.

—¿Qué ha pasado, Alice?

—No es nada —le dije—. Me corté al llorar.

No me entendió, pero las dos evidencias estaban en mi cara: lágrimas y sangre. Me habría quedado allí, como la hija pródiga, en mi casa de siempre, con el vacío que tanto ocupan los recuerdos, con la culpabilidad y la penitencia de los errores, pero ¿ahora? ¿Ahora, qué? ¿Qué puede una arreglar de su pasado, cómo cambiar las faltas, los disparates, los resbalones? Era un alivio llorar en el hombro de Mme Fresnault.

Me dijo, o se dijo a sí misma, que, a pesar de la torpeza de las formas, era un ejemplo de sensatez.

—¿Sabe, Marianne? Usted conocía bien a mi madre. Y le aseguro que yo no quise hacerla sufrir. Era una buena mujer. Vaya que si lo era. Para mí y para todos. —A Mme Fresnault le pareció que hasta mi voz había cambiado, y así me lo dijo acariciándome la cara.

—Te has hecho mayor. Eres una mujer. Yo soy una vieja. Y sé ver en tus palabras, y en tus silencios, que no hay más espacio para el dolor. Debes perdonarte tú misma. Nada en el mundo aplacará esa llaga, pero desde este lugar que me dan los años, créeme que los días apagarán ese fuego, te serenarás, el recuerdo será hasta hermoso y...

—Lo siento de verdad —repetí.

—... y lo que tenemos que hacer ahora es empezar a curar esta otra herida. Dame la mano y entra conmigo en casa.

Primero recorrimos el pasillo, que parecía decorado con telas pintadas, y que eran en realidad las manchas de las goteras de años y años. En una plancha de madera había colgadas varias llaves, eran la familia de confianza y en ellos la depositaban el resto de los vecinos; y otra similar con palabras recortadas de la prensa (*retrouvailles, dépaysement, grasse matinée, bonheur, nouvelles, chou, flâner, noir, la douleur exquise* y otras más). Me dolió al mismo tiempo que calmó esta última: el dolor exquisito. La angustia de un amor imposible.

—*¿L'esprit de l'escalier?* Monsieur, ¿el espíritu de la escalera?

—¡Qué va! Nada de eso, no. No, no.

—No entiendo nada... ¿Qué quiere decir?

—¿Nunca has encontrado la respuesta ingeniosa, la frase perfecta después de una discusión, tiempo después de esta? Pues eso es el espíritu de la escalera. Se le ocurrió a Diderot. Debió meter la pata, acalorarse con alguien y hasta que pasó el tiempo no supo responder con agudeza. Eso es. La intuición nunca llega cuando uno la necesita, querida Alice. No somos máquinas. A veces tenemos que ingeniárnoslas como podemos, cuando podemos y darnos tiempo hasta para responder.

Asentí y la memoricé.

En la primera habitación en la que entramos —volvíamos a hacer visita como si quisieran devolverme a la vida tras el vacío que había encontrado en el piso espejo—, había un ejército de soldaditos de plomo, «la nueva afición de Antoine». Pude distinguir estampitas de santos y, al lado, pequeños cuchillos; no en vano monsieur Fresnault había sido afilador, aprendiz de pastelero y, como buen vendedor ambulante, poseía un profundo sentido de la teatralidad. Su pintoresco encanto residía precisamente en eso. Su fotografía favorita era una que le hizo un amigo suyo, un tal Adget, con su artefacto para afilar, gorra, bigotón y traje de faena. Mme Fresnault repartía pan en la *boulangerie* del *boulevard* de Port Royal. Y así se conocieron, en la calle. Aunque ella, cansada de ir con el carromato de un sitio a otro, soñaba con estar sentada en el jardín de Luxemburgo y alquilar barquitos a los niños. «Eso me gusta», decía. Pero yo sabía por qué. Y Antoine. Me lo contó mamá una vez que las dos se sentaron con nosotros a ver el teatro de marionetas que había en el mismo parque. Debió de ser la misma mirada que tiene Kiki cuando aparecen Nils y Thora Dardel con la niña. O la que debo tener yo cuando soy incapaz de disimular que este vacío en el vientre se me hace gigantesco.

Había muñecas. Las vi en la habitación que de pronto cerró Mme Fresnault. Y más cosas, pero Marianne no me permitió contemplar aquella desconcertante colección de bebés. Pude ver un caballo de madera, un perro, un elefante con la trompa hacia abajo, que entendí como muestra de mal fario. En la habitación más diáfana, había una cama con delicados adornos de madera, flores en la pared y cuadros de escenas campestres. La mesilla de noche tenía un tapetito que seguramente había hecho ella y una lamparita gris, en algún tiempo turquesa.

Al final de la casa no había nada sorprendente: como si la vida los hubiera ido borrando al tiempo que a ellos se les sumaban las arrugas. Eso sí, reinaba un orden absoluto y una escrupulosa limpieza. Ni una mota de polvo, y todas las piezas, jarroncitos y pequeños retratos, parecían recién sacados de la tienda. Me fijé en uno.

—Pero si somos nosotros.

—Aquí estáis, pequeña Alice. Los tres. Como si fueseis nuestros...

—Familia. Sois familia —se apresuró Mme Fresnault a contestar—. Nos la dio vuestra madre, pensaba que seríais una bonita compañía siempre.

—¿Lo hemos sido?

—Todos los días, Alice. Todos los días de nuestra vida.

Antoine asintió. Luego miró mi mano y se dio cuenta de que había vuelto a sangrar. Pero yo ya no oía la voz de ninguno, ni los murmullos para que fuera con cuidado, ni los «te echamos de menos, a ti y a tus hermanos». Miré la foto y recordé cómo mamá nos hacía muecas para que sonriéramos ante el retratista, moviendo uno de sus guantes como una muñeca de trapo en el aire. Ella sonreía a la vida con una expresión muy suya, con la boca apretada y los ojos irradiando luz, como si echara rayos de sol, como si quisiera decirnos que la vida iría bien, que apostáramos por la felicidad, que aunque se cayera el techo, aunque se desbordara el Sena, nada nos estropearía la fiesta. Ese optimismo se volvía contagioso y por eso sonreíamos exageradamente en la fotografía de los Fresnault. Sentí el momento, incluso el fogonazo de calor y fuego de aquel hombre sin cabeza tras la cámara. *Flash.* Creo que aquella manera de ser de mamá era la razón fundamental por la que se ganó el amor de tanta gente.

El calor se fue apagando, también su sonrisa. Pero hoy su recuerdo es todavía mayor.

Monsieur Fresnault había vuelto a colocar la foto en la pared, y allí miré una vez más, deseando que el tiempo y la vida estuviesen hechos de un material sensible y fácil para poder regresar, «lléveme de vuelta, señor». Nadie está preparado para esa pérdida de la inocencia, pero, a diferencia de los demás, que se ponían a salvo de las desgracias como quien se cubre con una capa, yo siempre tuve la sospecha de que el destino estaba preparándome para otras jugadas: malas y buenas.

La enfermedad de mi madre la ocultó ella misma, no nos dio tiempo a que le tuviéramos pena. No quiso. Fue como la luminaria de aquel día de la foto, el brillo que eliminaba las sombras. Pero su muerte nos dejó a los tres completamente desarbolados, inertes, desnudos de futuro y sin su protección. Aunque yo fuera la menos oportuna para quejarme.

Marianne me miraba como si me abriera las ventanas para retroceder en el tiempo. En uno de esos segundos en los que la mente se relajó en la nostalgia, hice un esfuerzo por pasar a la acción. Y también para hacer algo distinto a mirar y remirar el retrato de la pared. Monsieur Fresnault se ofreció a descolgarlo y regalármelo, pero negué rápidamente con la cabeza. Al verlos, tan mayores, con ese halo de ternura de siempre, enfrentados a la realidad del tiempo que se agota y con la obligación de buscar en las largas horas del día algún motivo para seguir viviendo, dije que ese era su lugar, que no movieran la foto de ahí, que prefería que se quedara con ellos. Desconozco la edad de ambos, no sé cuánta vida queda entre aquellas paredes. ¿Hasta qué punto me resultaba necesario quitarles el recuerdo feliz? Soy impaciente y asoman en mí arrebatos de mal genio, pero creo que este tiempo de orfandad y ausencia de amor —amor es pensar en otro— ha hecho de mí alguien mejor. Habrá que verme cuando sea como ellos, vieja, y solo sea una foto lo que me mantenga en pie. La idea de llevarme la foto me hacía sentir mal, pero me secaba las lágrimas, como aquella vez que me quemé en el agua hirviendo por acercarme donde mil veces mamá había insistido que no me aproximara. La intensidad del dolor era tan grande como mi orgullo, y eso me impidió gritar, a pesar de lo mucho que me habría aliviado chillar hasta enmudecer. Como ahora.

Al cerrarse la puerta, en aquella casa donde vivimos, se quedaba guardado también el dolor. Creo que algo dentro de mí ha muerto cuando he echado el último vistazo a la casa vacía.

El cine está siendo una revolución.

Mme LeClercq me habló de que había pensado en llevar a todos los niños de la Salpêtrière a ver una película la próxima semana. Esa gran pantalla es una experiencia desconocida para ellos, todavía.

Celebré su idea, e imaginé a la niña Hortense junto a todos sus amigos con los ojos como platos ante el mundo que iban a descubrir. Esos pequeños que tienen un acceso tan limitado al mundo, a la vida... Al ver la ilusión que me hacía, me propuso que la acompañase, pero tuve que declinar la invitación. Voy muy justa con los encargos; por más que mis hermanos me echen una mano que yo agradezco cada vez más, no puedo cogerme toda una tarde libre, aunque sea un domingo.

—No se puede hacer de la vida un trabajo, Alice. En todo caso, tendría que ser al revés. Venir al cine te vendrá bien, será una tarde divertida. Todo el mundo quiere ir y todos salen fascinados.

—Imagino a los niños allí. Seguro que luego me cuentan la experiencia.

—En fin. Te arrepentirás. Pero tú mejor que nadie sabes lo que cuesta levantar un negocio.

Le agradecí que entendiera mi postura y prometí que me uniría a otra sesión de cine con los niños en mejor ocasión. Después le pregunté por su vida, a pesar de lo mucho que me seguía costando tratarla como a una amiga. Pero necesitaba un respiro, el foco puesto sobre mí todo el rato llegaba a asfixiarme. Me contó con su habitual desparpajo que unas noches antes había tenido un invitado especial en su casa.

—El barón de Coubertin es un hombre extremadamente interesante. Ese tipo de persona que no ceja hasta que ve un sueño hecho realidad. Pura cabezonería, por supuesto.

Pierre de Coubertin, el fundador de los Juegos Olímpicos modernos, el presidente del Comité Olímpico Internacional. Esa era la clase de gente que acudía a cenar a casa de Mme LeClercq. Y yo sabía que lo hacían con gusto, no debía de ser frecuente encontrarse con anfitrionas tan desprendidas como ella. Me costaba entender qué veía en mí, cuando las nuestras eran vidas cuyos extremos no alcanzaban ni a rozarse. Pero luego pensaba en la Salpêtrière, en todos aquellos niños a los que habíamos vestido gracias al trabajo que ambas habíamos llevado a cabo. Nos unían las ganas y el compromiso.

—Está convencido de que en París se alcanzará la gloria. Dice que será recordada como una de las mejores ediciones de toda la historia. Qué quieres que te diga, a mí me parece apuntar un poco alto. A fin de cuentas, los que importan son los deportistas, ¿no? El sitio donde se celebre no deja de ser un mero escenario.

Poco pude aportar, lo cierto es que no tengo una opinión muy formada al respecto. Los Juegos Olímpicos me parecen una cosa de otra galaxia. Los deportes nunca han despertado en mí un interés particular, y aunque soy consciente de que esto se trata de un evento especial, único, me he mantenido bastante ajena a los cambios que la ciudad ha ido sufriendo con los preparativos para esta gran celebración. Apenas salgo de la tienda, solo en aquellas ocasiones en que no consigo evitar que Kiki me arrastre consigo.

—Querrás verlos, ¿verdad? Ya que no me quieres acompañar al cine, al menos no dirás que no a ver cómo París se convierte en «la capital del mundo durante unas semanas», en palabras de monsieur Coubertin. Como si no lo fuésemos durante el resto del año.

Sonreí. Me daba rabia no poder acompañarla al cine, yo tampoco iba a menudo... Y tenía ganas de volver a ver a Hortense, de encontrarme con que su tos se había atenuado, con que su cara había ganado color. Faltaban niños en mi vida, la inocencia y la ingenuidad fundidas en todo lo que significa la infancia. Jules y Claire eran ya adolescentes, poco rastro quedaba de inocencia o ingenuidad en ellos...

Prometí que asistiría encantada a la celebración, para cuya inauguración quedaba algo más de un mes todavía, si el trabajo me lo permitía. Me amenazó con que más me valía que el trabajo no siguiese tomando decisiones por mí. Si no, tendría que dejar de enviarme a nuevas clientas.

Cuando se fue, me quedé agradecida por su compañía. Puede pasar su tiempo donde quiera, ninguna puerta de París tiene el peso suficiente como para no abrirse ante su presencia. Y sin embargo elige entrar en esta tienda. La que tú me regalaste. A la que sigo entregando mi tiempo, mi dedicación, mis ganas. A la que quizá consagre mi vida.

Posdata: Como ves, tal vez Kiki y Mme LeClercq tienen razón y soy más fuerte de lo que creo.

Alice

Recorte del diario...

EL CINE NOUVEAUTÉS, DESTRUIDO POR LAS LLAMAS

El suceso reviste caracteres de verdadera catástrofe. Numerosos muertos y heridos. El fuego se propagó a las casas inmediatas.

Alrededor de las nueve de la noche comenzó a circular por París la noticia de que un voraz incendio había estallado por los alrededores de la calle Saint-Paul, amenazando con destruir varias casas.

Desde los lugares altos de la ciudad se divisaban grandes columnas de humo rojizo, que se elevaba a considerable altura, presentando un aspecto desolador.

La gente se orientó con rapidez. De todos los lugares de París comenzaron a acudir numerosas personas a la calle Saint-Paul, y, según iban avanzando, los grupos de curiosos se enteraban de los primeros detalles conocidos. Pronto corrió como reguero de pólvora, por todo París, la noticia concreta: Nouveautés, el popular cine de Saint-Paul, ardía por los cuatro costados. En el incendio había muertos y heridos.

—Alice, ¿te has enterado?

—¿De qué?

—¡Una tragedia!

La ansiedad de la gente fue enorme, indescriptible. Corrían los grupos de un lado para otro. Donde marchaban unos, seguían los demás, presumiendo que los primeros iban al lugar del siniestro. A las nueve y media de la noche, no ya los alrededores del cine, sino las calles de Saint-Antoine, Neuve Saint-Pierre, Charlemagne, Charles V y otras menos inmediatas al edificio siniestrado aparecían invadidas.

Poco después, la ansiedad de todos fue en aumento.

—¿Qué está pasando? Por Dios, ¿sabes algo? Dime.

—Hay muchísimos muertos, ha ardido el cinematógrafo. ¡Todo el cine! ¡El Nouveautés! Es desolador, las llamas han consumido butacas, cortinas, la sala... ¡Todo! Dicen que unos han muerto por asfixia y otros calcinados. Algunos han conseguido escapar del terror, otros están muy graves... y la mayoría ha perdido la vida.

—Dime que están bien los niños. Júrame que has tenido noticias de ellos. Por favor.

Los rumores, llevados de boca en boca sobre la magnitud de la catástrofe, iban teniendo una triste confirmación en el paso discontinuo de las ambulancias que trasladaban a los heridos recogidos en primer lugar. Corrimos hacia el cine tropezándonos con los que, perdidos, gritaban o buscaban también información entre gritos. «Por favor, ¿qué ha pasado?», era lo que saltaba de boca en boca, asfixiados por el miedo y por el humo que invadía todo.

—¿Alguien sabe?

Los ojos que respondían daban miedo. Era a veces silencio. Otras, un desgarro.

En los rostros se dibujaba la impresión dolorosa de la catástrofe, y el ánimo de la gente se hundía más y más ante el flujo de las ambulancias, con los gritos de quienes intentaban pasar a codazos y romper las filas de la gendarmería para buscar entre los muertos y los heridos al padre o a los hijos.

—¿Hay alguna manera de saber nombres?

El gendarme nos apartó:

—Quítense de aquí.

—Queremos saber quiénes estaban dentro. No hay algún lugar donde conocer... alguna posibilidad...

—No molesten. Estamos intentando salvar la vida de muchas personas.

—¡También la nuestra depende de su información! —clamó Jules con voz seca mirando fijamente al policía.

—Pregunten allí.

Un grupo de periodistas estaba recopilando información y alguien del ayuntamiento intentaba explicarse de manera azorada.

—Resulta difícil todavía precisar las causas que determinaron el inicio del fuego, pero sabemos que comenzó en la máquina de proyección y que se produjo por un cortocircuito.

—¿Cuántos muertos?

—¿Hay niños?

—¿Qué cifra de localidades tiene el Nouveautés?

—¿Cuándo se sabrán los nombres?

El caos de preguntas no aportaba más que miedo, incertidumbre, pánico.

Como domingo por la tarde que era, y tratándose de un coliseo tan popular como el Nouveautés, no resultaba extraño que el aforo estuviera lleno. «Las localidades altas estaban totalmente ocupadas, el patio de butacas casi completo y así mismo ocupados los palcos» es lo que se decían unos plumillas a otros mientras tomaban notas apresuradamente.

—Dicen que la sala se quedó a oscuras.

—Es prematuro aún hacer juicios sobre la causa de este incidente, pero...

—¿Ha sido torpeza de los electricistas?

—Para evitar una peor dimensión del incendio apagaron la sala. Sí. Ha sido por seguridad.

Al faltar la luz, la gente aterrorizada perdió la serenidad que pudiera quedar, lanzándose a ciegas hacia las puertas laterales, entre gritos aterradores, atropellándose unos a otros y aplastando los más fuertes a las mujeres y a los niños, enloquecidos por el miedo.

Nadie sabía qué pasaba. «Una avería», comentaron en un primer momento. Pero el desasosiego se convirtió en espanto cuando de la entrada principal se oyó la primera voz de «¡fuego!».

Las explicaciones iban creciendo. Y nuestro estremecimiento.

—Muchos de los espectadores eran niños.

—¿Has oído, Alice?

Enmudecimos.

Pronto rodaban por el suelo las primeras víctimas. El drama escapaba a toda ponderación. Se hacía indescriptible.

—¡Qué espanto!

—Por favor, ayúdenme.

—Socorro.

—¡Mamá! ¡Mamaaá!

Los lloros ya no solo eran de horror, empezaba a contagiarse la alarma entre todos los vecinos que salían de sus casas asustados por los gritos que crecían y crecían al acercarnos al lugar.

Apenas se podía respirar.

Claire y yo nos cubrimos la boca con un pañuelo, con el mismo que nos secábamos las lágrimas.

Las madres llamaban a sus hijos, perdidos, dando voces, desencajadas; chiquillos abandonados que, milagrosamente, lograban alcanzar la calle y en el tumulto lloraban desesperadamente al no encontrar a sus hermanos o a sus padres; hombres y mujeres cuyo esposo o esposa se habían quedado atrás, desaparecidos; otros que arrastrándose salían a la calle desfigurados.

De pronto, reconocí una voz. Era una voz infantil.

La cara, irreconocible, tiznada de negro, y la ropa calcinada. Las manos, extendidas, pedían auxilio. Era una de las niñas de la Salpêtrière. Tras ella, salían más. Algunos se pegaban a los desconocidos buscando amparo. Otros, caían rendidos en la calle. No eran capaces de hablar.

Poco después de las nueve y media nos ahogamos en un silencio también mortal.

He tardado varios días en escribir estas palabras. Cada vez que lo intentaba, tenía que dejarlo. La mano me temblaba y sobre el papel no quedaba más que un reguero irreconocible de tinta.

El miedo sigue pegado a mi piel. No se va, por mucho que me frote bajo el agua fría o caliente. Apenas he logrado cerrar los ojos en las últimas noches, y me siento culpable de haber contagiado mi insomnio a Claire y a Jules. Pero hay algo más fuerte que el miedo. No sé si llamarlo pena o dolor. Solo sé que abrasa.

Quizá la noticia no haya trascendido fuera del país. No lo sé, aunque dudo que una desgracia así no haya corrido como pólvora de unos periódicos a otros.

Hace cuatro noches, el cine Nouveautés desapareció bajo las llamas. Ese teatro al que habían acudido los niños de la Salpêtrière con toda la curiosidad y emoción de quienes nunca esperan nada quedó reducido a cenizas. Lo escribo y vuelvo a sentir que no es pena ni dolor, o que son las dos cosas al mismo tiempo, sumadas a algo todavía más terrible. La mano amenaza con volver a sacudirse sin control, se me emborrona la vista y ya no sé muy bien si esta letra será legible. Pero necesito continuar. Necesito escribir y vomitar esta masa negra que llevo dentro.

Claire y yo nos encontrábamos en el piso de arriba,

preparando la cena, cuando Jules irrumpió dando voces. Tenía preparada mi regañina de hermana mayor, cada vez llegaba más tarde a casa. Pero esa bronca se me quedó atascada en la garganta cuando procesé lo que mi hermano gritaba. El Nouveautés ardía.

No recuerdo exactamente lo que vino después, las imágenes y las palabras se mezclan en un torbellino que no me siento capaz de ordenar. Qué importa que tenga lagunas. Lo único realmente importante es que no se trataba de una pesadilla.

Abandoné la casa a toda prisa. Una bola comenzaba a hacerse grande en mi estómago. Sé que crucé algunas palabras con mis hermanos, desconozco cuáles. Imagino que les pedí que se quedasen en casa, aunque no hicieron caso. Siguieron mis pasos apresurados.

Lo primero que sentí al llegar fue el picor del humo en la garganta. Eso sí lo recuerdo. No sé si las primeras lágrimas que resbalaron por mis mejillas fueron también provocadas por él o por la desgracia que anticipaba. Había ya numerosos grupos de gente, congregados en la calle del Nouveautés. Los bomberos habían creado un espacio de seguridad, alejando a los curiosos, a los preocupados, a los aterrorizados.

No sé si puedo describir todo lo que vieron mis ojos, sé que no quiero. Me giré para impedir que mis hermanos fuesen testigos de aquello, pero fue Jules quien me agarró y me apretó contra su pecho. Se oían todavía gritos provenientes del interior. Alaridos que rasgaban la noche y se superponían al crepitar de las llamas. Nunca había sido consciente del ruido que puede hacer el fuego cuando nadie tiene el poder sobre él. Lo asociamos a algo silencioso, incluso relajante, si lo vemos en una chimenea o en una pequeña hoguera. Pero su sonido es terrible en otras circunstancias.

En algún momento, Claire se acercó a un grupo de personas que parecían estar informadas. El incendio se había iniciado en el interior del cine, en mitad de una sesión. Le dijeron que la sala estaba llena. Era domingo. Aquello pareció cortar por un instante mi aturdimiento. Necesitaba saber si habían salido niños. Si una mujer llamada Mme LeClercq había sacado a un grupo de pequeños de allí a toda prisa. Nadie sabía nada. Nadie entendía mis preguntas.

Percibí entonces la ansiedad que crecía a mi alrededor. Allí no había solo curiosos o vecinos: mujeres y hombres gritaban nombres, suplicaban que les dejasen entrar a un lugar que estaba a punto de ser reducido a un montón de escombros. La voracidad de aquellas llamas. La impotencia de los que estábamos fuera. La incertidumbre. El pánico. No somos más que fragilidad cuando no tenemos el mando.

Y entonces lo vi. Se hizo un silencio espantoso, denso, opresivo. Era un hombre, o lo había sido hasta pocos momentos antes. Apareció por uno de los laterales del edificio en llamas. Sus pasos eran cortos y erráticos, sin rumbo fijo. Ladeaba la cabeza y parte del cuerpo se balanceaba cada vez con mayor violencia hacia el lado derecho. Justo el que tenía abrasado. Ya no había ropa sobre su piel, porque tampoco había piel.

No puedo seguir. No puedo, por respeto a esa persona y a todas las que no llegaron a tiempo a la salida del Nouveautés. Tampoco podría describir mucho más. Un grupo de niños salía pidiendo auxilio, muchos sin rostro. Eran ellos. En ese momento me desvanecí.

Desperté sobre mi cama, con el cuerpo anquilosado. Vi primero la cara de Claire, preocupada. Luego, la de Jules, inquieta. Y tras ellos asomó Kiki, que me peinó un mechón suelto con un amor maternal que no sabía que me hacía tanta falta. Esa noche se quedó con nosotros en la tienda. Habló, como de costumbre, pero lo hizo para ganarle la batalla a un silencio que sería demasiado tóxico.

Fue al mediodía siguiente cuando tuve las primeras informaciones. Mme LeClercq estaba en el hospital. Había sobrevivido.

Allí me fui, directa. Por primera vez, dejé la tienda en manos de Claire durante unas horas, sin ni siquiera darle vueltas. Quise cerrar, pero ella se negó en redondo. Quería hacerse cargo, demostrarme que me tenía a su lado para lo que necesitase. Y lo que yo necesitaba era salir de la tienda y tener respuestas.

Respiré aliviada, sin contener las lágrimas, al ver a Mme LeClercq recostada sobre una cama, hablando con un par de amigas que la habían visitado. Su tono tenía la chispa de costumbre, pero había algo gris en sus palabras. La abracé, con cuidado, algunas quemaduras que no revestían gravedad recorrían distintas zonas de su cuerpo enjuto. Fue ella la que me describió el horror vivido, pero solo habló del incendio, de la sensación de asfixia, del temor. No fue capaz de mencionar las consecuencias de todo aquello. Lo hicieron sus compañeras, una vez abandonamos la habitación para dejar paso a otros amigos preocupados que aguardaban fuera. Ellas dieron forma a la horrible realidad. Dieciocho niños. Dieciocho niños habían perdido la vida en el interior del cine. Tres más estaban ingresados, en situación de gravedad, y varios habían logrado salir casi intactos, gracias a la rápida reacción de Mme LeClercq. Tampoco habían sobrevivido las dos internas de la Salpêtrière que la habían acompañado en lo que se suponía que sería un domingo inolvidable para los pequeños.

Entre todo ese horror que me resistía a asumir, las palabras que Mme LeClercq me susurró antes de salir de la habitación retumbaban en mis sienes como golpes de tambor.

—Ve a la Salpêtrière. Está allí.

Y eso hice nada más salir.

No se oían las voces habituales de los niños jugando o correteando, el ambiente desangelado parecía haberse extendido por todo el edificio. La encontré bajo las sábanas de una cama, un pequeño bulto intacto en el exterior, pero destruido por dentro. La pequeña Hortense no tenía una sola quemadura, la enfermedad la había dejado postrada junto a otros niños convalecientes mientras el resto salían para ir por primera vez al cine. Sus ojos se llenaron de lágrimas cuando me vio, cuando me senté en su cama y le acaricié la mano.

—Yo... estaba enferma. Mi amiga Anne me dijo que se quedaba conmigo en el hospital. Yo la animé a que se fuera al cine con los demás. Y entonces pasó. La explosión, el incendio.

—Corazón... Mírame. No es culpa tuya lo que ocurrió en el cinematógrafo. No es culpa tuya que Anne perdiera la vida.

—¿Qué dirá Dios cuando se entere de que no la obligué a quedarse conmigo, como ella quería?

Hice un esfuerzo feroz por contener las lágrimas. No podía temblarme la voz, no podía dejar que la vulnerabilidad me tumbase. Necesitaba mi fuerza, mi abrigo.

—Te dirá que te quiere... más que yo, todavía. ¿De acuerdo?

—Pero yo me salvé, debí haber muerto con ellos.

—Si te salvaste es porque Dios quería algo para ti.

No sabía qué más decir, pero no hizo falta. Me abrazó mientras daba rienda suelta a la tristeza y la impotencia que la carcomían por dentro desde hacía demasiadas horas. La abracé hasta que se calmó, fruto del cansancio, y la arrullé para que lograse descansar un poco.

Una de las enfermeras me llevó a un aparte cuando

Hortense se durmió. Me contó con voz queda lo difícil que estaba resultando gestionar todo. En el incendio habían fallecido las dos responsables principales de los niños; no pude evitar acordarme de la amabilidad de Camille, a quien había conocido en las visitas anteriores. Pero a eso se sumaba el ambiente descorazonador y la presencia de algunos familiares que esa misma mañana habían correteado por los pasillos para exigir responsabilidades. O indemnizaciones. A algunos era la primera vez que los veían por allí.

Pregunté si podía ayudar en algo.

—Usted es amiga de madame LeClercq. Tal vez ella pueda facilitar el permiso necesario para llevarse a Hortense de aquí durante unos días... Si eso fuese posible.

No lo pensé. Dije que sí. No sabía qué trámites había que cubrir, pero estaba claro que en aquel momento a nadie le preocuparían demasiado esos detalles. Y sabía que Mme LeClercq daría la cara en aquello que fuese necesario.

Fui a despertar a Hortense, con dulzura. Le pregunté si esa noche le gustaría dormir conmigo, en mi casa. Su respuesta fue cogerme la mano.

Salimos juntas de la Salpêtrière y caminamos hacia el puente Louis Philippe. Fue un camino largo y silencioso. No dejó de apretarme la mano en ningún momento.

—Lo siento, mami —dijo la pequeña cuando estábamos llegando.

Me llamó mamá. Mamá.

—Te quiero, mi niña. Te quiero tanto.

Fueron los días más ajetreados de mi vida, los más intensos, al menos que yo recuerde. Y, sin embargo, sé que se quedarán conmigo para siempre. Que mi memoria nunca tendrá la osadía necesaria para desprenderse de ellos.

Acogimos a Hortense como si llevase toda su vida siendo parte de la nuestra. Encontró en Claire y en Jules a los dos hermanos mayores que nunca había tenido. En mí, encontró a la madre que tanto le faltaba. Qué puedo decir yo. Me llamaba «mamá». Yo, a ella, «mi niña».

Tanto la tienda como el piso de arriba se transformaron con su presencia. Hacíamos todo a otro ritmo, de otra manera. Yo cosía, y ella, curiosa, se sentaba a mi lado. Al principio, solo observaba, como hipnotizada por los movimientos de la aguja y los hilos. Después, vencía el pudor y preguntaba. Preguntaba mucho. Y yo respondía a todo, claro. Llevaba mucho tiempo, más del que creía, deseando aclarar las dudas pronunciadas por una voz tierna, infantil, ingenua.

También en Claire y en Jules obró un cambio. Ella sacaba a relucir su carácter más cariñoso, cuidaba de Hortense y compartía con ella una complicidad que por momentos llegaba a envidiar. Me encantaba oírlas juntas mientras yo atendía a las clientas o me concentraba en los encargos. Jules se volvió más protector, menos descuidado. No regresaba tan tarde a casa, parecía gustarle llegar a tiempo de preparar la cena junto a Hortense y Claire. Se hacía un poco más el gallito, pero solo porque con sus tonterías lograba arrancarle una risa a la pequeña, que a veces escondía el rostro en nuestros vestidos, las mejillas encendidas por las atenciones que un joven apuesto le dispensaba.

Por las noches dormía conmigo, en mi cama. Las dos primeras fueron relajadas para ella, no tanto para mí, que me mantenía pendiente de su comodidad y su descanso. Pero en la tercera noche los papeles se cambiaron involuntariamente. Tuvo la primera pesadilla. Me desperté sobresaltada por los chillidos, y tardé unos instantes en entender la situación. No fue sencillo despertarla y convencerla de que todo se trataba de un mal sueño. Cuando lo hizo, se refugió en mi pecho, sin poder contener unas lágrimas que ya no provocaba la fantasía, sino la realidad. Por desgracia, ambas eran la misma. Sus amigos ya no estaban. Habían fallecido en un terrible incendio.

Y de repente, esa relajación inicial, esa confianza que parecía afianzarse con cada día que pasaba, se desmoronó sin que pudiésemos entender nada. La voz de Hortense se apagó, apenas hacía ya preguntas, apenas correteaba de un lado a otro arrastrada por la curiosidad de todo lo nuevo que veían sus ojos. Se encerró en sí misma, sin darnos una llave con la que asomarnos a su interior. Las madrugadas eran un calvario. Gritos en mitad de la noche que nos ponían en tensión. La acunaba en mis brazos, susurrándole que no pasaba nada, que solo era un mal sueño. Pero ella nunca hablaba sobre lo que la arrancaba del descanso. ¿Veía a sus compañeros? ¿Se veía a ella misma en medio de todos ellos? ¿O las pesadillas eran aún más crueles? Porque mucho me temía que lo que veía, en realidad, era el dedo acusador de su amiga apuntándola, reprochándole que la hubiese enviado a la muerte, cuando ella solo quería quedarse en la Salpêtrière haciéndole compañía.

Me resultaba muy duro, no tanto por la carga de trabajo y preocupación añadidos que suponía como por la impotencia de no saber qué hacer. Kiki se pasó por la tienda algunas tardes, trataba a la niña como si esta no estuviese encerrada en sí misma. No respondía a sus preguntas, pero tampoco rehuía su presencia. Creo que, de alguna manera, el modo en que Kiki abordaba la vida, se desplazaba por los espacios, hablaba con toda libertad, terminaba captando su atención.

—Puede que esté traumatizada —me dijo una tarde, cuando echábamos el cierre.

—Kiki, por Dios, puede oírte.

—Probablemente escuche por primera vez esa palabra. Pobre criatura.

—Quiero ayudarla, pero no sé cómo hacerlo.

—Alice, lo estás haciendo ya. Has acogido a una niña abandonada en un hospital. De la noche a la mañana, te has hecho totalmente responsable de ella. No se trata de ir cogidas de la mano todos los días paseando a orillas del Sena. Le estás dando una vida a una niña pequeña que ha visto cómo otros niños la perdían.

Quería creer que sí, que, aunque Hortense sufriese en silencio, estar con nosotros era mejor opción que regresar a la Salpêtrière. Nadie me había contactado desde el día en que habíamos salido de allí juntas. Tenían otras cosas en las que centrarse. Yo no. Yo solo quería hacerle los días más soportables a mi niña.

Mme LeClercq entró en la tienda una semana después de que la hubiese visitado en el hospital. Llevaba vendada alguna zona visible de su cuerpo, pero no había nada de aparatoso en su imagen. Parecía haber recuperado su carisma, el paso sereno con que entraba en cada lugar. Me permití abrazarla, me salió así, y ella correspondió con cierto aire maternal. Después vio a Hortense, en una esquina, dando vueltas a un pedazo de tela.

—Me habían dicho que esta tienda había ganado en encanto, pero no me imaginaba cuánto —dijo en voz alta, con la mirada fija en Hortense.

Cuando esta se dio por aludida y se encontró con la figura de Mme LeClercq, sus ojos se empañaron y el labio comenzó a temblarle. Corrí a abrazarla. Fue como si hubiesen quitado el tapón a una bañera llena. La propia Mme LeClercq no supo muy bien cómo proceder. Quería acercarse a consolar a la pequeña, pero al mismo tiempo se veía causante de su desconsuelo.

—Cuánto lo siento, pequeña... —lamentó, entristecida.

Claire se la llevó al piso de arriba. Bajó al rato para decirnos que se había quedado dormida.

—Los primeros días estaba estupendamente. No paraba de sonreír, de preguntarnos cosas. Nos agradecía con su ánimo que la hubiésemos acogido.

—Es normal que esto ocurra. Lo que llevará aguantado, como para sumarle esta desgracia... A veces parece que los niños sienten menos que los adultos, pero nos equivocamos. Quizá lo expresen de manera distinta, pero su dolor es el mismo.

Mme LeClercq me explicó que había hablado con la dirección de la Salpêtrière. Todo estaba siendo caótico allí. Las dos encargadas que habían perdido, los niños fallecidos, los heridos... Agradecían mucho que me hubiese ofrecido a encargarme de Hortense. Ella me dijo que podría quedarse un par de semanas más con nosotros, pero solo si yo estaba dispuesta. ¿Cómo no iba a estarlo? A pesar de la frustración, de la pena por no saber devolver la ternura al rostro de Hortense, quería estar ahí para ella. ¿Cómo serían sus pesadillas nocturnas en medio de un hospital en el que solo podrían tratarla como una más?

—Lo que estás haciendo, Alice, es maravilloso.

Callé, a mí no me lo parecía. Solo sabía lo que era despertar cada día sin un padre, sin una madre. Solo eso.

Habían pasado varios días más desde el incidente en el cinematógrafo y Hortense seguía callada.

Jules le había dejado a la niña la cama y él se había montado un catre a los pies de la chimenea con un jergón de lana y unas mantas viejas que había traído de su local de reuniones. Aunque suponía un riesgo —me daba miedo todo lo relacionado con las amistades de mi hermano—, la solución mostraba la cara amable de Jules. Le pregunté de dónde había sacado todo, pero se guardó la respuesta con el resto de secretos y me dijo que eran cosas suyas. Era muy probable que las robaran, pensé.

—Su-per-vi-ven-cia —dijo mientras hacíamos el desayuno.

Hortense tenía las manos manchadas de hollín, había estado dibujando con la leña y el espanto me vino a la cabeza. Corrí rápida a limpiárselas con el primer trapo que encontré en la pila. Nunca había visto una mirada tan triste.

La niña seguía sin hablar. A mi mente llegaban imágenes del salón en el que habían perdido la vida sus amigos, los niños a los que durante semanas estaba vistiendo con los uniformes. Contrastaban con otras en las que danzaban despreocupados durante los días felices, en el patio de la Salpêtrière. Sabía que esas representaciones poblaban también la mente de la pequeña.

El resfriado la había salvado, pero la inocencia había muerto para siempre.

Temí que la infancia se le esfumara y que su voz se apagara en ese trance tan complicado de gestionar para una mujer como yo, que ni era madre ni la tenía. Y comenzó a preocuparme más la estrechez de nuestra casa, la dificultad económica.

Mientras miraba por la ventana en silencio, el sol se abrió paso entre las nubes y abrí los cristales para que oxigenaran los pensamientos. La casa olía a cerrado y a café. El viento le enredó a Hortense el cabello con uno de los lazos de su camisón. Jules se acercó para ayudarla y a la pequeña le faltaron manos para mantenerse en pie. No estaba todavía acostumbrada a la presencia masculina, o tal vez lo estaba demasiado, si recordaba que los guardas del colegio no tenían cara de personas amables con los niños. Jules la notó tan incómoda que se levantó de la silla como un Peter Pan y se despidió hasta la tarde.

—No hagas nada de lo que nos tengamos que arrepentir.

—No eres mi madre, Alice.

Claire suspiró. Sentía la misma mezcla de pavor y curiosidad que yo. Después empezó a peinar a la pequeña. Estuvieron en silencio una eternidad. Las dos parecían hermanas. Quise creer que la vida podía ser tan fácil como volver a cerrar la ventana y alejar los problemas con solo peinar la cabeza de una niña con un lazo nuevo.

—¿Te gusta?

No dijo nada.

Nada más abrir la tienda, Claire salió hacia la calle a hacer los encargos y Hortense se fue con ella de la mano. Las vi desde el escaparate junto al que me quedé bordando unos cristalitos para el nuevo vestido de madame Le-

Clercq. En aquel momento parecía despreocupada y tranquila, pero por dentro era un manojo de nervios que ni las actividades más sencillas conseguían aliviarme. Me puse a preparar el caldo de la comida.

Llamaron a la puerta.

—Ya voy.

Era un gendarme que se presentó con su nombre, que olvidé al instante porque volvieron a temblarme las piernas pensando en mi hermano. Me preguntó si podía pasar.

Cuando estuvo dentro, se quitó el sombrero y me preguntó por el negocio y la familia.

—Estamos visitando el barrio, no hace falta que esté a la defensiva, somos nosotros los que mantenemos el orden frente a los sinvergüenzas y bribones. No se altere. Solo vamos pasando de puerta en puerta. A los otros vecinos ya les he preguntado. ¿Cuántos viven aquí?

—Tres... Cuatro. Sí, cuatro. Y yo. Conmigo.

Estaba tan asustada que no acertaba a decir nada coherente.

—Señora, no muerdo. Los maleantes, sí. Hay mucho pícaro que se esconde tras una bonita cara de porcelana. No se fíe. Yo no me fío.

—¿De quién no se fía, caballero?

Era Kiki.

—Señora...

—Alice. Me llamo Alice, como la dueña de este local. Somos amigas. Un placer. Puede llamarme Kiki. Perdone, ¿podría aguantarme el bolso? Siento que se me está deshaciendo el nudo del corsé y no quisiera montar un escándalo. ¿Imagina? Por Dios. Qué vergüenza.

El gendarme entró en barrena. La todopoderosa Kiki había aparecido como el ángel salvador a cambiar el color de la escena.

—¿Busca a su marido? —le preguntó a la autoridad—. Somos dos solteras que... ¡ya nos gustaría! Pero a ella la abandonaron y a mí... a mí, mejor no decirle. Los hombres de ahora no son los del diecinueve. No quedan caballeros. Mucho truhan. Demasiado deshonrado.

—Eso le decía a la señorita, que se cuide de...

—Descuide. Somos más prudentes de lo que parece. Pero la moda... nos obliga. Ya sabe.

Mis nervios se calmaron cuando Kiki se dirigió a mí y me pidió una silla para aplacar su agotamiento. El gendarme se puso de nuevo la gorra y se despidió con la amabilidad de un marqués, y sin quitar la vista del escote de mi amiga.

—Caballero...

—¿Sí?

—Mi bolso, por favor.

—¡Disculpe! —exclamó sin atender ni al escalón de la puerta.

Al girar la calle, Kiki torció el gesto como si hubiera acabado la representación y preguntó:

—¿Qué está pasando? ¿Es la niña?

—Sospecho que es mi hermano. Los anarquistas le han absorbido el cerebro y no creo que se les escape que vive aquí. Tengo que decirle que no vengan sus amigos. Los vecinos los habrán visto entrar y cualquiera puede irse de la lengua.

—Aquí entra mucha gente.

—¡Ya me gustaría!

—... Seguramente les toque incordiar al vecindario por los Juegos Olímpicos. El control es tremendo. Ya me dirás tú qué peligro pueden encontrar aquí. Pero sí, dile a Jules que se acabó eso de convertir la tienda en sede de sus reuniones.

—No se quedan nunca aquí, pero le esperan en la puerta con esos periódicos... Ya sabes.

—No me interesan. Me interesas tú. —Cambió de tono—. ¿Cómo estás? Ponme un... algo. Lo que sea.

Cuando nos dimos cuenta ya había pasado media mañana y ni una sola clienta. Pero los nervios se habían calmado alrededor de la conversación inagotable de mi amiga. Venía de una fiesta en una casa de un pintor nuevo, italiano y peligrosamente guapo, según especificó con los ojos en blanco, y se iba a casa, cruzando todo París, para desplomarse sobre el colchón hasta la noche. No había sino empezado a dar consejos sobre la vida disoluta que llevaba Kiki y que podía acabar con su salud, cuando mi hermana entró por la puerta alarmada.

Hortense había escapado. Dejé lo que estaba haciendo, me acerqué a mi hermana, que retrocedió un paso. No pretendía asustarla, pero eso debí de hacer con mi propio susto.

—Vais a conseguir que no duerma hoy.

—Kiki, por favor.

—¿Dónde crees que puede estar?

—No tiene familia. Ya lo sabes. Es una cría sin mundo. Perdida y traumatizada por la tragedia. No sé dónde puede estar. No tiene a nadie, solo a nosotros.

—Tranquilízate, Alice. Ni tú ni yo tenemos madre.

—Eso no me relaja.

—¿Dónde habríamos ido?

—No lo sé. ¡La niña no ha hecho nada! ¡Si es más buena que el pan! Pero es... es esa tristeza...

—Yo estaba comprando en el mercado... —trató de explicar Claire entre lágrimas—. Al girarme no la vi. Había desaparecido.

—Vamos hacia la zona, Alice. Coge el abrigo.

—¿Las tres? —preguntó mi hermana.

—No, ¡tú te quedas aquí! Y no abras a nadie, antes vino

la policía buscando a tu hermano. Vete a saber qué habrá hecho.

—¿Qué estás diciendo? Jules no ha hecho nada.

—Todavía.

Kiki y yo salimos corriendo hacia el mercado. Durante siglos, las calles de París habían sido escenario de muchas carreras, guerras, huidas y ocupaciones, pero ninguna batalla como la nuestra. El dolor nos acompañaba en cada cruce de calle y el miedo a perder para siempre a Hortense se acrecentaba en cada portal en el que imaginaba que podría estar escondida o haber sido raptada.

En el mercado nadie la había visto. Tampoco perdían el tiempo en recordarla. Los pobres somos invisibles hasta para los pobres.

Las dos acabamos sentadas en el escalón de la iglesia de Saint-Paul. Sentimos que bajábamos la escalera del averno y que no podíamos hacer nada para impedir el descenso. El demonio también había sido un ángel y no había podido hacer nada para impedirlo.

En aquel momento éramos dos nadie. Dos mujeres derrotadas. Si desaparecía Hortense, no quedaría ningún testigo de su vida. Y yo me sentía culpable por decepcionarla dos veces seguidas.

No se puede morir más de una vez.

Kiki estaba callada. Quince minutos después, arrancó su motor y me preguntó por el cine.

—¿Qué cine?

—El que ardió.

Temblé de miedo, Kiki tenía claro que la niña no había regresado a la Salpêtrière, sino que estaba a esas horas en el lugar de la tragedia; eso es lo que ella habría hecho y no le cabía ninguna duda al respecto. Comencé a caminar siguiéndola un paso por detrás. Avanzábamos lentas porque yo temía llegar al sitio. Recordé los dedos manchados de hollín. No conseguía entender qué le pasaba a la pequeña, a qué se debía esa desaparición cuando ella había cogido mi mano para venirse con nosotros. Para tener, durante lo que pudiese durar, algo parecido a un hogar.

Alejé de mi mente todos los pensamientos negros.

Los bomberos seguían reunidos aquella tarde en los escombros del cine con algunos vecinos que habían ayudado y que ahora eran testigos del drama para la policía. El jefe dijo, cuando leyó el número de cuerpos quemados y destrozos en el edificio, al mismo nivel y con el mismo tono de voz, que prohibieran la entrada de manera más efectiva a los curiosos. El morbo había sido la puerta a los desaprensivos que, sin miramiento, estaban robando piezas y buscando joyas en la zona de los palcos, donde muchas señoras habían perdido las manos pegadas al terciopelo derretido y la piel de las butacas. Como la mayoría de los muertos eran niños sin familia, no habían tenido reparo en meterlos sin identificación en cajas, orar un responso y enterrarlos en el cementerio de Père-Lachaise, donde el resto de criaturas muertas de la Salpêtrière. Sin lápida. Sin fechas. Sin identificación.

Durante ese tiempo, muchos parisinos habían dejado flores en la puerta, pero los efectivos de bomberos las iban apartando para las labores de desescombro y limpieza. En el suelo, bajo las tejas, se veían ropas consumidas, botellas, cubiertos de alpaca y copas del restaurante, todo ennegrecido y roto. Kiki se acercó e inclinó un par de veces para recoger algo. Cuando la vio un policía, Kiki advirtió mis lágrimas.

—Ya no tiene nada. Lo ha perdido todo. Su niña —susurró.

Kiki me abrazó mientras observaba a los demás vecinos,

que contemplaban todavía atemorizados la calle colapsada. Miraban las fachadas manchadas, aquel esqueleto del nuevo cine destruido, a la intemperie del cielo y de las lluvias. Uno de los oficiales movía la cabeza y alzaba la vista para constatar la impotencia y evitar las lágrimas. Las súplicas de algunas mujeres que se abrazaban a las tripas no tenían consuelo. Habían pasado días, pero parecía que no los suficientes para mitigar el dolor que aquella imagen provocaba. Mirar aquel edificio era observar las entrañas del horror.

Durante meses el cine había sido la alegría de todo el barrio, pero no era el único que había ardido como el Bazar de la Caridad, consumiendo cuerpos y llevando el caos a todo París. La desgracia es como las llamas, corre a toda velocidad. También los rumores.

—Parece que alguien se mueve.

Era imposible. Todos habían muerto, las mangueras habían sofocado todo, las piedras se despedazaban como pan seco, los montones que los obreros hacían eran de desdicha, restos de la malaventura.

—Dejadme —gritó Kiki al oficial, que no se negó. Apartó con el brazo a su inferior para que la dejara sola.

Un momento después, cogidas de la mano, Hortense y Kiki salieron a la acera. La niña hipaba bajito, como si quisiera tragarse el dolor de todos sus amigos, convencida de que llorar no servía ya de nada.

Todos los vecinos creyeron que Hortense había estado allí días, desde la tragedia, y se echaban las manos a la cabeza. Los bomberos vieron sus ropas de niña cuidada y limpia, aunque ahora saliera hecha una indigente. En el rosado de sus mofletes se adivinaba la vida, y eso es lo que le dijo el jefe de las autoridades.

—Pequeña, ¿cómo te llamas?

—Hortense, señor.

Había vuelto a hablar. Me estremecí junto a Kiki, que me apretó por la espalda.

Se presentó ante nosotras como Édouard Daladier, como su padre. La ligera sonrisa estaba oculta tras un bigote rectangular y tan poblado que parecía postizo, negro como el desastre. Los obreros volvieron a las palas para terminar con los muros impertérritos que habían sobrevivido a la temperatura del infierno.

En cuanto nos dieron permiso, avanzamos pegadas a la acera con Hortense de la mano. Era como si hubiera querido comprobar que la historia, por imposible, sí era cierta. No le hicimos preguntas, nada de conversación hasta que nos abrigamos en un café y pedimos algo para comer.

—¿Qué quieres? ¿Qué te apetece, pequeña?

Nos miró a las dos.

—Volver a la tienda. Volver a casa.

No pude evitar sonreír y llorar al mismo tiempo.

Kiki sacó de la cartera unos francos.

—Aquí los tienes, Hortense. Son para que invites a esta maravillosa mujer. Compartid un postre, y si necesitas cualquier cosa, yo también soy como tu otra mamá.

Hortense le dio las gracias y me di cuenta de que el llanto de mi amiga se hacía inmenso calle abajo. Pero la dejé marchar, a Kiki jamás le gustó mostrar sus debilidades. Le parecía muy ridículo.

SEGUNDA PARTE

LOS JUEGOS

Nota de Kiki de Montparnasse:

La vida es un arma de dos filos que corta siempre si te inmovilizas. ¿Por qué parar? ¿Para qué? El olvido y el baile como solución mágica y perenne a todo. De la misma manera que es imposible amar si sigue en la cama un viejo amor, es imposible avanzar con miedos.

Kiki de Montparnasse

Todos hablaban en aquellos días de los Juegos Olímpicos.

Los escaparates estaban adornados con inspiración deportiva: las carreras, las competiciones de natación y pruebas como el ciclismo o el boxeo. Por eso los grandes almacenes como Lafayette apostaban todo a la moda *sport* para salir a pasear. El *tweed* era confortable y gustaba por su desenfado.

1924 se anunciaba como un año histórico. Los Juegos Olímpicos. El renacer del evento, tan antiguo, convocaba a toda la ciudadanía, y aunque París ya había sido sede en 1900, ahora era algo definitivo. Todos estaban ocupados con la llegada del mes de mayo y la inauguración oficial de los Juegos.

Los niños repetían el nombre de Géo, un atleta que sería el encargado de inaugurar la ceremonia en el estadio de Colombes. Géo era Georges Yvan André, un deportista con varias medallas en otros Juegos Olímpicos que estaba destinado a pasar a la historia. El juramento olímpico lo haría él.

El tal Géo parecía un icono nacional, como la Marianne. Su nombre llenaba los titulares de prensa acompañado de la frase que coreaban en las calles grupos organizados de deportistas uniformados y organizadores del evento: *Citius, Altius, Fortius.* Más rápido, más alto, más fuerte. El nuevo grito de guerra que cohesionaba a los que desfilaban y a los vecinos de las calles por donde marchaban. Los Juegos habían vuelto a París y los franceses lo interpretaban como una prueba rotunda de que la suya era la mejor ciudad del mundo.

Impresionaba acercarse a Rivoli, las comitivas de los cuarenta y cuatro países participantes aparecían en hileras de hombres vestidos de blanco. Poco se parecían a los hombres de Montparnasse. Los dientes brillaban como la leche, tenían el pelo al viento, las ropas limpias, recién estrenadas y, sobre todo, no olían a alcohol. Lo supe cuando atravesé la calle en dirección a la tienda, al rozarme con ellos. Distinguí la piel, las pastillas de jabón y las colonias.

El revuelo de los Juegos Olímpicos tenía puesto el corazón en el Hôtel de Ville, donde las farolas anunciaban con cintas blancas, azules y rojas que había llegado por fin el gran evento, era el punto neurálgico para los curiosos y la prensa.

En medio de la plaza, una plataforma de madera con un pódium a estrenar donde los niños con sus padres se hacían fotografías como si fuesen ganadores de medallas de bronce, plata y oro.

Quise sentarme sobre uno, pero no tenía más que ilusión en el bolsillo. Y con eso, poco se paga. Pero me quedé mirando el ambiente, colándome entre los instrumentos expuestos que se exhibían para que los parisinos contemplaran las pesas, los uniformes o los carteles.

—¡Alice!

Era Kiki.

—¿Qué haces, buscando ambiente?

—Miraba. No tenía ni idea de lo que estaba montándose en la ciudad.

La mirada de Kiki hizo que me retractara.

—Bueno, sí. Pero estoy más que sorprendida con todo lo que veo. Esto promete ser tremendo... Confieso que no tenía ni idea de la ceremonia, ni del evento mundial.

—Me han dicho que hay una villa olímpica, tan grande como un pueblo, donde las mujeres no tenemos la entrada fácil porque nos consideran, ¡atención!, posibles tentaciones para los deportistas.

—No te creo...

—Así es. La tentación vive en París. Y somos nosotras. Me presento candidata —dijo Kiki levantando la mano y silbando a los deportistas que la miraban. Nada podía resultarle más atractivo que sentirse una tentación—. Hola a todos. Bienvenidos a la ciudad de la luz. Me llamo Kiki de Montparnasse. Kiki soy yo.

—Por favor..., baja la voz, van a venir todos.

—Eso quiero.

—Kiki, por favor, ni se te ocurra. Y menos pedirme que te acompañe. —Dio un par de palmadas en el aire para sacarme de mi ensimismamiento. No dudó en levantarse e ir de cara hacia uno de los chicos de azul y blanco que explicaban cómo acceder al estadio de Colombes. Se acercó al que según ella parecía «el más sinvergüenza», después de repasar con detalle los hombros de cada uno de los chicos alineados como muñecos de feria.

—Estos hombres jóvenes y limpios me devuelven los recuerdos de la adolescencia, cuando no había manera de perder la virginidad con ninguno.

—Te voy a dejar, yo regreso a la tienda.

No me hizo caso. Mientras duró la música, que se oía desde nuestra calle, Kiki estuvo en medio de la jarana. La imaginaba perfectamente. Tanto, que no fui capaz de concentrarme. Claire también había visto el desfile y fue llegar Kiki y pedirme volver a salir a las calles. En cuanto mi amiga empezó el relato le hice un gesto a mi hermana. «Te espero en diez minutos», le dije.

—... Es muy difícil que consigamos entradas. ¿Quién nos va a dejar entrar? Venga, olvídalo.

—Habrá alguna manera de colarse en las gradas. Además, Montparnasse es el centro del mundo, por allí habrá gente influyente que nos regale la oportunidad de disfrutarlo. Los hombres son muy básicos, ya sabes. Déjame dos días y consigo invitaciones para las dos.

—Conmigo no cuentes.

—... Yo me hago un modelito, y si no, me arreglas alguno de esos que tienes por ahí. Déjame que pase a las perchas, tienes alguno que me fascina. Ese de color rojo. Me veo. Déjame que me lo pruebe por encima... Así. Mírame. Seré el centro de atención.

—¡Déjalo en la percha, ten cuidado!

—¿De quién es? Con un lazo lo puedes hacer de mi talla. Una cinta en la cintura y me bajas el escote, esta puntilla me sobra...

—No me hagas enfadar.

—La carne es más hermosa que la tela. La tela no se eriza.

Kiki no me hacía mucho caso, hablaba y hablaba contagiada por la alegría de los Juegos y los deportistas.

—Vuelve a dejar ese vestido en la percha. Inmediatamente.

—¿De quién es?

—De madame LeClercq. Y como me lo desmontes, te mato.

—¿De rojo va a ir esa señora? ¡Mátame!

—Es una mujer bella y elegante, Kiki. Los colores dependen de lo impecable que sea quien los lleve. Y madame es una señora.

—Ni que fuera tu madre.

Mi cara bastó para que abandonara las bromas. Nos quedamos calladas un largo rato. Cada una estaba dolida por una razón y esos silencios son unas veces cómplices; otras, agujas de hielo. Dejé que se deshicieran buscando nada en el cajón, Kiki poniéndose algo de carmín en los labios y sintiendo ambas cómo la maternidad era igual a hundir la mano en la cestilla de hilos y alfileres.

—Me fumaría un pitillo ahora mismo. ¿Quieres uno, Alice?

—¿Llevas tabaco?

—Parece que no me conozcas...

Kiki tenía la mirada de cuando llegó a París, una tristeza petrificada.

—Me apetece uno... No me mires así. No frecuento la noche desde hace un tiempo, ni Montparnasse.

—Noto en ti algo de nostalgia, amiga. ¿Te acuerdas?

Sonrió con la luz de siempre.

—Dame uno. O lo compartimos.

Cuando fue a encender el pitillo la paré.

—¿Ya no quieres?

—Mejor fuera, no quiero que esto huela a humo. Es una tienda y debe parecerlo —dije apuntando hacia los rollos de tela.

—Estás convirtiéndote en una pequeña empresaria, ¿eh, muchacha?...

Me sentó bien el humo, la vida pasada tenía todavía recuerdos que me devolvían la fe en el amor, aunque fuera con una amiga en la puerta de la calle.

Todos fumábamos desde la Gran Guerra, era algo que iba con la nueva situación, con el ambiente. Quien más, quien menos llevaba un paquete de Gauloises en el bolsillo. Fumar calmaba los nervios y también generaba un ambiente de camaradería. La primera vez que nos lo ofrecieron fue rondando la zona del Louxor. No era un cine cualquiera, era el exotismo de la capital de Francia. Tenía ese aspecto que ahora ofrecían los Juegos Olímpicos: singularidad. Estaba instalado en el bulevar Magenta y era como un palacio de Egipto desde el que parecía que iba a salir la mismísima Cleopatra en una alfombra. La fantasía de las columnas doradas, los ornamentos exagerados de faraones y las pinturas de vivos colores hacían del Louxor un imán para gente con dinero y curiosos de bolsillos vacíos como nosotras.

Al otro lado de la calle había dos señoras de espaldas enfrascadas en una conversación interesante de la que no alcanzábamos a oír nada en nuestra pausa de humo. El cielo estaba hermoso, se reflejaba en los cristales y se multiplicaba en muchos *parises* pequeños, de casas extrañas, vidas ajenas y familias diferentes.

—Nosotras seremos como esas dos señoras: creceremos sanas, conoceremos al hombre ideal, tendremos muchos vestidos que compraremos en tiendas de otras, tú dejarás de coser y serás la dueña del dinero para apostarlo en lo que quieras. Para irnos donde queramos. ¿No te imaginas en Roma? Dicen que es muy bonita, si todos son como Modigliani. ¿Y Rusia? ¿América...? Man Ray dice que es un lugar maravilloso y me quiere llevar. El barco me asusta un poco. No es cruzar esta acera. Son semanas de viaje... Pero hay sueños que me duran más, y de niña me quedaba mirando el agua, mi reflejo, faltaba un segundo para salir de la alucinación. La gente no sabe vivir. Tú y yo sí, tú y yo hemos vivido con nada.

—Qué fácil lo ves todo, Kiki.

—Ahora, lo veo fácil ahora.

—Ya, recuerdo tu niñez. Y agradezco tus ánimos. Te quiero mucho, te necesito mucho, mujer de las mil vidas.

—¡Y otras mil que nos quedan! A lo mejor en ese evento de los deportes. ¿Estás mejor?

—He oído a Jules decir que los Juegos Olímpicos se inauguran en primavera, el 4 de mayo, que están acabando la ciudad de los deportistas, que casi todo está listo.

—¿Una ciudad?

—... donde solo viven ellos. Para que nadie les moleste. Para entrenar y eso. Ay, Kiki, olvídate. Qué interés más tonto, como si no tuvieras bastante con Le Dôme y los artistas.

—Olvídate ahora de Le Dôme... Vamos a lo importante. Entonces..., dices que los hombres estarán ya ahí. En el pueblito que les han hecho. Entrenando. ¿Me entiendes?

Kiki me conocía bien, y yo la entendía. Y precisamente por eso no le prestaba atención.

Apuramos el cigarrillo y entramos en la tienda.

Aunque le pedí que recapacitara y se olvidara de los Juegos Olímpicos, de buscar invitaciones y ver a deportistas en Colombes, salió como una luciérnaga, capaz de emitir luz, hacia Rivoli. No tardó en volársele de la mano el papel en el que le había anotado unos encargos, lo vi flotar hacia los balcones al girar la esquina y caer al suelo. En la fachada del ayuntamiento estaban colocando un gigantesco cartel con un hombre torneado por los músculos que extendía sus brazos con una jabalina. «VIIIe Olympiade. Jeux Olympiques. Paris 1924» y un horizonte dibujado en el que la ciudad presumía tímidamente de sus dos novedades: la Torre y el Sacré-Coeur. Jules estaba allí, en el follón. Al desplegar todo el cartel, un aplauso cerrado llenó la calle. Era un comité organizador el que celebraba a los pies de una tarima recién pintada y un grupo de atletas vestidos de blanco. Con la bandera francesa en una cinta en el pecho, recibían a un señor que lo tenía todo para parecer el presidente de la República.

—¡Monsieur Pierre de Coubertin!

La banda de música arrancó con un himno que me sacó de la acera y me puso en la calle de nuevo.

—Viva Francia.

—Vivan los Juegos Olímpicos.

—¡París 1924!

—*Bonjour, je m'appelle Kiki.*

Kiki del brazo de un deportista moreno de piel. Supuse que sería corredor al ver sus piernas.

Con una sonrisa gigantesca típica de ella y radiante como las banderas que agitaban, Kiki saludaba a todos. Alguno dijo que era muy guapa. Eso se entiende en cualquier idioma.

El muchacho del que iba colgada Kiki no resistió la embestida de otros de su edad y mayor envergadura que vinieron al calor de sus pestañas. Cayó. Se levantó y se apoyó en el hombro de otro.

Enseguida nos enteramos de todo, de las fechas, del estadio, de los deportes, de los países, de las competiciones. El desfile pasó por la puerta de mi tienda hasta cruzar de nuevo Rivoli y entrar en el Marais, donde había una orquesta en el centro de la place des Vosges. París acogía a tres mil atletas, casi todos hombres jóvenes, entrenados para ganar y para evitar la tentación.

Hice algo que no había hecho desde niña. Sumarme al barullo de la comitiva junto a Jules y Claire que, bailando, seguían a la marcha de los diferentes países. El cortejo empezaba formal, pero conforme la música iba creciendo y los parisinos aplaudían las diferentes banderas de colores, la alegría se desbordaba como en una noche en Montparnasse. Kiki se cogió del ganchete de las dos y levantando las piernas movía la falda como una bailarina del cancán, así animaba a su manera a los deportistas que tropezaban y silbaban mezclándose entre nacionalidades y uniformes. Era más que una forma de ser, de vivir, de contagiar de felicidad.

—Señorita. ¡Señorita!

Las tres nos giramos con la satisfacción que da sentirse libres. Era un gendarme.

—Podría denunciarla por escándalo público. —Miraba fijamente a Kiki—. Deje de mover la falda y salgan ustedes también del desfile. Es una corte de celebración.

—Pero...

Me excusé mirando a los niños y niñas que saltaban entre unos y otros atravesando el desfile.

—Usted no es una niña.

No, no era una niña. Tenía razón la autoridad.

—Lo siento, me voy hacia la tienda. Me siento avergonzada. Yo no creía...

—Bueno, bueno, no discutamos y salgan inmediatamente del desfile olímpico.

Kiki hizo una sonora pedorreta que sonó a pólvora y se levantó completamente la falda dejando todo al descubierto, los deportistas vitorearon la desnudez de su pubis entre risas y ella echó a correr entre los participantes que la aclamaban y le hacían pasillo entre aplausos, mucho más rápida que el policía. Argentinos, cubanos, griegos, americanos, ingleses, turcos, indios... Las pieles y sus aromas, el roce de sus brazos, los gritos de *«vive la madame de France!»* mientras fingía que tropezaba y se caía para que la recogieran en brazos. Uno, ignoro el país porque no le entendí nada, la agarró, se restregó sin miramientos en su pecho y la besó en la nariz. Se fue tan contenta. Y aunque ya no era una niña, como señaló el gendarme, volvimos a serlo durante media hora: unas niñas con ganas de jugar.

París parecía otro. Otro lugar, otra ciudad, otra historia. Sus calles, más llenas de gente, o quizá fuese la misma, solo que con un ánimo encendido, vivo. Los Juegos Olímpicos traían consigo esperanzas y promesas que yo todavía no había descifrado. Pero me gustaba ver la ciudad así. Tal vez tuviera oportunidad de contagiarme de ese nuevo espíritu.

Nos habíamos despedido de Hortense unos días antes. Había tenido que regresar a la Salpêtrière, para que la tutoría temporal (e ilegal) que yo había ejercido no supusiese ningún problema. En el hospital me habían agradecido una vez más lo que había hecho por ellos y sobre todo por la niña, pero el proceso para obtener el cuidado permanente de la pequeña, más que enrevesado y complicado, era imposible. Jamás concederían esa posibilidad a una mujer soltera de recursos limitados y con dos hermanos a su cargo.

Por suerte, existía en nuestras vidas Mme Madeleine LeClercq. Le había costado poco resolver que ella sí cumpliría los requisitos a ojos de cualquier juez que tuviese que dictar sentencia. Y sin que nadie pudiese rechistarle nada, se habían iniciado los trámites. Yo rezaba cada noche para que mi pequeña Hortense pudiese vivir con aquella mujer. Eso significaría volver a tenerla más cerca.

Mientras tanto, me tocaba lidiar con su ausencia. Me había acostumbrado a su compañía, a su presencia tranquila, jugando a mi lado mientras yo preparaba cualquier pedido. A sus preguntas, inocentes unas veces, llenas de intuición otras tantas. También Jules y Claire la echaban de menos, podía verlo en sus gestos cuando por la noche cenábamos los tres juntos y ya no teníamos a quién arropar antes de apagar las luces.

Apenas había regresado de anotar las medidas de una amiga de Mme Madeleine LeClercq cuando me tropecé en la calle con Jules. Venía dando saltos de alegría porque había sido llamado para la organización de los Juegos Olímpicos. Así lo dijo. Iba casi todas las tardes a ver las obras, y en una de esas escapadas se inmiscuyó en el batallón de jóvenes que desfilaba con banderas por los alrededores de las piscinas del Sena.

—Supongo que me admitirán. Me sé de memoria todos los movimientos, soy de la misma altura y he hecho amistad con uno de los chicos que va a encargarse de la selección.

—Jules... No sé qué decirte.

—Me pagan. Me van a pagar. Seguro que estabas pensando en eso.

—No, no estaba pensando en eso.

Mentía.

—... Pensaba en las horas, en tu llegada a casa y en qué tipo de gente está allí. No les conocemos de nada.

—Es deporte, Alice. Llevas meses asustándome y criticando mi cercanía con los anarquistas. Esto no tiene nada que ver.

—Júrame que te has alejado de eso. Y que tu amigo no tiene nada que ver con esto, podrían denunciaros. Si se enteran de que has estado coqueteando con...

—¡No, Alice!

—Bueno, tienes un trabajo y además estás contento. Me alegra —expliqué azorada.

—¿Sí? ¿Te alegras? No te imaginas cómo es aquello, están montando grandes espectáculos, todo está muy organizado, lo llevan como si fueran militares: entran a la misma hora, salen cuando lo ordena un tal Pierre, que debe ser del gobierno, y les dan ropa para los entrenamientos. Algunos se encargan de mantener las pistas en orden, otros de vigilar la entrada a los vestuarios, hay quienes actúan de policías en los accesos para que no se mezclen con los países. Países, Alice. ¡Países! Están llegando de todos los rincones del mundo. Es todo tan diferente a... nosotros.

—¿A nosotros?

—Sí, deberías verlo. Hay un grupo de familiares o amigos que suelen venir a las gradas. No molestan. De eso ya nos encargamos nosotros.

No me quedó más remedio que asentir.

—¡Bien, bien! Por las tardes puedes acompañarme.

Jules era un chico enérgico y gesticulaba con la vitalidad de siete potrillos en las carreras. Iba a recibir información, instrucción y, además, aportaría dinero a la familia. Yo no podía hacer más que cerrar la boca, abrir los brazos y darle la enhorabuena.

A pesar de que Mme LeClercq había llegado a ofrecérmelo con anterioridad, al final acepté asistir a los entrenamientos para contentar a Jules. Fui con Kiki. A mi hermano le entusiasmaba saberse capaz de llevarnos.

Las visitas al estadio fueron repitiéndose. Mientras Jules se organizaba con el resto de los chicos, Kiki y yo jugábamos a poner nota a los deportistas como un jurado paralelo del previo a los Juegos Olímpicos que estaban a punto de celebrarse. Así que empezamos a quedar algunas tardes con el permiso que nos concedían mi hermano y una buena caída de pestañas.

Algún sábado a mediodía, cuando decidía que había tenido suficiente trabajo, clavaba agujas y cerraba tijeras, luego nos arreglábamos para irnos a por Jules. Era el mejor momento. Todos se ponían sus mejores trajes y organizaban desfiles para la futura recogida de medallas, llegada al pódium y otros berenjenales perfectamente milimetrados. Tenía mucho de composición militar. Cuando nos retrasábamos, ya estaban en marcha, girando y haciendo entradas y salidas desde los arcos de las gradas.

Aquella tarde de finales de abril, a punto de la gran ceremonia de apertura, nos arreglamos como si fuéramos a salir en la prensa nacional. El estadio de Colombes estaba preparado para sesenta mil espectadores, la piscina olímpica impresionaba con sus cincuenta metros de largo. Mi hermano nos explicó que los deportistas estaban hospedados en barracones cercanos al estadio y que «esas cuerdas en el agua», como dijo Kiki, eran calles para que los nadadores no perdieran la dirección y evitar manotazos en la natación. Jules había aprendido mucho, parecía que se había hecho mayor en semanas. Según contaba, los Juegos pasarían a la historia porque por primera vez las mujeres participarían en esgrima. «Qué calor con esos disfraces», replicó Kiki sin mirarnos. «Que no me busquen para ese plan», zanjó.

Mi amiga estaba ocupada haciéndole ojitos al monitor de los chavales. Era uno de sus pasatiempos.

Y fue entonces cuando él entró en la piscina.

La megafonía dijo los nombres de los deportistas. Paavo Nurmi, Johnny Weissmüller, Andre Charlton, Warren Paoa, Dick Howel, Joseph de Combe, Arne Borg... Alexander Belov. Después explicaron que habría competiciones de cien metros libres, de cien metros espalda, de mil quinientos metros libres, braza, y mandé callar a Kiki porque aplaudía con tanta efusividad que no conseguía entender nada. Pero cuando los vio desnudos tragó saliva, me dio un codazo y pidió silencio. Entornó los ojos y sonrió.

—Ahora sí, querida. Qué buen plan.

No cabía la menor duda, Jules había acertado con su trabajo y 1924 se había animado como un eterno 14 de julio.

—Ay, Kiki. Todos estos deportistas pasarán a la historia.

—Olvídate. Uno se muere y después se muere un poco más, a medida que van desapareciendo quienes te recuerdan. El cementerio está lleno de tumbas sin flores. Sin vida no hay nada, después no hay bares. Ni copas. Ni sexo. Morirse es morirse. Fin. No me interesa.

—Prefiero pensar que habrá algo. Prefiero pensar que alguien se acordará de nosotras.

—Pero quién se va a acordar de dos desgraciadas. Además, qué necesidad de pasar a la historia. Déjate de bobadas, hemos venido a vivirla.

Johnny Weissmüller parecía asombrar a todos. Presenciábamos solo una tarde de entrenamientos y, sin embargo, el joven de pelo negro y marcados pómulos conseguía llevarse todos los aplausos de los chicos, entre los que se encontraba mi hermano Jules, y del resto de los organizadores que se arremolinaban en la primera línea de la piscina.

—Ese hombre tiene futuro.

—¿Lo dices como vidente, Kiki?

—Lo digo como mujer.

Nos llevaron a la sala donde los deportistas se encontraban con sus entrenadores y Jules nos presentó a uno de los directores de pista que estaba charlando con el arquitecto de las obras del estadio. Kiki lo interrumpió cogiéndole de la mano.

—Enhorabuena, esto es maravilloso. No habría podido imaginar estar aquí. Qué bonito va a quedar. Todo tiene muy buen aspecto.

—Ustedes también.

Un observador neutral habría dicho que acabábamos de entrar por la puerta grande. El tono con el que pronunció la frase era vivamente seductor. O así me lo pareció, porque éramos las únicas mujeres en esa improvisada reunión.

—Me presento, soy monsieur Dujaric. Arquitecto.

—Yo soy Alice Prin, pero todos me llaman Kiki. Es más fácil, puede llamarme así. —Extendió la mano enfundada en un guante rosa que no le había visto nunca—. Y ella es mi amiga Alice Humbert.

—Dos Alice en el país de las maravillas. Interesante. ¿Y qué tal van sus aventuras aquí, qué les ha parecido atravesar el espejo?

Una de las leyes no escritas es sonreír cuando no has leído la novela, pero intuyes de qué están hablando. Eso hice. Como si me hubiera metido en la boca el otro guante rosa de Kiki. Supongo que, dada la naturaleza de los hombres, era perfectamente probable que apareciese un tema de conversación para el que no tuviera ningún argumento. Pero ni por asomo iba a quedar por tonta ni a dejarme llevar por esa fuerza de la vanidad masculina.

Había tres invitados más. A mi izquierda, el hombre con quien hablaba cuando nos acercamos, un entrenador que se apellidaba De Froissy. A su derecha, el arquitecto presuntuoso. Y frente a mí, uno de los capitanes de no sé qué equipo deportivo o embajador de países. Se me atragantó el guante rosa. Afortunadamente, estaba a mi lado Kiki.

—Lo hemos pasado de maravilla.

Monsieur Dujaric me miró con el ceño fruncido.

—Alice —terció mi amiga con acierto— no tiene palabras para agradecer esta invitación. Seguro que la ceremonia de apertura de los Juegos va a ser un espectáculo.

—No le quepa ninguna duda. El baron Pierre de Coubertin se despide y ha puesto todo su corazón, fuerza y... ¿Cómo vamos a llamarle a partir de ahora, Robert?

—*Citius, Altius* y *Fortius.*

—¿No les parece fantástico...? Más rápido, más alto, más fuerte. Hemos, hablo en nombre de todos, pensado que puede ser una frase que defina el maravilloso espíritu de los Juegos.

—Verdaderamente, señor. Es todo un acierto —contestó rápidamente el de mi izquierda.

—Me gusta —acerté a decir.

—Así es la vida para los ganadores, para los rápidos, altos y fuertes.

Los deportistas que habían estado entrenando permanecían en grupo con sus toallas y retirándose el agua del pelo. Me fijé en cada una de las gotas que resbalaban por la espalda del nadador que había conquistado mi pulso.

—Vístanse y vengan con nosotros. Podemos tomar algo juntos con estas señoritas.

—La doble Alice —apuntilló el arquitecto.

—No veo por qué no. Pero no hace falta que se cambien. Los veo muy bien así.

—¡Kiki!

Todos rieron, tanto que parecía que las carcajadas se colaban por la megafonía del estadio. Sentí vergüenza, pero me alivió saber que mi amiga tenía sujetas las riendas del cotarro.

—Ustedes lo han dicho: *Citius, Altius* y *Fortius.* Pues

que se vea. Por lo que a mí respecta, doy por inaugurados los Juegos.

Pensé que se descoyuntaban con la ocurrencia de Kiki, porque les faltó tiempo para abrir una botella de champán y servirla en copas para todos como si nos adelantáramos a la gran ceremonia de París 1924.

Durante los minutos siguientes, llevamos a cabo un recorrido por las salas y los pasillos donde en breve empezaría la competición. Olía a cemento y a limpio, a pintura húmeda y a madera nueva. Los deportistas se iban presentando en una formalidad que parecía más extraña cuando menos nos entendían: australianos, belgas, españoles, italianos... Kiki aceptó todos los cumplidos con la desenvoltura de una estrella de cine y un gesto de mano, que debí copiar, como quitándole importancia a cada piropo.

—¿Alice Cocéa? ¿Es usted la actriz?

—Podría serlo.

La cantante y actriz triunfaba con dos obras de teatro en París, *Le singe qui parte* en la Comédie Caumatin, y *Gosse de riche,* una opereta en tres actos en el Teatro Daunou. Maurice Chevalier y ella habían representado *Dédé* y era muy famosa por su carácter y por su ambición para sobrevivir en un mundo de hombres, seguramente por ser hija de un general de las fuerzas rumanas.

—La conocemos.

Miré a mi amiga disimulando mi extrañeza.

—¿Lo ve, monsieur Dujaric? París está lleno de Alices. Todas conseguimos atravesar el espejo de alguna u otra manera. Es nuestra fuerza.

Para cuando llegamos otra vez a la piscina, yo ya sabía el nombre del nadador que había captado todo mi interés: Alexander Belov. Un chico guapo, de flequillo rebelde, amplios hombros y sonrisa perfecta, blanca como la bandera que ondeaba en nuestras cabezas, y que tampoco me quitaba ojo.

Kiki entornó los ojos y sonrió.

—Vamos a brindar con todos.

Yo me veía estupenda en ese momento. A partir de entonces, se redobló mi interés por el deporte o, mejor dicho, por la natación. El letargo punzante de los últimos meses parecía haberse exorcizado y hasta mi forma de andar cambió de repente, había recuperado mi centelleo de aquellos días en los que salía despreocupada de los talleres de Campagne Première. A Alexander le caían los mechones secos sobre la frente y tenía una piel morena que contrastaba con su origen. Fue en ese momento cuando empezaron a formarse grupos y las conversaciones derivaron en festivas, producto del champán y la juventud de los que se incorporaron a la espontánea *soirée.*

Justo delante de mí se rellenaba la copa uno de los que habían nadado en la primera tanda, Johnny Weissmüller. Impresionaban la mirada y el cuerpo. Poseía una elegancia ruda que le hacía salvaje y al mismo tiempo chico de buena familia. Extendí mi mano para felicitarle, todos lo hacían, y correspondió con un «gracias» que Kiki calificó de arrebatador. Tal vez fuera uno de los favoritos, no tenía ni idea, pero coleccionaba todas las miradas y elogios del resto de los competidores. Daba la impresión de que iba a ser la estrella de los Juegos Olímpicos. Se despidió sin haber probado una gota de champán, su copa la recogió mi amiga y la cambió por la suya, ya vacía.

De pronto los deportistas hablaban de mujeres.

A su llegada a París, los hombres habían sido separados de las mujeres, ellos se habían quedado en barracones próximos al Stade Olympique Yves-du-Manoir, distribuidos como si fuera un pueblo olímpico, y a ellas las habían mantenido alejadas de la capital para evitar «tentaciones».

—¿No les parece ligeramente absurdo?

—Nunca se nos va la cabeza, pero es mejor que estéis alejadas.

—¿Queréis decir que somos la tentación? No sé si alegrarme o deprimirme, la verdad. Necesito otra copa. ¡Alice! ¿Oyes a estos muchachos?

Me volví hacia ella.

—¿Habéis venido a competir o de caza?

—La mayoría venimos a competir, llevamos meses entrenando, yo entreno fuerte y estos son días importantes. Si pierdo la concentración se irá todo al garete.

—Y ¿dónde están ellas?

—Nadadoras, tenistas, golfistas... No son muchas. Ciento y pico mujeres. Nosotros somos casi tres mil.

—¿Y?

Todos se echaron a reír menos Alexander Belov, que salió al paso:

—Para ser exactos, son ciento treinta y seis mujeres las que han venido a competir este año. Muchas más que en los anteriores. Irán sumándose. El tiempo hará que sean muchas, créanme. Estoy convencido —dijo mirando al resto de los jóvenes que habían puesto cara de señores—. Y eso hará más grandes los Juegos. Hace unos años solo hubo seis mujeres... ¿Han oído hablar de Alice Milliat?

—Vaya, otra Alice. Al final romperemos el espejo.

—Es la fundadora de la Federación de Sociedades Femeninas de Francia y organiza parte de la competición. No está muy contenta con la participación ni con el interés de los periodistas. Tiene en mente organizar unos Juegos paralelos.

—Pero sería bueno participar aquí, con ustedes.

—El barón es un gran señor, pero nunca ha sido partidario de que haya mujeres en los Juegos.

—¿Por qué?

—Argumenta que la mujer en el estadio es antiestética, poco interesante e incorrecta.

Kiki amagó un grito, pero no tardó en responder.

—Entiendo que ese barón no tiene madre, ni hermana, ni hijas.

Por un momento se acabaron las risas del resto de los deportistas que, sin saber cómo, volvieron a parecer muchachos adolescentes, imberbes y atildados. Luego Kiki soltó una carcajada y yo entendí que necesitaba otra copa de champán.

—Alice, amiga, esto solo lo soluciona...

—... Voy.

—La acompaño.

Alexander esbozó una sonrisa apurada.

—Espero que no se hayan molestado —explicó—. Siempre se ha considerado que el deporte era cosa de hombres...

—Pero ¿usted lo piensa?

—No me gustaría competir con usted.

El rubor de mis mejillas debió de subir hasta el tono peligro.

—¿Brindamos?

—Brindamos.

Kiki levantó la mano, reclamando su copa.

—¿Puedo tutearla?

—Solo si yo puedo tutearlo a usted.

—Bien. —A su rostro asomó una sonrisa cómplice, lo que hizo que su siguiente pregunta me cogiese desconcentrada—. ¿Sabes nadar?

—¿Cómo?

—Si quieres, podríamos ir a una zona del Sena donde algunos chicos entrenan. Tiene una buena orilla para descansar si estás fatigada, y resulta muy agradable.

—No he nadado nunca.

—Y, ¿te apetece? ¿Querrías aprender?

—No soy un corcho, creo que me hundiría. Qué miedo. No subo a la Torre Eiffel, y no pienso tirarme al Sena. Hay locuras innecesarias.

—No tiene ningún secreto. Te sentirías libre y, quién sabe, lo mismo eres una de las tentaciones en la próxima competición.

—No tiene gracia.

—No. Es cierto.

Sin embargo, dentro de mí una llama se encendió como la que prendería previsiblemente en los Juegos.

Desde aquellos días en los que ser la obscena tentación en los fríos talleres de los pintores de Montparnasse, a escondidas de mamá, era nauseabundo, no había experimentado la parte positiva del estremecimiento febril. Sabía bien que el deseo puede a las palabras, está por encima de ellas, se muestra en la mirada y en la forma de estar alrededor. Cuando oía a los pintores solicitar nuevas putas para ser pintadas, mi cuerpo se evaporaba en el dolor y la necesidad de dinero. Pero seguir desnudándome ante ellos era la única posibilidad de salir de allí; un día más eran unos francos más, una semana más era la posibilidad de comer mejor, de vestir mejor, de aspirar a otras calles y a otro París. La huella que dejó aquel tiempo, no tan lejano, era un mal sabor constante en la boca, un escepticismo pegado a la piel y una desconfianza permanente hacia los hombres. Solo aquel que se fue la borró, pero supongo que desaparece el amor como amainan las lluvias. Escampa y se moderan los malestares, aunque esa lluvia haya fortalecido las raíces del dolor.

Ahora, me sentía halagada de que un deportista de las Olimpiadas mostrara interés por conocer mis opiniones, y me escuchara. Alexander me miraba con anhelo, pero no con aquel apetito violento que resultaba repugnante. Erecciones y pinceles, papeles y lienzos. Los hambrientos instintos de aquellos jóvenes aspirantes a estrellas del parnaso que olían a aguarrás, sexo y aceite de linaza. Esta vez el deseo se me ofrecía en una actitud amable, gozosa como las pastelerías de Saint Honoré que no aspiraba a probar, un ardor limpio y gustoso que me subía por las piernas hasta la tripa en el que me sentía cómoda. Podía frenarlo, estaría a tiempo. Pero para hacerlo tenía que querer. Y yo me había convertido en una mujer que se había privado a sí misma durante mucho tiempo. Demasiado tiempo.

Un día después estaba mirando un escaparate de sombreros. Me gustaba recorrer esas calles y pararme ante todas las tiendas antes de llegar a la mía.

—Bonitos, ¿verdad?

—¡Alexander! ¿Qué hace aquí?

—¿Te has olvidado ya de tutearme?

—Disculpa... Ha sido inesperado.

—Paseaba antes de volver a los entrenamientos.

—Trabajo cerca, al cruzar la isla, en mi tienda. —Señalé con el dedo el puente de Louis Philippe.

—¿Entonces, te gustan?

—Son maravillosos —reconocí.

—Si me permites, me gustaría regalarte uno como declaración de buenas intenciones. Si en algún momento te ofendí el otro día...

Era la tienda de Tatiana, que había aprendido a hacer maravillosos tocados en compañía de Coco Chanel y que ya tenía su propia clientela diseñando sombreros inspirados en los cuadros que veía en las exposiciones. Era loca como Kiki, pero sabía que frenar era necesario para sobrevivir en estos años de furia. «Tú y yo somos iguales —me decía siempre—, hemos sabido salir a tiempo del huracán». Recuerdo que a ella le gustaba llamar la atención en los salones repletos de invitados borrachos que se aliviaban tras los grandes jarrones decorativos antes de regresar a la frenética celebración. Se burlaba de ellos y les susurraba «¡agua va!» como si acabara de salir de la Revolución, para que los cerdos se vieran abochornados en su bascosidad. «Los hombres huelen a apio», solía decir. Yo me reía.

—¡Alice! Te he reconocido desde el interior. Pasa... Pasad.

Sonrió y abrió la puerta.

—Oh, no, no. Andaba de paseo, regresaba a casa, tengo muchas cosas que hacer y... ¿Qué tal te va?

Tatiana se ajustó el sombrero que llevaba entre las manos y puso morritos.

—¿Te gusta? Es mi última creación. Se vende como rosquillas.

—Me fijé en él, en el escaparate. Es verdaderamente precioso.

—Y a usted, caballero, ¿qué le parece?

Tatiana tenía los mimbres del cabaret y la calle.

—El sombrero es sin duda alegre —observó—. Muy elegante.

—¿No le parece campestre?

—¿Por?

—Está inspirado en *El almuerzo de los remeros*, es idéntico al que lleva la chica del perrito. Fíjese, la flor, la cinta, las alas amarillas, copa anaranjada, el material...

—Gran Renoir. Maravilloso —reconoció Alexander para conquista de mi amiga—. Fantástico cuadro para quedarse a vivir en él. Para aprender a nadar.

En el cuadro se veía la terraza del restaurante Fournaise y a todos los amigos del pintor que acababan de comer y beber con marcada alegría. Era un restaurante muy popular y muy frecuentado en verano, cerca de una zona de baños y de actividades acuáticas. Y la chica del perrito y del sombrero que había copiado Tatiana era amiga de la novia y futura esposa de Renoir, Aline Charigot.

—¿Sigue abierta la Maison Fournaise? Me encantaría conocerla y probar sus aguas... —apuntó Alexander con toda la intención.

Tatiana hizo una mueca de disgusto. Y yo, otra.

—Oh, no. Qué va. Según me dijeron cerró hace unos años. Los pintores ponen de moda el lugar y luego lo cierran por agotamiento.

Ella no perdió la oportunidad de hacer negocio.

—... En fin, es una bocanada de aire fresco. Un sombrero, mi querida Alice, para pasear por los jardines, para subir a Montmartre... ¿Has visto, por cierto, el Sacré-Coeur? Les ha quedado como una tarta de bodas, es tan divertido...

—No suelo subir a la colina, creo que la última vez que fui fue con mis padres en alguna fiesta.

—Llévalo a él, le gustará conocerlo. —Hizo un gesto hacia mi acompañante, intuyendo que era extranjero—. Y tú llévate el sombrero, anda.

—No puedo —admití. Miré el lazo y la flor y pensé en un vestido—. Pero otra vez será. Las cosas van de aquella manera y no puedo gastar en adornos.

—No es un adorno, *ma biche.* Es Renoir.

Miré a Alexander, pensando que igual era hora de irse. Con él a mi lado, sentía que todo cobraba un ritmo más acelerado. Quizá era yo misma quien se apuraba, guiada por los latidos de mi pecho. Me despedí de Tatiana y la invité a conocer mi tienda. Decidimos en pocas palabras y cuatro gestos rápidos hacer algo conjunto: ella pondría algún sombrero en mi local y yo haría lo propio con alguno de mis modelos.

—Hecho —zanjó. Y nos despedimos.

No sé de qué manera ni cuándo me enhebré al brazo

de Alexander para seguir caminando hacia la tienda. Supongo que fue al cruzar el puente, una brisa hizo que se me volara el sombrero invisible y me alegré de no haberlo comprado, aseguré. Fue mecánico, me puse la mano en la cabeza como si fuera a perderlo.

—Por aquí es —dije sin ganas de abandonarle en ese encuentro casual.

—Ya veo. ALICE HUMBERT, *AUX TISSUS DES VOSGES. NOUVEAUTÉS.*

—Hasta la próxima —dije sacando las llaves para entrar.

—Hasta la próxima. Y espero que nade bien entre sus telas.

Fue una respuesta bonita. O al menos eso me pareció durante las horas que me quedé navegando con las yemas de los dedos por todos los tonos de azul que habían venido con las novedades. Me pareció ver la piscina separada en calles en las rayas diplomáticas y recorté una de manera inconsciente. Teniendo en cuenta la vida que soñaba, cabía preguntarse si con «nadar entre mis telas» Alexander se refería a él y a mí, a los dos, al plural de una cama común. O si era una forma de decir «piense en mí» mientras trabajaba en mis vestidos, telas y cortes de patrón. El instinto me decía que era lo segundo.

No tardaron en venir Jules y Claire para sacarme de mis pensamientos.

Me levanté y me puse a revolver entre los cacharros como cuando no tienes norte. No tardó mi hermana pequeña en quedarse observándome y juzgar mi torpeza con una mirada a la que no respondí. Al fondo de todo, enterrado bajo una colcha, se quedó Jules adormilado, cansado como estaba de la jornada en el estadio Yves-du-Manoir. Su reposo tenía otra razón de ser: un rato más tarde, se duchó y se cambió, vistiendo su ropa menos gastada y pasándose la mano por el cabello ante el espejo demasiadas veces. No le pregunté nada para evitar que se pusiese a la defensiva antes de salir a «dar un paseo». Pero intuía las razones que había tras aquella puesta en escena tan de joven.

Puse todo patas arriba, tal y como el oráculo de Claire había profetizado, y herví unas patatas en la cazuela junto con tres huevos. Por suerte, Jules no regresó tarde. Sin duda, prefería que mi hermano pequeño coquetease con alguna chica antes que con el anarquismo.

Al día siguiente, recibí la visita de Kiki para decirme que estaba harta de los desplantes de Man Ray y de su inseguridad y dudas para ser padre. «Estoy entregado a la creación», le decía.

—¿Qué tiene? ¿Miedo de que un niño seque su ingenio? Me dice que un artista no puede cargar con el lastre de un crío.

—¿Y tú? ¿Qué le has dicho?

—Que se vaya a la mierda.

Kiki estaba dolida hasta lo más profundo, pero lo disimulaba con bromas y lágrimas nunca derramadas que ahogaban su pecho. «Ni madre ni madrina». Lo repetía desde la muerte de Juliette de la Grande-Chaumière, la chica estaba embarazada y Kiki iba a ser la tutora del bebé.

Man la consolaba a su manera: con sexo, pero no con amor. Kiki me explicó que iba a cancelar nuestras «jugosas rutinas deportistas». Por lo visto, Mike, un americano bastante atractivo, andaba buscándola día sí, día también. Le faltó un suspiro para dejarse llevar por los «te quiero» y las adulaciones. Su nuevo «frijolito blanco» le había insinuado que en EE. UU. sería una gran estrella de Hollywood.

—Y tú qué dices.

—Todas las mujeres soñamos con estar en brazos de Rodolfo Valentino.

—Entonces, ¿te vas a ir?

—Cuando estás enfadada y no tienes otra cosa que hacer, ¿qué hay mejor?

—Y... ¿Man?

—Man no me quiere. Man me folla.

—No creo que sea como dices.

—¿Te lo tengo que explicar, Alice?

—Pero, Man... ¿Crees que hablaba en serio con lo del niño?

—No tengo ni idea, pero no puedo más. El amor a veces necesita un paso más.

—No sé qué decirte... Haz lo que quieras. Es lo que siempre haces.

Con sus aires de chica entusiasmada abrió el bolso y agitó alegremente unos billetes en la mano como si fueran un abanico de plumas.

—Mira. Camarote con vistas y baño completo. ¡Destino Manhattan, querida!

—Me iría contigo —respondí como un resorte dejando caer la tiza en los papeles.

—Salimos pasado mañana. No sabes qué ganas tengo. Voy a memorizar todos los modelos que vea, todas las tendencias, te compraré revistas y serás la diosa de las novedades.

Asentí con cierto grado de añoranza. Nueva York tenía para mí otras connotaciones.

Los días avanzaron con mucho trabajo. La inquietud que los Juegos imprimían a la ciudad parecía haber alcanzado también a la tienda. Entraba más gente, mujeres curiosas que jamás habían puesto un pie en ella. Damas a las que el ambiente festivo y a la vez señorial del gran evento hacía salir a las calles y fijarse por primera vez en un París que hasta entonces no les había merecido un minuto de atención.

Las atendía a todas con meticulosidad, a pesar de que pronto entendí que la mayoría no se convertirían en clientas. Al igual que yo, más joven, me había detenido ante escaparates que encendían mi imaginación, pero de los que nunca pude sacar una sola prenda, estas mujeres entraban, miraban y daban media vuelta.

Mme LeClercq me visitaba de vez en cuando. En ausencia de Kiki, ella era la mejor de mis compañías y me hacía sentir menos sola. También ella tenía bastantes asuntos que atender. Eran días de protocolo, de invitaciones varias, la presencia de una mujer como ella era requerida sin descanso.

—Créeme, Alice, no han empezado y estoy deseando que los dichosos Juegos terminen de una vez.

Para ella, se trataba de un juego de hombres. Insistía en que todo el mundo trataba de aprovechar la oportunidad para trepar o dejarse notar. Empresarios, políticos, advenedizos de toda clase y condición...

—Y esta es una cosa de caballeros, que es lo más aburrido de todo. Son tan previsibles... Las mujeres al menos tenemos más elegancia cuando se trata de captar la atención de los demás.

Pero aquellos días, Mme LeClercq tenía una ilusión que le ayudaba a sobrellevar el frenesí de los Juegos.

Todavía no había podido completar los trámites, era un proceso lento, pero Hortense visitaba su casa varias tardes a la semana. La solicitud de adopción había sido ya aceptada, y aunque no podía todavía irse a vivir con ella, había sido aprobado el permiso que le permitía llevársela con ella unas horas al día. Lo consideraban un proceso de adaptación, y todas las partes estaban encantadas.

Una de esas tardes, ambas aparecieron en la tienda cogidas de la mano y el desencanto de una jornada con apenas ventas se convirtió de repente en una tarde luminosa, cálida. Hortense se soltó de la mano para correr y abrazarme. Ese abrazo me llenó de una energía tan pura que me costó separarme. Se la veía contenta, aunque su palidez seguía siendo una alerta constante de su delicada salud.

—A Hortense le apetece mucho pasear con su mejor amiga, ¿no es así? —dijo Mme LeClercq, y la niña me miró risueña y tímida mientras asentía con la cabeza.

Claire insistió en que la dejase al mando de la tienda un rato. Sabía que estaba capacitada para atenderla, aun así no podía evitar sentir cierta aprensión. Pero entre la cabezonería de mi hermana y la de Mme LeClercq, que insistió en que ella debía reunirse con un matrimonio soporífero con cuya presencia jamás castigaría a la pobre Hortense, no tuve más remedio que ceder. Cedí gustosa, para qué mentir. Quizá yo misma desease más ese paseo que mi pequeña niña.

Agarró con su manita la mía nada más salir de la tienda y echamos a andar sin rumbo fijo. Cualquier zona de la ciudad resultaba bella mientras me ajustaba a sus pasos cortos pero inquietos. Respondía a sus preguntas llenas de esa curiosidad infantil que sorprende a los adultos. Y ella me contaba lo bien que la cuidaba nuestra amiga en común, describía como una ensoñación la casa, todo lo que había en ella, las meriendas que les servían... También mencionaba cosas de la Salpêtrière, de algún nuevo amigo, pero callaba pronto, y yo también.

Quise apartar esas cenizas de su cara llena de inocencia y pureza. Le compré una manzana caramelizada, para mí un praliné.

—Pero bueno, te vas a llenar de azúcar si no te la comes. ¿No te apetece?

Movió la cabeza para decir que sí. Pero entendí sus deditos manchados, que relamía inocentemente como yo hacía a su edad. El paso del tiempo no arrebata el sabor de la pobreza. Las niñas jugamos, los pájaros vuelan, el río pasa, los árboles crecen... No es tanta la diferencia. Hortense saboreaba por primera vez una manzana caramelizada y era incapaz de romper su belleza.

Tenía dos años, tres tal vez, cuando mis padres nos llevaron de fiesta a un baile callejero en el que había puestos de dulces para los que desembarcaban con los bolsillos abiertos. Nos instalamos en un portal, a unos pasos de donde la vida era vida. En esa esquina, muchos años después, estábamos ahora.

Pasemos rápidamente por mi infancia.

Los primeros años fueron los de una hija única, no tardarían en llegar Jules y Claire. Para mis padres no había mayor felicidad que pasear conmigo, me cogían de las manos y me balanceaban para saltar los charcos. Él agrandaba mi altura cuando me subía a sus hombros, ella, mamá, endulzaba mi vida cuando se chupaba el dedo meñique y lo untaba en azúcar para sacarme una sonrisa. Disfruté de ese balcón elevado y de esa golosina hasta que llegaron mis hermanos: ni había suficientes hombros ni suficiente azúcar. Es comprensible. Por eso, sentada en ese escalón toda la familia, la fiesta y todos los puestos de caramelos parecían de otro continente. El océano que me separaba de las manzanas caramelizadas se salvaría, según papá, bailando: «¡Pequeños, cuando yo tenía vuestra edad hacía el corro con mi padre!».

Para mamá, vernos era la felicidad.

Pero mientras dábamos vueltas en nuestra propia verbena, la vi pasear entre la gente con la mano extendida. «¡No te vayas a caer, Jules, todavía no eres el hombre de la familia! ¡Mira qué velocidad coge Claire! ¡Vamos, Alice, cántanos alguna canción de esas que tú sabes!».

Así se olvida lo que pasa alrededor. Girando. Supongo, hoy, que todo lo que rueda retuerce de algún modo la realidad. Distrae.

Mamá llegó con una manzana caramelizada para todos. Papá la miró extrañado y ella le introdujo algunos céntimos en el bolsillo. Supongo que las sobras de lo que había conseguido mendigando.

Ni todos los meñiques del mundo untados de azúcar nos pudieron alegrar tanto, solo que no sabíamos cómo empezar, todos queríamos cogerla y mamá apuntando con el palito hacia nosotros nos invitó a dar un mordisco. No sabíamos ni qué hacer de pura felicidad. Y duró segundos. Como suele pasar también con la felicidad.

«¿Eso es todo? —preguntó Jules—. ¿Una para todos?».

Papá le estampó un bofetón que nos hizo llorar a todos, también a él. Papá debió arrepentirse toda la vida de ser pobre y de haber respondido así a la carencia de dinero. Lo terrible es que, por hacernos felices, sin posibilidad, acabamos todos regresando a casa con un buen sopapo.

En fin, no hace falta que insista. Esa es la anatomía de la pobreza.

—Hortense, cómetela. Es solo una manzana caramelizada. Mañana, o el próximo domingo, cuando paseemos volvemos a por otra. Una tú y otra para mí. ¿Te parece?

Asintió con la misma cara que debí hacerlo yo años atrás.

Antes de tirar el palito con el corazón, se me rompió el mío.

—Qué hija tan guapa tiene —comentó una señora al pasar a su lado, Hortense andaba relamiendo con dulzura el azúcar pegado a sus dedos.

—Muchas gracias —contesté con una sonrisa de oreja a oreja.

Regresamos a la tienda y las dos fuimos testigo de una escena que nos gustó, a cada una a su manera.

—¡Jules! —saludó Hortense con un gritito.

A un par de portales de la tienda, Jules parecía querer despedirse con arrumacos de una chica hermosa.

Era Annette, la sobrina de lady Bertha.

Pillado por Hortense, no le quedó más remedio que acercarse a nosotras. Le pellizcó la mejilla a su delatora y le dio un beso que la hizo sonreír.

—¿Quién es este pequeño ángel? —preguntó Annette, con la vista fija en la niña.

Las presentamos, y la acompañante de mi hermano reconoció el gusto que sentía al volver a verme. Entendí que, si no había pasado antes, era por reticencias de Jules. Pero el secreto había sido desvelado, y Annette entró en la tienda. Sonreí con cierta complicidad al ver el rostro de asombro de Claire. A mi espalda, Jules trataba de mantener las formas. Bajó la cabeza, algo avergonzado por la situación.

No era difícil adivinar que no era la primera cita con Annette. Estaba rojo como un tomate, pero había mucha complicidad entre ambos.

—¿Qué tal les va todo, Alice?

—Ya ves, este país está revolucionado con la moda y con los deportistas.

—¿También está trabajando para los Juegos?

—Oh, no. Solo nos unimos a la nueva ola *sport*. Y... ¿tu tía?

—Tía Bertha es un huracán, siempre está haciendo algo. Hoy creo que había quedado con las amigas en el Ritz.

—Debe de ser bonito... —apuntó Claire.

—No te creas, es un aburrimiento. Allí se sientan y atienden las confidencias del *maître*, un tal Olivier Dabescat, tan ambiguo que parece siniestro. Parece un zoo, pero con una distinguida clientela. Estaría bien cobrar entrada para que fuéramos a ver las diferentes especies de frívolos y excéntricos que van al hotel. A veces he cenado con mi tía y me parece un lugar atroz. No va con nosotras, Claire.

Bastó esa última frase, que subrayó con un guiño, para hacerla cómplice y restar cualquier atisbo de presuntuosidad por las diferencias.

Annette se fue poco después, no sin antes plantarle un beso en la mejilla a mi hermano, que quedó sin capacidad de reacción. Al minuto, apareció Mme LeClercq para llevar a Hortense de vuelta a la Salpêtrière. Fue en ese momento cuando tratamos de sonsacar a nuestro hermano todo lo que pudimos durante la cena, por supuesto. Éramos sus hermanas y teníamos derecho a mostrar interés por la pareja: el tiempo que hacía que se veía con Annette, los paseos y planes que habían llevado a cabo juntos, los sentimientos que afloraban en él al verla... Jules capeó la situación lo mejor que pudo, pero terminó desistiendo.

Dijo que había quedado con un par de compañeros para hablar de los Juegos Olímpicos, y entre la inminencia de la ceremonia de inauguración y lo que acabábamos de descubrir sobre su vida sentimental, fui incapaz de poner reparos a que saliese de casa a esas horas.

Antes de acostarme, bajé a la tienda a por un pañuelo de rayas azules. En un papel escribí un texto escueto: «Annette nos parece una buena chica. Cuídala», que dejé junto al pañuelo sobre la cama revuelta de Jules. Su corazón podía mostrar síntomas incipientes de madurez, pero el desorden de su juventud se mantenía intacto.

Y entonces lo vi.

Asomaba entre el jergón y las sábanas. Un reborde gris, extraño. ¿Era un anillo? Se me aceleró el pecho al pensar que a mi hermano le rondase la idea de declararse a Annette. Anticipé el drama de un rechazo causado por la urgencia, la ingenuidad y la diferencia de clases. Ojalá hubiese sido eso. Ojalá no hubiese levantado el jergón para descubrir que aquello no era un anillo, sino un arma.

Las lágrimas rodaron en silencio porque no quería despertar a Claire y revelarle una realidad terrible. No supe qué hacer con aquel aparato odioso en las manos. Tenía la forma de una pistola tosca, rudimentaria, pero con varias anillas en forma de empuñadura. Por mi mente se sucedieron distintas imágenes del uso que podía dársele, que le habrían dado ya, a aquel instrumento espantoso.

Jules llegó pasada la medianoche. No dije nada, solo alcé ante su cara lo que había descubierto. Palideció. En su mirada vi chispas de furia, de impotencia, pero no de arrepentimiento. Con un gesto me indicó que bajásemos a la tienda, para mantener a Claire al margen.

—No es mío, Alice.

Volvieron a aflorar las lágrimas. Que Jules me mintiese

en la cara era la última puñalada que mi amor fraternal podía resistir.

—Te lo juro. ¡No es mío!

—¿Y qué hacía escondido en tu cama? ¿Qué hace en mis manos? ¿Qué estás haciendo tú con tu vida, Jules?

Entonces se derrumbó. La hombría con que había querido reaccionar al descubrimiento se vino abajo con el peso de un telón. Volvía a tener ante mí al chico joven y huérfano al que la vida solo le había enseñado las cartas de la miseria.

Lo hice sentarse y me lo contó todo. Las reuniones clandestinas en pisos de mala muerte, los cabecillas que con ímpetu y promesas vacuas atraían la atención de muchos jóvenes. Jóvenes, sobre todo, sin un futuro al que aferrarse. Quise aprovechar ese momento de flaqueza para enterarme de todo lo posible. Pregunté nombres, lugares de reunión, costumbres... Cada pregunta era como un bofetón para él, una cruz de vergüenza en su cuerpo. Pero respondió a todo. Temblé al oír nombres de personajes que habían resonado alguna vez en los círculos de artistas y hombres de la noche a los que yo misma había pertenecido. El arte y el anarquismo poco tenían que ver, no se mezclaban con la sutileza de los colores en la paleta de los pintores. Pero unos conocían a otros.

Odié saber que mi hermano tenía conocimiento de quién era Ravachol, un asqueroso proxeneta de cierta fama, terrible fama. No sabía si lo que se rumoreaba sobre él y sus semejantes eran leyendas urbanas o realidades aterradoras, y confiaba en mantenerme alejada lo suficiente como para no descubrirlo jamás. A Jules lo separaban unos pasos de esos personajes. Me partía el alma.

El arma, que llamó «revólver apache», pertenecía a un conocido de su amigo Piotr, que les encomendaba pequeñas tareas de ese estilo, esconder un arma o distintos panfletos, mientras azuzaba a otros ya mayores a prender la mecha de sus inquietudes anarquistas.

Lloré y lloró él conmigo. Me dijo que aquello ya no le interesaba, que se había dejado llevar por la curiosidad, pero que había empezado a ver cosas que le hacían sentir miedo. Y era ese mismo miedo el que le impedía romper los vínculos. Le hice prometer que terminaría con aquello. Que su amistad con Piotr había llegado a su fin. Amenacé con contárselo todo a Mme LeClercq, quien tenía contactos poderosos. Fue un farol que usé a la desesperada, pero que sirvió para espolearlo. Me dijo que empezaba a ser feliz. Que se sentía útil y valorado en el trabajo, que la felicidad lo recorría como una descarga eléctrica antes de cada cita con Annette. No quería perder lo que por una vez tenía. Pidió perdón, por hacerme verlo en esa situación. Pidió perdón también por Claire, por Hortense.

Quise abrazarlo, pero no pude. Los dos nos retiramos en silencio, subimos y nos acostamos, sabiendo que la noche se nos haría larga.

La mañana siguiente, Jules salió hacia el trabajo tras un saludo mudo. Supe que con él llevaba el arma.

Jules ocupaba buena parte de la atención que me quedaba libre. Las cosas parecían haberse suavizado entre nosotros, y su temperamento cambió de la noche a la mañana. Supe que en esto tenía mucho que ver Annette.

La noche siguiente a nuestra discusión, al momento en que el miedo y la rabia me apresaron las manos cuando descubrí el odioso revólver apache, Annette se pasó por la tienda. Había cerrado ya, hacía los últimos cambios en el escaparate para la jornada siguiente. Tocó con los nudillos a la puerta y la invité a pasar. Tras ella, un Jules cabizbajo y que eludía mi mirada.

Fue ella quien me contó que Jules se había reunido esa misma tarde con su amigo Piotr para decirle que se había terminado todo. Que no quería saber nada más de lo que hasta entonces habían estado haciendo. Tenía un trabajo y un futuro que no quería arrojar como un desperdicio a las entrañas del Sena. Mientras tanto, Jules permanecía a su lado en silencio. La vergüenza y el arrepentimiento le impedían explicarse, y Annette se había prestado a hacer de altavoz.

La invité a cenar, y para mi sorpresa no dudó ni un instante. Ella, con su vestido elegante, de una tienda en cuyos escaparates yo buscaba inspiración, con sus ademanes propios de una educación que nosotros ni habíamos rozado, accedía con gusto a hacernos compañía en la pequeña casa que compartíamos los tres hermanos. No buscó una sola excusa para evitar ese compromiso espontáneo. Dijo que sí porque eso era lo que quería decir.

El recelo inicial de Claire pronto se convirtió en admiración. Era la segunda vez que se ganaba su confianza. Annette combinaba a la perfección el desparpajo y el descaro con la contención y la sensatez. Se adaptaba a cualquier conversación, los silencios en su compañía eran escasos.

Tras la cena, agradeció que la hubiésemos acogido, y tuvo unas palabras para mí cuando la acompañé afuera, mientras Claire y Jules recogían todo arriba.

—Jules es muy buena persona. Todos nos equivocamos. Lo importante es que él ha aceptado sus errores y ya ha empezado a corregirlos.

—Annette, no sé qué te habrá contado...

—Todo.

Callé, porque en esa respuesta estaba implícita una realidad que me dolía, pero que debía aceptar. A ella le había contado todo lo que durante tanto tiempo me había ocultado a mí. Pero yo era su hermana mayor, y debía entender que para las hermanas mayores siempre habría secretos, partes íntimas a las que no se podría tener acceso. Mi hermano se convertía en un hombre, comenzaba a tener su propia vida. Yo no podía, ni debía querer poder, tener el control del nido de manera eterna.

Annette se fue y yo regresé con mis dos hermanos pequeños, que cada vez lo eran menos. Acepté que llegarían a sus vidas otras personas que cuidarían de ellos, que colmarían su atención y su tiempo. Yo no era su madre. Estaría siempre ahí para que lo necesitasen, igual que ellos para mí. Sería su hermana.

Tuve la certeza de que sería un día de ajetreo que terminaría sin apenas pausas para un respiro. Durante toda la mañana el cielo había permanecido gris, y ahora las nubes se descargaban con ganas sobre las aceras. Eso pensaba cuando levanté la vista hacia la calle; entre el gentío de paseantes que escapaba de la lluvia, un hombre con sombrero golpeó el cristal.

Me dio un vuelco el corazón y me pinché en el dedo: era Alexander Belov.

—Me encanta entrar en el sitio en el que sueñas —comentó, al tiempo que se quitaba el sombrero y buscaba un lugar para dejarlo.

—Dame.

Tenía las manos fuertes, era solo un poco más alto que yo y lucía la misma sonrisa que el otro día. Cuando colgué su sombrero en el perchero donde bailaba mi paraguas, Alexander me preguntó si todavía no había salido a pasear.

—Llevo toda la mañana cosiendo, debo terminar unos encargos y alguna de las señoras tiene más prisa de la que yo puedo gestionar.

—Pero ya son las seis de la tarde...

—Se me ha pasado el día, creo que ni he comido.

Chasqueó los dedos y entendí que quería invitarme a comer.

—No son horas y, además, tengo mucho trabajo. Mírame, estoy sin arreglar.

Cogió su sombrero y estudió mi vestido en unos cuatro segundos que me hicieron temblar. Sentí cómo la piel se me erizaba como cuando alguna de las miradas de los pintores para los que había posado andaba cargada de deseo. Pero, esta vez, sentí otro tipo de pudor. Estaba feliz como una niña a quien el chico guapo corresponde con una mueca.

—Olvidaré lo que has dicho.

—Sí, mejor. Olvídalo. No puedo salir.

—No, no. Olvidaré que acabas de decir que estás sin arreglar. Eso me genera muchas dudas. La primera y principal: ¿cómo eres cuando te embelleces más?

—Alexander, no voy a responder a una adulación.

—Está bien. Volveré en otro momento y probaré fortuna. No ha sido mi día de suerte.

Se dio media vuelta y yo me quedé chupándome la gota de sangre de mi dedo que brotó en señal de alerta. ¿De dónde había sacado esos restos de orgullo para perder en segundos a un hombre tan encantador? Alexander sonrió al abrir la boca.

De acuerdo con mi capacidad de generar fortuna, el día podría haber acabado ahí. Sin embargo, Alexander utilizaba mi escaparate como espejo y comenzaba a despeinarse con la mano, deshaciendo la perfecta raya marcada con colonia que traía, y, después, conseguido el efecto de chico recién salido de la piscina, se quitaba la chaqueta, le daba la vuelta y se la ponía del revés, con el forro de rayas a la vista.

Golpeó con los nudillos el cristal, levantó los hombros como hacen los niños que ignoran el peligro y volvió a entrar en mi tienda. Según las normas de cortesía propias de un chico de buena clase, hizo un ademán sin quitarme los ojos de encima.

—¿Ahora sí?

—Me parece muy loable tu transformación, pero nada ha cambiado. Yo sigo estando igual.

—Pero yo no.

Alexander me ofreció una sonrisa cautivadora e hizo un gesto para quitarle importancia al asunto.

Me tendió la mano. Con la otra golpeó las campanillas de la puerta para que siguieran sonando «como si fuera Navidad». Eso dijo. Acepté. Él carraspeó.

—Soy Alexander Belov. ¿Querría salir a dar un paseo? Conozco un lugar cercano donde podemos sentarnos.

Antes de que pudiera contestarle ya estaba abriéndome paso para salir a la calle, se quedó así hasta que pinché la aguja en el acerico y cogí las llaves.

—¡Espera!, me llevo el pañuelo.

Hacía algo de frío para ser primavera. El vestido que llevaba era de una gasa nueva bordada que había que mostrar para servir de modelo de mis propias creaciones, pero refrescaba.

—Ya sabes cómo es París.

—A estas horas empieza a parecer invierno, otra vez, cada día. Aunque en tu país...

—En Polonia sí que es verdaderamente frío. Ni te imaginas los inviernos en Varsovia. Para mí esto es una bendición, poder pasear con estas temperaturas es gloria.

—Aquí la lluvia siempre nos pilla de improviso.

—Me gustan las cosas que aparecen así..., repentinamente.

Me dio un golpecito con la mano en el hombro, como si no lo hubiera entendido. Luego miró alrededor, como si buscara algo.

—Una iglesia, ¿verdad? —quiso saber.

—Sí, aquí al lado, en la rue des Barres, está la de Saint Gervais. Bueno, y más allá está la parroquia de Saint Paul, más popular. Está todo lleno de cruces y santos a mi alrededor para avisarme del infierno. Y hacia allí —dije girando sobre mí misma como una veleta movida por el viento— está Notre-Dame-des-Blancs-Manteaux, Saint-Merry y Notre-Dame, la Sainte-Chapelle...

—Para, para. Solo notaba un olor a cera próximo a nosotros. Siento debilidad desde que era niño, mi abuela encendía siempre velas para que tuviéramos suerte y creciéramos felices.

—Entonces es Saint-Gervais-Saint-Protais. Aquí al lado.

—¿Me llevas? —Alexander recogió mis palabras—: No solo tienes el infierno cerca, tal vez también tienes el cielo y no te has dado cuenta.

—Creo que el santoral no se ha portado muy bien conmigo, últimamente.

—Entonces, tal vez puedes cambiar de religión o hacer como mi abuela, prender velas a no se sabe quién.

—Me gustaría creer, créeme. La vida puede resultar más fácil si piensas que hay un cielo. Pero demasiada tormenta que... Mira, gira por aquí. Es esta calle. Y tenías razón, huele a cera caliente. No me había dado cuenta nunca.

En aquella quietud de la iglesia, se oía relinchar a todos los caballos que galopaban entre el pecho y mi barriga. El *jockey* que me acompañaba cogió dos velas y puso una en mi mano, casi abrió mis dedos, agarrotados por el miedo irracional, y sacó un mechero de oro que brillaba más que el altar para encender los cirios. Me fijé en sus iniciales grabadas: A. B.

—Pide un deseo, Alice.

Lo pedí.

A Alexander le gustó la naturalidad con la que había abierto mi corazón como mis manos. Concentrada en mi deseo, dejé de prestar atención a los feligreses que rezaban en las sillas y a los turistas que paseaban con la mirada en el cielo de la catedral. Oír el susurro de la multitud era lo que me calmaba. Me sentía bien con Alex. Ahora me tocaba hablar. «¿Y tú? ¿Has pedido un deseo?». Me lo encontré mirando el gran rosetón, buscando uno de los rayos de colores que atravesaba el aire hasta una de las columnas. Blindé mis nervios. «Qué belleza de lugar, Alice. Parece que los colores se sostienen en el aire. ¿Lo ves?». Sí, lo veía. Y también su cuello firme, con la nuez en forma de corazón en la garganta. Atragantado. Me pareció una idea estúpida e inconsciente, tocar ese hueso que subía y bajaba, para ayudarle a engullir los sentimientos, ayudar a pasar el corazón hasta su pecho. No lo hice, afortunadamente. Alex adoptaba una actitud en ese momento de turista aturdido y conmovido ante el lugar.

Me acordé entonces de Ërno, de las conversaciones nocturnas sobre arte. Y, después, de la manera en la que destrocé la relación. Pero se me evaporó cuando Alexander Belov se puso a hablar de su país, de los escritores polacos, de su infancia feliz con la abuela Milenka y de la iglesia de su ciudad a la que iba con ella de la mano. Había cambiado de tono, era tan dulce, tan hipnótico como la luz de las vidrieras. Sus palabras se hilvanaban con la soltura de un alumno que se emocionó en clase con la lección aprendida. La quería compartir. Y yo escuchaba admirada. Ni siquiera vi pasar a la gente, ni miré los santos, ni las capillas... Solo tenía la certeza de la belleza de todo lo que, con soltura, iba narrando. Tal vez él estaba esperando que yo diera algún paso, pero en materia amorosa qué pasos iba a dar yo acertados. Ninguno. En el amor solo existe la verdad y la mentira. La candidez y el orgullo. Y yo estaba eligiendo las dos primeras. Era una analfabeta que disfrutaba del encanto de sus frases en voz baja, solo para mí.

Al girar tras el altar, Alexander tomó mis manos entre las suyas, la oscuridad y la soledad hicieron el resto.

—Me alegra que me dejes conocerte.

—Yo también.

Dije «yo también» así como así. Supongo que una escucha la frase que quiere y contesta las palabras equivocadas. O no. Tardó un instante en soltarme. Me dio la sensación de que se debatía entre si decir o hacer algo. Le miré. En ese momento me besó.

No fue un beso apasionado, sino más bien una respiración. Lo necesitaba tanto como yo. Habría bastado con que volviera a mirarlo para que repitiera la acción, para que me estrechara en sus brazos, pero eché a andar con las yemas de los dedos acariciando las piedras del templo. Arrastrándolas para que el escalofrío de mi piel se frenara. Las campanas sonaron y sentí el doblar en todo mi cuerpo.

—Ven, pon la mano en el muro. Se sienten las campanas.

Y así nos quedamos un rato, hasta que pararon. No sé hasta qué punto la reverberación de las campanas subía y bajaba desde las torres hasta nuestras manos apoyadas en la piedra, pero sentimos los cuerpos unidos en una conexión nada habitual. El silencio posterior fue todavía más extraordinario, como si el muro hubiese desaparecido y ambos estuviéramos sintiendo el rumor de la sangre de nuestro corazón. Palpitaba.

Callados, salimos a la calle. La lluvia se había retirado, dejando un ambiente húmedo que ya no percibía tan frío como antes.

—Eres un encanto, Alexander B.

—No me lo tengas en cuenta.

—¿El qué?

—Lo de antes.

Belov sonrió dejando ver el brillo honesto de su verdadera forma de ser.

Una vez en la calle, me preguntó dónde quería ir. «Podemos cenar juntos», dijo. Le sugerí que me tratase como a una extranjera y que me llevara a sus lugares favoritos de París. De modo que fuimos a pasear.

Anduvimos por las callejuelas, cruzamos el Sena, buscando un banco donde sentarnos; acabamos junto a la fuente de la Merlieux. Un hombre pasó a mi lado y me golpeó con el codo. Llevaba un precioso traje claro y un canotier en la mano con el que se disculpó. Por un brevísimo instante pensé que era Ërno Hessel.

Aquel hombre poco tenía que ver con él, claro, pero reconocí lo que ocurría. La intensidad que me había recorrido momentos antes, en el interior de la catedral, había encendido una llama que solo una persona había logrado mantener viva antes. Pero me había prometido desterrar ese nombre de mi vida. Su cicatriz del cuello, sus abrazos fuertes, sus modales impolutos, la manera en que me protegía con su cuerpo... Había decidido olvidarlo como él me había olvidado a mí. Quería hacerlo sin rencor, sin lastres. Con paz.

—Pones una cara muy bonita cuando te pierdes en tus pensamientos.

La voz de Alexander. Era él quien me había besado, sus manos las que se habían apoyado junto a las mías en la pared de la iglesia para sentir las sacudidas de las campanas y de algo más. De nuestros corazones, quizá. Era él, no otro.

—Disculpa.

—No te disculpes por ponerte aún más bonita. Aunque imagino que las mujeres de París te mirarán mal. La envidia.

Sonreí, su zalamería era intencionadamente torpe. No trataba de imponerse, de gustar. Estaba relajado, a gusto en mi compañía. Eso hacía que yo estuviese a gusto en la suya. Nos levantamos al cabo de un rato, y de manera velada volvió a incidir en que era hora de cenar. Sin embargo, me sentía muy cansada, y no quería regresar tarde a casa. Jules y Claire no sabían dónde estaba, y en el fondo quería disfrutar de ese rato que compartíamos antes de acostarnos.

—Cenaremos. Pero será otro día.

—¿Temes que me canse ya de ti?

—Por supuesto. Y no quiero cargar con la culpa de cansar a un atleta olímpico.

Aceptó su derrota con dignidad.

—Me gustaría que la cena fuese esta semana, si eso es posible. La próxima es ya la competición.

—¡Qué tonta! Lo olvidaba. Han pasado deprisa estos días... Tendrás unos horarios estrictos, no quiero trastocar tu calendario.

—No te preocupes. Si quiero cenar contigo antes de competir, es solo por atraer a la suerte.

—No entiendo —dije, ruborizada.

—Pero yo sí.

Se despidió con un beso en la mejilla. Fue más cálido, menos apurado que el de la catedral. Su calor se quedó en mi piel, y en mi vientre las ganas de más. Las oculté, por supuesto. Pero la vela seguía encendida. En mi oscuridad, refulgía de nuevo una llama.

Por fin hoy llegó una carta con un sobre timbrado desde los EE. UU. La abrí con una ansiedad infantil propia de la mañana de Navidad.

La letra era inconfundiblemente de Kiki. Y el sobre estaba lleno de dibujos característicos que daban buena fe de cómo se lo estaba pasando. Sonreí al imaginarla.

«El paraíso no está en París, querida, pero hay fragmentos». Así empezaba.

Me apoyé en la cocina y bebí de una botella de vino, directamente del gollete. Después me serví un vaso y me senté junto a la ventana para vigilar desde el primer piso la llegada de alguna clienta. Raro en esos días de lluvia que no amainaba. ¿Dónde estaba mi amiga? ¿Qué hacía? ¿A qué fiestas la estaban invitando y qué fechorías estaría haciendo subida en alguna mesa? ¿O el amor del americano había aplacado sus fuegos artificiales? Apuré el vaso y leí la carta del tirón. Hasta en el papel, a pesar de las millas y de un océano entero, mantenía su aroma.

En resumen, la carta desmenuzaba la belleza de la ciudad de los rascacielos, de esos restaurantes a los que iban, de las fiestas, de los vestidos que se había comprado, de los nuevos maquillajes... También, como advertencia, era clara en sus palabras:

«Sé lo que estás deseando preguntarme, pero te voy a

responder antes de que lo hagas: no, no le he visto ni tengo ningún interés en encontrármelo. Ya te dije que no te enamoraras de él, te insistí en que no son como nosotras».

La posibilidad ha sido siempre mi infinito consuelo para todo este tiempo de ausencia. Las expectativas matan cualquier tipo de relación. Pensar en anillos puede dejarnos sin dedos.

«Así que concéntrate en imaginar los pendientes *cloisonné* que llevo puestos mientras te escribo esta carta. No tenemos dinero, pero nos estamos permitiendo algunos lujos. Otros hay que esconderlos, como beber vino en tazas de té por la prohibición».[1]

Kiki hablaba de cómo disfrutaba moviéndose por las tiendas de Manhattan y oyendo los comentarios que hacían de ella.

«Me llaman la *parisienne.* Esto es tan hermoso y tan grande que duele... como la polla de Mike».

Ni en Nueva York dejaba de ser la reina de Montparnasse.

«Fue llegar al hotel, ver la maravillosa bañera como un pedazo de Sena y ponerme a nadar con mucha espuma. Luego estrené camisón. Al ver a mi frijolito blanco tirado en la cama excitado, me lo subí por encima de las caderas y le ayudé a que entrara en mí. Luego, lo de siempre, el gruñido y cerrar los ojos».

Mike y ella habían congeniado bien, se hospedaban en el Lafayette de Greeenwich Village, un hotel francés donde podía sentirse en casa sin cambiar de idioma. Se levantaba tarde y a partir de mediodía se instalaba en el piso de arriba de los autobuses para visitar tranquilamen-

1. Así se llamaba a la ley seca. Entró en vigor el 16 de enero de 1920 y fue derogada el 5 de diciembre de 1933.

te la ciudad. Por la noche iban a locales de moda, muchos de ellos siniestros, donde debían decir una contraseña para colarse.

«No sabes lo divertido que está siendo beber whisky en tazas de café, tienen la prohibición y con la excusa bebemos, creo, más que en París, que ya es decir...

»Parece que hay actores y actrices por todos los sitios, aquí todos quieren brillar. En el 9 de Doyers Street hemos tenido que llamar por teléfono para entrar, pero no desde el local, sino desde un pequeño restaurante de perritos calientes. Nos han dado indicaciones, y... *voilà*. Acceso directo al bar. Qué jaleo, querida. Y hay una galería de arte, no me hagas recordar porque llevaba muchas «tazas de té», que da entrada a un escondite iluminado con candelabros. Pero mi favorito ha sido el bar clandestino de Attaboy. Mátame, no quería salir ni dejar de bailar *jazz*. Pero Mike ha dicho que la jornada que nos esperaba iba a ser agotadora».

Aquel día, Kiki tenía una cita en los Studios Astoria, en Long Island. La visita de mademoiselle Prin a la meca del cine se convertiría en uno de los momentos más trascendentales de su vida, aunque aquella mañana no fuera capaz de calibrar los efectos. Era tan precisa con sus palabras que, al leer su carta, yo podía reconstruir a la perfección la manera en que había sucedido todo.

—¡Taxi!

—No quiero que lleguemos tarde, Tony nos espera a las diez en punto, amor.

—Si llegamos con retraso será por este maldito tráfico, no por mí. A las nueve ya estaba lista para cruzar hasta los Andes en tacones.

—Vale, vale, *ma belle, mon ange, ma chèrie*... Cálmate.

—Quién me ha visto y quién me ve. ¡Madrugar!

—Tendrá que ser así, si quieres ser actriz.

—Si soy una estrella será mejor que rueden por la tarde. No entiendo la ventaja del dinero si no me permite despertar cuando el cuerpo quiera.

—Vas a ser una estrella. Ayer París, hoy Manhattan, mañana el mundo. Hollywood va a ser tuyo, *ma biche.*

El conductor del taxi no tardó en meterse en la conversación, había estado pendiente del retrovisor más que de las calles.

—¿Quién es la señora?

—Mademoiselle Alice Ernestine Prin, Kiki, la reina de Montparnasse. Así que dese prisa.

Llegaron bien a lo que mi amiga calificó de espeluznante nave industrial que daba más ganas de escapar que de entrar.

—¿Esto es? ¿Por qué en América todo está oculto tras puertas escondidas?

—Es el hechizo de esta ciudad.

Pronto notó el cosquilleo de la ilusión. Tony, quien velaría por su incipiente carrera allí, los recibió con entusiasmo.

—¿Había venido alguna vez a unos estudios de cine? —preguntó arrogante el taxista—. Aquí es donde hacemos las películas. De aquí sale la magia.

—Méliès es francés.

—¿Quién, mademoiselle?

—Georges Méliès. Ilusionista y director de cine.

Tony no hizo mucho caso, volvió al inglés y les prometió que pasarían por el plató donde estaba Rodolfo Valentino.

—¡¿Le veremos?!

—Seguramente.

—*Oh, mon dieu.* El *latin lover.* Puedo decir de memoria los diálogos de *Los cuatro jinetes del Apocalipsis.*

—¿Qué está rodando ahora?

—*De un diablo santo.*

Kiki contaba en la carta que Valentino, según había oído entre bambalinas, cobraba siete mil quinientos dólares a la semana. «Imagínate, querida Alice, lo que haríamos tú y yo con ese dineral. Debería quedarme a vivir aquí».

Aquel día, pese a sus veintidós años, empezó a comportarse como una mujer de mundo, mucho más del que tenía a sus espaldas. No tanto, me contaba, por imitación al sentirse cortejada en Estados Unidos como por el placer de los agasajos.

En la Paramount estaban trabajando en una gran producción con un exceso de vestuario que la impactó: disfraces de Moisés, ropajes de egipcios, cientos de trapos para los cristianos... «No he podido resistirme a ir tocándolo todo, qué exhibición de dinero, ningún pudor, es todo obsceno. No creo que hayan pasado una guerra, al contrario, esto es todo de ficción, una gran mentira que me tiene fascinada...».

Kiki se limitaba a responder con evasivas y cumplidos a las explicaciones de Tony, que apenas entendía. «Me parezco a los caballitos de una feria de ganado, voy asintiendo como un borriquillo enseñando los dientes...».

A través de los cristales de una casa de cartón piedra vio, según le dijeron, al director de arte Lassky Corp, que charlaba con Cecil Blount DeMille. Giraron un torreón, pisaron una arenisca y aparecieron en una plaza de columnas. En el centro confluían dos estanques, cuyos cauces venían de una máquina que giraba como un molino oculta entre arbustos y guijarros de cartón piedra. «No he podido dejar de darle un puntapié a una de esas roquitas, son de algodón». Se saludaron todos y buscaron sitio en un rincón del set lleno de alfombras y butacones, mientras una azafata de los estudios «vestida de monja» conducía a Kiki a los camerinos.

Doblé la carta, cogí el vino y apuré otro vaso.

Mi madre decía que no había que quejarse en exceso, que si lo hacíamos corríamos el riesgo de no saborear los pequeños placeres de la vida. Lo repetía para creérselo ella misma, porque fue la primera en entender que en nuestro mundo era complicado encontrar el gozo. Aun así los disgustos los disimulaba bien, y apaciguaba las contrariedades tapando con patatas la falta de carne en el plato. La entrega absoluta y la búsqueda de la felicidad debió de ser agotadora, porque la vi envejecer pronto, y la belleza se esfumó en los espejos que evitaba mirar. Lo que intentaba decirme por aquel entonces era que viviera acorde a nuestras posibilidades y que entendiera nuestros apuros como una forma de cuidar el interior. De niña me quejaba de todo continuamente, enfurruñada como si con eso pudiera cambiar las ropas o los platos de la mesa; así hasta que el descontento se convirtió en una ansiedad irritante por cambiar de lugar, porque quedarme en nuestro barrio era pegarme a ese olor a cebolla hervida y a col en la piel.

Sin embargo, mamá tenía razón. Desde luego, ella nunca se quejó, solo casi al final, cuando el frío de aquella casa de Mouffetard se convirtió en su enfermedad. Qué glacial es la pobreza, Señor. Molesta e imperturbable. Por muchos reveses que sufrían mis padres, siempre repetían lo mismo. Quereos. Una casa es un corazón para el recogimiento.

La resignación como habitación.

Al reflexionar sobre ello, he comprendido que la felicidad muchas veces viene del exterior, pero no puedes esperar que la vida la regale. Estaba bella mamá en esa siesta que se echaba antes de comer, cuando llegábamos ruidosos de la calle y el humo invadía la cocina como un sueño. En ese vapor de verduras que papá traía a cambio de arrastrar algunas carretas a primera hora en el mercado, o regalo de los vecinos Fresnault, ella se quedaba traspuesta. Y si yo era la primera en llegar, con Jules y Claire todavía por el patio, me quedaba mirándola. Debía soñar en grande porque, a pesar de todo, siempre parecía sonreír. Y eso venía de dentro. Esa felicidad nacía en su pecho. Un corazón tranquilo.

La nube de vaho era el cielo de los pobres. Pero cielo, al fin y al cabo.

Kiki a esas horas estaba aturdida también, pero podía disimularlo con mil palabrotas en francés que nadie comprendía. Cuando se vio en el espejo pintarrajeada «como una puta del baile de disfraces de Quat'z'Arts» puso el grito en el cielo. «*Canard! Tu est con*» fue lo más flojo que salió de su boca. Mike, en cambio, la miraba y, confiando en la buena estrella de Kiki, le repetía lo *wonderful* que estaba vestida de Cleopatra.

—¡Vamos! Te están esperando en el plató —dijo pasándole la mano por la cintura para calmarla—. Eres buena, eres una estrella en París.

—Y aquí... ¿qué soy? ¿Una más?

La decepción puede describirse en una larga fila de chicas con idéntico vestido, peluca y maquillaje esperando a ser llamadas al grito de «*Next!*».

Sin nombre otra vez. Las mujeres que posábamos desnudas para los pintores éramos chicas anónimas, mujeres sin título, diosas del Olimpo que perdíamos la identidad porque solo éramos modelos, putas, decían ellos. Me volví a sentir igual al leer la desilusión amarga de Kiki en su carta.

—Haz lo que ellos te digan —dijo Mike—. Ya sabes.

Los directores hacían gestos del cancán francés, no entendía nada de lo que decían, pero Kiki sabía perfectamente qué estaba pasando.

Salieron del Astoria en cuanto Kiki pudo quitarse las ropas y lavarse la cara en el mismo estanque de ficción en el que las chicas hacían la escena. Los paños calientes del americano fueron ineficaces para la desilusión.

—Esto es cine. Es cine normal. Os visten, os caracterizan y eligen.

—Me he sentido ridícula.

En el taxi, otro chófer volvió a fijarse en ella, todavía con los ojos tiznados como cuando jugaba de niña con los sacos de carbón.

—¿Es usted una actriz?

—No.

Las aventuras en Nueva York se acabaron ahí. Ni le apetecía ser corista, ni entendía el inglés, ni quería pasarse la vida entrando en lugares escondidos. A Kiki le gustaba ser vista y disfrutar de esa vanidad que no solo la hacía feliz a ella, sino a todo el que la rodeaba, con esa inclasificable explosión de libertad. La recuerdo entrando en Le Dôme a toda prisa, llamando a toda la clientela a continuar «¡la fiesta contra la pereza!». Al oír aquello saltaban las rondas de alcohol de mesa en mesa y el dueño revoloteaba como si tuviera alas por encima del mostrador. No me equivoco en absoluto si digo que eso no podía hacerlo al otro lado del océano, se notaba en su letra, iba descendiendo aunque la salpicara de dibujos y volantines. Sin embargo, en la fotografía que me adjuntaba estaba radiante con sus pendientes *cloisonné*.

Unos días después de conocer la verdadera cara de Hollywood, Kiki accedió a seguir de jarana por la ciudad, sin madrugones y del brazo de su Mike, el frijolito blanco. El tipo era de una generosidad legendaria con quienes amaba, pero los excesos empezaron a pagarse. En el espejo del baño escribió: «HOY NO TENGO DINERO». Y Kiki dijo que podían quedarse en la habitación, que Nueva York ya estaba muy vista, y que estaba harta de beber a escondidas. Cualquiera que fuera el inconveniente, conseguía darle la vuelta y ponerse de cara a la felicidad. Pero era verdad, Mike ya no tenía dinero. Por la mañana, un lunes, se vistió con un traje elegante y dijo que debía buscar trabajo como periodista en algún diario de la ciudad.

—¿De verdad?

—Seguramente volverán a aceptarme en el Saint-Louis, mi trabajo.

—¿Me dejas?

—Te dejo por el dinero, esto es lo único que nos queda —dijo mostrando un manojo que volvió a guardar en el bolsillo interior de la americana.

—Por Dios, qué tristeza.

—La mitad para ti. Para el transporte y el hotel. *Ok?*

Los billetes se los metió en el escote del camisón, y cayeron por la falda en cuanto cerró la puerta y el aire removió toda la habitación. Al acostarse, abatida, volvió a pensar en Man Ray.

Man no tardó en ponerse en contacto conmigo en la tienda. Kiki le había enviado un telegrama desde Estados Unidos y él accedió a su SOS. Con ese dinero podía regresar a Francia.

Las últimas cartas de Kiki llegaron casi al mismo tiempo que ella a París. Las había escrito en los días de travesía del barco, para evitar las desagradables y reiteradas conversaciones en el Olympic de la White Star Line; no había nadie que no hablara del Britannic o del Titanic, barcos gemelos y hundidos, y confesó que las había echado en un buzón de Le Havre.

—Creí que nunca llegaría.

—Debes contarme muchas cosas de Hollywood...

—Esto es París. Qué nos importa el resto del mundo.

Para entonces, los Juegos Olímpicos habían dado comienzo. París había estallado en una celebración llena de júbilo, aunque sus calles volvían a abrazar una calma parecida a la habitual, como si todo aquello hubiese sido una poderosa ensoñación. Mi amiga se había perdido la ceremonia de inauguración. Yo no. Me habían dejado ser testigo. Y lejos de los fuegos artificiales, de los gritos en las gradas y de los himnos nacionales, me había llegado a sentir protagonista. En el París de 1924 y sus ambiciosas Olimpiadas, se había escrito mi propia historia.

Lo que más tardaré en olvidar será el griterío. Nunca había formado parte de un estado de júbilo tan desatado, compartido por tantas personas que poco o nada tenían que ver entre sí. Yo, que durante un tiempo breve (también intenso y aciago) había frecuentado los locales nocturnos más alborotados de la ciudad, me sentí sobrepasada por un espectáculo tan vivo. A mi lado, madame LeClercq sonreía y se relajaba en el asiento. Le hacía gracia mi estupor.

—Lo que tiene de especial todo esto, Alice, es que no pasa a menudo. Y por tanto se convierte en una excusa perfecta para dar rienda suelta a la pasión. Aunque la mayoría ni siquiera sepa por qué grita.

Las gradas eran un rugir constante. No podía disimular mi asombro. Aquel runrún me hacía sentir inquieta, pero no era una sensación incómoda. Me mantenía alejada de cualquier posible letargo, resultaba contagioso.

Madame LeClercq había insistido en que la acompañase a la ceremonia de apertura. Fui con Claire. En un principio, Jules había anunciado con orgullo que conseguiría entradas para quien fuese necesario, pero la realidad había abofeteado su soberbia y desinflado su pecho henchido; no era más que un operario, bastante tenía con poder contemplar él el espectáculo asomado desde las casetas de trabajo.

Desde los asientos que ocupábamos, el estadio de Colombes parecía un enorme panal repleto de abejas que zumbaban sin pausa. A mi acompañante nada de aquello parecía sorprenderla, pero para mí era todo nuevo. Tanta gente, tanta expectación concentrada en un único lugar...

Cuando la música señaló el comienzo, me aferré al asiento. No sabía qué debía esperar, ni qué se esperaba de mí. ¿Necesitaba emocionarme, mostrarme cauta, observar todo aquello como quien asiste a un espectáculo callejero simpático y resultón? Solo sabía que era improbable que yo estuviese allí, como una más. No, no como una más: en la compañía de una dama tan distinguida como la que tenía a mi lado. La misma que me dio con el codo para que atendiese a lo que ocurría sobre la pista.

—Todos esos hombres que desfilan se juegan alcanzar la gloria —apuntó, como quien lee el titular de una crónica en el periódico—. Una gloria efímera, como casi todas aquellas que tienen que ver con demostrar hombría. Pero sigue siendo la gloria.

¡Había cámaras de cine grabándolo todo! Rapid Film tenía distribuidos operadores en los puntos principales del estadio de Colombes para documentar la ceremonia de apertura de los Juegos Olímpicos de 1924.

El recién elegido presidente de la República, Gaston Doumergue, llegó con todo su séquito, rutilante y pagado de ilusión, y empezamos a aplaudir. Junto a él, el príncipe de Gales. Sombrero de copa, bastón, chaqué... Qué elegante, pensé. Pero no lo dije para no parecer una mentecata junto a madame. Todos se descubrían cuando se acercaba y sentí que algo importante estábamos viviendo. El presidente del Comité Olímpico los recibía a todos en la entrada del estadio, después pasaban a la tribuna. Madeleine LeClercq me iba diciendo sus nombres y sus cargos ante mi mirada de expectación y felicidad. «Mira, ese es el

Nuncio Papal, el príncipe de Suecia, el príncipe regente de Abisinia...». Todas las señoras llevaban sombreros espectaculares, muy a la moda, con flores de tela. Me ajusté el mío, el más bonito que tenía.

Entraban y salían invitados de la tribuna de autoridades, se saludaban unos y otros, agitaban las manos a los que ya estaban sentados en otras butacas, se interesaban por lo que estaba preparándose en la pista, buscaban la manera de entenderse con gestos y no tardaban en sacar de preciosos estuches de piel grandes puros. Imaginé la cantidad de idiomas que andaban mezclándose, con sus acentos y sus diferentes colores de piel. Claire me dijo que cerrara la boca, que parecía una niña de colegio. Me sonrojé y no fui capaz de responderle. Olvidé su indicación al instante, cuando sonó una fanfarria y todos miraron al centro de la tribuna. El presidente hizo un gesto. Todos nos giramos al arco de la entrada. Empezaba el desfile de las cuarenta y cinco naciones, todas las que iban a participar en los Juegos.

Observé admirada la marcha de los atletas. Me parecían pequeñas hormigas que se movían con aplomo, y me ruboricé al pensar que eran personas diminutas en busca de una gesta desesperada. Eso me parecían desde la distancia. Hasta que divisé la bandera polaca, sus franjas de color blanco y rojo agitadas por la brisa suave de la primavera.

Un pequeño cosquilleo me recorrió las piernas, madame LeClercq advirtió que me removía inquieta en el asiento, alargando el cuello para contemplar mejor a aquella pequeña delegación. Lo reconocí. Vestía un uniforme de dos piezas, sencillo y elegante, idéntico al del resto de sus compañeros. Pero en él lucía con especial estilo. Quizá era su manera de moverse. Desfilaban acompasados, pero mientras los demás parecían demasiado rígidos, miembros de una tropa, sus extremidades se balanceaban con desenvoltura. Como si hubiese hecho aquello desde su niñez.

Cambió en ese momento mi percepción. Dejé de verlos como hormigas minúsculas que recorrían el estadio y me puse en su lugar. Con aquellos miles de personas entregadas a su presencia, los miles de voces que se alzaban y mezclaban para mostrar su entusiasmo. No lucharían por alcanzar la gloria, lo habían hecho ya. En aquel instante, el mundo giraba a su alrededor. Y por efímero que fuese, lo que estuviesen sintiendo ya no se lo arrebataría nadie.

Primero desfilaba el chico con el cartel que anunciaba el país, después un abanderado y le seguía todo el equipo de atletas. Era pura emoción. En fila, como un ejército de gente feliz que presumía de uniforme y de país.

—Pero no todos tienen pinta de deportistas —me atreví a comentar.

—Los que van vestidos con chaqué y portan sombrero son políticos, algunos militares y un cuerpo de diplomáticos. Ellos forman la delegación.

Me volví a sonrojar. Todos estábamos pendientes del anillo que rodeaba la pista, por el que iban desfilando las delegaciones.

Las cámaras lo iban grabando todo.

Canadá iba impoluta de blanco y desfilaban de dos en dos, la cola era eterna. Los Estados Unidos salían con la fiereza de los aplausos que ellos mismos generaban, pantalón blanco y chaqueta azul. Inglaterra, con ritmo casi marcial. Gaitas y hombres vestidos con falda que todos comentamos.

Grecia iba vestida preparada para competir, sin traje de uniforme: todos en pantalón corto.

—¡Francia! ¡Sale Francia!

Nos levantamos con todo el público a la vez.

Ellas iban guapísimas, con unos cárdigans blancos con la abotonadura de color azul y falda midi que las convertía en modelos. «Me encanta», dijo Claire. La miré y nos guiñamos el ojo como diciendo «quiero una igual». Hombres y mujeres iban idénticos, mismo jersey y solo variaba el sombrero. Los chicos, con un canotier simpatiquísimo.

Enseguida, mientras sonaba la música de una orquesta que estaba en un lado de la pista, pasó volando sobre nuestras cabezas una avioneta. Qué susto nos llevamos todos.

Y en ese momento, el presidente del Comité se subió a un púlpito que estaba adornado con la bandera blanca de los Juegos Olímpicos y ofreció su discurso. Todas las delegaciones de deportistas le rodeaban y todas, al mismo tiempo, aplaudieron cuando proclamó inaugurados «los Juegos Olímpicos de París, la octava olimpiada». Así lo dijo. Sonaron disparos de pólvora para subrayar sus palabras. El cielo se llenó de humo. Claire y yo nos tapábamos los oídos.

Cuando llegó la paz, unos soldados se acercaron a unas cestas que esperaban en el suelo y de las que de pronto empezaron a sacar palomas. Inmediatamente fueron liberadas una a una.

—Han venido de todos los países.

—¿Las sueltan?

—Sí, ahora regresarán volando a sus países. Como ellos, todos los que han venido regresarán con sus premios.

Fue muy emocionante ver salir a decenas, cientos de palomas volando hacia las banderas que cubrían la tribuna, agitaban sus alas y parecía que todos íbamos a salir volando de allí, viajando a no sé qué lugar. Algunos muchachos agitaban también las jaulas del suelo para animar a las que se quedaban atrapadas sin salir. Aplaudíamos como locos. Tras las cestas, los portabanderas tomaban posición frente a las autoridades y al público, entusiasmados todos. Me dio pena ver que todavía quedaban sitios vacíos en la grada de enfrente. Sin embargo, aplaudíamos hasta por los que se habían quedado en la ciudad.

Las banderas fueron cogiendo posición hasta formar un círculo, todas señalaban de nuevo al pódium central. Géo André, el atleta francés, iba a realizar el juramento: «¡Juramos que venimos a los Juegos Olímpicos como competidores honestos, que observaremos las reglas de los Juegos y que deseamos participar en ellos con verdadero espíritu de caballería, en honor de nuestros países y gloria del deporte!».

Volvieron a salir desfilando, país tras país, tal y como habían hecho entrada en el estadio de Colombes, con un cambio en sus caras: ahora sí empezaba la competición.

Salí del estadio cogida del brazo de madame LeClercq, que se detuvo un par de veces a corresponder a quienes buscaron su saludo, otros burgueses que afirmaban haber disfrutado de la ceremonia y que aseguraban que Coubertin había hecho un gran trabajo al evidenciar que Francia era la capital del mundo. Mi boca permaneció cerrada en todo momento, seguía anclada a lo que acababa de ver. No me había encantado, me había fascinado. Una especie de hechizo mareante.

—¿No quieres añadir nada? No ha sido gran cosa, pero tampoco es como para no querer comentar nada. —Madame LeClercq trató de tirarme de la lengua, o de reavivar mi espíritu.

—Han vivido un sueño.

—¿Ellos o tú?

—Ellos. Yo solo he sido testigo.

—Es emocionante, espectacular, vibrante. Todo eso, sí. Pero al final del día vuelven a ser humanos. Y cuando esto termine, muchos de ellos serán, por desgracia, personas que enfrenten una realidad difícil. La de haber tocado el cielo y no poder acercarse a él de nuevo ni en sueños.

—Lo habrán tocado una vez.

Madame LeClercq esbozó un gesto risueño, tomó con más fuerza mi brazo de ganchete e hizo que ambas desfilásemos firmes, como dos atletas más camino del Olimpo.

Dos días después me sacudí de encima la ensoñación que todavía me acompañaba desde la ceremonia de apertura. Lo hice al recibir una carta que trastornó mi propia realidad.

Si las tristezas vienen juntas, pasa lo mismo con la felicidad. La alegría es un cesto de cerezas.

Creí entrar en otro tipo de fantasía, un sueño enrarecido que no me atrevía a reconocer por completo como algo verdadero.

Los Maumejean eran muy conocidos en París, y en cierta manera se habían ganado su fama como decoradores de moda de un montón de iglesias. Jules Pierre Maumejean era el rey de las vidrieras y cristaleras y fundador de una dinastía que siguió sus pasos. Los cinco hijos, Joseph, Jean Siméon, Léon Ernest, Marie Thérèse y Charles Emile Maumejean eran consumados artistas en pintura sobre vidrio. Se comentaba que todos los que encendían una vela a un santo ponían un céntimo también para los Maumejean. La prensa hablaba de sus éxitos alrededor del mundo y de su amor hacia España. Algunas de las vidrieras con la firma Maumejean llenaban de color la catedral de Sevilla, la de Burgos, la de Vitoria, Pamplona, la iglesia de San Ignacio de Loyola de San Sebastián o la basílica de Lequeitio. Eran tantos hermanos que no dejaban de aceptar proyectos y, con sosegada ambición, decoraban altares y capillas. Pero el dinero no solo llegaba de la fe, también de los casinos. La inauguración del Casino de Madrid fue un éxito, todos miraban al cielo y perdían el suelo, mareados ante la belleza. Lo mismo sucedió con el hotel Palace.

Yo nunca había visto a Charles Maumejean, aunque sabía de su trabajo junto a Jean Gaudin para culminar las obras del Sacré-Coeur. Así que cuando oí mi nombre intuí que debían ser ellos dos.

Jean tenía las cejas finas y los ojos pequeñitos como dos puntadas de algodón. Sin embargo, su compañero llamaba la atención por los enormes botones saltones que bailaban en su cara. Al igual que los pintores que yo ya conocía, ambos tenían ese despiste que caracteriza tanto a los artistas. Cuando llegaron, uno tropezó con la silla y el segundo rio como los niños que se contagian en el colegio. Ambos iban bien vestidos, el dinero se nota en los tejidos, y gesticulaban pidiendo perdón.

—¡Llegamos tarde a una cita con una señora!

—Oh, no. Soy yo la que llegó demasiado pronto.

Pensé añadir: «No tenía nada que hacer».

—Una buena amiga nos ha puesto en contacto con usted, no sabe lo bien que ha hablado de sus manos y de su taller. ¿Dónde está, por cierto?

—En el número diez de Pont Louis Philippe.

—¿Eso es cerca del ayuntamiento?

—Por así decirlo, a medio camino. Les diré que desde que recibí su invitación no he podido tener más inquietud. Ignoro de qué puedo servirles a unos arquitectos como ustedes.

—Vidrieros.

La carta había llegado después de mi encuentro con Madeleine LeClercq. Algo me hacía sospechar que la mujer de la que hablaban era ella, mi bienhechora. Era un sobre grande, con un sello en el que destacaban los apellidos unidos por una estrella y una cruz: Gaudin & Maumejean. Eran pocas palabras, las necesarias para solicitar un encuentro con todo el formalismo y dejar la indicación del lugar, 51 de rue Montorgueil, y la hora en Stohrer. Visitar la pastelería ya era un aliciente. Su decoración me recordaba a los teatros de marionetas que tanto me gustaban de niña. Mi mirada debió ser idéntica a la de entonces porque el de los ojitos como puntadas de hilo sonrió.

—¿Le gusta?

—Estoy por presentar mi solicitud para vivir aquí. ¿La han hecho ustedes?

—¡Ya nos gustaría! Es mucho más antigua que nosotros.

—Disculpen.

—Es cosa de Paul Baudry, el mismo que decoró la Ópera de París. Y bien sabía que había que conquistar a los niños antes que a los mayores. Es un cuento de hadas.

—Sí, sí.

Maumejean pidió *babà au rhum* para los tres y me preguntó si era amante del chocolate. Asentí.

—Queremos también unos *éclairs* de chocolate y vainilla.

—No sé qué pretenden, pero tal vez no salgamos de aquí.

Gaudin entornó los ojos exagerando el sueño infantil de quedarse a vivir en una pastelería como esa. «No sería un problema», señaló con la mirada puesta en la vitrina llena de tartas de frambuesa, tartas de manzana, pasteles redondos decorados con azúcar lustre, bolitas caramelizadas, mermeladas... Apretó los dientes y sonrió.

—Y bien... ¿Para qué me han buscado? —acerté a decir con fingida desenvoltura.

—Mademoiselle Humbert —dijo Maumejean—, estamos interesados en su trabajo.

—¿De verdad?

—Pero esto no es una entrevista de trabajo, mademoiselle. Esto es una oferta. Puede aceptarla o... aceptarla.

Levanté la mirada sorprendida.

—Todo el mundo tiene sus virtudes. Madame LeClercq nos ha hablado de las suyas. Le diré que tiene una muy buena amiga, la generosa Madeleine no solo es filántropa, sino que parece su tutora.

—Pero eso significa que ha insistido en que me llamaran. Y eso no significa que yo sea buena.

—Puede verlo así. Pero ella jamás recomendaría a alguien o algo que no va a dejarla bien. Por así decirlo, sabe que usted es buena para nuestra empresa. Y la creemos.

—Permítame que le diga —arrancó el gracioso Gaudin— que está aquí porque también usted puede sacarnos de un apuro importante.

—Y viceversa —apuntó el otro.

—Monsieur Gaudin... Maumejean... Creía que ustedes se dedicaban a la construcción. Yo solo soy una modista de un pequeño taller parisino que va regular, con escasa clientela y... dos hermanos a los que alimentar.

—Exactamente. Lo sabemos. Nos lo ha dicho Madeleine. Usted tiene tiempo, buenas manos y, según sabemos por nuestra informadora, mucha imaginación.

Enarqué las cejas como respuesta.

—Puede llamarnos por nuestro nombre. Jean.

—Charles.

—Alice.

—Hechas las presentaciones, nos va a entender enseguida. Tampoco tenemos mucho tiempo. Es lo más valioso del mundo, ¡el tiempo!

Acercó un portafolios a la mesa y, después de apartar el impresionante *babà au rhum*, desplegó unas fotografías de varias imágenes religiosas, unos dibujos de la basílica del Sacré-Coeur y una hoja plegada que al desdoblarla necesitó más espacio en la mesa.

—¿Nos lo comemos o cambiamos de lugar?

—Señorita, por favor. —Levantó la mano Jean, el que me parecía más desvergonzado de los dos, para captar la atención de la camarera—. Envuelva todos los pasteles, añada varios *éclairs* de vainilla de Madagascar y... la cuenta. Gracias.

—Iremos al despacho.

No sé qué cara debí poner porque ambos se disculparon inmediatamente y repitieron que era un lugar cercano, donde había más gente del equipo de obras, y que no debía preocuparme.

—Alice, querida, somos caballeros.

—No, no. No he querido asustarme. Simplemente estoy desconcertada.

—Lo intuimos. Tal vez nuestra preocupación por hacerlo todo bien y con la urgencia que nos están marcando ha podido crear un malentendido.

—No se preocupen. Estoy muy bien, señor Maumejean. Jean..., Charles...

Las oficinas de G & M estaban en un palacio de la misma Montorgueil, y a juzgar por su aspecto cualquier encargo me habría salvado la vida. Yo, que llegué a ciegas a los talleres de Campagne Première para posar ante indeseables, helada de frío y muerta de vergüenza, sentí que atravesaba de pronto otro mundo.

Definitivamente el éxito está construido de piedra. Tener una casa, dormir bajo un techo y soñar en una tienda.

Una imponente recepcionista estaba sentada a una mesa en la que había flores frescas. Me fijé en el abrigo de piel que colgaba tras su sillón. Cuando me condujeron al salón de actos, pasamos por delante de jóvenes que movían lapiceros y reglas como si fueran tijeras sobre papeles inmensos, otros tecleaban con ímpetu en máquinas de escribir y discutían frente a fotografías y planos que colgaban de las paredes. En todas había imágenes de iglesias, catedrales y fachadas de imponentes edificios como casinos o cúpulas de cristales, como la que tanto le gustaba a mi hermana de Lafayette. La recepcionista no tardó en adelantarnos y abrir las puertas del salón, presidido por una colosal mesa ovalada que también tenía flores en el centro. Ignoro cómo eran capaces de llevar el jarrón hasta ahí. Busqué con la mirada algún palo, escoba o bastón para tal función. Los listones y las reglas que colgaban como decoración de las paredes me dieron una pista.

—Adelante —dijo Jean.

—¿Desean algo? —preguntó la chica del abrigo de pieles.

—Dígale a Ferdinand que traiga los planos del Sacré-Coeur.

Si pretendían impresionarme, lo habían conseguido. Si lo que pretendían era espantarme de miedo, también.

—¿Ha estado alguna vez?

—Creo que de niña, cuando mi padre nos llevaba a las viñas. Teníamos un familiar que nos regalaba uva. Realmente buena. Poco más.

—O sea, no ha visitado la basílica.

—No.

—Después de hoy no dejará de hacerlo.

—Siéntese.

Cuando la chica se hubo marchado, ambos me miraron con la amabilidad del Stohrer. Y me sentí la mujer que quería ser. El miedo se había instalado en mis pies, que no paraban de moverse ajenos a mi voluntad, quise descalzarme para sentir la alfombra mullida en la que se hundían las pesadas patas de la mesa.

—Adelante. Cuéntenme —dije.

—Los diseñadores de moda y los talleres con los que habíamos hablado son muy competentes, pero también muy vanidosos. No quiero hablar de Poiret, al que conocerá, seguramente. Chanel es arrogante y no cede, es incapaz de aceptar sugerencias. Tanto si le gusta como si no, su opinión es férrea. Y esto es cosa de equipo. Lo entenderá enseguida. Y por lo que respecta a nosotros, pagamos bien. Eso sí, debe ser un trabajo dinámico, no tenemos mucho tiempo, como le dije antes.

—Fíjese —dijo Jean extendiendo el rollo de papel que había traído Ferdinand discretamente—. Como verá, todo está construido, la piedra es realmente hermosa, con los años le irá sucediendo lo contrario que al resto, envejece bien, será más blanca, brillará sobre la colina como uno de esos pasteles de Stohrer. ¿Dónde están, por cierto? Lléveselos después.

Sonreí pensando en mis hermanos.

—Sigo yo... —arrancó Maumejean—. El edificio ya se ha completado oficialmente. Quieren hacer anexos, sacristías, oficinas y dormitorios para peregrinos, pero eso ya no es cosa nuestra. Dios dirá cuándo y quiénes. Nosotros somos vidrieros y debemos acabar los mosaicos del ábside, en particular la capilla de San Ignacio de Loyola, que como sabrá fue un gran viajero y recorrió mucho mundo. Yo soy un enamorado de España, de sus fiestas, de sus paisajes, de sus gentes. Y como he trabajado mucho en ese país, quiero que aquí se vea reflejado. Tenemos todo dibujado... Casi todo.

—Como verá —intermedió Jean—, aquí faltan unos personajes que no hemos dibujado. Y esos son cosa suya.

Lo miré pasmada.

—¿Acepta realizar los vestidos de manera que nosotros los convirtamos en mosaico para el Sacré-Coeur?

Mientras Jean jugaba con un lapicero sobre la mesa, Charles enrollaba el papel para volverlo a guardar.

—Dígame, Alice, ¿lo ve factible? No tenemos tiempo que perder. —Hizo un ademán hacia su socio y, sin saber cómo, la chica de la recepción abrió la puerta con una bandeja. Pensé que me tocaba beber vino, pero afortunadamente era una jarra de agua y varias copas—. No sé si habrá confeccionado vestidos de valenciana. Sospecho que no, pero son los que queremos.

—Verá que en el ábside de la capilla hemos dibujado personajes relacionados con la vida del santo viajero: un indio, capellanes, la conquista de otras tierras, niños... Bueno, Alice, ¿dónde está su alfiler para empezar?

—Debo parecer boba, hablando con ustedes de algo tan importante para... París. Qué bochorno. No sé qué cara poner.

—Esa que pone está bien. Es la de la ilusión —respondió amable Jean.

—¿Es un «de acuerdo»? Debería empezar por encargar unas telas, las mejores, y confeccionar dos vestidos. Quiero que sean dos mujeres. Mucho color. El altar debe impactar a la ciudad y... a todo el mundo.

—Sí. Sí. Sí. Ha sido lo mejor que me ha pasado hoy.

—¿Hoy?

—No. No. Quiero decir, ha sido lo mejor que me ha pasado en la vida.

En cuestión de minutos Jean Gaudin estaba contando la historia de cómo creció en Clermont-Ferrand, sometido a la influencia de su padre, Pierre, y su abuelo Sylvie, también vidrieros. A la vez que hablaba, Charles Maumejean establecía los plazos y apuntillaba las frases de su colega con la pasión de dos artistas que se entusiasman con su oficio.

«Ya sabes cómo es el público».

«Ya sabes que frente a esas vidrieras la gente reza, suplica, pide o llora».

«Ya sabes que son para siempre, que a no ser que vuelva una guerra, Dios no quiera, el trabajo se queda, permanece durante siglos».

Sí, lo sabía.

«Ay, Dios mío —pensé—. ¿Qué he hecho?».

Así de rápido giraban las cosas en el París de 1924. Y supongo que eso definiría el tiempo en el que vivíamos y que yo, en ese momento, deseaba que desfilara lento, muy muy lento.

Mme LeClercq:

Muchas gracias por su auxilio, jamás podré agradecerle tanto cariño y cooperación para que mi vida, mi familia y mi tienda podamos sobrevivir. Estoy emocionada, agradecida y empiezo a ser optimista. Su ayuda es un alivio infinito. Haré todo lo que esté en mis manos para dejarla en muy buen lugar.

Gracias con todo mi corazón.

Alice Humbert

Los dos socios habían insistido en el color. Me pareció extraño, para una capilla de una basílica, que exigieran llenarlo todo de colorido, «cuanto más, mejor», había indicado Charles. Fue en ese momento cuando me planté en medio de mi tienda, paralizada en cierta parte por el miedo a la gran empresa que me habían encomendado y llena de nervios, y fui mirando los rollos de telas que se amontonaban como libros en las estanterías. No había ni un solo color exagerado, brillante, nada que destacara sobre los demás. Todo eran azules, azules de todos los tonos, rosas pálidos y cremas más o menos intensos, desde el tierra al teja anémico, algún amarillo como el talco, verdes marchitos y negros. Negros uno tras otro, negros en raso, tul, seda y tergales tiesos, sin arrugas. Los terciopelos me contaban la misma historia: un resplandor de luz apagada. Las lanas para abrigos eran idénticas una tras otra. Marrón claro, marrón con algo de viso, marrón como castañas de campo, pardos, terrosos, sombríos y... sentí que sucios. Me fijé en un cheviot verde, en un damasco que no había utilizado y en un chifón rosa que no había estrenado. ¿Y el color?

Agarré una de las revistas que mi hermana había comprado y que amontonábamos en la cómoda de los botones, cintas y puntillas. Era la actriz Alden Gay, fotografiada por Steichen con un espectacular y luminoso vestido de Chanel que protagonizaba toda la portada de *Vogue*. Me quedé mirando la fotografía: Alden se mostraba de espaldas, toda descubierta, con un modelo de encaje que parecía oro y negro, zapatos brillantes y las joyas justas para que destacaran la tela y la piel resplandeciente. Me fijé en la postura elegante, en su brazo ligero y hasta en las cortinas del fondo de la imagen. Eran damascos valencianos, como las faldas que querían Gaudin & Maumejean para los dos modelos de la basílica. Eso me sacó del letargo en el que me había sumido sin querer.

—Quieren color y lo van a tener.

—¿Con quién hablas? —me dijo Claire, que en ese momento entraba cargada del mercado—. Ayúdame. A estas horas me hacen descuento, y mira lo que traigo de regalo: frutas. Monsieur Pitou me ha dado las más maduras; que ya no las iba a vender, que las hiciera en puré o mermelada para los bizcochos. Le he dicho que sí, que claro. Mira qué pinta.

Miré la cesta. Y no vi frutas, vi colores. Rojos, naranjas, verdes, amarillos, ocres, violetas... Era tal y como me imaginaba la cortina de la revista y los vestidos.

—Estás rara, Alice.

—Estaba ocupada, pensando.

—¿En qué?

—Me han encargado dos vestidos de valenciana para convertirlos en mosaicos del Sacré-Coeur.

—No entiendo nada. Venga, ayúdame a subir todo esto y ya me cuentas.

Mi hermana parecía la adulta de pronto, la hermana pequeña que se había hecho mayor; al subir la escalera observé sus piernas con las medias que le había regalado, el tobillo fino en sus primeros zapatos de tacón, que se veían nuevos de tanto lustre, y lo resolutiva que era yendo a comprar. También sus palabras, elegidas como dardos. Una soltura nueva, madura. Mientras, yo iba hacia atrás, con ensoñaciones y colores de frutas entre los pensamientos.

—Decías que vas a hacer dos encargos y que serán para la iglesia. Y, ¿por qué son esos trajes? No entiendo.

—Yo tampoco, pero están haciendo un altar con figuras de todo el mundo y quieren que el realismo de las telas se note después en su vidriera... Algo así. Yo debo empezar a coser ya mismo y no tengo ni el material.

Media hora después ya había hablado con mi distribuidor de telas. A él le resultaba imposible, pero me ponía en contacto con unos talleres de Valencia en los que tendrían lo que mis socios y yo necesitábamos. Color.

El trabajo y el entusiasmo llenaron esos días de primavera en que el sol empezaba a asomar con más frecuencia, como si el tiempo y yo nos hubiésemos puesto de acuerdo y aceptado que ya había sido suficiente de tanto gris en nuestros días. Las telas que había recibido desde Valencia transformaron incluso el aspecto de la tienda. El color estaba por todos lados. En mi mesa de trabajo, sobre el mostrador, esparcido a veces por el suelo, colgado de alguna silla. Claire reía y se envolvía en algunas muestras mientras me ayudaba con la confección. Trabajaba con unos plazos apurados, ni Maumejean ni Gaudin habían pretendido ocultar en ningún momento que el encargo revestía bastante prisa. Pero me recorría las venas una emoción que me había dejado de lado durante un tiempo. La confianza que habían depositado en mí me hacía no temer ni a las agujas del reloj ni a aquellas con las que daba forma a los mejores vestidos para los vidrieros.

No quería engañarme al pensar que ese apasionamiento por el que me dejaba llevar se debía tan solo al trabajo que tenía entre manos. Me rodeaba el color de las telas, pero reconocía otras tonalidades en la vuelta de Kiki a casa, en el apoyo de madame LeClercq. En la intimidad que crecía con Alexander.

Una de esas tardes en las que prescindir de abrigo, mis

hermanos y yo fuimos a cenar a casa de madame LeClercq. Había una excusa irrechazable para hacerlo. Nada más llegar, mientras Jules y Claire mostraban dificultad por disimular el arrobamiento que les producía la casa de nuestra anfitriona, Hortense corrió hacia mí con una sonrisa iluminando la inocencia de su rostro.

—Cuánto me alegra verte aquí, mi pequeña —suspiré, y el abrazo en el que la acogí se extendió minutos.

Me costó reprimir las lágrimas al verla tan feliz, tan animada. Vestida con ropa nueva que madame no había tardado en comprarle, para dejar atrás los olores y los recuerdos de la Salpêtrière. Tenía mejor cara que la última vez que la había visto, aunque la delgadez aún hería sus facciones. Pronto dejaría de ser así. Se había terminado para ella la escasez, la carencia. La ausencia de atención y cariño. La pequeña Hortense tenía ahora una familia.

—Venid, por aquí.

Agarró con su manita la mía y nos guio por la casa como si se la hubiese aprendido ya de memoria. Los tres la observamos en silencio, con una sonrisa cómplice, y dejamos que se orientase por las amplias estancias del hogar. El personal de servicio la dejó hacer porque así lo había dispuesto madame. Aquella era su casa, no quería que se sintiese extraña en ella. Y la pequeña representó a la perfección su papel.

Cuando nos reunió con su nueva tutora legal, esta me llevó a un aparte nada más ver mi gesto. Gracias a su rapidez, no hubo testigos de mi sollozo. La alegría y el alivio me desbordaban. No quería llorar, pero las emociones jugaban conmigo como haría un niño con una cometa en un día ventoso.

—Espero darle a esta niña todo lo que la vida le ha negado hasta ahora —susurró madame LeClercq, mientras me abrigaba en su abrazo.

No dijimos nada, pero sabía que ella entendía perfectamente lo que significaba para mí que hubiese dado aquel paso. Que aquella niña huérfana abandonase un hospital donde apenas podían hacerse cargo de ella. Sentía tanto agradecimiento por madame como júbilo por Hortense.

Cuando me hube serenado, nos sentamos a la mesa y disfrutamos de una cena exquisita los cinco, juntos. El lujo que la rodeaba disparó la cháchara en mi hermana, para regocijo de la anfitriona. Jules, sin embargo, centró sus esfuerzos en comer todo lo que le ponían delante. Hortense observaba con atención el desfile de bandejas. A veces se olvidaba de llevarse el tenedor a la boca, absorta en el trajín que había entre comedor y cocina.

—¿Te tratan bien en esta casa? —le preguntó Jules a la pequeña, y a mí me dio un vuelco el corazón. Madame LeClercq soltó una carcajada. Hortense asintió con la cabeza sin parar, como si estuviese superando sus expectativas.

La conversación se volvió cada vez más desenfadada. Familiar. Eso éramos: una familia compuesta por distintas sangres. El lujo o las carencias dejaban de importar. Cobraban valor las personas.

Madame LeClercq insistió en que acostásemos nosotros a Hortense, como habíamos hecho en las noches que había pasado en nuestra casa. Ahora disponía de una habitación para ella sola, grande y aún por decorar, faltaba llenarla de la vida propia de una niña de su edad. Nos preguntó si la visitaríamos más a menudo que en la Salpêtrière, y la astilla se me clavó en el pecho. Le prometimos que sí.

Seguí avanzando en los vestidos con la obstinación que requería el encargo. Recibí la visita de Charles Maumejean, que se hizo el encontradizo un buen rato ante el escaparate. No quería que su presencia supusiese una presión añadida para mí, aunque estaba claro que le preocupaba comprobar si avanzaba al ritmo que ellos necesitaban. Salió de la tienda un rato más tarde con una actitud más relajada. También yo suspiré al mostrarle los avances. En sus ojos había visto refulgir un entusiasmo al que no quiso poner palabras.

Claire había entendido la magnitud de aquel trabajo, y su testarudez hizo que la dejase al frente de la tienda. Mientras yo hacía y deshacía, probaba y descartaba, ella mostraba cada vez más firmeza ante el mostrador. No había mucha clientela, por desgracia, pero eso tampoco era una preocupación. Al menos dejaría de serlo durante un tiempo, gracias a los vidrieros.

—Alice, tienes visita —anunció Claire nada más abrirse la puerta de la tienda, una de esas tardes de poco trajín.

Levanté la vista y recibí un beso en la frente. Me ruboricé al enfocar a Kiki y descartar la idea efímera de que hubiesen sido otros labios los que habían tenido aquel gesto.

—¿Te sabe a poco mi cariño? —preguntó mi amiga. No se le escapaba nada.

—Me saben a poco los días que tengo para acabar esto.

Kiki echó una mirada a los vestidos. Igual que una supervisora ponderando el trabajo de sus modistas.

—Van por buen camino —resolvió—. Querían colorido y tendrán colorido.

Luego volvió al cauce que a ella le interesaba. Insistió en que debía descansar, no solo porque la vida iba de saber relajarse, sino también porque no hacerlo influiría negativamente en mi trabajo.

—Serás capaz de decirme que no irás a ver competir a tu chico.

—Mi chico es Jules y no compite. Trabaja en el mantenimiento del estadio.

Fingí no ver la sonrisa de loba de mi amiga.

—Eres cabezota, Alice, pero no idiota. Por eso, sé que le pedirás pases para las pruebas de natación a tu amiga Madeleine. Y lo digo en plural porque yo pienso estar a tu lado. Me encanta jalear a hombres desnudos.

—Kiki, no...

—Vamos a ser las más polacas de Colombes.

Intenté reprimir la sonrisa para no concederle la victoria. Claro que quería ser testigo de lo que estaba por venir. No quería perderme la competición de Alexander. Pero tampoco quería fallar a mi compromiso. El tiempo no corría a mi favor, y no podía dejarme arrastrar por los cantos de sirena de Kiki. Sabía el efecto que causaban.

—Necesito que entiendas que voy justa de...

—Alice —me cortó—, eres una profesional. Si supieses que de verdad no puedes permitirte una tarde libre, ni siquiera me dejarías seguir hablando.

Maldije por lo bajo. Ella sonrió, vi que mi hermana también lo hacía. La confirmación de mi derrota.

Los planes de Kiki podrían haberse detenido ahí. Tendría lo que quería: madame LeClercq nos facilitaría la entrada al estadio para ser espectadoras de la competición de natación. Pero no era así como actuaba mi amiga. Su inquietud le impedía esperar a que las cosas sucediesen. Las hacía suceder ella misma.

Así, la mañana siguiente recibí una nota con su firma. La leí, enrojecí y escondí el papel en mi falda, como si las pocas letras garabateadas en él encerrasen un pecado capital. Pensé en salir en su busca para recriminarle su locura. Luego me serené. Releí la nota. Quizá esa mezcla de colores y emociones que llenaba mi vida en esos días hizo que el corazón volviese poco a poco a su ritmo habitual. Kiki me había preparado una encerrona para ese mismo día. Lo había hecho porque era mi mejor amiga. Y en esa situación, solo podía amarla y odiarla a partes iguales.

Mis nervios podrían haber iluminado París a esas horas de la noche. La situación me devolvía a los años locos en los que buscaba trabajo por los alrededores de Campagne Première, cuando me escapaba de casa para ser modelo de pintores borrachos que se acercaban demasiado con su aliento a ron. Para olvidar lo que se decía de nosotras, las modelos, también le di muchas veces al frasco, y a fuerza de beber y beber, olvidaba. Aquello me dejaba avergonzada, no podía soportarlo. Todas las muchachas de Charonne llevaban el baile en la sangre, igual que las de Courtille, las de Ménilmontant, Villette, Goutte d'Or o la Chapelle, donde todo estaba lleno de jóvenes apaches. Yo era una intrusa, pero había que echarle agallas, dar un paso, echar un ojo y sentirse una de las compañeras. Era la eterna historia, abrazarse a un artista o a un guardia republicano que en el primer vals de cualquier baile te estrechaba contra los botones de su guerrera. Daba igual que bailara mal. A veces solo me dejaba llevar y me evadía contando los treinta y dos dientes, si los tenía. ¡Qué más podía pedir!

Tal vez ese pasado gris me daba ahora la seguridad y el color para encaminarme sola hasta el hotel Istria en el que Kiki había reservado, con toda la obstinación del mundo, dos habitaciones contiguas en la misma planta. Una a nombre de Alexander Belov y otra al mío: Alice Humbert. Lo escribo porque nunca había estado en un hotel. Y jamás había visto una reserva a mi nombre.

—Mademoiselle Humbert. Habitación 23. Espero que disfrute de París —me deseó el recepcionista.

—Muchísimas gracias —respondí simplemente.

Me dio las llaves y sentí la culpa que genera la excitación. Pero he aquí que la efervescencia interior que sentía me insufló no sé qué necesidad de vivir algo nuevo.

Evité la cara del recepcionista y, fingiendo timidez, cuando en verdad era ardor, subí a mi habitación.

El hotel Istria era el favorito de Kiki. Y de muchos americanos que venían a vivir a París. Ella los conocía bien. A los pasillos y a los hombres. Francis Picabia, Marcel Duchamp, el desagradable Moïse Kisling, su Man Ray... Adoraba a Erik Satie, que con tamborilear con sus dedos sobre la mesa hacía una melodía, a Rainer Maria Rilke, a Tristan Tzara, a Vladimir Maïakovsky... Uno de ellos, no sé cuál, había escrito en una servilleta: *«Ne s'eteint que ce qui brilla... Lorsque tu descendais de l'hôtel Istria»*.[1]

En la habitación me duché y, abrigada con la toalla, me apoyé en el alféizar de la ventana. Hacía buena noche.

Alexander, a quien Kiki había forzado a aquel encuentro, llamó a la puerta, muy flojito, como si no quisiera despertarme. Me pudo la vergüenza y no contesté.

Se puso a susurrar:

—Alice, soy Alex... Alexander Belov. Estoy aquí. Podemos salir a pasear, si quieres. O sentarnos a hablar.

Volví a contestar con el silencio. Así que empezó a decir mi nombre como una de esas melodías que cambian poco a poco hasta invitarte a bailar. Al final le dije que podía entrar. Me había vestido rápidamente, pero no del todo: seguía sin medias y descalza. Parecía que iba a entrar a bañarme al río. Lo dijo él.

—Parece que vayas a nadar.

Se me escapó una carcajada ante la sorpresa.

—Qué bobada.

—¿Importuné? ¿Te estabas vistiendo todavía?

1. Frase de Louis Aragon.

Yo entendí que si me estaba desnudando y respondí que sí.

—Sí.

Belov se quedó parado un momento, sin saber si entrar o salir, la puerta seguía abierta aunque en el pasillo no se oía trasiego. No tardarían en llegar los huéspedes y había que elegir: calle o habitación.

—Cierra la puerta, por favor —le dije—. Nos pueden oír.

—¿Te espero en mi habitación? —respondió.

—Quédate aquí.

Una vez más, el silencio. Entretanto, el destino me llevaba de aquí para allá. Me recorrían los deseos y los pudores, la fantasía y la valentía, me enviaba cartas y me las respondía, me imaginaba un diálogo que no era capaz de articular. Me preguntaba a dónde iba, y me respondía con miedos.

Alexander me observaba subirme las medias.

Entretanto, también, además, me entraba la risa, me agotaban los pensamientos estúpidos y me daba cuenta de cuánto había cambiado.

La indecisión sigue siendo un lugar donde habito bien.

Quiero creer que ese rato fueron solo segundos, lo que el rubor y cierta dignidad me hacía girarme hacia la ventana para subirme las medias y ponerme los botines nuevos. «¡Hazlo! Dile algo. Recuerdas bien la primera vez que hiciste el amor». Una mujer no olvida esas cosas. Si la memoria sirve para algo es para eso, para datos como este. Quizá también me vengan recuerdos del olor a col de casa de los Fresnault, el sol resplandeciente tras aburridas semanas de lluvias, los paseos con mis hermanos y nuestros padres en Navidad, el frío en los huesos o el primer perfume. Si no los dices, aparecen. Me atropellaba, lo que en otros momentos me hubiera costado una nadería, ahora era una eternidad.

—Estoy lista.

Qué feliz soné. No es posible hacerse una idea. Aún me embarga el recuerdo. Comenzaba para nosotros una existencia dorada. Era guapo, tenía mi edad y el cuerpo de un deportista de élite. Los polacos a los que había conocido en París junto a Kiki eran un prodigio del ingenio. Algunos habían llegado sin un céntimo a la ciudad, tenían una dedicación al trabajo y un desbordante don para las relaciones sociales en la sociedad parisina. Pawel, por ejemplo, encontró un apartamento en Montmartre, cercano a La Biche, y a cambio de comidas les había pintado las paredes con frescos chinos y japoneses. Se convirtió en uno de los dos o tres artistas más eminentes que surgieron en la comunidad parisina de emigrados. Lukasz no tardó en irse hasta de vacaciones a la isla de Port-Cros. Janina llegó sin saber francés como una sucia y maravillosa salvaje, pronto vestía con las mejores ropas, asistía a espléndidas fiestas y tertulias literarias. Parecía que era condesa a pesar de su modesto piso sin ascensor. La hambruna pasa factura y activa la mente. Lo decía Kiki. Si ellos se habían quedado a vivir, ¿por qué no también Alexander?

Entonces él se acercó, sin tener mucha idea de dónde iba a sentarse. ¿En la cama? ¿A mi lado? Todo era prudencia y vacilación. Optó por quedarse apoyado en la ventana, frente a mí, con cierta torpeza que le impedía, supongo, decir o hacer lo que estaba pensando. Como yo. Alexander se quedó un momento mirando a la calle, de donde venía bulla de los bares del bulevar, y por fin dijo:

—Tenía ganas de volver a verte.

Agradecí que destapara la contención y abriera la conversación de esa manera. «Yo también», pensé. Pero no lo pude decir.

—...

—¿Te incomoda que lo diga?

Negué con la cabeza.

—¿Entonces?

—Me parece todo un detalle. Siento no saber qué decir.

Al oírme, arañé las sábanas con las manos. Estábamos uno frente al otro, él no se atrevía a volver a preguntar y yo no me atrevía a levantar la cabeza por miedo a que nuestras miradas se cruzasen. Pero, sin darme cuenta, se había sentado a mi lado y me estaba cogiendo la mano. Estábamos tan cerca... Pegados. Parecíamos dos adolescentes esperando los fuegos artificiales, pero sentados en la misma cama, preguntándonos si nos íbamos a besar. Esa pausa me recordaba a otra primera vez. Será, por suerte, que la vida tiene muchas primeras veces.

—Cuando estoy en la piscina, espero el disparo para tirarme al agua. En ese momento todo está como ahora. Pero no sé quién debe...

—¿Disparar?

—Perdona por el ejemplo.

Era una comparación extraña, aunque acertada. En ese compás de espera pueden pasar mil cosas y ninguna, todas las que a él o a mí debían estar bailándonos en la cabeza. Por suerte, Alexander prosiguió la conversación por otros derroteros más seguros.

—No sé si estaré preparado para estos Juegos Olímpicos, he visto a algunos deportistas que son verdaderas fieras en el agua. El tal Weissmüller, americano, es un superhéroe.

—He oído hablar de él. Kiki se interesó.

—Mi entrenador dice que en él se unen todas las sangres, polacos, americanos, húngaros... Conoce bien a quien le enseñó a nadar, Bill Bachrach, es único en crol... Buff... Seis patadas por cada dos brazadas... Ya ha batido récords mundiales, los trescientos metros libres y los cien, imagina, en cincuenta y ocho segundos. Ni un minuto.

—Pero a ti también te he visto nadar, eres bueno. Te vi llegar el primero en uno de esos entrenamientos.

—A veces sientes que puedes. Otras, no. No sé. ¿Tú qué piensas? ¿Nunca has experimentado esa sensación? En el agua sé que todos están pendientes de mí, en la calle..., aquí..., me hago invisible. Pequeño. Todo está..., supongo..., en la cabeza.

En la mía estaba él. Por eso respondí mal.

—No sé si estaré lista para una relación.

—Yo... Tú... Gracias... —balbució mi nadador mientras sentía cómo los dos nos metíamos al mismo tiempo en el agua.

Quería irme, desnudarme, salir de la habitación, abrazarme a su espalda, poner fin a esa escena que me recordaba a la edad de la inocencia. Por suerte no me había cerrado todavía los botines y pude responder descalzándome con un pie sobre el otro. Eso calmó nuestros nervios, y me imitó. Cuanto más le miraba, más maravilloso me parecía. Nos tumbamos juntos mirando el cielo de la habitación. ¿Cómo era posible? ¿Cómo podía resultar arrebatador un hombre que no tomaba la iniciativa? ¿Debía hacerlo yo?

—¿Quieres que demos un paseo? —preguntó Belov.

Tardé un rato en contestar, estaba a gusto, estaba absolutamente feliz sintiéndolo a mi lado:

—Sí, podemos tomar algo en Le Dôme —propuse.

—Prefiero pasear. No debo beber, y no quisiera encontrarme a ninguno del equipo. Me expulsarían.

Apagamos las luces y las dos habitaciones se quedaron vacías. El deseo lo había ocupado todo. Las llaves las dejamos en recepción, y París, a esas horas, fue una ciudad a estrenar.

El color llegó de Valencia, desde los talleres de Garín en Moncada. La mejor sedería del mundo había aceptado mi encargo por medio de las recomendaciones de los Maumejean, muy prestigiosos en España gracias a las vidrieras y mosaicos de muchas catedrales.

—Claire, ¡Claire! ¡Ven aquí! ¡Baja!

Mi hermana no ganaba ya para sustos, pero esta vez notó en mi voz que los gritos eran de alegría.

—¿Qué pasa, Alice? —dijo bajando de dos en dos la escalera.

—Las telas, ¡han llegado las sedas de Valencia! Las que te dije, las de Garín.

—Qué ganas tengo de verlas.

—Es el encargo más bonito que nos han hecho y posiblemente el que jamás volveremos a hacer.

—Cuidado, hermana, que la vida te está sorprendiendo. Bueno, a ti y a todos. Esta tienda al final nos ha dado suerte.

Claire guiñó el ojo.

—Alcánzame unas tijeras, las pequeñas.

—¿Imaginas quedar para siempre en una de las capillas del Sacré-Coeur? Uno de nuestros vestidos se convertirá en vidriera.

—¿Por qué no subimos a la colina?

—Y ¿no será mejor que abramos el paquete?

—Por favor, qué bobas somos. Trae las tijeras y... ten cuidado.

Claire alargó el brazo y me dijo que hiciera los honores, sentí que estaba ante la botadura de un gran barco. Corté las cuerdas que daban varias vueltas al apretado fardo. El envío había llegado con todas las medidas de seguridad y muchas capas de envoltorio.

Qué silencio más revelador.

Al desplegar el fardo se hizo de día en París.

Estimada Mme Alice Humbert:

Hemos seleccionado las mejores telas de nuestros talleres, estamos seguros de que serán de su agrado para confeccionar sendos vestidos de valenciana. Adjuntamos patrones y diferentes medidas para las modelos que usted elija. No habrá inconveniente, hay tela de sobra. La primera es un rojo fuego modelo Alcázar y la segunda tela es un verde inspirado en los naranjos de nuestra tierra, modelo Jerusalén. Con esta última puede elaborar todo el vestido, falda y corpiño. Para la seda roja le proponemos un jubón ajustado color dorado. Viene plegado en un segundo paquete para evitar el roce de los tejidos. Verá que el hilo de oro es el mismo con el que se han hecho las flores de la futura falda carmesí.

Hemos confeccionado los metros necesarios para la seda que necesita, el maestro del taller ha decidido expresamente los dibujos y ha añadido unas espigas en el modelo verde teniendo en cuenta que serán confeccionados para un altar tan importante como el de la nueva basílica de París.

Las dos sedas espolinadas son telas de seis mil ochocientos hilos de urdimbre de seda a tres cabos con tramas de colores diferentes en seda de ocho cabos. Para su información, se han confeccionado con setenta y seis hilos por centímetro. Más allá del trabajo de nuestros talleres, deseamos que sean de su agrado y estaremos atentos a cualquier otra sugerencia o pedido.

Reciba un cordial saludo y nuestras plegarias para que la confección venga acompañada de la labor de Dios.

Atentamente,

VICENTE GARÍN RUBIO
Tejidos Garín. Moncada, 1924

Como en trance, las dos hermanas tocamos las telas sin decir ni una palabra. La belleza necesita pocas descripciones. Solo podíamos acariciar los bordados y entender el trabajo que escondía semejante espolín de seda. «Demasiado hermosa», acertó a decir Claire.

Los deseos de los Maumejean estarían plenamente colmados. El altar destinado a San Ignacio de Loyola del Sacré-Coeur con sendos vestidos en actitud de ofrenda sería la sensación de todo París.

El trabajo que quedaba a partir de ahora era delicado y minucioso. En lugar de angustiarme con la empresa que tenía frente a mi mesa de costura, me vine arriba. Sentí por primera vez la certeza de que los días estaban cambiando de color, de que nada había sido un error, y de que, sin haberlo proyectado, podía sentirme satisfecha ante las sorpresas que me estaba regalando la vida.

—¿Por cuál empezaremos?

—La seda verde.

Cogí una tela de muselina y corté los mismos patrones que habían enviado desde Valencia para hacer la *toile*[1] del

1. *Toile* es un boceto en tela crudo, también llamado retor, sobre la que se plasma el patrón inicial y donde se realizan las pruebas para el diseño final.

vestido. En apenas una hora, había cortado, marcado y cosido sin miedo a dañar el tejido que nos habían enviado, había modelado el volumen y Claire vestía una primera prueba hilvanada que, con cierta imaginación, sería el diseño final.

—Parezco María Antonieta.

—Es un modelo similar, las grandes señoras del dieciocho.

—¿Puedes imaginarlo?

—Te veo. Todo con el espolín verde... Jerusalén.

—¿Así visten allí?

—Así son los trajes regionales. Para grandes actos: ofrendas, fiestas...

—Qué belleza.

—Quítate la *toile* con cuidado, no quiero que una de las agujas te pinche.

—Verás cuando la vea madame LeClercq.

—Debería llamarla cuanto antes. Ella sabrá responder mejor a los fabricantes.

La efervescencia de Claire llegaba al paroxismo, jamás habíamos visto telas de tanta calidad y procurábamos tocarlas como si lleváramos guantes de seda. Las flores que formaban los hilos de oro eran exquisitas y hechas con tanto esmero que ya pensaba qué hacer con los restos que quedaran de la selección.

Charles Maumejean y Jean Gaudin vinieron esa misma tarde a la tienda. Habíamos dispuesto dos maniquíes con las telas en forma de falda sujetos con alfileres para simular el efecto de lo que sería el resultado final. Jamás había confeccionado un vestido de corte versallesco, pero el entusiasmo maquilló nuestros vértigos.

En aquellos días, una tal Conchita Piquer triunfaba en Nueva York recién llegada de Valencia. Esa fue la foto que los vidrieros trajeron recortada. «Queremos esta actitud», dijeron poniendo el recorte sobre la mesa. La prensa americana se ponía a sus pies y también llegaba el eco a París. En *Mon Ciné* hablaban del espectáculo *A New Musical Play, The Dancing Girl.*

Mientras hablaban de cómo y para cuándo querían los vestidos, yo fui hojeando las revistas: en portada, Rodolfo Valentino; en el interior, fotos de Mary Pickford, Clara Bow y Greta Garbo. Las *flappers*, mujeres liberadas de ataduras, enseñaban piernas, largos collares y fumaban en boquilla. Cualquiera podría ser mi amiga Kiki. Las faldas se acortaban de día y se alargaban de noche, anunciaban. El cine era clave. Y los teatros. Las revistas copiaban los vestidos de Pedro Rodríguez, Poiteau y Chanel.

—Conchita Piquer es valenciana. Siempre posa ante las fotos de perfil. Nos gustaría que la imagen fuera similar.

—Y, ¿alguna indicación para la segunda?

Maumejean miró a Jean Gaudin y contestaron al unísono.

—Su hermana será una buena modelo.

—¿Yo? —exclamó Claire soltando la revista que tenía entre manos—. ¿De verdad creen que yo podría estar en el altar?

—Ya eres una muchacha con edad para ir decidiendo tu destino. Elige. ¿Quieres o no quieres?

Claire me miró nublada por la emoción.

—Haremos un gran trabajo —respondí satisfecha y con algo de vanidad—. Quedarán satisfechos.

—¿Quién es la chica de la foto?

Kiki nos había regalado una de las fotos que Man Ray le había hecho en una de esas sesiones que se salían de lo fotográfico. Mi amiga aparecía tapada únicamente con una tela sobre los hombros. Ella misma se encargó de poner un clavito y colocarla en la pared donde mis padres, mis hermanos y yo también posábamos vestidos de fiesta en algún 14 de julio.

—¿Quién es? —preguntó el señor Gaudin.

—Kiki, Alice Prin. Mi amiga. Es modelo.

—Es perfecta.

—No sé a qué se refiere. Kiki es muy divertida, no sé si es perfecta, pero es maravillosa. La vida es ella.

—Es el mismo perfil de la cantante. La española. Quiero esa actitud. Altiva pero sin soberbia. Imperiosa.

—... Es Kiki.

—¿Podría confeccionar el vestido para su talla? Me gustaría que fuera la imagen. Tiene algo de afectación que me gusta. ¿Qué dices tú, Charles?

—Es la cara, sin lugar a dudas.

—... Y si es su amiga, mejor que mejor.

—¿Kiki en el altar del Sacré-Coeur?

—¿Hay algún problema?

—No, ninguno. Solo que no me la imaginaba.

—Ha dicho usted, querida Alice, que su amiga es modelo. Es lo que buscamos. A fin de cuentas, nadie sabrá quiénes son las imágenes que vamos a convertir en vidriera.

—Pero...

Yo no sabía cómo explicarles a los arquitectos que Kiki era más que conocida en todo Montparnasse por otros menesteres menos cristianos, que su fama cruzaba las fronteras gracias a los pintores y borrachos del barrio. Ella misma se encargaba de propagar y aumentar su popularidad de fiesta en fiesta y de café en café. Noté que Claire, mi hermana, estaba leyéndome los pensamientos. Me salvó.

—Antes han dicho que les gustaría que yo fuera la modelo para el segundo vestido, el verde. Si no les parece mal... Mi sí es rotundo.

—¡Claire! No seas tan osada.

—No se preocupe, Alice, su hermana es una adolescente con porte y sus palabras denotan que le sobra actitud.

—¿Querrías? —apostilló Maumejean.

—Por supuesto. Esta misma mañana, Alice me ha ajustado la *toile*.

—¿Y?

—Muy feliz.

—Pues no se hable más. Tenemos el proyecto, tenemos las telas y tenemos a las modelos. Adelante.

Me estiré las medias repasándolas bien desde los tobillos hasta los muslos, me retoqué el pelo tras las orejas, me puse los pendientes de mamá, me ajusté el vestido frente al mueble de puertas de cristal y sonreí. Le propuse a mi hermana ir paseando hasta el Sacré-Coeur. Anduvimos sin dejar de hablar de los planes, de patrones, de costuras, de pespuntes, dobladillos, sobrehilados y faldas. Ella había aprendido a montar cuellos y solapas, tenía los dedos ágiles y pronto se adaptó al tacto de las telas. Sabía tomar medidas, ajustar volúmenes, contornos de pecho, largos de pierna y no fallaba a la hora de convencer a las clientas para elegir una tela u otra. Se había iniciado con solo mirar, yendo y viniendo con los encargos. Confiaban en ella, en su gusto y en su opinión.

«Elle à du chien», le dijo madame LeClercq una tarde en la que se había quedado al cargo de la tienda. Recordé que esa misma frase me la había dicho también Chanel cuando yo ejercí de aprendiza en su atelier. En algunas ocasiones olvidaba que mi hermana y yo veníamos de la misma madre, siempre tan fuerte y resolutiva.

—¿Escalera o funicular?

—Funicular, llevamos una hora caminando y tengo los pies destrozados.

—Pues te iba a proponer subir a la cúpula.

—Ni se te ocurra mencionarlo. Cuando instalen otro como este, subiré.

La basílica del Sacré-Coeur dominaba todo, como un faro blanco que iluminaba inesperadamente la ciudad con una modernidad bizantina que contrastaba de pleno con el gótico de Notre-Dame. Era el reverso de la moneda, moderadamente clásica y atrevida en el interior. Las vidrieras originales habrían sido destruidas durante la Primera Guerra Mundial y reemplazadas por unas más actuales, lo que hacía todavía más contemporánea a la basílica. Los mosaicos del ábside estaban siendo una revolución, y todos tenían algo que opinar gracias a la audacia de los Maumejean.

Claire y yo nos sentamos en uno de los bancos más próximos al altar y allí nos quedamos en silencio. No sé en qué estaría pensando ella, yo tenía la cabeza en ebullición. Encendimos un cirio y buscamos la capilla de San Ignacio, en la que los obreros estaban trabajando. Faltaba la mitad derecha.

—¿Será ahí, Alice?

—Eso creo. Todavía estoy asombrada.

—Es hermoso. ¿Crees en la suerte?

No sé por qué Claire preguntaba eso y tampoco sabía qué contestar. Por mi vida habían pasado varios trenes y alguno importante se había quedado atrás.

—No lo sé. Supongo.

—Entonces, ¿qué has pedido cuando has encendido la vela?

—... por papá y mamá.

Mentí.

Me pregunté si la realidad estaría preparada para mis sueños. A Cristo tampoco podía pedirle mucho, bastaba con ver la cantidad de gente que llenaba las sillas. ¿Cómo iba a prestar atención a una pobre modista de París? No era digna. Sin embargo, el destino me había puesto allí, en plena basílica. Y eran las mismas manos que habían pecado en los sucios talleres de Campagne Première las que ahora debían confeccionar los vestidos para la capilla.

—¿Salimos?

—Sí.

—¿Quieres un café con leche? —le propuse.

—Y si puede ser una *crepe*...

—Compartimos.

Cuando el camarero de À la Mère Catherine nos atendió, ya nos habíamos puesto a fantasear otra vez. No me pasó desapercibido cómo Claire había mirado al chico, pero no dije nada. Tampoco tendría respuesta.

—Eres realmente bonita, jovencita. Pareces modelo.

Claire sonrió y entregó el primer encargo de la mañana en los alrededores de Contrescarpe.

—Toma estos céntimos. Y espero que no acabes muy cansada. Un abrazo para Alice.

—Se lo daré. Gracias, madame. Es muy amable.

Pensó en cómo estaría de molida una vez acabara el reparto de calle en calle, de casa en casa. El éxito de la tienda ya no era tan discreto, la prueba era el recorrido que Jules y ella debían hacer para entregar los encargos de casa en casa. «Al menos él va en bicicleta —pensaba—. ¿Cuándo las mujeres podremos llevar pantalones?».

Aquel barrio por el que había comenzado era el viejo París, el quinto distrito, donde ya no sonaba el bullicio gracioso de los artistas de Montparnasse. Era el verdadero París: cabras, mercadillos, cestos de patatas y frutas, manos tendidas de mujeres y niños pidiendo limosna en las entradas y salidas de los pasajes, pequeños esperando en los portales, gente trabajadora con sus carros. Las estrechas calles que desembocaban en la plaza de Contrescarpe apestaban a borrachos. No era difícil tropezar con alguno que seguía durmiendo junto a un portal.

—¡Apártate, gandul! Molestas a la señorita. ¡No te das cuenta de que quiere entrar en el edificio!

La voz rotunda era de uno de los carboneros, era imposible adivinar la raza de su piel, que cargaban el saco a hombros y sudaban tinta negra. Había que ir con cuidado para no mancharse por esas calles. Bastaban el humo y el polvo del fardel cuando lo arrastraban del carro a la espalda de uno a otro para cambiar el cielo de color.

—Pobre gatita, tan cargada de paquetes... ¿Quieres que te ayude, bonita? Podemos subir juntos...

—Ni se acerque. Me basto sola.

El carbonero se aproximó con los brazos en jarras, era grasiento como un tonel y le faltaban algunos dedos.

—¡Apártese o le clavo las agujas!

Mi hermana era gallarda. En eso no se parecía en nada a mí.

—Peligrosa la niña, muchachos. Vamos... Entra conmigo en el portal, que podemos aprovechar un rinconcito, gatita.

—Aproveche el día usted con la mano que le queda. Yo también estoy trabajando.

—Caray con la chiquilla, qué fuego.

—Así me gustan —dijo el otro desde el carro.

—Miau.

Todavía no sabía dónde quería llegar, pero tenía la brújula bien colocada en la cabeza para salir de cualquier laberinto. Así que no temía por su integridad. Tampoco teníamos otra solución, o repartía ella o yo dejaba la costura y me echaba a las calles. Jules, que se colocaba los encargos atados a la espalda como un *sherpa*, procuraba terminar antes y la buscaba para acelerar la ronda y llegar juntos a casa.

En una de esas calles que descienden al Sena desde la orilla izquierda, al abandonar el Panteón y la Universidad de la Sorbona, se encontraron ambos. Fue en el esquinazo del Pré aux Clercs, un café que frecuentaban estudiantes de la facultad, la mayoría británicos.

—¿Cómo ha ido la mañana, Claire?

—Salvando obstáculos.

Jules apoyó la bicicleta en una farola y no prestó atención a la frase.

—¿Tomamos algo? —dijo acercándole una silla—. Yo he terminado, iré a la tienda y de ahí al Colombes.

—Vale. El último vestido queda cerca de aquí.

Pidieron Pernod, que era verde y parecía que estaba de moda entre los estudiantes de medicina.

—Por favor, a mí con un poco más de agua y hielo.

—No nos vamos a emborrachar, hermana. Es por sacarle algo de jugo a la vida.

—Me parece que tú le sacas mucho.

—Bah. Alice sospecha demasiado de mí, pero no es tanto como ella cree.

—Tus amigos no son precisamente monjas de la caridad.

—Pero tampoco podemos ser todos monjas. Va, brinda.

—¿Te gusta de verdad la sobrinita?

—Me gusta de verdad. A veces.

—Cómo que a veces.

—Pues cuando la veo. Pero no frecuentamos los mismos sitios y...

—¿Qué?

—Que ya me gustaría. Pero es más normal acabar con la hija del carbonero que con una sobrina de Saint Germain.

—Yo sueño.

—Mira Alice. Soñó y se fue.

—¡No hables mal de nuestra hermana!

—No hablo mal, lo que digo es que al final no nos mezclamos, que los cimientos jamás ven las gárgolas.

—Unos necesitan a las otras.

—Sí. ¿Y?

—No lo sé, alguna revolución debería volver. No solo

la de mil setecientos. Algo nuevo debe haber bajo los adoquines.

—¡Me salió rebelde la hermana! Al final serás tú una de los apaches.

—¡Calla! Pienso en la vida, en el trabajo, en pasarnos la vida repartiendo vestidos o apretados en el mismo apartamento.

—Algún día Alice se casará.

—O tú. O yo.

—Imaginas que todo se nos da bien. No siempre deben fastidiarse los mismos. Mira nuestros padres, tanto trabajo y...

—Jules, algo mejor nos va. ¿Cuándo viste a papá en bicicleta?

—Era muy pequeño cuando murió.

—¡Sabes a qué me refiero! Vivimos en una tienda, ayudamos a Alice, no va mal, tú colaboras en los Juegos Olímpicos... Y mira, estamos tomando un licor tan verde que si nos viera mamá nos mataba.

—¡O Alice! Mejor salgamos de aquí y volvamos a la tienda.

Al otro lado del escaparate estaba yo, despachando algunos de los arreglos que podía hacer mientras también confeccionaba los vestidos de valenciana. Los Maumejean apremiaban. El deán de la catedral había preparado un acto inaugural con misa concelebrada por varios sacerdotes para mostrar los nuevos mosaicos.

Jules hizo una seña desde fuera para que saliera.

—¿Vas a ir a la final?

—A qué final, Jules.

—A la de... tu nadador.

—No es mi nadador. Es un deportista polaco. Tendrá su familia, digo yo.

—Bueno, no digo nada. Me callo. Pero tienes otra cara.

—¿Qué quieres decir?

—Nada. Otra cara.

Al entrar en la tienda me vi en el reflejo de la puerta, era la misma de siempre y sin embargo parecía distinta. Me retiré el pelo tras las orejas, me ajusté los pendientes y al humedecerme los labios sentí los de Alexander en los míos. Hacía tiempo que no me observaba, me había ido olvidando de mí y tuve la sensación de que ese reflejo me estaba mostrando a una mujer nueva. La vida se estaba completando como quien hace un puzle, y, aunque no tenía la solución al dibujo final, sentía que todo encajaba en su sitio. Abrí la puerta y sentí que la pieza principal era yo misma entrando en la tienda. Mi tienda en París.

—Claire, ¿cómo ha ido la mañana?

—Bien.

—¿Bien qué quiere decir?

—Pues que empiezo a detestar a los hombres. Esta mañana en Contrescarpe igual que el otro día. Otra vez. Es que se creen que pueden decir lo que quieran. Es injusto.

—¿Pasó algo más?

—Pasó que me harta sentirme humillada en plena calle. Que yo voy tan tranquila y que ellos...

—¿Quiénes?

—Alice, los hombres. Los carboneros. Cualquiera. Que siempre acaban por hacerte sentir sucia. Daría cualquier cosa por pegarles un puntapié o clavarles las agujas.

—Claire, por favor. No te metas en líos. Será mejor que haga el reparto yo. Todavía eres una jovencita y tal vez he confiado demasiado en nuestra suerte.

—Soy suficientemente mayor para defenderme sola.

—No me hables así.

—Y voy a seguir haciendo el reparto.

—...

—A mí no me jode la vida nadie.

—No hables así, por favor.

—Mañana hablaré mejor. Además, tu amiga Kiki habla peor y no le dices nada.

—Eres mi hermana.

—Pero no eres mi madre.

Claire salió hacia la calle con un «ahora vengo». La dejé marchar porque sabía que ella se daba una vuelta por la isla, se sentaba en uno de los bancos del muelle y lloraba para limpiarse. No había una niña mejor en todo París. En el reflejo del cristal también se veía que estaba cambiando.

El timbre del teléfono me asustó. Ni recordaba que hacía cuatro días que lo habían instalado tras el mostrador. Era Kiki.

—Estaba pensando en ti.

—Será para bien, espero.

—Vente cuando puedas, tengo un plan.

—¿Vuelves a las andadas o sigues monja?

—Calla. Ven y te cuento.

En cuanto llegó, echó el pestillo y se sentó en los primeros escalones de la tienda. Las carcajadas debían oírse desde Notre-Dame porque dos niños pegaron sus caritas en el escaparate alertados por las risas. Kiki no daba crédito a la propuesta que le acababa de hacer.

—¿Quién es el insensato que me ha propuesto para un altar? ¡No soy virgen desde que María Antonieta perdió la cabeza! Déjame que me ría, es lo mejor que me ha pasado en la vida. Esto es increíble.

—¿Vas a dejarme hablar?

—Pero ¿qué van a decir los parisinos cuando enciendan una vela, levanten la cabeza y me vean a mí?

—No lo sé. Sinceramente lo ignoro, Kiki. Pero lo han propuesto los mandamases.

—¿Te pagan esos hombres?

—Mira las telas. Han venido desde Valencia, en España. Debo vestiros a ti y a Claire. Las dos formaréis parte del mosaico.

—¿Te pagan o no te pagan, querida?

—Sí. Me pagan. Me pagan bien.

—Pues no se hable más, virgen otra vez. Esto será una experiencia inesperada.

—Gracias.

—No me des las gracias, no soy una extraña. Eres mi amiga. Aunque últimamente no te apuntes a muchas fiestas.

—Es el trabajo... La tienda no puede parar. Si paro, me adelantan. Esto es una carrera de caballos.

—Pues somos yeguas de carreras. Así que adelante y a dejar a esos mandamases boquiabiertos. Seré la reina de París en ese altar.

Nos abrazamos.

Me apretó fuerte, consciente de que algo más profundo y desconocido escondía mi temblor. En sus brazos podía callarme, abrigarme y volver a ser una niña. Así me sentí durante el rato que estuvimos en silencio. Con los nervios acumulados, rompí a llorar en su hombro. No dijo nada, ni siquiera del hotel Istria, sabía de todos mis quebraderos, los profundos y los más triviales, por eso nuestra amistad era inquebrantable. Las dos veníamos de la nada y cualquier aliento nos hacía volar sobre París.

Pasaban los días, pasaba la vida. Cambiaba paseos por pespuntes, y al dictado de los patrones y de la voz de mi hermana fuimos rellenando las horas con el embarazoso trabajo de los Maumejean. Me había iniciado poco a poco en el manejo del corte y confección con la gran Coco Chanel, pero este encargo me llevaba a la escuela de Poiret. Aprendí a montar cuellos, cintas y a darle todo el vuelo necesario a la falda de valenciana, que tenía la dureza de los tejidos de las cortinas de un palacio. Le pedía opinión a madame LeClercq y ella confiaba en mí. «Tienes mano, tienes estrella, no preguntes, trabaja». Mi hermana no levantaba la cabeza de la mesa, fingía no oír mis expiaciones, salmodiaba para sí misma y con disimulo miraba a LeClercq y le dirigía una levísima sonrisa. La vida en el taller, por aquellos días, tuvo una agitación como nunca he conocido.

Se hacía difícil el proyecto, incierto.

París ardía en las calles con la fiesta de los deportistas y de las numerosas delegaciones que recorrían la ciudad en busca de alegrías en las terrazas de los cafés. La prensa anunciaba nombres de mandatarios que cada día visitaban la capital con coches de alto lujo y banderas pinchadas como velas de una tarta en los capós. Las fiestas opulentas desenfundaban botellas de champán y las sábanas de los hoteles se tendían y se cambiaban a la velocidad de los atletas, con urgencia de negocio, sacando a mansalva mesas para rellenar salones y copas para que todos pudieran brindar.

A altas horas, tras un jaleo de señoras y jovencitas, que se tomaban medidas en la tienda, Claire y yo nos quedábamos, obedientes como estudiantes, en las sillas del taller terminando sendos trajes.

Pocos días después, Claire y Kiki estaban vestidas de valencianas en el estudio fotográfico de Eugène Atget, por consejo de mi amiga, que lo conocía mucho desde hacía bastante tiempo porque vivía en Montparnasse, a pocos metros del estudio de Man Ray. Los arquitectos aceptaron y en el domicilio de Atget se tomaron las fotografías. El viejo estaba para pocos disparos, sin embargo acertó a la primera en las exigencias de Maumejean, que prefería a Berenice Abbott, una joven americana que había recaído en París fascinada por los intelectuales y los artistas, y que también era asistente de Man Ray. Kiki dijo que era una pesada. Exactamente la llamó «invasiva». Y entendimos todos perfectamente a qué se refería con esa palabra. Eugène Atget no falló. El inquisitivo brillo de su mirada mostraba en los últimos días de su vida el placer de ver, de observar, de retratar el alma, más allá de las poses de las dos mujeres. El temblor de sus manos solo se frenó cuando dio al clic.

Claire se situó arrodillada en el suelo y Kiki hizo, contra su voluntad, lo que los arquitectos exigieron: ponerse con un niño en brazos. El pequeño de los Dardel sirvió de modelo, pero cada vez que se pegaba al pecho de mi amiga berreaba como un animal, al ver a su madre esperando en pie tras la cámara de Atget. Contemplé los esfuerzos de Kiki por calmar al niño de todas las maneras, acunándolo y metiéndole el meñique como un pezón para que entrara en sueño. Desconocía esa habilidad tan propia de una madre que está acostumbrada a dormir bebés. La miré y ella hizo todo lo posible por evitarme, las lágrimas manchaban todo su maquillaje y, desconsolada con el pequeño de Nils y Thora Dardel, era incapaz de serenar el dolor que entre pecho y pecho la ahogaba. Le puse la mano en el hombro, pellizcándole la clavícula que mostraba el vestido de valenciana, y su respiración era la de un navío a punto de zarpar. Le iba a decir que no era necesario, que podíamos probar sin niño, pero ella, testaruda como una mula, me hizo un gesto para que me apartara. El niño rubio como un querubín había empezado a dormirse en su pecho, apacible como un ángel del cielo. Le sequé las lágrimas, recompuse un poco su maquillaje y el fotógrafo nos separó a todos para componer la escena: Claire postrada ante un Dios invisible y Kiki como una virgen con niño. Sintió la maternidad que nunca vendría a sus tripas, el vacío que la atormentaba y que no era capaz de llenar con mil noches en brazos de mil hombres. Fue en ese momento cuando la aflicción se vio recompensada con una carantoña del crío que, sonriendo, la llamó mamá. Ahí despertó la bestia e hizo justo lo que los arquitectos estaban deseando para su escena:

—Kiki, levanta al niño. Ofrécelo a Dios.

Kiki se separó del ángel y levantó los brazos con el hijo que nunca tendría hacia el cielo de la habitación.

El *flash* nos dejó a todos en silencio.

—La tenemos.

Esa mañana tomé una decisión que me hizo sentir dueña de mi vida. Curioso que, con todo lo que había tenido que sacar adelante en los meses anteriores, fuese sin embargo una pequeña licencia que me concedía a mí misma la que me aportase esa sensación de control. Había rumiado la idea un par de noches antes, pero en cuanto decidí que lo haría, sentí la liviandad que habían custodiado la duda y el temor. Le anuncié a Claire que no abriríamos la tienda por la tarde. Había entregado ya los vestidos, y ese París de los Juegos acaparaba a la mayoría de mujeres que hubiesen podido pasear por delante de nuestro escaparate. Claire insistió en que ella podía encargarse de atender sola, tal como habíamos acordado en un primer momento. Pero no se trataba de eso. Quería llevarla conmigo. Quería tenerla a mi lado, como tendría a Kiki y a Madeleine LeClercq, cuando el pistoletazo resonase en el aire y el cuerpo desprotegido y atlético de Alexander se lanzase con todo su empuje al agua de la piscina olímpica.

Pronto confirmé que la decisión había sido acertada. Jules apareció a mediodía con una sonrisa de pillo bailando en su rostro. El gesto infantil contrastaba con sus facciones cada vez más marcadas. Había convencido a un par de compañeros para que lo cubriesen esa tarde, apenas quedaban ya tareas para los jóvenes contratados durante esas semanas de competición. De modo que aprovecharía la invitación que madame LeClercq nos había extendido a todos. Claro que el júbilo orgulloso que ni se molestaba en disimular no tenía tanto que ver con asistir en nuestra compañía al evento. Madame le había sugerido que podía invitar a la sobrina de lady Bertha. La sobrinita, como la llamaba Claire cuando buscaba incordiarlo.

Kiki pasó a buscarnos después de comer. Me dejé contagiar por la euforia de mis hermanos, aunque sabía que la mía tenía su naturaleza propia.

—¿Creéis que ganará? —preguntó Claire.

—Pfff, lo tiene imposible —vaticinó Jules—. El Weissmüller no va a dar opción a nadie, en las clasificaciones ha sido un tiburón. Y los hermanos Kahanamoku son otro par de bichos.

—Jules, cuida ese lenguaje. Espero que no hables así en presencia de Annette —lo reprendí, más por aflojar los nervios que por una molestia auténtica.

—No os preocupéis por él —comentó Kiki—. Si no gana en la piscina, lo hará después. Y llevando más o menos la misma ropa.

Sentí que se me incendiaba la cara. Le di un codazo a

mi amiga, aunque mis hermanos se enfrascaron en su propia disputa sobre quiénes se llevarían las medallas. Parecían tener un mayor conocimiento que yo sobre los atletas, aunque en ese momento me supuso un alivio.

—Intenta ser discreta, al menos delante de ellos... —le susurré a Kiki.

—Me pides que sea discreta cuando eres tú quien los lleva a conocer a su futuro cuñado.

—¡Kiki!

Mi amiga se cogió de mi brazo, pronto pasó a fantasear sobre los cuerpos que estábamos a punto de ver brillando bajo el sol agradable de la tarde. Tuvo el decoro de bajar un poco el tono cuando pasó a enumerar las cosas que se le ocurría hacerles a aquellos deportistas que una jornada más lucharían por alcanzar la gloria.

El ambiente en el estadio era el propio de una competición final. No era el de Colombes, sino el de Les Tourelles, levantado para albergar las pruebas de natación, pero aunque no era tan colosal como el primero me causó una impresión parecida a la de la ceremonia de inauguración. Tanta emoción concentrada en las gradas a rebosar, tanto entusiasmo mostrado sin recato, tantas personas distintas congregadas para disfrutar de unas pruebas que durarían apenas unos minutos... Seguía resultándome todo ajeno a lo que yo conocía, pero de nuevo me dejé llevar por la pasión que flotaba en el aire. Aspiraba la admiración de quienes me rodeaban.

Madame LeClercq llegó en compañía de lady Bertha y Annette. Pronto perdimos la atención de los dos amantes, que pusieron a Claire de barrera para marcar distancia y gozar así de una intimidad improvisada. De vez en cuando, lady Bertha observaba de reojo a su sobrina, que reía con complicidad junto a mi hermano.

La Alice de unos meses antes habría sentido tanto pavor como incredulidad si hubiese podido anticipar una escena así. La Alice de unos meses antes... Quién le habría podido decir a ella que la tienda seguiría adelante, con previsiones más esperanzadoras que las de una quiebra inminente; que habría confeccionado dos piezas que Maumejean y Gaudin expondrían para siempre en el mismísimo Sacré-Coeur; que se habría acercado a la sensación auténtica (tan plena, tan frágil) de ser madre, gracias a la pequeña Hortense; que habría conocido a un atleta olímpico al que ahora esperaba en las gradas de un estadio eufórico con el corazón disparado...

—Atención, ya salen.

La voz de lady Bertha me devolvió al asiento que ocupaba en la grada que comenzó a rugir con más intensidad. Me quedé sin confirmar si la Alice de unos meses atrás habría podido saber que superaría el adiós del mayor amor de su vida, convertido en su mayor desamor. Me quedé sin saber si eso era realmente así.

Los nadadores ocuparon sus posiciones, ajenos al vocerío que se les echaba encima. Quise pedir silencio para que pudiesen concentrarse en la hazaña que tenían ante sí. Vi que Kiki me observaba con regocijo.

—Se trata de disfrutar, no de sufrir. ¿O es que has apostado algo?

No respondí para evitar dar pie a que su lengua se desatase. Madame LeClercq, lady Bertha, Claire, Jules, Annette, el resto de los miles de personas de los que en ese momento formábamos parte..., todos parecían concentrar su atención en los cuerpos que hacían pequeños movimientos de calentamiento, con la vista y su ambición clavadas ya en el agua. Distinguí a Alexander, una oleada cálida y suave me recorrió el vientre al tiempo que yo lo recorría a él con la mirada desde la distancia. Recordé lo cerca que lo había tenido en el hotel, y aquella proximidad en la que no había llegado a desvestirse me pareció mucho más intensa que ese momento en que lo contemplaba al desnudo, con sus músculos en tensión, esperando la señal.

Y al igual que ocurre con las estrellas fugaces, en un chispazo todo ocurrió ante nuestros ojos a un ritmo vertiginoso. El pistoletazo resonó en el estadio, los cuerpos rompicron la superficie del agua y el júbilo marcó los tiempos. Perdí la referencia de la calle en la que había visto a Alexander zambullirse. No veía más que cabezas asomar y hundirse de nuevo en el agua, brazos que emergían y con la misma rapidez desaparecían. Unos comenzaban a desmarcarse de otros, pero todo avanzaba tan rápido que ni tiempo había para valorar lo que ocurría en la piscina. Fui quizá la única persona que no gritó en todo el estadio, pero el martilleo de mi pecho acompañó los rugidos y vítores que empujaban a los nadadores al final de esos cien metros.

Me enteré más tarde de la posición en la que había quedado Alexander. En el estadio habían coreado un único apellido. ¡Weissmüller, Weissmüller! Sin embargo, a mí me habría dado lo mismo que la única persona que me interesaba dentro de la piscina hubiese quedado última. No había sido así, un par de segundos lo habían separado de la medalla de bronce, pero yo no podía sentir mayor orgullo.

—Lo bueno de esta posición es que seguirá teniendo ganas de probar el oro —me dijo Kiki mientras abandonábamos el estadio.

—Incorregible —farfullé.

—¿Qué dices?

—Nada.

Nos despedimos en la salida de madame LeClercq y lady Bertha, que meneó la cabeza cuando su sobrina se alejó sin darle tiempo a replicar y desapareció entre el gentío de la mano de Jules.

Kiki insistió en que la acompañase a Montparnasse.

—Se van a reunir allí los vencedores de esta jornada, para presumir de hazaña, y también los perdedores, para deshacerse del mal sabor de boca con los labios de las francesas que se los ofrezcan.

Me negué en redondo, con la risa adolescente de Claire resonando a mi lado absolutamente cómplice. No me importaba que pudiese encontrar allí a Alexander. Tenía muchas ganas de verlo, de saber si el puesto que había logrado compensaba tantos meses de dedicación exhaustiva. Quería imaginármelo feliz, orgulloso de sí mismo. Yo me sentía así. Pero no era el momento de ir a buscarlo. Y sobre todo me acechaba el temor a descubrirlo rodeado de modelos francesas que encontrarían muy sugerente a un atleta olímpico extranjero.

Jules llegó cuando Claire y yo habíamos empezado a cenar. Fue inútil tratar de sermonearlo por la hora a la que aparecía. Cuando se es joven y se está enamorado, el cerebro se estrecha y procesa solo lo justo. No quise ser dura, tampoco. Me gustaba Annette. Me gustaba cómo era Jules en su compañía, mucho mejor que la de Piotr, Philippe y la de cualquier anarquista. Solo me preocupaba por él, no quería que se tomase demasiadas licencias. Sobre todo porque seguía sin poder evitar que la cabeza se me fuese a la familia de lady Bertha, tan diferente a la nuestra. La pobreza no tenía que hacernos peores, eso lo sabía. Pero habíamos crecido con miedos que podía llevar toda una vida dejar atrás. Si se lograba hacerlo.

Cuando ellos se acostaron, me cambié de ropa. Me sentía inquieta, sabía que en la cama me esperaban demasiadas vueltas. Un paseo breve, ahora que las noches eran agradables, surtiría mejor efecto. Me retoqué un poco sin querer pensar en qué me llevaba a hacerlo.

La noche estaba viva, corría un poco de aire. Traté de visualizar a Kiki. Sobre qué mesa estaría erguida, concentrando la atención de todos los presentes. Urgiéndolos a brindar, desafiándolos al baile, contagiándolos de sus ansias por devorar cada minuto de la noche. Kiki de Montparnasse. Lo mejor que me había dado la vida que tanto me esforzaba por dejar atrás. Tal vez lo único bueno de esa etapa, ahora que apenas dedicaba tiempo a pensar en...

—¿Alice?

La voz me sobresaltó.

—¡Alexander! ¿Qué haces aquí?

Su cuerpo se acercó al mío y sentí que me ponía firme. Me dio un beso en la mejilla ante el que no supe cómo reaccionar.

—Vengo de estar con tu amiga, en un café fantástico. Ella me dijo que habíais ido a verme esta tarde, y que lo menos que podía hacer yo ahora era corresponder viniendo a verte a ti.

«Kiki de Montparnasse», maldije por lo bajo. Alexander me observó con una sonrisa extrañada. Sus ojos brillaban en la noche, achispados por alguna ronda de vino por la que preferí no preguntar.

—¿Ibas a algún lado?

—No... no. Quería dar un paseo antes de acostarme.

—¿Puedo acompañarte?

Me cogió de ganchete y retomé la marcha junto a él. En mi mente había fantaseado con la idea de acercarme a Montparnasse, dejarme ver por allí, encontrarlo quizá a él. No había hecho falta. Lo tenía a mi lado, agarrado a mi brazo. Sin pintores, todos borrachos y excéntricos, pululando alrededor. Sin mujeres que lo reclamasen para un baile esporádico.

Le pregunté por la prueba, aunque en su actitud confiada anticipaba ya que no había descontento por su resultado. Confesó que esos dos segundos que lo habían separado de subir al podio escocían un poco. Pero en ningún momento se había planteado vencer a los hermanos Kahanamoku, ni mucho menos a Weissmüller.

—He dado lo mejor de mí. Era lo que tenía que hacer.

Admiraba la determinación sencilla con que lo enfocaba todo. Se había preparado para competir a su mejor nivel, y eso había hecho. No importaba demasiado en qué posición lo hubiese dejado eso, sino honrar en la competición el esfuerzo realizado por su país. Casi lo envidiaba, una actitud así no dejaba mucho margen a decepciones y sufrimientos innecesarios.

—Aún te queda la prueba de relevos, ¿verdad?

—Sí, pero ahí no somos fuertes. Estoy tranquilo. Haré mi parte.

Recordé las palabras de madame LeClercq sobre aquellos atletas que buscaban alcanzar una gloria efímera. Eso había sido todo. Alexander se había lanzado al agua y había mostrado su mejor versión. Se había terminado. La vida continuaba. Conmigo de su brazo, en ese momento.

En una calle tranquila a esas horas se detuvo. Me miró con deseo y sentí calor por todo el cuerpo. Sus labios buscaron los míos y sentí sus manos descender por mi espalda. Un súbito escalofrío interrumpió el beso, se rio y terminé contagiándome de su reacción. Esta vez tomé yo la iniciativa de besarlo a él.

Como una adolescente, así me sentía. Los dos en mitad de la noche, de la calle, sin ninguna prisa ni pudor. Sus manos me recorrían con anhelo, yo calmaba sus ganas con besos largos y pausados. Me gustaba aquella calidez, la intimidad que crecía entre nosotros.

—Ojalá estuviésemos de nuevo en aquella habitación... —me susurró al oído.

Me estremecí, esta vez la sacudida fue más violenta. Recordar ese momento empezaba a atormentarme. ¿Por qué había dudado? ¿Por qué no había cedido al deseo? Y él, ¿por qué no había insistido en hacerme suya? Ese apetito era irrefrenable en un hombre, si era auténtico. ¿Quizá no significaba nada para Alexander?

No, no era cierto. Trataba de escudarme en una tontería. El interés de Alexander era tan cierto como sus besos, como sus manos en mi cuerpo. Había sido yo quien lo había cohibido, por eso volvía ahora a aquella habitación. Clamaba por una segunda oportunidad que no dejaría pasar.

Agarré su mano sin mediar palabra, desanduvimos los pasos al ritmo de mi apremio. Él solo me miraba, sin decir nada. Abrí la puerta de la tienda y me llevé un dedo a los labios para indicar que mis hermanos dormían en el piso de arriba. Antes de que pudiera replicar nada, busqué su boca. Mordí su labio inferior, y el imperceptible suspiro que dejó escapar fue suficiente para erizarme la piel.

Cuando sentí sus dedos colarse por el interior de mi ropa, mis músculos se agarrotaron. Pensé que mi cuerpo había cortocircuitado. Pero lo que había hecho era bloquearse. Nadie había tocado su desnudez desde hacía tiempo. Los últimos dedos que me habían recorrido de esa manera habían sido los de un nombre que empezaba a desdibujarse en mi horizonte. Pero todavía podía sentir el peso de sus cuatro letras.

—Alexander...

Se dio cuenta de que algo se había quebrado. Me miró con cierta alarma, calibrando si era él el responsable de que el fuego que habíamos avivado comenzase a humear.

—Lo siento... Es solo que...

—Quizá no es el momento —dijo, y se separó un poco.

Entendí que se hacía cargo de la situación porque había sido él el que había aparecido sin previo aviso en mi caminata nocturna. Era él también el que venía con el ánimo inflamado por la gloria efímera, por los piropos descarados en los bares, por el vino que había podido saborear en sus labios.

Nos recompusimos, y me propuso que nos viésemos ese fin de semana. Quería invitarme a comer. Asentí.

Me dio otro beso en la mejilla y se dirigió hacia la puerta de la tienda.

—Quiero que te quedes.

Alexander se dio la vuelta, pero no se movió.

—¿Aquí? ¿Ahora?

Las palabras me cruzaban la cabeza con una rapidez vertiginosa. Volaban quizá más rápidas que la sensatez. Pero me daba igual.

—No. En París. Conmigo.

El 28 de julio de 1924 amaneció despejado, azul y templado: un día perfecto. Alexander había llegado aquella mañana a la ciudad de los deportistas para hacer el equipaje definitivamente y despedirse del resto de compañeros. No había ganado ninguna medalla, pero tenía la alegría tatuada en la cara. El sol de París le había quemado los hombros y la espalda, y un poco el puente de la nariz. Su blanquísima piel polaca estaba ya bautizada por las aguas francesas y el buen tiempo. Había cancelado su billete de vuelta, quería alargar un poco más su estancia en París. Conocer mejor la ciudad, disfrutar de esa cultura tan distinta en algunos aspectos a la suya.

—¿De verdad te vas a quedar? —pregunté cuando le vi llegar a la tienda.

—Contigo hasta el fin del mundo.

Llegó recién afeitado, peinado con raya en medio, pajarita y pantalones bombachos, calcetines de rombos y zapatos con hebilla. Estaba pletórico. Había alquilado una habitación en un barrio cercano. Quería estar cerca de mí, eso me había dicho, descubrir cómo era mi vida y quién era yo ahora que su papel en los Juegos había concluido.

Mientras se acercaba al mostrador y me tendía su brazo, yo miraba esa nueva vida que se abría ante mí como el telón de un teatro. Ahora sí.

—Ahora sí —contesté mirándole fijamente.

—¿Qué dices?

Se me habían escapado los pensamientos.

La ceremonia de clausura de los Juegos Olímpicos de París daba paso a Ámsterdam 1928. En el discurso, Pierre de Coubertin se despedía por todo lo alto, satisfecho del trabajo realizado y de su conquista personal tras el fracaso de las anteriores Olimpiadas, y anunciaba que en los próximos Juegos habría un pebetero con la llama de la Grecia clásica, «llama olímpica», dijo la prensa, y que se mantendría encendida durante toda la competición.

El aplauso fue histórico. La emoción se oyó más allá del estadio de Colombes. Desde el campo de Marte, con la Torre como gran dama del deporte, se disparó un espectacular castillo de fuegos artificiales que iluminó los cristales de todas las ventanas de todos los barrios de París. En las pupilas de los franceses había una especie de orgullo particular y felicidad contagiosa. Muchos inundaron las calles para celebrar. Los deportistas disfrutaron del desenfreno parisino sin el cuidado de los vigilantes y entrenadores. Al contrario, salieron disparados a la ciudad en busca de «tentaciones» para nunca olvidar ese verano maravilloso.

Alexander había prometido una sorpresa. Y madame Madeleine LeClercq ejercía de cómplice con ayuda de mi hermana Claire.

Un Citroën brillante como las aguas del Sena nos esperaba en la puerta, en el 10 de Pont Louis Philippe, y nos llevaría de viaje hasta una villa cercana a París, Giverny, en la que disfrutaríamos de un largo fin de semana.

—Pero... No puedo, Alex. La tienda... Mi hermana, mi hermano... Tengo mucho trabajo.

—Está todo organizado y pactado con tus hermanos. Ambos saben cuidar de sí mismos, y me han dicho que Madeleine les ha invitado a una fiesta. Diría que salen hasta mejor parados que tú.

—Pero...

Me quitó los peros con un beso y el conductor sonrió.

Madame LeClercq era de una generosidad legendaria para quienes estaban necesitados, pero también para quienes quería y formaban parte de su entorno familiar. André Citroën, a quien ella llamaba «el Henry Ford francés», formaba parte de ese entramado de amigos que se prestaban ayudas y contactos. También para locuras. André, consciente del potencial que tenía la industria, era un hombre ansioso por patentar novedosos vehículos antes de que los americanos empezaran a monopolizar el mercado. Presumía de patrocinar una expedición por África, tan de moda como el *jazz* que irrumpía con fuerza en todos los bailes. Su crucero de coches cubriría ocho mil kilómetros de África, desde Argelia a Madagascar. Madame LeClercq se excusaba diciendo que esperaría a subirse al Crucero Amarillo. «¿Por qué no, André? Deberías patrocinar una nueva expedición al este, a través del continente asiático. Me resulta mucho más exótico». «Y peligroso», apuntó André. «La vida es de los valientes». «Déjame pensar».[1] zanjó él ante el infinito poder convincente de la gran dama.

Alexander había buscado habitación en el hotel Baudy,

1. El crucero amarillo de Citroën se realizó en 1931. Partieron de Bayreuth, pasaron por Siria, Irak y Persia. Para evitar la cordillera de Pamir que se extiende por Pakistán, viajaron desde Samarcanda hasta las estepas rusas, entraron en China y después tomaron la antigua ruta de la seda hacia Pekín. Los vehículos tuvieron que cruzar montañas de cinco mil metros de altura. En varios casos, la única forma de continuar fue desmontar los coches en un lado de la montaña y volver a montarlos al otro lado. Los viajeros llegaron a Pekín en febrero de 1932. Doce mil kilómetros. Semanas de festejos celebraron el heroico viaje.

pero madame se empeñó en que aceptáramos su invitación: una preciosa casa en la idílica comuna de Giverny que tenía jardín y un delicioso paseo hacia el río en el que podríamos bañarnos «sin miedo a ser vistos». Entendí perfectamente sus palabras. Además, y también por sugerencia de madame, esa misma noche su amigo Claude Monet nos invitaba a cenar junto a sus hijos. No podía pedir más. Tras el viaje nos instalamos en la casa y los empleados descargaron las maletas. La bienvenida nos la dieron con dos copas de champán.

Claude era un hombre imponente. Alto, robusto, de espesa barba blanca y mirada profunda, aunque en el trato se mostraba bondadoso y tranquilo.

—Madame me habló de ti, sé que la quieres como a una madre. Ella te quiere como si fueras su hija, seguramente más que si fueras de su propia sangre. No sabes cómo habla de ti y de tus cualidades, de tu valentía y coraje. Intuyo que se ve reflejada en tu carácter. Hoy descubriré si os parecéis tanto como ella dice. —Me sonrojé—. Madame LeClercq ha sido siempre una gran dama, incluso cuando éramos niños.

—Me ayuda mucho, monsieur Monet.

—Eso es que tú también la ayudas a ella de alguna manera.

—¡Cómo podría ser yo de ayuda! Apenas tengo una tienda.

—Seguramente le has dado vida, ella te amadrina y se siente orgullosa de todo lo que has conseguido. Me ha dicho que la tienda va muy bien y que eres una gran modista. Lástima que yo sea hombre... Uno siempre necesita un nuevo traje, aunque me pase la vida vestido igual y manchando la bata.

Me fijé en sus manos, había restos de pintura en sus uñas.

—Azul cobalto.

—Perdón —respondí avergonzada al verme sorprendida por su agudeza visual.

—Me paso el día pintando. El color es mi obsesión diaria, mi alegría y mi tormento. Voy manchando cualquier cosa que toco.

Jean y Michel, los hijos, charlaban con Alexander de los Juegos Olímpicos con una copa en la mano junto a la ventana. Yo me quedé mirando un hermosísimo cuadro que presidía el salón.

—Nenúfares.

Levanté los hombros para no disimular mi ineptitud artística. No conocía esa extraña flor de agua.

—Los planto yo mismo en el jardín; me relaja hacerlo, esas flores son mi refugio para meditar. Parecen barcos de papel de colores. Sin tallo. Sin la fuerza de las rosas. Tímidas en su navegación. Creo que solo me gustan a mí. Tienen algo que no soy capaz de captar y seguramente por eso sigo insistiendo en ellos. Una y otra vez. Esa forma de flotar en el agua, esa sutileza. Mis cataratas me impiden ya verlos bien, no tengo el mismo trazo, ni siquiera sé cómo quedan del todo, pero intuyo esos paisajes acuáticos en cada lienzo, cada pincelada... Sé que están borrosos, lo oigo cuando entran mis hijos, que son incapaces de disimular.

—Nunca los había visto.

—Mañana, si lo desea, le muestro los de verdad en el jardín. Me los han traído de Egipto y América del Sur, y no creo que duren mucho. Las autoridades locales dicen que envenenarán el agua de la zona. Que los quite. ¿Se imagina? ¡Que los arranque!

—Qué pena. Deben de ser muy bonitos.

—Mucho más que en las pinturas...

—Disculpe, no quería decir eso. —Me sentí avergonzada otra vez—. No entiendo de arte. Solo soy una modista.

—Basta con que le emocione. Todos discuten mi arte y fingen entender, como si fuera necesario comprender, cuando simplemente es necesario amar.

Miré a Alexander en ese momento, él era también un nenúfar que flotaba en el agua. Qué curioso, pensé. La belleza de las cosas que simplemente flotan en el agua.

Durante la cena, Claude Monet monopolizó la conversación. Nos contaba cómo había cambiado el mundo, cómo el arte había ido renovándose con él, cómo la gente había olvidado la guerra y cómo presentía que este tiempo de color no duraría mucho. «Intuyo que vendrán más guerras, las fronteras no se detienen, todos quieren ampliar sus límites y acabarán manchados de sangre... El rojo es agresivo en la pintura, también en la vida». Describió también cómo imaginaba el paraíso, y su hijo mayor, que le escuchaba con amor infinito, bebiendo cada una de sus palabras, le recriminaba y le rogaba que dejara de pensar en el final, que quedaban «muchos nenúfares por pintar». Alexander y yo, separados por Monet, estábamos fascinados por la voz potente y cronista del pintor. Yo, arrobada con lo que contaba, le dije que esos colores violetas y azulados del cuadro que se repetía en las paredes eran perfectos para un vestido. Me atreví a decirlo animada por el vino tinto. Monet primero se quedó callado, algo que me asustó, pero me calmé cuando descubrí que había estado reflexionando. Me cogió de la mano y me dijo:

—Creo que la moda y el arte un día irán de la mano. Tiene usted toda la razón. Los dos nos inspiramos en la vida. Usted viste, yo desvisto. Pintar es otra forma de costura, pincelada a pincelada, pespunte a pespunte, hasta tener la tela lista. Si lo ha imaginado, será posible, Alice. Lo que se imagina llega a ser realidad. Y si no, no merece la pena. Piénselo.

Estaba entusiasmada porque un hombre como Claude

Monet me tomara en serio y me tratara de tú a tú. Además de hablarme de sus pinturas, me escuchaba. En mis tiempos de modelo para los pintores de Montparnasse, los hombres como él solo comentaban mis pechos o mis nalgas. Era invisible, solo carne subida a un pedestal de la rue Campagne Première. Conocí a muchos y todos abusaron de mí sin la posibilidad de decir que no. Ninguno quería tenerme en cuenta; me querían, me adoraban, me elogiaban, al menos eso decían, aunque yo siempre sospeché que se lo decían a todas. Mantenían una curiosa relación con las modelos, ya que cambiábamos de taller en taller como lienzos pintados, lo que solía suceder cada mes, pues el mercado de jóvenes siempre se vendía por un mendrugo de pan. A pesar de aquellas penurias, de mi rechazo a los pintores, a todos, en ese momento, en aquel salón de Giverny, me parecía estar exorcizando mis dolores. Claude hacía buenos mis recuerdos.

Me sentía halagada de que alguien de su cultura mostrara interés por conocer qué pensaba yo de la República, quería saber mis opiniones, y me escuchaba. Pero, sobre todo, en sus palabras lo que había era enseñanza, y me convencía de que vivir valía la pena, de que el pasado ya no existe y sin embargo es lo único que tenemos.

—¿Ves ese cuadro? Ya es pasado. Como el día de ayer. Lo acabé. Se acabó. Y es lo que tengo. Mañana no sé qué pasará. El mañana no existe. ¿Sabes por qué volveremos a tener problemas? ¿Sabes por qué habrá más guerras? Porque no recordamos lo que hemos pintado... La gente olvida lo que ha sido y por dónde ha caminado. Las obras de arte nos enseñan quiénes somos, qué ha sido de nosotros y cómo se da una pincelada, aunque sea errónea. Esa tendencia al olvido nos matará, nos mataremos unos a los otros.

No me atreví a hablar, sentí algo de miedo y le pedí que nos sentáramos en los sillones. ¿De qué podía opinar si nadie nunca me había tomado en serio? Nadie como él. Nadie de los suyos.

Hoy entiendo por qué Claude Monet hablaba así. Un año más tarde murió, después de haber destrozado muchos de esos cuadros. Pero no es eso lo que quería contar.

Recuerdo que aquel día, antes de llegar a los jardines de Giverny, pasamos la mañana en el río. El restaurante próximo al hotel Baudy donde tomamos una limonada estaba abarrotado de gente que iba a pasar la mañana al campo y, según decían los niños, al río. El aire era sofocante y la gente se abanicaba con cualquier cosa. Cuando Alex y yo salimos caminando en busca del agua, nos desviamos del sendero. Sentí todo el pudor del mundo cuando el murmullo de la gente empezó a convertirse en el silencio de los árboles y la sombra comenzó a refrescar, anuncio de la proximidad del agua.

—¿No crees que podemos perdernos?

—Soy una rana, mi cuerpo distingue el agua a metros. Estamos ya.

Cuando por fin llegamos a una playita que formaba un meandro, el sol se abría entre las copas de los árboles, y el riachuelo brillaba alegre. Me fijé en que Alexander no había perdido una sola vez la sonrisa durante todo el paseo, a pesar de que tenía los mismos nervios que yo. Al observar el agua, entendí perfectamente su pasión. Recorrimos el paseo hasta la misma orilla, él ya iba descalzo con los zapatos en la mano. «¿Vamos?», me dijo quitándose la camisa. Ni negué con la cabeza, me quedé estática junto al árbol que hundía sus raíces en la orilla, todavía me daba vergüenza sentir su poderosa presencia masculina a plena luz del día.

En París, nadie hablaba de bañarse desnudos en el mar. Quedaba muy lejos; sin embargo, la sola ensoñación de hacerlo me abrasaba los tobillos, que ya habían sentido la primera ola de la corriente de agua. Desvestirme y quedarme en ropa interior delante de Alexander me ponía muy nerviosa; sus esfuerzos por aparentar que no pasaba nada por vernos como Dios nos trajo al mundo hacían que me sintiera todavía más incómoda. Pero empecé a hacerlo. Me vi los hombros demasiado blancos, también las piernas, los muslos. Y pensé que estaba gorda.

Alex se quedó desnudo inmediatamente. Y yo sonreí al acelerar mi ritmo para despojarme de la ropa y dejarla cuidadosamente junto al tronco, en la zona seca. En cuanto estuve lista, él ya estaba dentro.

—Alex, ¡Alex!

Y Alex sacó la cabeza como una carpa en la parte profunda del río. Volvió a hundir la cabeza, y en ese momento corrí desnuda hasta cubrirme los senos. El agua, comparada con la del barreño de casa, estaba helada, pero cuando sacó la cabeza, se retiró el flequillo mojado de un golpe y se pegó a mí, todo se puso caliente. Los dos empezamos a nadar. Yo sin despegar los pies del fondo. Él daba brazadas suaves para no salpicarme y yo, feliz, me dejé llevar por su plan. Nos quedamos con el agua a la altura del cuello, vestidos de cristal, abrazados, dejando que el río fuera meciéndonos poco a poco. Me abrazó mucho y muy fuerte para que no escapara de su lado, y en ese momento sentí su erección. Hundí mi mano para colocar su pene entre mis piernas. Por instantes fuimos las únicas personas del río, las únicas personas de Giverny, las únicas personas del mundo. Pensar en algo más era absurdo, solo sentía sus manos apretando mis nalgas, libres bajo el agua. Dejó de preocuparme que alguien pudiese alcanzar aquella zona apartada. El agua acariciaba mi cuerpo mientras subía y bajaba, sus caricias se fundían con las que Alex me daba. Besé su piel mojada, resbaladiza, mordí su hombro moldeado cuando me estremecí por primera vez. No quería detener aquello. Quería que se detuviese el tiempo, no nosotros.

Sentí por fin que la represión se terminaba, que quedaba de una vez liberada. La vida, como había dicho Monet, era ese momento. El pasado había dejado de existir.

Estuvimos nadando toda la tarde hasta la hora de la cena. Volvimos con las manos entrelazadas, con una intimidad que nos había concedido esa escapada de ensueño. El río había acogido en su vientre a dos nenúfares resplandecientes. Nadie los había podido arrancar del agua.

¿Qué tenía Alexander? ¿Cómo lo explico? ¿Qué me dio para poner mi vida patas arriba en apenas un par de semanas?

Alexander Belov, polaco, deportista, irresistible, sencillo, dinámico, con aquellos ojos miel que irradiaban optimismo, luz, indiferente a los problemas, divertido y sensual. Tenía la palabra justa en el momento oportuno, las manos tibias, la piel pulcra y cada músculo de la espalda definido.

Al cerrar la tienda aparecía con su sonrisa blanca y una flor que recogía de algún parterre cercano. «Es un ramo de flores», decía. «Una floristería entera», añadía después. Me compraba una fruta y la compartíamos paseando hasta el Sena, porque sacaba otra del bolsillo. Me enseñaba a caminar rápido, la marcha, y a hacer carreras improvisadas que siempre ganaba. Me hablaba en francés, su manejo del idioma era casi perfecto, pero cuando me miraba a los ojos soltaba alguna palabra en polaco que yo debía adivinar. Arrancaba hojas de los árboles y me las daba convertidas en iniciales. Con ellas montaba otra palabra. Me hablaba de su país, del pasado de Polonia, del presente incierto. Había habido allí alguna mujer antes, claro. ¿Cuántas?, me preguntaba, pero no se lo quería decir. En cada cuerpo hay un antes. Y entonces me besaba y yo sentía el cielo bajo mis tacones. La mujer que era se erizaba y él me apretaba fuerte, al borde del desmayo. Hubo horas de amor acumulado en la habitación que tenía alquilada, sudor con sabor a dos países en las sábanas arrugadas que el viento levantaba cuando él, desnudo, abría las ventanas y respiraba todo el aire para luego soplar en mi frente y decirme que volaba. Algunos domingos nos pasábamos el día en la habitación, o paseábamos por zonas de París desconocidas para mí; así, como explicaba, los dos éramos extraños en el mismo lugar. Así descubrí otra vida. Y otras vidas.

Alexander era sociable hasta el extremo, y le gustaba saludar a los camareros con los que, a veces, entablaba conversaciones. Muchos de ellos eran polacos. Emigrantes de su país que habían decidido quedarse a salvo en Francia. De esta manera comíamos más barato, un menú duplicado para dos. Le ponían más ración y otro plato para compartir que traían a la mesa con un guiño cómplice. Alex se acomodaba a la vida como si fuera su invitado, y yo me dejaba llevar. A veces terminábamos en la escalera del Sacré-Coeur, con gente que subía y bajaba, y que se sorprendía de ver a dos enamorados mirando en silencio el horizonte, rompiendo toda norma de convención social. Me besaba como si no hubiera un mañana.

Aprendí algunas frases en polaco, me resultaba excitante mirar sus labios para imitar la pronunciación. *«Sklep w Paryzu»*.[1]

—Ahora tú.

—*Sklep... Paryzu.*

—*Nie ja* voy a marchar. *Kolo.*

—¿Qué dices?

—*Ja* quedo contigo.

Los nervios ante lo que me parecía entender no me

1. En polaco, «Una tienda en París».

dieron respiro, me cogió de las manos y repitió lo mismo varias veces. Era incapaz de decirlo en francés por si yo ponía alguna traba a su oferta. Así me lo dijo después, cuando caminando hacia casa me confesó que quería quedarse en París, conmigo, estar cerca, vivir juntos, empezar una vida nueva para los dos. En mi absoluta inconsciencia dije que sí a todo, y él, trotando por la escalera de la plaza que lleva a Le Relais de la Butte, pregonaba mi nombre. «¡He ganado! ¡Al final he ganado, Alice!», gritaba. No era momento para sentimentalismos, así que le rogué que bajara la voz, que nos acabarían echando a los dos de la ciudad.

Dejó su habitación y alquilamos una *chambre de bonne* frente a la tienda, en el mismo Pont Louis Philippe, así podía vigilar a mis hermanos. Yo no me iba a descuidar, aún había que andarse con ojo con las amistades de Jules, pero Claire estaba de mi lado y podía confiar en ella.

Con Alex aprendí a ser más independiente, a convivir con un hombre y a sentirme libre.

Conmigo aprendió a ser.

Alexander cablegrafió a sus padres para anunciarles que se quedaba en París un tiempo y yo le pregunté si les había indicado la razón del porqué. Me confesó que prefería presentarme a su familia en persona, que descubrieran toda mi belleza y mi bondad en Polonia.

—Qué les voy a decir, van a pensar que te he secuestrado.

—Van a saber que te quiero. Y ya.

Una vez recibiera toda la ropa que su hermana le enviaría en una maleta, empezaría a buscar trabajo en equipos deportivos de París. Y, entretanto, me ayudaría en el negocio con los repartos.

—Así las dos podéis estar más seguras en la tienda, Claire y tú.

Me pareció la mejor idea del mundo, los paseos de mi hermana por algunos barrios empezaban a ser un riesgo fácil de calibrar.

Terminó el verano y llegó septiembre con sus tardes menos largas y sus mañanas más frescas. La *chambre de bonne* pasó a ser un apartamento con dos habitaciones, una se convirtió en salón y la otra en nuestro dormitorio. Ya no era la misma calle, perdía de vista la fachada de la tienda y a mis hermanos, pero tanto Alexander como yo podíamos movernos con un poco más de comodidad. Su ropa había ido llenando el espacio, mezclándose con la mía, sus gorras en la percha y mis fulares enredándose con las mangas de sus chaquetas. El amor no solo estaba en la cama, podía verse en ese embrollo de prendas, en el café para dos o en cómo me dejaba la pequeña bañera lista para que me relajara al llegar de trabajar. El barrio de Saint Paul, tras la iglesia, era un coqueto laberinto de portales, arcos y tiendecitas que frecuentaba todo vecino de Bastille a Hôtel de Ville. Ese cambio de lugar también supuso renovar las expectativas. Ya no solo me conformaba con estar bien, quería que todos supieran que lo estaba. Me gustaba salir a pasear del brazo de Alexander, sentarnos juntos, muy cerca, en cualquier terraza de Saint Germain, aunque no pudiéramos permitirnos mucho; el estipendio de mi amor salía, de momento, también de la tienda. Fue Jules el que le recomendó que visitara con él varios centros de boxeo donde poder echar una mano y ponerse a trabajar. Su poderoso físico de espalda amplia era la mejor tarjeta de presentación. Aceptaron. Jean Ces era un joven atleta que había competido en los Juegos y lucía con orgullo su bronce en la foto de la entrada al centro. La referencia olímpica les unió y bastaron cuatro tardes para que el nadador pasara a ser también boxeador de peso gallo, misma categoría que Ces.

Alexander me contaba con ímpetu las posibilidades que parecían abrirse ante él en ese nuevo mundo que Jean Ces le empezaba a mostrar. Me contagiaba de su ánimo vivo, aunque yo era incapaz de ver qué tenía de atractivo un deporte en el que los profesionales se pegaban con extrema dureza. Ese tipo de masculinidad no tenía nada que ver con la que poseía a los pintores de Montparnasse. O a otros hombres que habían pasado por mi vida. Ni siquiera había podido detectarla en las pruebas de natación, en las que, siendo tan duras y exigentes, había admirado belleza y elegancia.

Eso parecía haber quedado de lado. El boxeo se revelaba como una disciplina adictiva para Alexander, al que las palabras de Ces afectaban como un sortilegio.

—Vente esta tarde, hay unos americanos que pelean conmigo casi todas las noches. Al grandote le gusta el boxeo más que el whisky, y acabamos como dos piojos.

—Espero que no me atice borracho.

—Impasible no te puedes quedar. Aquí hay que moverse, tomar posición y atacar. Cogerlos desprevenidos.

De improviso, en un inesperado movimiento, Jean levantó el puño y sacudió una bien fuerte en el estómago a Alex.

—¡Caray! ¿Qué haces?

—Saber tu velocidad. Esto no es un juego de niños. Y veo que estás duro, eh. Lo has encajado bien.

—Estoy entrenado. El agua es siempre más fuerte que la piedra.

—Si va bien, podemos ser socios —dijo el francés sin hacer caso a la metáfora—. Tengo un promotor al que le he echado el ojo, es propietario de varios locales en Montparnasse. Él puede gestionar el local y hacer la publicidad de los eventos, yo negocio con los boxeadores y también buscaré árbitros que sepan remar a favor. El local no solo es este *ring*, el futuro de este negocio es el espectáculo. A los franceses les gusta el *sparring* y con los nuevos aficionados la marcha está asegurada.

—Me parece genial —respondió Alex con un apretón de manos—. ¿Y qué me dices de ese americano?

—Le gusta darse con los pequeños, claro que mide uno ochenta y no es normal encontrar hombres de su envergadura. Así que todos somos bajos para él.

—Más altos, más torpes. Los gallos sabemos escapar de un derechazo.

—*C'est vrai.*

Alexander no dejó de hacer los repartos, pero cuando acababa, en lugar de regresar a casa, cogía la bolsa y se iba al *ring* Chez Ces. Me gustaba verlo animado y motivado, y escuchaba con agrado el relato de cada entrenamiento, pero yo me escudaba en mis propias tareas para no poner un pie en el lugar donde resonaban los golpes y salpicaba la sangre. Una de esas tardes, se encontró con los americanos.

—Os presento —se adelantó Jean—. Este es Scott Fitzgerald, y este gigante, Ernest Hemingway. Te hablé de ellos.

—Espero que no fueras muy correcto.

—La corrección solo es de caballeros, y aquí lo somos si nos apetece.

—Encantado de conocerles.

—Estáis en casa. Poneos cómodos, y el que quiera que sea el primero en ensuciar el cuadrilátero, lo acabo de fregar.

El escritor olía a alcohol, y su acompañante, casi igual, aunque la ropa era más elegante y su aspecto más delicado.

—El dinero que ganamos aquí —explicó el tal Ernest mientras se quitaba los pantalones y se quedaba en ropa interior— es recibiendo golpes y defendiendo a colegas, ya verás.

—Pero... dice que es escritor.

—Periodista. Escribo crónicas para Estados Unidos. Pero no me da para vivir aquí.

—Y eso que le hiciste caso a tu amigo Anderson —apostilló Scott—. «Si te vas a ir, la ciudad es París, el único lugar para un escritor» —dijo fingiendo una voz diferente.

—Pedazo de cabrón, Sherwood.

Alexander subió con Ernest al *ring*.

—¡Dale, Hemingway!

Y Ernest Hemingway, con ese cuerpo de toro, daba golpes sin parar. También sin ningún estilo. Estuvieron bailando entre las cuerdas hasta que Scott se emparró y exigió darse puñetazos con «el polaco Belov». Así bautizó a Alexander. Aceptó, tenía la agilidad de los peces y se escurría de cada directo salvándose de los puños del delgado Scott.

No duró mucho el segundo *round*. Un croché lo dobló y Alex hizo gestos para parar la pelea. Bajaron al tiempo que dos franceses de brazos tatuados se hicieron con el *ring*.

—Toallas limpias —anunció la voz de una chica al otro lado de la puerta de las taquillas.

—Déjalas aquí encima, Sylvie —gritó Jean.

La miraron todos.

—Es mi chica —sentenció para envidia de todos.

Kiki de Montparnasse también lo miró con rayos X cuando llegó a casa. Estábamos las dos sentadas junto a la ventana, charlando sobre una posible excursión a Béziers, cuando él apareció con un ojo morado.

—¿Qué te ha pasado?

—Dos americanos borrachos vinieron hoy al club.

—No pensé que fuera un club. Dijiste que trabajabas de entrenador en un local de boxeo...

—Sí, es lo mismo. Voy a cambiarme.

Kiki cerró la boca y dejó la revista sobre el poyete de la ventana.

—Llámame y me cuentas. Tengo que irme, si necesitas algo ya sabes dónde estoy. Dame un beso.

Me quedé pensando tras la puerta hasta que dejé de oír los pasos de Kiki, haciéndose pequeños por la escalera hasta el silencio. Alexander salió con la toalla del baño y me despertó de las musarañas en las que me había quedo absorta con un beso en la boca largo, sensual. No tardó en dejar caer la toalla y desnudarme con apetito voraz, yo me encendí al ritmo que mis prendas iban amontonándose en la butaca, una sobre otra, hasta que acabé encima de él. Hicimos el amor sin remilgos, al trote de la pasión exagerada, violenta incluso, como si ambos estuviéramos callando así todo tipo de reservas. Las mojigaterías se habían acabado: nos mordimos, recorrimos la alfombra como reptiles, las paredes, la mesa de la cocina y la cama. Hubo de todo, excepto sosiego.

El sexo empezó a ser así, los días que siguieron a esa tarde fueron parecidos, llegaba del boxeo y se movía incesante como un alacrán con hambre por la habitación, habíamos roto una barrera que daba paso a la osadía, a la insolencia y casi al desacato haciendo el amor en algún recoveco del metro, bajo el ruido de los vagones y el olor a grasa resbalando con nuestro sudor. En cualquier momento y sin excitación aparente, toda calma se desajustaba y nos dejábamos llevar por una fogosidad arrolladora, había empezado la valentía por ambas partes. Qué temeridad hacerlo en un ascensor, bajo los puentes del Sena o en el baño de un restaurante. Alex y yo ardíamos en ese tiempo en el mismo fuego.

Así fueron pasando los meses en el apartamento de Saint Paul, entre la tienda, el boxeo y el sexo. Los ratos libres solía quedarme con Claire eligiendo nuevas telas o sola leyendo en casa. A veces, cuando Alexander insistía en sacarme a cenar, me sentía incapaz de aceptar la propuesta, me faltaban fuerzas para salir. Estaba agotada.

Y enamorada.

Uno de los efectos del enamoramiento ciego es que anula lo que pasa alrededor. Quema los caminos por los que has andado y se come las miguitas de pan que has ido echando por si te perdías. No hay pasado y el futuro ni se plantea. La atención está solo en el hoy y en sus huesos, aislándote de cualquier contrariedad.

Dejé a Alexander en la sala de boxeo justo cuando una chica salía a fumarse un cigarrillo. Era la primera vez que lo acompañaba hasta allí. El romance entre Alexander y el boxeo parecía ir en serio, y yo no quería convertirme en un elemento sobrante en esa relación.

—Hola —me dijo la chica.

—¿Trabajas aquí? —le pregunté intentando ser amable.

—Sí.

—Pero ¿este no es un sitio de boxeo?

—Sí.

—¿También boxean las mujeres?

—¿Esto qué es? ¿Un interrogatorio?

No respondí y mi silencio le sirvió para la calada más profunda que había dado hasta ese momento. Paró, me miró de arriba abajo, y olió mi miedo como los perros huelen la comida. La chica se acercó a mí, me ofreció tabaco con dos golpecitos en la cajetilla de Gitanes y me preguntó a bocajarro:

—¿Qué es lo que quieres saber?

Desenmascarar a una mujer celosa es muy fácil, basta con actuar con las misma armas. Ni siquiera quité la mirada mientras rechazaba su ofrecimiento a fumar.

—Soy más de Gauloises —acerté a decir para rehusar.

—No eres tonta.

La respuesta me dejó llena de dudas, ¿a qué se refería con que «no era tonta»? ¿A la marca de tabaco con la que contrarresté o a mi actitud inmóvil, de una pieza, clavada en la acera? En mi absoluta inconsciencia le dije que era la novia de Alexander Belov, para evitar cualquier tipo de malentendidos. O, tal vez, para poner las cartas sobre la mesa entre ella y yo.

—Muy guapo —respondió.

Estuve a punto de darle un guantazo para callar esa boquita de piñón maquillado y que se tragara la ceniza del revés. Pero me resistí, aunque su hieratismo me sacaba de quicio. Su mirada era una auténtica provocación que perturbaba mi inestable estado de ánimo.

—Tú también —respondí.

Es lo único que me atreví a decir. Me paralizaba el centelleo de las ascuas encendidas, la prepotencia de su mirada y su cruce de piernas sentada en el banco. Me fui. Salí de allí hecha un paño de lágrimas, rota por dentro, como si hubiera descubierto la trastienda de aquel antro. Cuando llegó Alexander a casa yo estaba en la cama y sin fuerzas para levantarme. Entró, saludó y se metió en la ducha como siempre, ajeno a mi desaliento. Eso me desmoralizó más.

—Gatita, ¿vas a quedarte en la cama? ¿No quieres salir a tomar algo?

No respondí, cerré los ojos.

—No finjas, no estás dormida. ¿Qué quieres, pequeña? ¿Besos? ¿Algo más?

A la espera de que respondiera, fue destapándome como otras veces, acariciándome y dejándome lista para su antojo, que, en otros días, también era el mío.

—Déjame —acerté a decir. Y le di la espalda.

—¿Qué te pasa?

—Nada.

—Eso es justo lo necesario para saber que sí te pasa algo, mademoiselle Humbert.

Cuando decía mi apellido la cosa se ponía seria. Se sentó y buscó mi mano escondida bajo la almohada. Cedí. Me giré hacia él.

—Me encuentro mal. No es mi mejor día. Ha habido mucho trabajo.

—Pero si me dejaste en el club con una sonrisa.

—Pues la sonrisa me la robaron a la salida. —Salté como un resorte incorporándome de rodillas en el colchón.

—No entiendo.

—Yo sí. —No pude callarme más, debía afrontar la realidad que había visto y descompensar del todo la balanza a mi favor—. ¿Quién es esa chica que fumaba en la puerta? —espeté.

—Pero... Alice...

—Pero no. Dime. ¿Quién era?

—Te has vuelto loca.

—¿Tú crees? No lo hagamos más difícil. Soy yo la que está destrozada. Puedes ser sincero y decir lo que quieras. No me importa. Sé aguantar golpes más fuertes. No soy una chiquilla. Tenía una vida antes de que llegaras a las Olimpiadas.

—Alice... Esa chica es la novia de Jean François Louis Ces, el boxeador, el jefe del club, el medallista, bronce en los Juegos Olímpicos. La que te encontraste es su pareja. De hecho, planean casarse. Y ella no está muy convencida, dice que quiere algo más o no sé qué. Hoy mismo discutieron.

—...

Me tragué el orgullo y la vergüenza. En ese momento estaba empachada de torpeza, ¿qué podía decir?

—Alice, te quiero. Te quiero a ti. Me he quedado en París por ti. Seguramente no soy perfecto, pero...

Le corté tapándole la boca.

—Calla. Perdóname.

Me abracé a su cuello por la espalda hasta que cedió y se acurrucó conmigo en la cama en la que yo misma me había amortajado voluntariamente con argumentos inconsistentes. Pueril. Alex empezó acariciándome el brazo, los dedos, uno a uno, como si pusiera un anillo invisible en cada uno. Pensé en hacer el amor, en ofrecerme como otras noches, pero nos quedamos dormidos uno junto al otro.

Las personalidades salen del anonimato cuando la sorpresa rompe la rutina. Y eso había pasado aquella tarde, yo había mostrado mi cara más celosa. Desconocida incluso para mí hasta ese momento. Alex había demostrado una calma que seguramente podría haberse roto y estallado por los aires al enfrentarse a mi carácter suspicaz e infantil. Aún recuerdo cuando, con Kiki, decíamos que los celos solo servían para edificar frustraciones. «La noche no puede ser nunca sospechosa, es siempre culpable», gritaba levantando la copa. «Las envidias, la desconfianza, el resentimiento afean», añadía. «Una mujer celosa frunce el ceño, se arruga. Se pone vieja. Se rancia como los vinos».

—Alice, no podemos permitirnos ser pobres y celosas. No cabe en la misma casa. Ni en el mismo corazón. Pobres y ardientes. O viejas y celosas. Elige.

Brindábamos con ron, con lo que quisiera el camarero que nos invitaba en Le Dôme, apurando las botellas de otros clientes en nuestro vaso, o en la *vernissage* de turno de algún pintor que estrenaba obra. ¿Por qué el amor me estaba cambiando? Yo no era así. Pero las heridas dejan marca. Y las marcas más profundas son complicadas de disimular y siempre rozan con la ropa.

Lentamente, muy poquito a poco, fui aceptando que, si mi Alexander era guapo, lo podían mirar. Y que yo también tenía la libertad de mirar a quien quisiera. En ese momento, París era un hervidero de jóvenes guapos sin futuro. Listos para vivir. Aquel chico polaco que me había elegido, y cuyo apellido era una incitación a amar —palabras de Kiki—, era el caudal de mi Sena interior.

Sin embargo y por si acaso, dejé de acompañarlo al club.

Supongo que mi relación con Alexander Belov era una más en medio de aquel barullo de años locos tras una guerra. Un amor tras otro amor, como el ritmo de las estaciones: primavera, verano, otoño, invierno, primavera... Se me hacía ya muy difícil imaginar los días sin él. Su simpatía radiante, su fogosidad, su complicidad con Jules y el trato amable hacia Claire, toneladas de besos, sin ningún perdón, una relación sentimental sólida con un marcado aire de libertad. Habíamos conseguido separar nuestros mundos sin necesidad de decirnos que cada uno necesitaba su espacio: él, su boxeo; yo, mis costuras. A pesar de esos mundos contradictorios, romper piezas y unir telas, confiábamos el uno en el otro. Yo, especialmente, había decidido confiar en él. Nuestro presente encajaba aunque nuestros orígenes no podían ser más dispares. Alex había nacido en Gdansk, una ciudad portuaria en el Báltico. De niño se sentaba con su abuela en la Fuente de Neptuno, allí empezó a sentir su conexión con el agua. Un mar que iba y venía según los gobernantes, me explicaba Alex. Quería que conociera la iglesia de San Nicolás, donde siempre se sentaba con su hermana y su madre a rezar, el mercado y la casa dorada. Siempre hacía especial hincapié en ese edificio y en su constructor.

—Es un loco maravilloso, sus hijos también —me contaba—. Está preparando un puente colgante de más de un kilómetro de largo para coches.

—Eso es imposible.

—Eso le digo. Pero dice que antes de una década lo tiene en marcha.

—Qué miedo. Yo prefiero los puentes de París, de piedra. Seguros.

En uno de los balcones del Pont Neuf nos quedábamos sentados con un vino caliente, contemplando la marcha del río hacia el mar que Alex soñaba con cruzar para ver campeonatos de boxeo en Nueva York. Allí, según contaba ilusionado, el campeonato de peso semipesado estaba dando grandes alegrías. Harry Greb había ganado en quince asaltos a Johnny Wilson. Y el periodista Abe Goldstein, convertido en boxeador, había ganado el peso gallo a Lynch. El campeón mundial de peso ligero Benny Leonard se había despedido a petición de su madre en una pelea frente a Pat Moran, en diez asaltos. Repetía nombres: Jack Dempsey, Georges Carpentier, Luis Firpo, Tom Gibbons o Babe Ruth. «Las estrellas de Hollywood caen rendidas a sus pies», afirmaba con cierta envidia. Yo me callaba. Nueva York estaba lejos. El templo del boxeo era entonces el gimnasio Stillman, algo parecido a la Universidad de Harvard o la Sorbona. Estaba situado en Harlem y era saqueado semanalmente por aquellos a los que el propietario quería precisamente ayudar. En el Grupp's entrenaba uno de los grandes y se comía a golpes a los más destacados boxeadores de Nueva York. Casi todos eran judíos. El dueño, borracho día sí, día también, soltó un comentario antisemita y faltó tiempo para que todos se fueran al Gimnasio Stillman. Diariamente acudían cientos de personas a ver los combates y empezó a cobrar entrada a cada uno de los aficionados. Lou Ingberg era un visionario. El socio de Alexander, Jean Ces, decía que míster Stillman era Dios y aspiraba a convertirse en él. Todos querían ir allí, a la Octava Avenida. El piso de arriba estaba dedicado a los sacos y a los *punching balls*, también para hacer comba. Abajo estaba el cuadrilátero, controlado cuidadosamente por matones y por su revólver del 38 siempre bien visible. Desde su oficina anunciaba los boxeadores que debían subir al cuadrilátero. «Me da igual que sean grandes o pequeños —proclamaba—, campeones del mundo o simples paquetes. A todos los trato de la misma manera: mal. No se puede tratar bien a los que pueden comerte vivo».

Era tal la pasión que había nacido en Alexander que acepté ir a uno de los combates. Fui a cambio de que no subiese a pelear. No quería verlo desangrarse como en esas fotos que me enseñaba de las revistas. Hacían seis combates al día, todas las semanas, todos los meses del año. Entre los asistentes había promotores que buscaban nuevos púgiles.

El gimnasio era realmente apestoso. Sudor, tabaco, linimento, cuero y un ambiente cerrado de humedad. Las ventanas estaban cerradas, «es de obligado cumplimiento», me explicó cuando le dije que estaría bien ventilar aquel infierno. Tras media hora, toda mi ropa apestaba ya a tabaco malo y sudor de hombre.

Aproveché cuando vi a una mujer entre el público para, en el descanso, ir a por ella. Era la novia de Jean Ces, el dueño y jefe de Alex. Desde mi ataque de celos, Alexander la mencionaba en algunas de las conversaciones que manteníamos sobre sus noches de boxeo. Como si, al nombrarla, fuese evidente la imposibilidad de un posible pecado.

—Cuando te vi, creía que tenías otra intención, disculpa.

—No es fácil aceptar a una mujer en este mundo. Pero, como sabrás, Jean ya no es mi novio.

—¿No?

—¿No te lo ha dicho tu chico?

—Nunca le pregunto nada de lo que pasa aquí, prefiero no saberlo. Este lugar no me gusta.

—A mí tampoco.

—Y qué haces aquí, si no es mucho preguntar.

—Me he enamorado de otro boxeador y me obliga a venir para presumir ante Ces. Acabarán peleándose, como tantas veces. Y yo terminaré volviendo con él. Entiendo que no te guste este basurero de sudor.

—Deberías dejarlo.

—Es muy fácil decir eso cuando no eres yo. Estoy acostumbrada a las palizas.

Me hablaba con tanta serenidad que, sin ni siquiera pararme a sopesarlo, me sentí legitimada para sacarla de allí. Aproveché para cogerme de su brazo y buscar la salida. Me había costado entender que aquella actitud directa y llena de suficiencia era un escudo. Una coraza con la que repeler más golpes. Bajo aquella luz mortecina del local, la vi con nuevos ojos. Era la misma mujer que había despertado en mí esa parte fea donde se agazapan los celos. Pero era también una mujer hundida, sin luz, con la piel llena de marcas ocultas con el maquillaje que otra mujer sabe ver. Las mesas del club eran un laberinto de aficionados, borrachos y aspirantes a púgiles en compañía de sus padres. Teniendo en cuenta que yo no era una mujer fuerte y que Sylvie se descomponía a cada minuto que pasaba, nos costó salir a la calle más de media hora. Alexander me hizo un gesto para que me quedara que preferí ignorar. Ella y yo nos sentamos en un banco de la calle y, sin preguntarle nada, dejé que hablara.

—Llegué de Lyon con una maleta y en la misma estación me robaron todo. No solo eso, me violaron. El que me rescató sospecho que también lo había hecho, me llevó a su casa y allí me tuvo hasta que me recuperé. Estaba embarazada. El tipo no quería que diera a luz y me golpeó fuerte en la barriga hasta que sangré. Yo había perdido el conocimiento, desconozco qué pasó aquel día o aquellos días. Seguramente estuve en la muerte, porque estaba feliz, tranquila. Cuando me recuperé estaba en casa de Jean, el que conoces. Me estaba curando las heridas, y su hermano, médico, había hecho lo posible por limpiarme ahí dentro —dijo señalando la barriga—, y me curó. Me dijo que no podría tener hijos nunca. A Jean no le importó. Dice que así somos libres. Pero yo no sé si eso es ser libre o haber perdido la vida. No sé quién soy. No soy mujer. Me han robado todo. Me han quitado el futuro, Alice.

Sonrió como pudo para que yo no me echara a llorar. Pero no lo consiguió. Me deshice. La situación descrita con una entereza que daba miedo era realmente desagradable y digna de comisaría.

—Esto es así —dijo señalando con la cabeza la puerta del local.

—¿Qué quieres decir, Sylvie?

—Que todos los de ahí dentro son así... Malos.

Me estremecí.

—Y... ¿por qué sigues aquí?

—¿Qué puedo hacer? Nadie quiere a una mujer manchada. Manchada y hueca.

Hizo un mohín de despreocupación y se retiró un mechón del pelo que mojaba su cara. Había empezado a llover y no nos habíamos dado cuenta.

—Ven. Vamos a un local cercano. Tomaremos algo juntas.

Recordé, una vez más, aquellos tiempos en los que era modelo para los pintores, cuando textualmente pedían «nuevas putas» para ser pintadas al abrigo de una estufa que siempre tenía la temperatura fría del hierro. Jamás me sentí tan vacía, pero el vacío del que hablaba Sylvie era otro. Un vacío inamovible, eterno. Yo quería ser madre. Ella no lo podría ser.

A primera hora del día siguiente volví a por Sylvie, y a hablar con Jean Ces para pedirle a ambos que ella se uniera a nuestro equipo de costura en la tienda. De las cosas que me había confesado la noche anterior, entre dramas y palizas, reveló que le habría gustado ser costurera, pero que solo sabía hacer remiendos para mantener la ropa vieja como si fuera nueva.

—¿A ti te parece bien? —dijeron los dos al unísono.

—Claro que le parece bien —dije yo.

—Y, ¿qué horario tendrás que hacer? —preguntó mirándome a mí en lugar de a ella.

—El que quiera —respondí—. Tenemos muchos encargos y la tienda, con Claire y yo, necesito una ayudante que se deje la piel.

—¿Dejarse la piel?

—Sí, como Alex... como usted... Los dos se dejan la piel aquí, ¿no? Y algún hueso.

—Bueno...

—Pues mañana te espero en el 10 de Pont Louis Philippe. Ven bien pronto para que te explique todo, y convertirás en realidad el sueño de ser modista.

—¿Es su sueño? —dijo el boxeador.

—¿No le ha preguntado nunca qué le gustaría ser? —respondí.

Sylvie le dio un beso para que no respondiera y luego se abrazó a mí para desviar cualquier tipo de gancho verbal.

—Lo que tú quieras. Cuando tú quieras, corazón.

Qué sutiles son los hombres cuando se lo proponen. La suerte quiso que en los primeros días de trabajo todo fuera fácil, así pudimos mezclar faena con clases: hilvanados, corte, sacar patrones, marcar dobladillos, marcar pinzas, ojales, pasar ensanches, puntadas en tela doble, dejar el hilo hueco, estirar y tener la marca en las dos partes del patrón. Ella tenía ganas.

—Dile que te quedas a cenar. Claire ha hecho caldo para todos. ¿Verdad, hermana?

—Es que no quiero llegar tarde. Siempre quiere que...

—Llámale, ahí está el teléfono. Dile que soy una jefa testaruda y que te quedas.

—Otro día, Alice, muchas gracias. Pero no quiero que se enfade.

—Lo que tú creas, Sylvie.

No la detuve. Tan solo le apreté las manos con fuerza como símbolo de complicidad y Claire le plantó dos besos. La respuesta estaba clara: este también podía ser su hogar.

La suerte quiso que se encontrara con Alexander en la puerta; él venía cansado, ella salía feliz a la calle.

—Me gusta ver a las amigas de mis amigos juntas. ¿Algún plan entre manos?

—Sylvie es la nueva oficiala del taller.

—¡Qué dices! Bienvenida a casa, me alegro mucho. Estoy seguro del éxito que tendréis trabajando juntas.

—Con no ser un estorbo me conformo —se disculpó Sylvie.

—Eres y vas a ser fundamental aquí. Así que nada de estorbos, ni molestias, ni excusas. Mañana te espero a la misma hora. Dame un beso.

Por la mañana, media hora después de que llegara Sylvie, Kiki se plantó con lo que llamó «emergencias y primeros auxilios». Venía acompañada de una chica de Montparnasse que había abierto un centro de belleza a domicilio. Ante el espejo del mostrador vi que el cansancio estaba dejando huella en mí y que, tal vez, mi amiga tenía razón. Los tonos de las telas eran preciosos y yo, delante de ellos, era una aparición mariana. Sylvie me vio retocarme el pelo, «estás guapa», musitó con educación. Las presenté y, como Kiki estaba acostumbrada a alternar con todo el mundo, le pareció «una excelente idea». «Más chicas, más diversión», dijo soltando la piel que cubría su cuello sobre el sillón. La *esteticien* nos depiló las cejas y después nos arregló las manos. Nos perfiló los labios con un rojo bien intenso, casi granate, usó el mismo carmín para todas porque había olvidado en otra maleta el resto de pintalabios y, tras un rubor en las mejillas y máscara en las pestañas, nos arregló el pelo con unas tijeras. Yo no hacía más que gruñir: «No quiero tener que barrer otra vez, entre hilos y pelos... Esto no es una peluquería, Kiki». «Pues debería —dijo alzando la barbilla para retocarse con un espejito—, las mujeres gastamos en belleza, los hombres no. Algunos ni se afeitan bien». Sylvie fue feliz en ese rato de coquetería entre nuevas amigas, por eso dejé de gruñir. Renovadas, perfumadas y coloreadas como los mosaicos del Sacré-Coeur, cerramos la tienda durante media hora y nos tomamos un café en Chez Julien.

Las intenciones de Kiki quedaron materializadas cuando llegó el camarero de siempre. Primero pasó el paño sobre la mesa donde nos habíamos sentado y después nos preguntó con respeto desconocido qué deseábamos tomar.

—No me ha reconocido —me sorprendí.

—Tú tampoco te reconocerías, Alice. Llevas semanas agotada de trabajo. O de lo que sea.

Nos decantamos por un chocolate y un cruasán para cada una. Kiki me hizo un gesto con el codo al ver cómo Sylvie se alimentaba, parecía su primera comida en semanas. Por eso fingió que tenía más hambre y pidió otra ronda muy a mi pesar, tenía que ponerme con los encargos cuanto antes. La chica no solo tenía heridas en el alma, también en el cuello. El corte de pelo destapó moratones y viejos arañazos. Ella intentaba esconderlos subiéndose el cuello del abrigo, pero era imposible ocultarlos.

—Sylvie, tienes unos ojos preciosos. El *eyeliner* ha destapado todo tu potencial. Este color te sentará muy bien. Toma.

Kiki le anudó su fular. Y con el cariño de una hermana le hizo un hermoso lazo a la derecha.

—No debo quedármelo, no me lo puedo permitir.

—Sí puedes. Mira qué bien te queda.

Cambié de conversación para que no hubiera trasiego de regateos de cariño. Que sí, que no, etcétera. Zanjé con un «no puedo más, estoy hinchada y todavía no hemos empezado la jornada». Salimos a la calle y nos despedimos de Kiki y de la *esteticien* que la acompañaba. Sylvie y yo nos fuimos a la tienda, cogidas del brazo. Me parecía una mujer muy distinta a la que había conocido el primer día; los celos pueden variarlo todo, nublarnos la vista y hacernos tropezar con la verdad. Aquella arrogancia era ahora humo de cigarrillo. No recordaba haber tenido tanto dolor de corazón desde que Hortense apareció en mi vida. La niña estaba empezando a vivir, era la imagen de una pequeña insegura; Sylvie estaba esforzándose en olvidar las heridas de un pasado reciente.

—Estás muy guapa —le dije cuando abríamos la puerta—. Mírate.

El espejo donde se probaban las señoras devolvió la imagen de una chica bella pero herida.

—Sonríe y verás como todo adquiere otro color.

—Gracias, Alice. Gracias por lo que estás haciendo por mí.

—Aquel antro no me gusta —dije dirigiéndome a la escalera.

Subí al primer piso, donde estaban las habitaciones de mis hermanos, para buscar la ropa de Claire que ya no usaba. Con pocos arreglos podría servirle a Sylvie.

Por la noche, en la cama, estuve hablando con Alexander. No me gustaba nada lo que había descubierto de la chica y, sin embargo, era incapaz de sacar el tema para ver qué pensaba él. Jean Ces se había convertido en su mano derecha y en el club de boxeo se sentía más integrado que en la selección de su país. Así lo dijo él. Qué podía decirle para que me prestara atención y averiguara qué tipo de relación mantenía la pareja. A las bravas podía convertirse en una amenaza; si sospechaba de su amigo, sospechaba de él, y eso podía enturbiar nuestro bienestar. Decidí no decir nada, callarme y esperar a ver cómo evolucionaba la situación.

Jamás me he arrepentido tanto de no hablar.

A la mañana siguiente recibí la llamada de Alexander desde el club. La policía se llevaba esposado a su amigo, y los forenses a mi nueva amiga, muerta a puñetazos, en una caja. En las manos de Jean todavía estaba el color del carmín con el que nos habíamos maquillado todas.

Alexander no regresó al gimnasio de Jean. Amigos y otros asociados del boxeador le propusieron hacerse cargo del club. Era una gran oferta, Jean tendría que traspasarlo, iba a necesitar todo el dinero posible para el infierno que le esperaba y que él mismo se había ganado con el pulso de su monstruosidad. No hizo falta que cruzásemos una palabra. Sabía que él estaba motivado y centrado en el boxeo, pero lo que habían hecho con Sylvie sobrepasaba todo lo que yo, y cualquier otro ser que se considerase humano, pudiera aceptar.

Buscó otro club, se alejó de las amistades que había hecho en las entrañas de aquel lugar de escasa luz y tufo a sudor. Me pidió que lo acompañase, era su manera de hacerme ver que quería mi aprobación. No se alejaría de ese deporte que le había picado con tanta garra, pero trataría de mantenerse vinculado a él en otro entorno, en uno menos descarnado.

Las pesadillas me persiguieron durante varias noches. Me despertaba por la mañana con el cuerpo entumecido, mucho antes de que despuntasen las primeras luces del día. A mi lado, oía la respiración profunda de Alex, y me acercaba al calor de su cuerpo, sin despertarlo. Pensaba en Sylvie. En su historia, en la fragilidad que trataba de enmascarar con su belleza. Recordaba la ilusión y el agradecimiento en su rostro, el interés por aprender en la tienda. Podría haber sido una historia preciosa, la transformación de una vida que lo merecía todo. No había sido así. Habían reventado su cuerpo, sus esperanzas y su futuro. Sylvie ya no estaba.

Me sentí afortunada de tener a mi hermana tan cerca en la tienda. Verla desenvolverse cada vez con más confianza, haciendo gala de un carácter desprendido pero firme, me confirmó que sería una gran mujer. Me costaba aceptar que de la niña que me afanaba en proteger apenas quedaba ya nada, y al mismo tiempo me llenaba de admiración y amor. Ser la hermana mayor está lleno de sentimientos contradictorios.

Kiki nos visitaba con frecuencia. Sus apariciones eran

breves, pero dejaban siempre un aire de alboroto en la rue Pont Louis Philippe. Impregnaba de vida, de su vida, los vestidos que las señoras venían a marcar o a probar. Sus comentarios despojados de cualquier pudor espantaron más de una vez el recato de algunas damas, pero en muchas otras ocasiones sirvieron para afianzar las ventas. Contra Kiki, además, era imposible luchar.

Una tarde, algo nublada y de poco trajín, aparecieron por la puerta madame LeClercq y la pequeña Hortense. Dejé el mostrador para fundirme en un abrazo largo con la niña y otro más cordial con su tutora legal. Los ojos de Hortense brillaban, como brillaron los míos al verla repasar con cariño familiar aquel espacio que durante unos días había sido su hogar.

—Estás preciosa, Hortense.

—Es porque tengo un peine para mí.

Reímos ante la inocencia del comentario. Lo cierto era que la cara de la niña tenía más color, sus mejillas estaban más llenas. Seguía despertando en mí el instinto de protegerla, pero no parecía ya tan frágil. Las mujeres más jóvenes a mi alrededor crecían. ¿Habría crecido yo también, de alguna manera, a ojos de otros?

—Cuéntame, Hortense, cómo te va todo.

—Más vale que no me dejes quedar como una señora estricta y despiadada, muchachita.

—No sé qué es estricta y despiadada —respondió Hortense confusa, mirándome a mí—, pero Madeleine me cuida mucho. La quiero como a ti.

Encontré en esas palabras todo el agradecimiento del mundo. Hortense había encajado bien en su nueva realidad. Podrían haber salido a la luz los traumas y las durezas de su infancia, de lo que había sido su vida hasta entonces, pero luchaba por dejar atrás la miseria. Había tenido suficiente. Se merecía ser feliz, empezaba a serlo.

Me contó que una mujer muy bonita había empezado a enseñarle cosas en casa. Me enteré así de que madame LeClercq había contratado a una institutriz para Hortense. Quería que la niña tuviese acceso a una educación de la que había estado privada todo este tiempo. Escuché con regocijo lo mucho que le gustaba mezclar unos números con otros para crear unos nuevos, y pellizqué su mejilla tierna cuando sacó de su bolsillo un pequeño dibujo de formas abstractas que había coloreado con entusiasmo poco contenido.

—Veo aquí el futuro de una artista.

Claire quedó a cargo de la tienda mientras acompañaba a las dos visitantes a un café cercano. Hacían una pareja curiosa. La edad resaltaba que aquella pequeña no podía ser la hija de madame, pero la relación que se dibujaba entre ambas no resultaba tampoco la propia de una abuela con su nieta. En los gestos y peticiones de Hortense sobrevolaba un respeto permanente, como si a pesar de la complicidad quisiese siempre rendirle cortesía. Madame también se mostraba afectuosa pero comedida en sus cariños, como si no terminase de corresponderle el amor que le debía una madre.

Nos sentamos a una mesa en la que pronto hubo servidos dos cafés y una taza de chocolate. Me regocijé en lo golosa que era Hortense. ¿Cuántas veces en su vida habría probado el chocolate hasta entonces? ¿Cuántas cosas nuevas estaría descubriendo, día a día? Deseaba que su vida fuese plena, colmada de aprendizajes y de nuevos sentimientos. Realmente me importaba que se sintiese feliz. Que llegase el día en que pudiese espantar, o al menos mantener bajo llave, la infancia sombría que le había tocado vivir.

Vi que madame LeClercq sonreía ante lo que veía a mis espaldas, y antes de girarme por completo unos labios se posaron en mi pelo. Aquel gesto fraternal, lleno de amor, me hizo sentir calor. Alexander saludó con amabilidad a madame LeClercq, con quien había coincidido ya una vez, y le devolvió a Hortense la mirada curiosa que esta le dedicaba.

—Claire me dijo que había tres mujeres muy guapas aquí. No pude resistirme a comprobarlo.

Se sentó con nosotras, Hortense escondía la mirada en la taza cada vez que Alexander le sonreía. Pero este pronto pasó a dedicarle su atención a madame. No se cortaba, le preguntaba por todo lo que le parecía interesante conocer de la ciudad y sus gentes, sobre todo de aquellas a las que nosotros no teníamos acceso y madame sí. Al principio me sonrojaba lo franco y directo que resultaba Alexander con sus preguntas, pero no vi que madame se sintiese incómoda.

Mientras ellos conversaban, yo lo hacía con Hortense. Me contó las actividades que habían llevado a cabo, su voz vibraba al describir algunos paseos. La emoción con que explicaba la experiencia de entrar en una iglesia o la inocencia con que hablaba de la espuma que se formaba en la bañera los fines de semana me hacían querer abrazarla. Su pelo olía a jabón, su piel lucía más suave.

Un rato después, nos despedimos, nuestra amiga debía asistir a una ceremonia oficial que no despertaba en ella el mismo entusiasmo que Alexander. Volví a abrazarme a Hortense con la promesa de visitarla pronto. Alexander le hizo una breve carantoña y pasó su brazo por mi cintura.

Regresamos a la tienda juntos, paseando sin prisa.

—¿Qué te ha parecido?

—Es una mujer sorprendente. Su vida es una película constante. De hecho, deberían hacer una película sobre ella.

—Me refiero a Hortense.

—Una niña muy bonita. Se ve que Madeleine la cuida bien.

Esperé alguna palabra más, pero no llegó. Le había hablado en distintas ocasiones sobre la pequeña, sobre su vida, sobre la mía una vez había llegado ella. Tenía ganas de que ambos se conociesen, de ver la reacción de Alexander al descubrir a una niña tan adorable, de tomar nota de la primera impresión que en ella causase el hombre con el que había empezado a compartir mi vida. Pero había ocurrido de improviso, y la interacción entre los dos había sido escasa. Quizá mis ganas habían generado unas expectativas difusas.

—La quiero como si fuese mi hermana. Como si fuese mi hija.

Alexander sonrió y me apretó un poco más mientras nos acercábamos a la tienda.

—¿No te gustan los niños? —pregunté, temerosa de la respuesta.

—¿A quién no le pueden gustar los niños? —Respiré con alivio. Alexander soltó una carcajada—. Pero nosotros somos muy jóvenes, Alice. Tenemos que aprovechar la vida.

No supe qué responder a esas palabras. ¿Qué querían decir?

Por la noche, ya en la cama, le di algunas vueltas. No todas las personas tienen el mismo instinto con los niños, ni cabe esperar que eso pueda ser así. Pero me había sorprendido el poco impacto que Hortense había causado en él. Quizá yo veía en ella una magia que otros no, nuestros vínculos se habían construido sobre unos cimientos muy personales. Aunque él sabía lo que ella significaba para mí.

Esos pensamientos se esfumaron la mañana siguiente, al entregarle el cartero un sobre a Alexander que puso en pausa todo lo demás. El sello era de Polonia. El remitente, su hermana. Y el contenido, una herida que se abrió en el pecho de Alexander y sacudió nuestro futuro inminente.

El otoño de 1924 se reveló gélido y tempestuoso. Antes de que Alex hiciera las maletas, decidimos pasar un fin de semana con mis hermanos en Le Havre, y bajamos el Sena en barco para disfrutar de la aventura marinera en familia hasta Normandía. No fue un acierto, el frío era espantoso y apenas podíamos disfrutar de la cubierta.

Una mañana estaba despierta viendo dormir a Alexander. Me gustaba amanecer un rato antes que él para regocijarme en su respiración. El ventanuco estaba lleno de aguanieve y podía imaginar la temperatura que habría en el exterior. Sin embargo, me abrigué con una manta y salí a cubierta.

—Chicos, qué hacéis aquí —dije al ver a Jules y Claire haciendo lo mismo. Se habían adelantado.

—Nunca habíamos visto nevar en un barco.

—Ni yo.

—Confiesa que también has salido a ver —dijo Jules para que reconociera mi pasión por la nieve, a pesar del frío.

—Me recuerda a mamá.

Me abrigué con la manta sobre los hombros con más fuerza y me dirigí a Claire para que se metiera bajo mi hombro a darnos calor.

—Qué frío, Alice —dijo—, pero qué bonito.

Asentí y solté una bocanada de vapor por la boca para formar una nube en la que meterme. Jules me imitó. Las pestañas podían arañar el aire. Los tres acabamos como críos bostezando vahos congelados que se cristalizaban antes de deshacerse.

—Estás muy enamorada, querida hermana. —Jules se puso detrás de mí en la barandilla y nos abrazó a las dos por la espalda.

—Sí. —Sonreí—. Muy feliz.

—Entonces me alegro. Eso es que algo has hecho bien.

—¿Y ahora qué? —preguntó Claire.

—Ahora qué de qué —respondí.

—Ahora... esperaremos nosotros el siguiente paso que des —dijo Jules, y se puso con los brazos en alto imitando a un sacerdote. Antes de que fuera a decir lo que estaba pensando, me entró un fuerte escalofrío que me hizo tiritar de pies a cabeza—. ¿Vas a casarte, hermana?

—No lo sé. Yo no puedo pensar en eso, no ha pasado tanto tiempo. Y él ahora debe centrarse en su padre, no creo que...

—Él ya lo debe de estar pensando —me cortó Jules—. Estoy segurísimo de que Alex ha elegido las palabras.

—¿Te imaginas que se lo pide en Navidad? —dijo Claire, riendo—. ¡Es el momento adecuado!

—Deja que aprovechemos primero estos días y luego... ya se verá. No sé por qué digo esto. Me estás poniendo nerviosa. Vamos adentro. Está helando de frío. Y deja de hacer el bobo.

Jules no paraba de gesticular con la manta como si fuera un velo y caminaba tarareando canciones, una tras otra.

—Me gusta Alexander. Y a ti, también. —Claire me cogió del brazo y pasamos al interior del barco.

—Yo también te quiero, pequeña.

En el camarote, Alexander estaba con los pelos revueltos sentado en la cama. Se apoyaba con las piernas cruzadas y la espalda en el cabecero. Era su forma de estirar la espalda. Cerraba los ojos, abría los hombros y levantaba la cabeza hacia el cielo. Aproveché ese momento para besarle el cuello.

Me quedé con él, abrigados en la cama del camarote hasta que el aroma a pan recién hecho y café inundó toda la habitación.

—Te quiero, Alice.

Lo dijo mientras me levantaba. Recorrió con su dedo índice toda mi espalda y la combinación de palabras y piel erizaron mi cuerpo. No respondí. Me miré en el reflejo del espejo de la cómoda y encontré su mirada sobre mi hombro.

En Le Havre el otoño había invadido las calles. En la plaza del Dubocage Belville había un mercadillo con dulces, castañas y ostras. Desde la plaza, el mar estaba igual de presente que las canciones, golpeando en las rocas del puerto. A pesar del frío, los cuatro supimos disfrutar del calor de nuestra compañía. También supimos hallarlo en el interior de los cafés que ofrecían chocolate y otros dulces calientes para regocijo de sus clientes. La ciudad parecía un cuento de hadas, o quizá era cosa de mi mirada. Solo quería que el cuento no terminase.

Unos días más tarde, estábamos en un café cerca de la iglesia poniéndonos al día de las noticias. En Berlín la situación política se tensaba con la constitución del nuevo gabinete; el principal problema: la evacuación de la zona de Colonia. Y en Rusia, una violenta tempestad de nieve estaba azotando la zona de Transcaucasia. Tanto que todas las labores petroleras en Bakú habían sido suspendidas. Trotski había sido detenido y encerrado en el Kremlin.

Alexander buscaba noticias de Polonia.

—Imagino que echas de menos tu país.

Su rostro expresaba algo de tristeza.

—Algún día, si quieres, me gustaría acompañarte —añadí.

—Lo sé. Pero ahora debo ir solo, no es así como me gustaría que conocieses a mi familia. Ni mi país.

—¿Estás preocupado? —pregunté de manera torpe.

—No lo sé. Es posible.

—Siempre he querido viajar al Este —dije para que se sintiera acompañado.

—Polonia no es un lugar fácil. Ni Varsovia. No se aclaran con la moneda, la guerra ha dejado un país caótico. Y te puedes imaginar las necesidades de la población. Mis padres no deberían tener problemas, pero... No sé. Judíos, alemanes, rusos... En las zonas rurales la situación es complicada con unos y con otros. Mi familia vive en la región de Cieszyn, trabajan en el carbón, y allí también ha aumentado la tensión con Checoslovaquia. Y la frontera con Rusia es un polvorín desde 1920. No sé cómo decirte... Estamos rodeados de miedo. Siento que ninguno de nuestros vecinos nos quiere ni nos respeta.

—Lo siento, Alexander.

—Bah. Qué puedes hacer. Nada.

—Desde luego que nada, pero aquí me tienes.

—No quería decir eso.

—Tranquilo. Nada es fácil. Las cosas irán bien cuando te reúnas con tu familia. Con tu padre.

No habíamos vuelto a mencionar de manera directa el telegrama de su hermana. «Papá está enfermo», esas eran las palabras. La urgencia y la súplica habían hecho lo demás. Alex había tomado la decisión de acudir cuanto antes.

En un primer momento le había mostrado mi apoyo. Traté de calmarlo, le ayudé a pensar con la claridad que el mensaje le había arrebatado. Pero luego la perdí yo. Con el viaje ya organizado, el peso de la realidad me cruzó la cara como una bofetada.

—No te preocupes, Alice —me había dicho Alexander, al ver cómo me cambiaba la cara—. Serán unos días. Quiero saber qué pasa. Debo estar allí ahora. Desde el final de los Juegos no he vuelto y apenas me he comunicado con ellos.

Me sentí culpable de la alegría de todos esos meses.

—No quiero que te vayas —dije agarrándole las manos.

—¿Cómo, Alice? Son mis padres.

Tardé en decir lo que pensaba. Pero lo dije.

—Temo que no regreses.

—¿Qué?

—Que si te vas, te quedarás en Polonia. Lo sé.

—Pero, Alice... Te comportas como una niña. Voy a verlos, estaré con ellos, mi hermana... Ella sola no puede.

—Ni yo tampoco.

—Tú estás acompañada de tus hermanos, y además...

—¿Qué vas a decir? ¿Que no tengo padres?

—Estás hablando sin pensar.

—¡Es que si pienso es peor!

Entonces fue cuando me rompí y empecé a llorar como si no hubiera un mañana. Mi herida se había abierto, todo se derrumbaba otra vez.

—Alice, hazme caso. No te voy a perder y tampoco quiero que me pierdas tú. No voy a elegir entre mis padres o tú, os necesito a todos.

—¿Me llamarás?

—Tú qué crees, claro que te llamaré. Y si todo está bien, estaré deseando regresar pronto a París. Contigo.

—Conmigo.

—Tú encárgate de cuidar de tus hermanos y de la tienda. Cuando menos te lo esperes habré regresado y estaré golpeando la puerta como la primera vez.

—Ojalá no hubiera llegado nunca ese telegrama.

—En eso coincido contigo.

Supe que debía callarme en ese momento, parar de llorar y prepararme para su ausencia. Claire, que a mi primera lágrima había salido con Jules a la calle para dejarnos a solas, regresó a ayudarme con la limpieza. Puso a calentar agua para el café. Alexander miraba al vacío por la ventana. Se había esforzado en que sus palabras sonasen firmes, pero no podía disimular el temor que se leía en los ojos que en ese momento habían tratado de esquivarme.

Alex se paseó por la habitación revisando todas sus pertenencias. Durante un instante pensé que volvería a abrir sus maletas y me suplicaría que le ayudara a recolocar todo en su sitio como el primer día que llegamos. Pero, simplemente, me abrazó y después me cogió la cara con las dos manos para decirme *kocham cie*, «te quiero» en polaco. Yo lo repetí y le aseguré que la próxima vez lo pronunciaría mejor. Sonrió con un halo de tristeza y bisbiseó algo en su idioma que sonó bonito en ese momento. Miró el reloj, no sé qué hora era; me secó las lágrimas con el pañuelo de su chaqueta y me lo quedé. Cogió su abrigo, le anudé la bufanda y comprobó los billetes de tren.

La casa que habíamos compartido durante un tiempo se quedó sola. Yo regresaba con mis hermanos a la tienda.

Le acompañé hasta Rivoli para que se subiera a un taxi. Era evidente que no quería marcharse.

De repente, volví a verlo zambullirse en la piscina de los Juegos Olímpicos, sumergirse para volver a salir, dar brazadas y fundirse con el agua como los peces de Giverny. «No me podré asomar al Sena nunca», pensé. El agua que me daba la vida, ahora me la quitaba.

En la calle, camino de la avenida, me agarré de su brazo para sentir su calor. Íbamos despacio, sin hablar. Las galerías y las tiendas estaban abiertas, con el bullicio de cada día, los carros y el guirigay de las compras; tuve la sensación de que esa sería mi única nueva compañía, la del París de los desconocidos que nos cruzábamos diariamente por las calles sin saber nuestros nombres ni nuestra procedencia. Ahora comprendía que muchos de esos extraños también tenían historias dentro de sus silencios, que junto al kilo de patatas había otro de abandono, que bajo los abrigos también había olvidos y que en los zapatos de algunos caminaba también la piedra de alguna negación.

Durante un instante tuve la sensación de que era nuestra última vez juntos paseando por París. Supuse que él también lo sintió porque me apretó el brazo fuertemente y nos ceñimos en un dolor silencioso.

—Vuelve.

—Volveré.

Lo dijimos a la vez y no se entendió nada.

Todavía teníamos un rato para tomar un café en un bistró de Saint Paul.

—Tu hermano ya es mayor y debes confiar más en él; apóyate en él, es ya un hombre y eso le hará ser más responsable. El compromiso será en Jules un acicate, de verdad. Cree en él. Verás como no te arrepientes.

—Lo sé —dije, entendiendo que algo habían hablado entre ellos.

—Tu hermana es sensata y trabajadora. Dale alas. Y cuando menos te lo esperes, habrá echado a volar con firmeza. Es positiva, invulnerable. Si no te hubiera visto a ti, me casaba con ella.

—No seas bobo.

Era su manera de piropear, no era la primera vez que decía que Claire tenía ángel. Y a mí me hacía especial ilusión porque eso me dejaba tranquila, sabía que encontraría pronto un hombre bueno que la haría feliz.

—Respecto a ti, Alice, ya lo sabes todo.

Me apreté a él todo lo que pude, hasta que los dos empezamos a llorar. Quisimos decirnos muchas cosas, pero todas quedaban atropelladas por las palabras del otro. Me prometió que me escribiría y que me llamaría desde la casa de su tío Pawel, ya que en la suya no había dinero para un aparato de telefonía.

—Leerte me gustará mucho, pero escucharte más.

Alexander sabía que yo amaba escribir cartas, como sabía también que ese intercambio me parecía una comunicación insuficiente.

—Te escribiré nada más llegar. Y sabrás que pienso en ti.

En ese momento no supe si tendría tiempo para llamarme o si lo del tío Pawel era una mentira piadosa para calmar mi pena. No quise herir su orgullo y desistí en repetir lo de las llamadas, ¿y si no tenían teléfono? ¿Y si Polonia estaba ya, como tanto él temía, en tiempo de preguerra?

Este amor olímpico había sido un error o una maravillosa fortuna; me quedaba sin él, pero siempre estaría en mí. En eso pensaba mientras Alexander, Alex de mi vida, se miraba en el café con leche que se iba enfriando con cada una de las espirales que formaba con la cucharilla. Le dije lo feliz que estaba de haber estado con él, de haberme sentido nueva, deseada y bella de nuevo. No lo dije. Miento. Solamente lo pensé. Él sabía que yo estaba farfullando palabras inconexas que era incapaz de verbalizar, y que, sin embargo, necesitaba que él las supiera antes de irse. Asintió como si me estuviera escuchando, de la misma manera que cuando me pedía silencio y apoyaba su oreja en mi pecho para sentir el latido de mi corazón. Creí que estaba a punto de llorar otra vez y tuve una sensación de culpabilidad, porque quien estaba enfermo era su padre, no yo, y seguramente estaba doblemente dolido por dentro. Pero no podía dejar de ser egoísta: para él se iba su padre, para mí se iba él.

Parece que en las despedidas se olvidan los días.

¿Podría volver a empezar? ¿La llegada de los jugadores, los desfiles, la ceremonia, la natación, la llama, los himnos de los países, las medallas y aquella sensación de novedad frente a un hombre? ¿Podría volver a levantar la colcha y a tumbarse desnudo sobre mí, volver a deslizarnos río abajo o entre las sábanas? ¿Podría volver a penetrarme besándome y apretando fuerte mi espalda con ese dolor intenso que me hacía olvidarme del mundo?

Me toqué la barriga pensando que pudiera estar embarazada, imaginando las primeras señales. Esa conexión con mi interior fue un nudo también en mi corazón, como si ambos órganos estuvieran conectados.

Cuando le vi por primera vez me hice la promesa de que no me enamoraría, pero nunca he cumplido mis propósitos. Esta vez no era diferente.

—¿Me prometes algo, Alice? —me dijo cogiéndome de las manos—. ¿Prometes no pensar mucho? Me refiero a no pensar mucho en mí.

—Eso no sé si podré cumplirlo.

—Sé que, con los días, podrás. Y quiero que subas de vez en cuando a la Torre Eiffel, desde allí debe verse Polonia.

—¿Tú crees?

—Si no, hazlo desde el Sacré-Coeur. Puedes disfrutar de tu mosaico y saludarme desde las alturas.

—¿Y tú me prometes que regresarás pronto?

—Sí, te lo prometo —dijo Alexander—, y regresaré con mi hermana, para que te conozca.

—Asegúrate de encontrar también un punto elevado para pensarme desde allí —susurré.

Alexander no pudo responder.

Mientras el camarero le cambiaba el café que se había quedado frío, me volví a secar las lágrimas con su pañuelo blanco. Fue en ese momento cuando lo pensé. Fue una locura que colapsó mi cabeza con ese color.

—¿Por qué no nos casamos, Alex? ¿Por qué no me dejas aquí como tu esposa? Cásate conmigo antes de irte. Quiero ser tu mujer.

Alex suspiró y no dijo nada.

—¿Me has escuchado?

—Sí, Alice. Me voy un mes, creo. Ya te lo he dicho. Pero una boda rápida no es un compromiso de amor, es una urgencia.

—Solo quiero casarme contigo, quiero saber que volverás.

—No confías en que vuelva.

—Alex... Estaremos unidos en los kilómetros como matrimonio. Y esa es la promesa que me salvará en tu ausencia. No sé cuánto durará tu padre...

—Alice.

—Perdóname —respondí humillada por mi arrebato.

—Te prometo que volveré. No te voy a perder. La boda puede ser a mi vuelta, sería una bonita forma de comenzar nuestra vida en París. ¿Quieres, Alice? ¿Quieres casarte conmigo?

Su mirada era la de un hombre enamorado. Su paz era el agua en un caldo en ebullición.

—Si no nos casamos me volveré loca.

—Quédate este anillo.

Alexander sacó de la cartera una alianza de su madre que llevaba junto a una foto.

—Es mi promesa de volver contigo.

Me aseguró que a su vuelta empezaríamos con los preparativos y los formularios que necesitábamos. Fijó una fecha: treinta días después de su regreso. Me acarició la mano y levanté la mirada hacia las buhardillas para no ver el taxi alejarse hacia la estación.

El cielo de París estaba gris y anunciaba lluvia, y los árboles se movían como las campanillas de la puerta de la tienda. Al oírlas sonar cuando entré sola, supe que Alexander regresaría cuando volvieran a tintinar.

TERCERA PARTE

—

NOCHEVIEJA

Nota de Kiki de Montparnasse:

Los días fríos de diciembre no eran suficiente batallón para paralizar mi vida. Jamás entendí a los que se encerraban a esperar la llegada de la primavera. Esos que se retenían en casa, inmovilizados, estancando las horas. El hielo estiraba la piel y me apretaba las carnes. Me acurrucaba a los hombres con más afán y me dejaba invitar al fondo de los bares con más frenesí. El vino caliente. Las sábanas calientes. El corazón caliente. Perder un día era perder la vida que me había tocado. Seguro que hubo tiempos mejores, pero este era el nuestro.

KIKI DE MONTPARNASSE

Pocos días después de Navidad se presentó en la tienda a última hora de la tarde una extraña mujer preguntando por mí.

—¿Mademoiselle Alice Humbert?

—Sí, es aquí —respondió mi hermana asombrada por aquella belleza elegante de un marcado acento inglés. La mujer era un pavo real de cabellos rubios, alta y con un formidable abrigo y sombrero con plumas.

—Soy yo a la que busca, Alice Humbert. ¿Qué desea?

Claire, sin perderla de vista y fijándose en todos sus detalles, hebillas, pendientes, uñas y zapatos, siguió desde el mostrador cortando y doblando cintas para lazos.

—He oído hablar muy bien de usted, me han dicho que era la mejor modista de París.

—Sea quien sea la persona que le haya dicho eso, se ha excedido en el piropo. Pero lo agradezco. Bienvenida a mi tienda.

No tardó mi hermana en ofrecerle un té como si fuera un salón de alta costura; lo había oído a las señoras en los cafés, y había comprado infusiones y una preciosa tetera en Anvers.

—Es un bonito lugar. *Lovely*.

—Gracias... ¿Tenía pensada alguna idea?

La extraña examinaba mi tienda de arriba abajo, escudriñando detalles como si buscara algo en concreto. Había en ella cierta arrogancia, pero no lo consideré una ofensa, la atención al público me había hecho dócil con la heterogeneidad de caracteres de la clientela. Sin embargo, ella tenía la precisión de un juez que, inflexible, no quiere apresurarse en su decisión. «Un lugar verdaderamente agradable», repitió después de repasar con la mirada todos los colores y tejidos de las estanterías. «¿Alguno ha llamado su atención?», pregunté.

—Todavía no.

Se acercó después al maniquí donde tenía listo un vestido de *chiffon* y, tras haber repasado costuras y botones, pidió probárselo.

—Este me parece muy delicado. Muy *french.*

—No puede ser, es un encargo de lady Bertha para su hija, amiga de la casa. Pero podemos confeccionarle uno similar. Otra tela. Pequeños cambios... y *voilà.* Nunca nos gusta copiar modelos.

—Está bien —zanjó resolutiva—. Vendré otro día a tomarme medidas.

—Será un placer atenderla. Aquí cuidamos los detalles, el trato es muy personal, y los modelos, únicos a demanda.

Fingí amabilidad, pero al cerrar la puerta miré a Claire, que, con la cabeza apoyada sobre los brazos, resopló. Por costumbre sabía que quien no lo decidía en el instante no regresaba. Pero en esa mujer, en su forma de responder, todos mis argumentos pasados podían fallarme.

—Qué señora más elegante.

—Qué fría.

—Bah. Seguramente no habla bien el idioma. ¿No lo notaste? No controlar la lengua puede dejarla perdida con las explicaciones. ¿Quieres té?

—¿Desde cuándo compras hierbas para la clientela?

—¿No te gusta la idea?

—Sí, claro. Pero no me lo esperaba.

—Nunca se sabe quién puede venir, hermana. Nunca se sabe.

—Ciertamente —dije mirando la calle a través del escaparate.

Claire se alegró de poder cerrar la tienda y subir a casa. Yo también. Lo único que queríamos era descansar, a pesar de que en las perchas había bastantes patrones cortados y listos para hilvanar. Escribí una carta a Alexander contándole que le echaba de menos y que confiaba en que la salud de su padre fuera favorable, mientras Claire preparaba algo para cenar. Me hacía ilusión que la carta llegara antes que él, así se encontraría conmigo en su hogar nada más pisar Polonia. No me había parado a pensar en cómo sería la boda prometida, me asustaba al imaginar tanta felicidad; y, al contrario de lo que esperaba, estaba tranquila. Seguramente, la cantidad de trabajo que tenía por delante y la posibilidad de dedicarme a la tienda y no pensar mucho eran una buena medicina para la ausencia. En el fondo estaba aliviada. No haríamos otra cosa que coser. Eso hizo que me sintiera bien.

La Navidad la habíamos pasado los tres solos, en casa. Madame LeClercq nos había invitado a cenar a la suya, pero eran ya muchos los invitados que tenía esa noche y no quisimos añadir más trabajo y responsabilidad a su papel de anfitriona. Pasé a saludar por la tarde, cuando ya estaban con los preparativos, para poder estar un rato con Hortense y dejarle a sus espaldas un regalo.

Sentí la ausencia de Alex, y esa ausencia trajo el recuerdo de otras. También mamá estuvo muy presente durante la cena. Pero fue muy gratificante tener a Jules y

Claire a mi lado. Los tres hermanos, tal vez más juntos que nunca. Sacando nuestras vidas adelante, apoyándonos mutuamente. Me sentía orgullosa y agradecida.

Al día siguiente trabajamos duro y le dije a Claire que si seguíamos a este ritmo deberíamos contratar a una oficiala. Ella conocía a muchas muchachas que también sabían de costura, repartidoras de encargos con oficio y ambición, alguna de su confianza podría sernos muy útil para no acabar exhaustas y con los ojos rojos como ascuas de tanto enhebrar a oscuras. El recuerdo de Sylvie me atormentaba y yo no había sido capaz de buscar a otra personalmente desde ese día. Tampoco podía evitar pensar en mi hermana, a su edad debía tener tardes libres y disfrutar de su juventud como Jules, que se había convertido en un prometedor caballero desde que se veía con más frecuencia con Annette.

Lady Bertha, a escondidas de Madeleine LeClercq y de mí, había metido a mi hermano en la factoría Citroën. Si antes hubiera podido asomarse alguna posibilidad de que no aceptaran la posición social de Jules, el puesto de encargado en almacén había roto todas las barreras. Ahora tenía dinero para vestirse y para invitar a Annette en restaurantes de moda.

Claire, al amanecer, al ver que yo intentaba cambiar de tema varias veces, me preguntó a las bravas si había pensado en mi vestido nupcial.

—He guardado una revista que te encantará —me dijo—. Así que ve preparando algún rato libre y nos tomamos un café cotilleando modelos. Habrá que elegir. ¿O pretendes que Alexander llegue de vuelta y no hayas movido ni un hilo? ¡Qué dirá!

—Tenemos tiempo, me dejaré llevar por algún impulso.

—El polaco estará guapo de novio —replicó Claire, y sonrió.

—Oh, no sé —dije—. No he pensado en ello.

—Mientes, hermana.

La mandé callar y bajar a abrir la tienda, pero fui yo quien salió primero a la calle, necesitaba aire para despejarme. La mañana era agradable, fría pero soleada, y era perfecta para salir a pasear durante horas. Claire me trajo un café con leche y se sentó en el poyo del escaparate. En la esquina de Chez Julien me pareció ver a la mujer de acento inglés, pero debió ser solo producto del sueño, porque mi hermana no se inmutó y se había fijado mucho más en la extraña. Eran las chicas de la cocina las que, cubo y fregona en mano, me saludaban.

—¿Entramos? —le dije a Claire.

—Recuérdame lo que te he dicho. Busca hora, paseamos y nos regalamos una buena mesa en Le Caveau.

—Eres terca, eh.

—Ya sabes a quién he salido.

Estando frente a ella, me di cuenta de que ya éramos dos mujeres adultas; la había tratado como una niña, pero la que ahora parecía una cría nerviosa era yo. Intenté imaginar qué dirían nuestros padres de nosotros tres. La luz de mamá la había heredado sin duda Claire, su voz, su sencilla pero elegante forma de ponerse la rebeca sobre los hombros cuando se quitaba el abrigo en el restaurante, su forma de hablarme, conseguía que le hiciera caso siempre; todo era mamá, tal vez por eso me sentía bien junto a ella: protegida.

1924 había sido un año especial, dos días faltaban para terminarlo, y el balance era realmente bonito. Me concentré en el espíritu de las navidades pasadas, cuando todo era gris, y sentí que el color había llegado a nuestras vidas. Se iba un año en el que todo había vuelto a ponerse en marcha y los olvidos eran parte de nuestra pequeña historia.

—Es fantástico todo lo que ha pasado, Alice. Mamá estaría encantada.

Parecía que me hubiera oído los pensamientos.

—Me recuerdas tanto a mamá... —le confesé—. Nunca te he contado la última vez que nos vimos. Yo me había vestido de fiesta y creí que empezaba a ser otra; estaba a punto de entrar en un coche, ella vino a buscarme aquella noche, algo le pasaba, pero no quise verla. Sin embargo, su imagen no se me ha ido de la cabeza: abrigada con una manta como un fantasma que me anunciaba el destino en la acera de enfrente. No le hice caso, Claire. Me refugié en el coche y pocos días después supe que había muerto. Estando frente a su tumba, en silencio, la idea de que estuviera bajo tierra, con ese frío, se me hizo durante mucho tiempo insoportable. Intento imaginar cómo sería ella ahora, cómo nos vería y cuánto disfrutaría al saber que le hice caso al final, que salí de aquel Montparnasse sucio de artistas y borrachos. Me arrepentí cada día, cada noche. Por eso os he abrigado tanto, porque el frío cuando entra por los pies no se va. Y me recordaba a mamá helada de frío.

—Sé de tu miedo al frío, Alice.

—...

—Mírame. Mamá estaría orgullosa de ti. Y yo, si te importa saberlo, también lo estoy. Más de lo que tú te crees.

Aquella noche, cuando Claire y yo llegamos a casa, busqué el anillo de compromiso de mi madre. Lo guardaba junto al gran collar de esmeraldas que me regaló Ërno Hessel y que no había vuelto a abrir. Claire cogió el anillo cuando se lo ofrecí.

—¿No lo habías visto nunca?

—¿Es el anillo de mamá?

—Se lo regaló papá. No sé cómo pudo hacerlo. Es algo sencillo, pero me parece precioso.

—¿Me dejas?

—Sí, claro. Es de las dos. Póntelo.

—Qué dedos más finos tenía... Apenas me entra. Prueba tú.

Me parecía imposible, me lo puse y no tardé en emocionarme.

—Déjatelo —dijo mi hermana.

—No, no. Para coser es un peligro. Puedo rasgar alguna tela, o enredarme con los hilos. Lo guardaré.

Me quité el anillo y lo dejé en la cómoda donde también había una foto de 1900.

—Bueno, mamá —dije suavemente—, aquí estamos, hazme una señal para creer en el destino.

Claire no sabía qué señal estaba esperando, pero me pilló llorando y no pude decirle nada con claridad. Nos cogimos de la mano.

—Rezaba por mamá. Está en el cielo, sé que está pendiente de nosotras.

—Es agradable saber que ella nos vigila —dijo—, así una se siente más segura. Bueno, tenemos que ponernos muy elegantes para dar la bienvenida al año nuevo. Es lo que mamá y papá querrían.

Calculé mentalmente las navidades que había pasado con ellos, y sentí que el olvido llegaría pronto de alguna manera. Por delante quedaban, si Dios quería, muchos años por vivir. También pensé en cómo me gustaría pasarlas, en compañía de quién, de quiénes.

—Tienes a alguien esperándote en otra ciudad —sugirió Claire—. Eso debería alegrarte.

—¿Pensará en mí? —repliqué con incertidumbre.

La certeza es algo que se pierde en un abrir y cerrar de ojos, sobre todo en los últimos años, así que no quise hablar demasiado de posibilidades. Ahí habitan la mayoría de las frustraciones. Fabular con vestidos o días de boda era cometer un error. Claire pareció aceptarlo. Era mejor hablar de vestidos para la tienda, de planes para pasear, de la señora Madeleine o del nuevo bigote de Jules.

Nos sentamos frente a la leña, yo en el sillón y Claire en el suelo apoyada en mis piernas. Se abrigó con una manta de lana, y comentamos qué escaparates nos habían gustado más. Ella recorría más ciudad y me había insistido en pasar una tarde de sábado en Saint Honoré.

—Solo van y vienen señoras de altísimo nivel —dijo mi hermana—, sus abrigos y sombreros te encantarán. Son tan costosos como preciosos. Allí se cuece la moda, Chanel está marcando la línea. ¿Te acuerdas de ella?

—Por supuesto.

—Ahora ni nos saludaría. Yo creo que no te soportaba, por mucho que estuvieras trabajando en su taller. Es odiosa. Dicen que incomoda a todo bicho viviente, sobre todo si no eres hombre.

—Gabrielle es muy buena —respondí.

—De eso no cabe duda. Pero no te hagas la piadosa. Que nadie nos oye.

Coco Chanel estaba acertando tanto en sus creaciones que en ese momento su perfume N.º5 había revolucionado, gracias al perfumista Ernest Beaux, todos los salones de París. 1924 había sido su gran año, lo destacaba toda la prensa; había creado la entidad corporativa Parfums Chanel junto a los hermanos Wertheimer, Pierre y Paul, directores de Bourjois. Acordaron financiar la producción, comercialización y distribución del perfume. Sin embargo, todos estaban convencidos de que algo se torcería y acabaría mal.

—Ella es lista. Pero ellos lo son más.

—¿Te imaginas un perfume con tu nombre, Alice?

—No, rotundamente no.

—Hermana, sueña un poquito. Mira fijamente al fuego y dime qué nombre le pondrías. Pero no lo pienses mucho. Cuento hasta tres y me lo dices. Uno, dos, y... ¡tres!

Me quedé en silencio. El nombre que había venido a mi cabeza era impronunciable.

Cuando en los días siguientes fuimos al 31 de rue Cambon, entramos en su tienda. Era como colarse en un jardín de gardenias y jazmines. Entre la clientela estaba Théophile Bader, el fundador de las Galerías Lafayette, junto a Vera Bate Lombardi, una supuesta hija ilegítima del marqués de Cambridge. Hablaban en clave de un tal «Bendor», que mientras mirábamos los perfumes, pudimos averiguar que se trataba del mismísimo duque de Westminster, Hugh Richard Arthur Grosvenor.

Claire insistió en que nos quedáramos, pero yo estaba temblando de vergüenza ante la posibilidad de vernos descubiertas. Si aparecía Coco, me reconocería y podría parecer una intrusa que robaba diseños de modelos ajenos. Al parecer, el duque tenía un romance con Chanel y esta recibía extravagantes joyas cada vez que viajaba a Londres.

—Vámonos, Claire.

Le dije que era la última vez que nos comportábamos como unas cotillas, que era lo último que deberíamos hacer.

—Dime que no ha sido como vivir en medio de una película.

—No voy a comentarlo.

—Entonces sal conmigo a la calle, no te gires.

Junto a Théophile Bader estaba la extraña mujer de hacía unos días. Cargaba con dos grandes bolsas de ropa y saludaba efusivamente a una pareja distinguida. Sin duda, ese era su lugar. ¿Por qué había venido a mi tienda si podía vestirse en Chanel?

Comenzó a caer una nieve transparente.

En la panadería de la esquina había una buena cola de gente que empezó a agolparse dentro y bajo el balcón, la panadera lanzó un grito desde el interior anunciando que la hornada saldría de un momento a otro. Cuando llegó mi turno me llevé varios cruasanes y un mollete tierno que me fui comiendo por el camino. En casa había cuscurros de pan con los que tenía pensado hacer una maravillosa sopa de cebolla y queso.

Regresé a casa sin pan.

—Por favor, Claire, se me ha olvidado. ¿Puedes ir tú?

—Que vaya Jules.

—¡Hasta luego! —dijo Jules saliendo de casa—. He quedado. Vendré esta noche.

Fue salir uno tras otro, cada uno con un destino, cuando llegó Kiki a la tienda. Plegó el paraguas y se sentó en la butaca para quitarse los copos de nieve que adornaban toda su vestimenta como pequeños bordados de fina seda.

—Va a caer una buena. Tengo olfato de animal. Empieza así y acabará cubriéndonos hasta las rodillas. Maldito invierno, con lo feliz que soy en verano.

—A mí me gusta la nieve —le dije mientras agitaba en el aire su capa para dejarla apoyada en una silla cerca de la estufa.

—Porque eres una sentimental. Ni en tus tiempos canallas dejaste de serlo. Tienes mentalidad de rica.

—Pero qué dices. ¿Rica, yo?

—A los ricos les gusta el frío, porque pueden abrigarse bien y tener esas casas cálidas y confortables llenas de tapices y terciopelos. Nosotras somos hijas del hielo, de la pobreza. Eso no se va nunca, va pegadito a la piel. Por eso florecemos en verano, o en primavera, como las flores mismas. Este tiempo de invierno me mata.

—Pero es Navidad.

—¡Ja! Como si eso me abrigara.

—En fin, no quiero discutir. ¿Cómo estás? ¿Andabas de paseo?

—Venía a proponerte un plan para Nochevieja y no me vas a decir que no, que te conozco. He conseguido un poquito de mermelada verde, y aunque tú no quieras desbocarte, yo sí. Estoy contenta con solo pensarlo. Y no, no admito un no. Estoy decidida a arrastrarte desde aquí hasta las puertas de Le Dôme y bailar hasta que brindemos con todos los invitados. Y camareros. Y...

—... Sabes que odio la droga. Y tengo a mis hermanos. Y no estoy de ánimo.

—Tus hermanos tienen la edad a la que tú y yo andábamos de picos pardos. Y si no quieres droga, mejor para mí. Mi ración se duplica.

—No me gusta que entres en ese remolino. Tarde o temprano te pasará factura.

—Ya lo hablaremos otro día, no seas aguafiestas. Estoy alegre, estoy contenta y me siento fuerte. Vivo, respiro y confío en el mañana. Tengo un amante, al que amo, y somos felices. Todo está bien. Y quiero compartir toda la alegría con mi amiga Alice. Si eso te parece bien... Venga.

—Sabes que saltaría desde una ventana por ti. Pero esta Nochevieja no estoy muy animada. Alexander...

—Querida, parece que no me conozcas. Yo soy la vida. Y por una noche quiero que seamos las chicas alegres de los viejos tiempos. Olvida a Alexander, hazme el favor, él está con su familia.

—Pobre.

—¿Te acuerdas de cuando animábamos el cabaret sin necesidad de estrenar ni vestidos?

—Que si me acuerdo... De algunas noches me gustaría olvidarme. Pero que quede claro que eras tú la animadora, yo simplemente me limitaba a aplaudir tus locuras. Y... afortunadamente, a no imitarte.

—Salir de fiesta es necesario, Alice. Las personas que salen de noche se relajan y es fácil llegar a conocerlas mejor que sus familiares, que los tratan durante el día. De noche somos todos familia; de día, París es una ciudad de desconocidos. ¿No te das cuenta?

—Puede ser.

—¿Recuerdas cuánto disfrutábamos de ron en ron y de mesa en mesa?

—No sé cómo acabamos alguna noche. Sobre todo tú —dije escondiendo una sonrisa.

—Siempre fuiste la prudente.

—Menos mal. Alguien debe tripular en las marejadas. Si fuera por ti...

—El Titanic. Pero yo soy más iceberg. Échame hielos.

—¡Qué burra eres, Kiki! Pobre gente.

—No quiero saber ni cómo ni dónde acabé alguna Nochevieja, la realidad me desilusionaría más que mi fantasía.

La nieve empezó en ese momento a cuajar con fuerza, tanto que desde el escaparate de la tienda era imposible ver la otra acera.

—Vas a tener que quedarte a comer, Kiki —le dije.

Mi hermana llegó empapada de nieve y agua, se cambió de ropa y las tres nos quedamos abrigadas frente a la estufa. La tiritona de Claire era contagiosa, qué frío tenía, la abracé con la culpabilidad de haberla enviado al horno a consecuencia de mi olvido. El frío siempre me traía malos pensamientos.

—Claro que iré, Kiki —dije para espantar los demonios del pasado que se cuelan en los recuerdos más cotidianos.

—¿Y yo no puedo apuntarme? —preguntó animada Claire.

—Ay, hermana.

No supe qué decirle hasta que Kiki me rescató.

—Déjanos solas, que tu hermana hace tiempo que no enciende los fuegos artificiales.

—Pero si está enamorada.

—Bueno, pero esta Nochevieja quiero que sea su despedida de soltera. Y si estás tú...

—Vale. Ya me cobraré la venganza.

—No me asustes.

La noche transcurrió como el dios de Le Dôme mandaba, con litros de alcohol, mucha música y todos echando humo como chimeneas. El tal Ernest, acodado en la barra, insistía en pedir absenta, cuando ya todos habían pasado al whisky. Se pegaba a mi oído y, con ese olor que hacen los borrachos, me decía que quería ser como Apollinaire, un artista sin vejez. Por fortuna, André Salmon me salvó de sus garras y nos sentamos en una de las mesas que algunos americanos abandonaban para seguir en las puertas del cementerio. Breton, Soupault, Cocteau, Tzara y muchos otros estaban formando un corro alrededor de Kiki. Mi amiga llamaba la atención, y creo que, por primera vez, coincidían hombres y mujeres en elogiar su elegancia. Me sentí discretamente piropeada porque el vestido se lo había hecho yo.

Breton se puso a hacer imitaciones divertidas que el resto trataban de adivinar. Era capaz de sacarle punta a todos, sobre todo calcando a James Joyce: se mojó el pelo con el vino, se peinó y se colocó unas gafas. Frunció el ceño y se tocó la entrepierna.

—Dicen que tiene un montón de hijos. Centenares.

—No te creo.

—Suele pasear con dos de sus niñas, y van al Michaud's. Me da que cada vez lleva a un par de toda la prole.

—¿Has leído el *Ulises*? Es grandioso.

—Tremendamente brillante —dijo Cocteau—. Me temo que ese libro pasará a la historia. Ha sido lista, Sylvia. Y jodidamente atrevida. ¿Te has pasado por su librería?

—No tardaré, andaba buscando nuevas lecturas. Norteamericanos.

—¿Tú cómo estás, Jean?

—Con ganas de beber.

—Por Raymond Radiguet.

—¡Por Raymond Radiguet! —coreamos todos.

Desesperado por la muerte de su amor un año antes, Cocteau se había aficionado al opio y, aunque repetía que no escribiría más, todos sabíamos que era mentira. Pero también éramos conscientes de que las drogas, al igual que con Kiki, seguirían hasta el final de sus días. Los dos se alimentaron esa noche de veneno y alcohol.

Me encantó ver a los Dardel, Nils no podía estar más guapo y Thora era un espectáculo digno de ser pintado. Así lo dijo Picasso, aunque en él los piropos hacia las mujeres no tenían medida.

—¡Alice, Alice!

Era Thérèse Treize, llegaba del brazo de Man Ray y acompañada de Lily, Lucy Krohg, Yuki, Brassaï y unos matrimonios realmente elegantes.

—¿Y Kiki?

—¿Tú qué crees?

Thérèse se giró hacia donde estaba el bullicio, y *voilà*. Kiki de Montparnasse estaba subida en una mesa bailando y cantando como una escultura de Rodin en movimiento.

—Esta mujer es la bomba. Me fascina. Recuerdo cuando íbamos por las calles y dormíamos en cualquier sitio, sobre sacos de arena. Menos mal que los camareros de La Rotonde nos dejaban hacer uso de los baños, porque íbamos hechas una piltrafa.

—Pero jamás vi a Kiki pasarlo mal.

—Es que Kiki no se queja, mírala. No se queja nunca de nada.

—¿Recuerdas a Chaïm, la de Soutine? Pues nos alojó una temporada.

—¡Mira!

Jules Pascin, Tsuguharu Léonard Foujita, Marie Vassilieff y otros muchos estaban llegando a Le Dôme, y conforme se iba llenando de grandes personalidades, se convertía en la gran fiesta que siempre conseguía ser. 1924 había sido un gran año, París había brillado con los Juegos Olímpicos y todo el mundo miraba hacia la capital de Francia. Artistas de todo el mundo, periodistas, turistas..., todos querían encontrar el porqué. Y vivirlo.

—Esto es tan divertido que duele —dijo Kiki cuando bajaba desde la mesa usando a dos señores borrachos como escalera—. ¿No te enamoras de la vida, Alice?

—Aquí tienes a la estupenda chica tan bellísima de la que te hablé.

—*Wow.* Es un honor y un placer —dijo un señor de bigote que había sentado junto a Foujita.

—¡Por el placer! —respondió Kiki.

Todos levantaron la copa.

No solo adoraba la vida, me sobrecogía saber cuántas vueltas podía dar Kiki sin ni siquiera hacer esfuerzo, hasta dónde era capaz de levantar las piernas; ella era como tener las ventanas abiertas de la casa y que la corriente de aire ventilara todo como un soplo de felicidad. Después de la austeridad de la infancia, el dolor de la adolescencia y la sorpresa de la juventud, las sedas y los colores estaban adornándolo todo.

La fiesta de Nochevieja era un espejo del día a día. Muchos de los vestidos eran de inspiración oriental, mujeres con trajes de caballero y turbantes con flecos, vueltas y vueltas de perlas sobre vestidos negros, larguísimas boquillas de marfil para los cigarrillos. La de Thora Dardel se prolongaba hasta el paroxismo, seguramente tan delgada como ella. El contraste con los pintores borrachos, la burguesía, las damas adineradas, los aristócratas, las flamantes modelos con sedas de colores casi transparentes. Lo chic y lo vulgar, eso era la verdadera fiesta de Le Dôme. Si algo podía pasar, sucedía en ese lugar: el centro del mundo.

Perdí poco a poco la rigidez con que había llegado, el desfile de rostros conocidos hizo que me sintiese más cómoda. Algunos, sin embargo, trajeron recuerdos que prefería seguir manteniendo alejados. Procuraba no acercarme a los pequeños corrillos de hombres que despedían olor a pintura y vino. Ya no era una modelo en busca de unas monedas con las que pagar la comida, así que no les debía nada. Ni una palabra ni una sonrisa. Solo la cordialidad que me daba saberme independiente de sus propuestas.

Deseé en algún momento tener a Claire a mi lado, enseñarle que en el mundo se mezclaban personas amables con otras mezquinas, y que unas y otras formaban parte de un todo. Quería que empezase a distinguirlas, que afinase su intuición. No era capaz de imaginar que pudiese dar los mismos pasos que yo.

Según crecía el bullicio, el desfile de camareros sorteaba con más brío a los clientes. La comida que servían era sabrosa, pequeños sándwiches de mostaza y quesos en bandejas que iban y venían tras otras de copas de champán. En la barra, justo entre los pilares de hierro donde adornaban cintas de colores, había hielo con ostras y caviar que vigilaba y distribuía un camarero oriental de brazos fuertes. Lo sé porque Kiki, cuando me acerqué remolcada por ella, se apretó a su pecho y le mordisqueó los brazos sin ningún permiso. El chico sonrió y abrió dos ostras para nosotras.

—Con esto tengo suficiente para seguir la noche —le dijo a su oído. Creo que no le entendió.

—¡Alice! Mira, aquí tienes a la amiga de Man. Berenice Abbott. Es fotógrafa. Americana.

—Hola, Kiki. ¿Esta es Alice Humbert?

—Encantada —respondí.

—Sinceramente, me habría gustado mucho hacer tus fotos para los mosaicos del Sacré-Coeur, pero quedaron muy bien las del maestro Atget.

—Oh, gracias. Me da mucha vergüenza —respondí poco acostumbrada a los piropos.

—Querida, vergüenza me da a mí estar como una santa en una iglesia —saltó Kiki al instante.

—Lo pareces —firmó Abbott como si hiciera un disparo con un guiño—. Será bonito pensar que la gente va a estar rezándote.

—¡Y pidiéndome deseos! Con lo que me gustan las pasiones, con ardor...

—Kikiii...

—Ay, Alice, que es Nochevieja.

—¿Qué tiene de malo? —dijo riendo la americana—. He conocido al demonio y con una copa de vino es sensacional. ¡Feliz año nuevo, chicas! Voy a ver qué está pasando allí.

En la entrada a Le Dôme había una batahola de órdago. El escándalo iba contagiándose de mesa en mesa, y todos empezaron a levantarse en lo que primero parecía una algarabía pero que poco a poco fue traduciéndose en griterío y en un estrépito de vasos y botellas. Las sillas empezaron a volar y fuimos arremolinándonos al fondo, donde los aseos. «¿Qué está pasando, Kiki?», pregunté.

—¡Es Piotr!

El apache, el viejo amigo de Jules, se había colado con un disfraz, una capa negra y magnánima, que lanzó como un plato sobre las cabezas de los señores. Sacó la pistola y dio dos disparos a las lámparas. «¡Ha muerto alguien!», «¡Están asesinando al alcalde!», «¡Corred, salid de aquí!». Los gritos eufóricos que lanzaba al aire provocaban otros de temor. Pero era imposible salir de allí, el miedo se convertía en tumulto de un lado a otro. Hasta que se apagó la luz. También los disparos.

El pánico se apoderó de algunos asistentes, mientras otros trataban de calmar los ánimos y maldecían al bandido estúpido que intentaba amargarles la celebración. Los gritos tardaron en convertirse en silencio.

—¡Encended las luces! ¡Ya está detenido!

Piotr estaba en manos de un caballero, lo tenía boca abajo en el suelo con los brazos cruzados a la espalda.

—¡Apártense!

Un pasillo se abrió como si Moisés hubiera puesto su mano sobre el mar, todos retrocedieron y la sala fue dividida en dos aguas. Kiki, sin miedo alguno, se acercó al epicentro, donde Piotr agonizaba con un puño sobre el cuello.

Al ver la cara del hombre que había salvado a todos, se giró hacia mí. El gesto era otro. El miedo demudó en asombro. Kiki había palidecido. La entendí. Todos podíamos haber muerto de no haber puesto fin al descontrol. Respiré aliviada al pensar que Jules no tenía nada que ver con aquello, que estaría festejando la llegada del nuevo año junto a Annette.

La música de *jazz* recuperó su fuerza, las sillas regresaron a su sitio y los camareros barrieron en pocos minutos los cristales de las copas. Pronto volvieron a servir champán, más que antes. La fiesta se recuperó y la policía desapareció de Le Dôme con Piotr detenido por fin en el furgón.

En ese momento, el dueño levantó la copa y pidió un aplauso para el valiente.

—¡Viva monsieur Hessel!

—¡Por Hessel!

—¡He-ssel! ¡He-ssel!

Kiki se giró súbitamente. El silencio rígido con que me miró me puso la piel de gallina. Su expresión confirmaba que yo no había oído mal. Que los hurras, por los que había llegado a alzar la copa que había quedado congelada en el aire tras el primer grito, correspondían a monsieur Hessel.

A Ërno Hessel.

Kiki apareció a mi lado, trató de sacudir el estupor que recorría todo mi cuerpo. Me cogió del brazo para llevarme hacia las mesas donde estaban los Dardel, siempre pacíficos. Las manos me temblaban.

—¿Es él, Kiki?

Debía de ser todo un engaño, un sueño que había empezado amable para revelarse luego como pesadilla. Deseaba abrir los ojos y despertar revuelta en la cama. No seguir viendo que el entusiasmo y el desenfado de mi amiga habían dejado lugar a la duda y la preocupación.

—Sí. Es Ërno. Me di cuenta cuando vi la cicatriz de su cuello. Pensé que no se quedaría y que en la algarabía de la fiesta no os cruzaríais. Cómo iba a pensar que...

—¿Lo sabías? ¿Sabías que estaba aquí?

Silencio en los labios de mi amiga. Silencio también en la mirada que apartaron Thora y Nils.

—¿Me habrá visto?

Me sentía perdida, de pronto, desubicada en medio de aquella escena.

—No creo. Hay mucha gente, y más que está entrando a estas horas... ¿Cuánto queda para la medianoche?

En el reloj marcaban las once y cuarenta y cinco minutos.

—Faltan quince minutos para que esto sea el motín de la Bastilla. Quédate aquí, te traigo una copa. Mejor dos. Y brindamos. La vida es la que es, y si Ërno está aquí es mejor que te pille alegre; toma, ponte un poco de carmín. Cuando venga con las copas quiero que hayas cambiado esa cara. Alice, mírame. He dicho que me mires.

—...

—... Deja de llorar inmediatamente.

—Pensé que lo había olvidado, Kiki.

—Eso solo lo sabes verdaderamente cuando aparecen ante ti. En la cabeza es muy fácil construir castillos. Y desmontarlos. La realidad es otra. Y la realidad está a pocos metros.

—Yo pensé... Pensé que jamás volvería a París. Que vivía en Estados Unidos. Que nunca regresaría de aquel lugar...

—Alice, ya no hay océano que valga. Hay mesas, gente feliz y una fiesta que no nos podemos perder.

—¿Y si se acerca? Me quiero ir. Por favor.

—Haremos una cosa.

—¿El qué?

—Nosotras iremos a saludarle.

—Estás loca, Kiki.

—Sí, estoy loca. Muy loca, desmedidamente loca. Y es lo mejor que me ha pasado en la vida. Espérame un segundo, ahora vuelvo. Ni te muevas.

No lo hice, junto a Ërno Hessel estaba el pavo real que había venido a visitarme a la tienda con más preguntas que interés. La mujer extraña se agarraba de su brazo y se pavoneaba con aires de grandeza. No hay nada más presumido que una mujer orgullosa de un hombre del que puede farolear. Era una mujer guapa y con una piel como la de una muñeca de porcelana. Iba vestida con una tela de damasco chino y movía una pluma roja clavada en su moño como si llevara la bandera de Francia. Y por cómo se agarraba de su brazo entendí que era su novia. La novia de Ërno Hessel.

—Ven conmigo.

Era Kiki.

—No quiero. Mira a la que está con él.

—¿La gallina roja?

—Es la mujer extraña de la que te hablé, vino a mi tienda. Y nos la encontramos después en la tienda de Chanel. Por eso supe que escondía algo raro.

—Mejor. Siempre se me han dado bien las entrometidas. Vamos. Cógete del brazo. Y hazte el favor de sonreír.

Atravesamos la sala hacia donde estaba Ërno Hessel, me tocaba desandar en el dolor, poco a poco, esos pasos que daba iban a cambiar mi vida de nuevo para siempre.

Con más nervios que ganas, le saludé arrancando las palabras del pecho.

—Ërno, hola.

—¡A-lice!

—Me alegra verte en París. ¿Qué tal estás? ¿Cómo te ha ido la vida al otro lado del mundo?

Me miró de arriba abajo, incómodo.

Yo recité las frases que llevaba ensayando de corrido desde que arranqué a andar hacia él.

La presencia de Ërno Hessel le daba la vuelta al calendario y al reloj que, en ese momento, marcó las doce de la noche. Empezaba el nuevo año: adiós, 1924.

La mujer extraña, hasta ese momento charlando animada con una pareja americana, se giró en medio de los aplausos y el confeti, le besó en la boca y ambos brindaron. Ella ni me vio. Siguió la conversación con los americanos.

Con la excusa del regreso de Ërno de América, Kiki empezó a hablar de Nueva York. Él y yo no dijimos ni una palabra.

—Un momento, voy a por champán —se excusó Kiki para salir—. Habrá que celebrar este encuentro.

Cuando nos quedamos solos Ërno y yo estuvimos unos minutos en silencio, mirándonos, sin saber qué decirnos.

Al fondo de la sala se oyó un «¡viva 1925!».

La tienda estuvo cerrada en esa primera mañana de año, pero antes de que amaneciese yo la recorría de un lado a otro, incapaz de sentarme un momento. Cogía unos vestidos, los volvía a colocar en su sitio, tomaba apuntes, garabateaba propuestas, volvía a acercarme al escaparate a recolocar lo que ya estaba colocado.

Apenas había pegado ojo. Porque el sueño, o la pesadilla, había llegado cuando estaba despierta. Ërno estaba en París. En la misma celebración, en el mismo espacio que yo. Nuestras miradas se habían cruzado, nuestras palabras torpes se habían correspondido con la fragilidad de la sorpresa entremezclada con el miedo. Yo no había sabido reaccionar, pero él tampoco. ¿Qué hacía allí? ¿Cómo era posible que siguiese existiendo? Había dejado de mantenerlo vivo a través de cartas nunca entregadas, de pensamientos dedicados con fervor día y noche. ¿Cómo había resistido al olvido al que lo había enviado?

Tras el encuentro y el regreso de Kiki con champán, el diálogo se había vuelto menos espontáneo, todavía. Mi amiga había tratado de envolver la situación con su desenfado habitual, pero la presencia de la mujer extraña se opuso a su intento. Reparó en mí por primera vez aquella noche, y sonrió con suficiencia. Se presentó y me dio dos besos sin dejar espacio a mi reacción, olvidé su nombre tan pronto dejó de flotar con petulancia en el aire.

Me excusé tan pronto recuperé un dominio escaso de mis acciones. Seguía sin poder creer lo que había ocurrido en cuestión de segundos. Veía la figura del hombre que retenía a Piotr contra el suelo. No lo había reconocido. Yo, que durante tanto tiempo había soñado (o enloquecido) con encontrarlo en cada esquina, en cada restaurante, en cada hombre con presencia, no lo había reconocido al tenerlo a tan solo unos metros.

Kiki vino tras de mí cuando salí apurada de Le Dôme.

—Alice...

—Mañana, Kiki. Quiero irme a casa.

—Mañana la realidad seguirá siendo la misma. Él está aquí, de vuelta.

—Lo he visto. Pero hoy no puedo asumirlo. Mañana.

Kiki quiso acompañarme, pero me negué. Era la primera noche del año, y ella una de las protagonistas absolutas. Dentro esperaban su talento innato para transformar cualquier espacio en una fiesta inolvidable. Yo necesitaba estar sola.

Mientras las primeras luces del día asomaban con timidez, después de una noche larga para todos, salí un momento a la calle. Hacía frío, el vaho salía de mi boca en bocanadas espesas. Apenas había movimiento. Busqué el Sena con la mirada y pensé en dos hombres. Uno, al que había dejado de sentir cerca, estaba ahora en la misma ciudad. Otro, al que había empezado a sentir más próximo que nadie, se encontraba a cientos de kilómetros de mí.

Regresé al escaso abrigo que ofrecía la tienda y preparé uno de los tés que Claire ofrecía en los últimos días a las visitas. Rodeé la taza con las manos, para empaparme de su calor. Sentada con quietud por primera vez en horas, empecé a recordar aquellos días en los que le esperaba continuamente.

Desde que se marchó y me dejó con la tienda en París la primavera inundó la ciudad como nunca había visto; empezaban a verse los nuevos vestidos, las sonrisas ante el buen tiempo, las parejas sentadas en Luxemburgo, las terrazas estaban llenas. Se escuchaba el amor. Pero se sentía lejos de mí. Todo París era una posibilidad, y yo lo atribuía a que la ausencia de mi amor había generado un imán para ver la felicidad en los demás.

La vida no contaba conmigo.

Cuando paseaba, a cualquier hora, siempre esperaba verlo pasar con una mujer al lado. Empecé entonces a cambiar mi actitud, de mirar el suelo apocada a buscar en la multitud las caras.

Que no llegara el encuentro me decepcionaba aún más, buscando miradas, recorriendo bulevares, entrando en parques y cafeterías. La imagen de Ërno con una mujer paseando en la misma ciudad que yo me atormentaba. Ahora estaba ahí. Y esa mujer ya no era imaginaria.

A medida que habían ido pasando los días, las semanas, los meses, un presentimiento crecía en mí. Era un hombre maravilloso, era normal que hubiera conocido a alguien. Nueva York, México, Londres, hoteles, fiestas y lugares donde olvidarse de mí y crear nuevos recuerdos mientras yo habitaba en el mismo escondite.

Sin embargo, había seguido escribiendo cartas como una estúpida. No enviarlas, esconderlas en el cajón, no significaba nada, yo esperaba respuesta. Seguía con esa dolorosa sensación, idéntica a la del primer día que me quedé *sola de él.* La realidad no conseguía cambiar nada, la felicidad era una palabra desaparecida. Cartas envejeciendo en el cajón. Sobres sin sello. Todo era carencia, una laguna sin fin, salvo en los momentos en los que paseaba por la calle y un hombre me aceleraba el corazón por creerle él.

Me asaltaba todo el rato el deseo de volver a ser la que había sido, una mujer libre que tenía sueños, unirme al desenfreno de Kiki, irme a América, beberme todo y dejarme caer al Sena, todo para no sufrir más. Y al momento imaginaba que eso era aumentar el dolor, no el mío, sino el de mis hermanos: Jules y Claire, tan jóvenes. Yo era una muerta, no necesitaba nada, ellos sí. Y yo era esa esperanza.

Comparada con tantas mujeres que nunca habían amado, yo podía sentirme una afortunada: había conocido el amor. Es más, había sido un privilegio amarle.

La vida a veces duele tanto que parece que nos untemos la piel con la tristeza. Con esa sensación me iba a caminar mucho rato. A la vuelta todo seguía igual, pero, no sé por qué, el aire me pesaba menos. Anduve por otros barrios durante horas, contaba adoquines, descansaba en los bancos de piedra del recóndito parque de Gabriel Pierné, caminaba por Mazarine, Saint-Sulpice, rodeaba el parque por Vaugirard, entraba a todas las iglesias, pedía deseos para mis hermanos, me quedaba sentada en el frescor de los muros del cementerio de Père Lachaise. Y andaba, andaba, andaba... Algún día, de tanto caminar, llegaría a un lugar en el que nada me recordara a él.

Sorteaba la ropa de hombre en los escaparates para evitar ponerle cara al maniquí. Mirar las terrazas. Los taxis con pasajero. Las salidas de la estación Gard du Nord.

Me sentí aliviada cuando la vida me trajo a Madeleine, a Hortense, cuando el paso del tiempo fue tapando los recuerdos.

Coser me tranquilizaba. En cada pespunte había un convencimiento de que la herida cicatrizaba: hundir la aguja, tirar del hilo, volver a punzar, sacarla y volver a clavar.

Morir ahogada es fácil si no haces nada. Te hundes.

—¿Qué haces aquí abajo?

Claire me miraba soñolienta, el camisón cubierto por una manta de lana a modo de chal. Me forcé a sonreír y la invité a sentarse a mi lado. Le hablé, como me pidió, de la fiesta de Nochevieja. Pero omití los motivos por los que había regresado. No quería ocultarle nada a mi hermana, a nadie, en realidad. Las palabras simplemente no salieron al llegar al momento en que Piotr salió esposado. El héroe que lo redujo fue un héroe anónimo en mi relato, y por tanto la atención de mi hermana no se detuvo en él.

Jules se levantó mucho más tarde, con el olor de la sopa que preparamos para comer. Cuando Claire le refirió lo ocurrido con Piotr, me miró en silencio. Confirmando que él no tenía nada que ver, disculpándose por lo que podría haber sido.

Kiki apareció a media tarde. Las ojeras se fundían con el maquillaje. Debía de haber dormido menos que yo, si es que había dormido. Llevaba el mismo vestido de la noche anterior. No me contuve en señalar su apariencia.

—He pasado por la cama, no te preocupes. Lo cual no quiere decir que haya dormido —dijo, guiñándome un ojo.

Desde el momento en que apareció por la puerta, supe a qué había venido. No se trataba solo de comprobar que me encontraba bien.

—Vamos a la calle.

Me dejé llevar.

—Es real —fue lo primero que dijo, después de que nos sentásemos en una de nuestras mesas de siempre, para pedir nuestras bebidas—. Lo de ayer sucedió. Ërno está en París.

—Y tú lo sabías.

Kiki suspiró, dio un sorbo a la copa de vino y estampó el pintalabios en su borde.

—Yo lo sabía, pero no sabía cuándo debías saberlo tú. Bendito trabalenguas.

—¿Me llevaste a la fiesta para que me encontrase con él?

—Te llevé a la fiesta porque eso es lo que hago con mis amigas. Salir a celebrar, vivir la noche y fundirla con el día. No iba a dejar de hacerlo por la presencia de un hombre más.

—Kiki, no es un...

—Ya sé que para ti no es un hombre más. Pero París es tu ciudad, Le Dôme nuestra basílica y ayer el inicio de un nuevo año. Si no te hubiese convencido de ir a la fiesta, nada habría cambiado. Ërno estaría igualmente en París. Y tú, tarde o temprano, lo sabrías y tendrías que aceptarlo.

—¿Cuándo...?

—¿Quieres todas las respuestas?

—Quiero retroceder en el tiempo.

—¿A qué momento exacto?

Reproché en silencio la sorna que revestía esa pregunta.

—Escucha, Alice, solo quiero lo mejor para ti, pero por lo que vi ayer, me parece que ni tú misma sabes qué significa eso ahora.

—Kiki, lo había olvidado.

—¿Olvidado o reemplazado?

Mi amiga seguía envalentonada por los efectos del alcohol y la droga que habrían corrido sin pausa durante la madrugada. Prefería no pensar hasta qué hora. Sus palabras eran acero afilado que buscaba atravesar el escudo para llegar hasta mi sinceridad.

—No quiero que esté aquí —solté, tras un rato de silencio—. Me hace recordar que...

—Dilo. —Kiki me cogió la mano, me miró con el gesto que habría puesto mi madre al anticipar una respuesta que yo no querría dar ni ella oír.

—... que me abandonó. Se fue. Me quedé sola.

—Te abandonó. Se fue. Pero nunca te quedaste sola.

—Me destrozó, Kiki. Y no puedo reprocharle lo que hizo, solo puedo recordar el dolor que supuso. El tiempo que tuvo que pasar para que no me levantase cada día pensando en él, para que no me acostase pensando en él. Las veces que deseé encontrarlo en el rostro de otros hombres, en una voz parecida a la suya... No quiero revivir ese dolor. Verlo ha sido recordar lo que podría pasar de nuevo. Ahora vuelvo a pensar en alguien al acostarme y al despertarme. ¿Y si...?

—Dilo.

—¿Y si...? —Las palabras se enredaban con el miedo en mi garganta—. ¿Y si... vuelve a pasar? ¿Y si vuelvo a quedarme sola? No quiero sentirme abandonada otra vez. No aguantaría.

—No digas más que te quedaste sola. Perdiste un amor, lo pasaste mal. Pero decidiste salir adelante y ganaste más cosas. Mírate, Alice, mira qué vida has construido. La pregunta es la siguiente: ¿lo has olvidado?

—Creía que sí.

Kiki asintió en silencio, dio un trago largo hasta vaciar la copa. Luego empezó su relato. De su viaje a Nueva York me lo había contado todo con detalle, salvo sus encuentros con Ërno. Habían tenido lugar en dos ocasiones, la primera de ellas fortuita, aunque no del todo. Ambos habían coincidido en una fiesta que organizaba una de sus amistades en común. Ërno no podía esperar la aparición de Kiki, no sabía que ella había viajado hasta allí. Pero mi amiga sí podía intuir la suya. Por lo que explicó, la reacción de Ërno fue amable pero comedida. Como si verla a ella despertase algún temor: el de que otra persona de su pasado reciente estuviese también allí.

Conversaron un rato, se pusieron al día con cierta cordialidad, rodeados por otros conocidos que alternaban en su diálogo. Pero al fluir el vino y espesarse la noche, hablaron con mayor intimidad. «¿No me vas a preguntar por ella?», disparó Kiki cuando se aburrió de mantener una postura más discreta.

—¡Kiki!

—Deja que siga. ¿O no te interesa? —me dijo mientras alzaba la copa vacía en dirección al camarero, que acudió solícito con otra llena.

En un primer momento, Kiki temió haberlo ofendido con la pregunta. Ërno permaneció en silencio e hizo amago de retirarse, pero se detuvo. «¿Está bien?». La pregunta fue esa, según las palabras de mi amiga, que respondió haciendo caso omiso de la respuesta escueta que le pedían. Le contó cómo iba la tienda, cómo luchaba cada día por sacar el negocio adelante y con él a mis hermanos. Ërno pareció incomodarse ante la descarga de información no solicitada, pero no la frenó. La escuchó hasta el final. Antes de que la fiesta se desplazase a otro lugar, Ërno se despidió. «¿Es feliz?». Esa fue la última pregunta que le hizo a mi amiga.

—¿Es verdad eso que dices?

—Soy experta en agrandar historias, y en que la gente las agrande usándome como protagonista a mí. Pero jamás te mentiría con esto.

—¿Qué le respondiste?

—La verdad. Que nadie puede evaluar la felicidad de los demás.

—Kiki...

—¿Acaso no es así?

—¿Te dijo algo más?

—No lo recuerdo bien, no te imaginas con qué velocidad corre el alcohol allí. ¿Sabes que adoran nuestro champán? —Arqueé una ceja y Kiki dejó su huella en la copa nueva—. Volvimos a coincidir unos días después. En una exposición. Como el día que os conocisteis. Apenas hablamos unos minutos.

Di un sorbo a mi bebida, ya tibia. Necesitaba humedecer la boca y el resto de mi cuerpo por dentro. Las palabras de Kiki me habían dejado una sensación de aridez. No era desolación ni tristeza. Quizá se trataba de nostalgia.

—¿Qué se supone que tengo que hacer con todo esto, Kiki?

—Hazte a ti misma esa pregunta. Anoche, por cierto, me quedé un buen rato hablando con él. Fue complicado desprenderse de su acompañante, qué pesadilla. Menos mal que logré ponerla en manos de un par de artistas con ansias de pintarla. Y de poseerla.

Me guardé el reproche y no pude evitar que se me dibujase una sonrisa en la cara. Sentí cierto remordimiento por no haberme quedado a ver el espectáculo que mi amiga habría dado.

—¿Fue una conversación agradable?

—De un hombre como Ërno diría que nada es desagradable. Salvo la maldición que arrastra de ser siempre un caballero. Pero no es eso lo que importa.

—¿Qué es lo que sí?

—Me dijo que le gustaría volver a verte.

Regresé a casa sola, dando un paseo lento. En mi cabeza resonaban todavía las palabras de mi amiga, que tras despedirme con un abrazo corrió a desfallecer a su cama.

Ërno quería verme.

Así se lo había dicho.

¿Por qué quería verme? ¿Para qué quería verme? Kiki le había hecho esas mismas preguntas, sin preámbulos, pero lo único que había obtenido a cambio eran respuestas difusas. O quizá se redujese todo a que la realidad era demasiado simple. El encuentro en la fiesta había despertado su interés por saber cómo me iba. A fin de cuentas, éramos dos personas que se conocían. A fin de cuentas, él había comprado la tienda y me había regalado esa primera piedra de mi futuro. Era lógico tener curiosidad.

Pero esas preguntas no lograban camuflar otras que pesaban más. ¿Por qué quería yo verlo también? ¿Para qué?

A Claire le dije que Madeleine y yo habíamos quedado para comer cerca del colegio de Hortense, queríamos hablar de sus estudios y de su evolución con las profesoras.

—Qué guapa estás —me piropeó Jules al salir de casa—. Pareces una actriz. ¿Dónde vas, con el alcalde de París?

—A comprar merengues para estampártelos en la cara, Jules. Es solo una reunión de trabajo.

—¿Por el mosaico del Sacré-Coeur?

—... Sí.

Mentí.

En mi interior nació un alambre de espinas que me oprimió la garganta. Era justo como cuando, de niña, intentaba robar las propinas de los restaurantes y me pillaban en el acto, debía salir pitando para ocultar la cara. Una necesidad que se convertía instantáneamente en dolor.

¿Por qué el deseo de verlo llevaba martirizándome tanto tiempo? ¿Tenía que aparecer justo la última noche del año para rematar meses y meses de ausencia cicatrizada?

Ërno me esperaba en la Tour d'Argent, aquel lugar que visitamos cuando éramos novios. Había sido él quien había propuesto que nos encontrásemos allí, eso le había mandado decirme a Kiki. No sabía qué pensar de ese escenario para la cita. Tampoco sabía con certeza si se trataba de una cita, pensar en ese encuentro de esa manera me hacía sentir incómoda. Me daba cuenta de lo mucho que habían cambiado las cosas desde aquella otra vez que seguía grabada con cincel en mi memoria.

Me esperaba en la misma mesa, aquella desde la que se veía la Torre. Apareció solo, sin ella. Había llegado a temer que trajese a su acompañante, para evidenciar que no se trataba más que de una comida entre viejos amigos que hace tiempo que no se ven. También había temido que la presencia de la mujer terminase por hacerme buscar una excusa y abandonar la mesa a los cinco minutos.

—No había vuelto a venir aquí —dije para romper el hielo.

—Perdona, tal vez preferías otro lugar. No recordaba que ya habíamos estado aquí por aquel entonces.

Traté de mantenerme serena. No sabía si pretendía ponerme a prueba o si de verdad no se acordaba. Pero Ërno no era un hombre que jugase a estas cosas. Para él era un lugar, para mí El Lugar.

Lo miré para adivinar qué impresión le causaba, para averiguar si quedaba algún resquicio de dolor por el engaño. Intentaba esconder mi rubor. Pero no me había maquillado lo suficiente para evitar traslucir la irritación más importante: la Tour d'Argent solo significaba algo para mí.

—Tú habrás venido muchas veces, Ërno —dije estirando la servilleta sobre mis piernas.

—Alice, ¿debería recordar que fue aquí?

«Estás mintiendo el olvido —quise decirle—. Estás fingiendo que no recuerdas cuando me manché de vino el vestido y el mismo rojo tiñó mi corazón».

—No, qué va. Ha pasado mucho tiempo. Tal vez me equivoco, últimamente tengo muchos encargos para grandes señoras y, seguramente, alguno ha tenido lugar aquí. No sé —balbuceé torpemente.

—Disculpa, Alice.

Meneé la cabeza y desvié la vista hacia la otra Torre. Me sentí caer desde las alturas como uno de los obreros que la construyeron.

—¿Qué vino tomarán? ¿Han mirado la carta? —se acercó solícito un camarero joven.

—Optaremos por el champán, ¿te parece? Estamos en París.

Asentí. Me parecía bien.

—¿Echabas de menos esta ciudad? —le dije recelosa ante cualquier palabra. Me había prevenido mentalmente para permanecer firme ante los recuerdos que venían de su mano. ¿Qué podía decir? ¿De qué hablar?

—París sigue igual, tengo la sensación de que esta ciudad siempre será la misma. Mismo río, mismos paseos, mismos jardines y mismos museos.

—Está cambiada con los Juegos Olímpicos.

—Me ha pillado fuera. Esta vez han salido bien, ¿no? La última ocasión fue un desastre. Leí que Pierre de Coubertin para despedirse midió todo al milímetro. Como él alardea, «más rápidos, más altos y más fuertes». Han pasado más de veinte años, una eternidad para corregir errores del pasado. 1900, 1924... ¡Vete a saber cuándo volverá esta ciudad a albergar unas Olimpiadas! El barón ya estará satisfecho, puede morir en paz.

—Jules ha crecido mucho gracias a los Juegos.

—¿Sí?

—Se apuntó como voluntario y ha estado trabajando sin parar: construcción, limpieza, orden...

Apreté los dientes para no decir «deportistas».

—Me alegro mucho, se le veía un gran chico.

—Ya es todo un hombre. Trabaja en Citroën.

—Qué orgullo, Alice.

—Mis padres... Si lo vieran...

—¿Y Claire?

—Una señorita de París. Le encanta la moda, los perfumes, coser... Dibuja muy bien y tiene muy buena conversación con las señoras.

—Tú también eras así...

—¡Ojalá! Claire es mi versión renovada. Mucho mejor. Apuesto a que será una gran diseñadora de moda.

—¡A por Chanel! —dijo levantando la copa.

—Tiene su arrojo, desde luego. No le irá nada mal.

—Veo que todo ha cambiado. Tal vez la distancia me ha hecho perder visión; París, vosotras... Tienes razón. Algo se ha movido y me ha pillado lejos.

—¿Se habla en Nueva York de París?

—¡Siempre! Les gusta imitar la moda y sienten especial debilidad por la estética, aunque están mucho más preocupados allí por buscar bebida y por el dinero. Todos quieren ser ricos, todos quieren ser constructores.

—¿Has visto el Sacré-Coeur?

—¿Terminaron el interior?

—Hay unos mosaicos que me gustaría que vieras.

—¿Por?

—Me pidieron que creara unos vestidos para dos modelos que aparecen en el altar y... ¿adivinas quiénes son?

—Sorpréndeme.

—Mi hermana y... ¡Kiki!

—¿Kiki en el altar de la basílica?

—Lo que oyes.

Rompió a reír.

—Eso habrá que verlo, no tengo suficiente imaginación para pensarla vestida de santa con un corazón flamígero.

—Sale vestida con ropa regional. De Valencia. Un lugar del Mediterráneo. Son muy parecidos a los de María Antonieta.

—No conozco Valencia. Pero sí he oído hablar mucho de Concha Piquer. Una prometedora actriz y cantante. La vimos actuar en *El gato montés.* Y ha sido la primera en grabar cine sonoro, *From far Seville.*

Las horas siguientes estuvieron llenas de cordialidad. Su generosidad y su amabilidad habían marcado cada uno de los días desde que nos conocimos. Para él había sido un amor, una etapa, un episodio que tenía zanjado con afecto hacia quien has querido bien. Ërno, siempre indulgente, elegante, sin dejarse arrastrar por el rencor. Se sentía orgulloso de mi tienda, de lo que había conseguido con ella desde aquel día que me regaló las llaves, haciendo caso a mi sueño. Acariciaba el doblez de la servilleta mientras me hablaba, y recordé aquellos días en los que me lo hacía a mí. Recordé aquella sensación de calor que jamás había experimentado con un hombre, cuando la realidad se hacía más hermosa. En ningún momento tuve la sensación de ser una extraña en esa mesa. Muy al contrario, parecía nuestro lugar, como si ayer mismo hubiéramos comido, o cenado, o tomado un café en uno de esos sillones aterciopelados. Lo sentía en su mirada, en su forma de hablarme y de preocuparse por cómo estaba y cómo discurría la vida con mis hermanos. Una parte de mí estaba triste y otra rebosaba felicidad.

Había construido mi vida sin él, cuando él había sido mi vida.

—¿Los señores querrán tomar postre? —preguntó el camarero que apareció como un fantasma.

Mis ojos se posaron sobre Ërno, que se quedó en suspenso. Mi respiración se cortó un breve instante.

Los señores.

—¿Estás bien? —me preguntó.

¿Podría continuar obviando mis sentimientos hacia él en otra cita? Nosotros. Los que habíamos sido, los que ahora éramos.

Me encogí de hombros como respuesta. Negó con la cabeza y pidió la cuenta también con un gesto. No hubo más palabras hasta que salimos. Todo ese tiempo dio para encender un cigarrillo y que el humo enturbiara la amable conversación de la comida. Permanecimos así hasta que me cubrí los hombros con el abrigo.

¿Para qué hablar?

Al salir a la calle, vi a una niña parecida a Hortense, estuve a punto de llamarla, pero no era ella. Esa visión me rescató.

—Hortense es una niña que es como si fuera mía. Hice amistad con ella en el orfanato donde vivía, la Salpêtrière, tal vez lo conoces...

—¿Tienes una niña? —me cortó, con una alegría desbordante.

—Ojalá, pero es como si fuera mi pequeña. Ha vivido un horror. Un horror tras otro, porque las llevamos al cinematógrafo y... ardió. Tal vez te enteraste de las noticias. No sé si llegaron a Nueva York.

Ërno asintió compungido.

—Ahora vive con una señora que me ha ayudado mucho durante todo... este tiempo. Madeleine LeClercq.

—Me suena mucho ese apellido, ¿debería conocerla?

—No me extrañaría, es una mujer muy bien relacionada y... —pensé en ese momento añadir «como tú», pero callé—... con un corazón infinito.

El resto de la tarde pasó volando. Ërno me propuso dar un paseo por el Louvre, lo echaba de menos, me dijo, y eso hicimos. Le gustaba el arte y aunque compraba a los pintores del momento, tenía predilección por lo clásico. *La consagración de Napoleón*, *La encajera*, *La balsa de la Medusa*, *El rapto de las sabinas*... y su favorito:

—¿Quieres que te cuente un cuento?

—Si quieres...

—El rey David vio desde su palacio a una mujer lavándose; se preocupó por saber quién era esa dama tan bella, tardó días, preguntó a todos. Al final lo supo: Bethsabé. David le escribió una carta y la invitó a palacio... También era una tentación a acostarse con él. Pero ella estaba casada, así que el rey decidió enviar al marido al frente, donde el pobre falleció.

—¿Qué hizo ella? —pregunté mirando el cuadro de la mujer desnuda.

—Ella se lo pensó mucho, lo meditó releyendo una y otra vez esa carta. Bethsabé no sabía qué hacer, ser fiel o dejarse llevar por la atracción, el deseo... Tal vez el amor. Ese es el momento del lienzo, la decisión mientras la criada le seca los pies. ¿Qué hacer, obedecer a su rey o ser fiel a su marido? La duda es lo más hipnótico de este cuadro, su piel, su luz, su mirada ante la carta.

Contemplamos el cuadro durante un rato largo. Observábamos lo mismo, desde distintas perspectivas. Seguimos caminando entre obras de arte, sin prisa, sin necesidad de rellenar un silencio lleno de virtuosismo y admiración. A Ërno le fascinaban los cuadros clásicos, pero había sido uno moderno el que nos había cambiado la vida a ambos.

Me dormí esa noche a ratos frente a un folio en blanco.

Nos habíamos despedido a la salida del Louvre. El silencio plácido que nos había acompañado durante el recorrido se volvió en ese momento torpe. No sabíamos cómo despedirnos. Más bien, no sabíamos cómo hacernos entender el uno al otro que habíamos estado muy a gusto, tanto como para querer repetir pronto. O sí sabíamos, y por eso era necesaria la torpeza. Por eso no añadí nada más al beso cordial que estampó en mi mejilla al decirle adiós.

La inquietud me mantenía despierta, a pesar de las horas.

Salí sin hacer ruido a la calle, el frío me devolvió al hogar al rato de deambular sin mucho sentido.

Cogí lápiz y papel, sin saber muy bien qué quería hacer. Por un momento, pensé que aquel acto instintivo me llevaría a escribir aquel encabezado que había jurado olvidar, aquel que se había diluido con el paso de los días y la atenuación del dolor. El que poco a poco había ido desapareciendo en aquellas cartas escondidas, rescatadas ahora de ese abandono impuesto. Me negué, la realidad era tajante. Una mujer extraña. Otra vida. Una vida inesperada. Y esa era la mía.

Querido Alexander:

Vengo de pasear por la orilla derecha del Sena hasta el puente de Alexander. Dirás que es una locura, demasiado recorrido; tienes razón, pero necesitaba que me diera el aire. Las piernas las tengo entumecidas de tanto coser. Demasiadas horas en la silla. Ahora mismo, al escribirte, estoy deseando tumbarme en la cama y descansar hasta mañana, pero el cansancio también me desvela. Caigo rendida cada noche después de una larga jornada de trabajo: clientas, pedidos, costura... y todo eso que tú ya sabes. Me tumbo y, en plena madrugada, estoy despierta de nuevo, escuchando el viento en los cristales, recorriendo la casa para buscar algo, me caliento un vaso de leche y me siento en la mecedora buscando el sueño. Pero el sueño está donde ese algo que no aparece. Recuerdo tus palabras cuando me explicabas el agotamiento que sentías al terminar tus entrenamientos. Por eso he caminado mucho hasta el puente que lleva tu nombre. Qué lejos estás.

Claire está afanada en ser la mejor modista de París, le dejo que exponga sus ideas y que lleve a cabo sus modelos. Primero empezó inspirándose en las revistas de moda, ahora está muy suelta y dibuja sin parar como si hubiera estudiado con Lanvin. Tiene ese estilo y utiliza los colores con la misma magia que Jeanne. Madame Félix le da clases de confección y los sábados aprende en la sombrerería de Cordeu. No puedo estar más contenta. Yo también estoy cambiando, dirás que es una tontería que te explique esto, a ti, que estás preocupado por tu padre, pero así te abro una ventana y me imaginas desde Polonia: está de moda el rosa Polignac y el verde Velasquez, los vestidos columna ya no los piden tanto y ha vuelto la estética más romántica con bordados, volantes y telas finísimas.

Con Jules te llevarías ahora muy bien, y no porque se haya aficionado al boxeo, sino porque es un caballero desde que sale con Annette. Jamás lo veo sin afeitar, creo que quiere dejarse bigote porque le he visto mirarse en el espejo del baño con un recorte de tela negro. Me resultó muy gracioso, pero no le dije nada, los hombres sois muy vuestros con las burlas y la hombría. ¿Recuerdas la preciosa casa a la que fuimos en Giverny? Pues Annette y Jules han ido, acompañados de lady Bertha y unas tías suyas que viven en Lyon y que están pasando unos días en París, y creo que se está cociendo algo que todavía no quieren decirme.

Pero puedo sospechar. El fin de semana dio lugar a todo tipo de comentarios entre Claire y yo: para mi hermana es una sorpresa inesperada, no daba un duro por ellos dos. Yo podría explicarte algo más, las puertas de esos dos corazones están abiertas al amor. Sin embargo, siempre tengo miedo, cuando los he visto pasear por Saint Germain aparece ese gesto adusto de los que no creen que los pobres puedan casarse con los ricos, y que una chica de familia bien pueda enamorarse de un chico pobre. ¡Pero es que tiene trabajo! En Citroën va muy bien, solo tienen palabras buenas para su disposición, y yo estoy convencida de que irá viento en popa. Es un Jules muy resolutivo.

Annette y Jules son el espejo en el que me miro en tu ausencia.

Lo cotidiano en sí mismo ya es maravilloso. Me levanto, hago café, untamos mantequilla en el pan recién hecho, me arreglo para abrir la tienda y el día amanece en una mezcla de improvisación y rutina. La vida es como coser, voy dando puntadas para que todas las telas encajen y, cuando lo están, se esfuma. Alguien se la lleva puesta. Remendar este tiempo de presencias y ausencias está siendo agotador.

Espero que todo en tu familia vaya bien, que concilies el sueño, imagino que será difícil en tus circunstancias; piensa en cosas bonitas para entretenerte, seguramente nadar te hará no pensar —eso siempre lo decías tú— y cuídate mucho. Entiendo que tu estancia con los tuyos va para largo, aunque no lo digas en tus cartas. Te comprendo.

Te mando muchos besos.

París es distinto sin ti.

Todo está cambiando mucho.

Alice

A mediados de enero, en ese año que habíamos estrenado con la resaca de sentirnos el centro del mundo gracias a los Juegos Olímpicos, el frío concedió una especie de tregua. Durante varios días se retiró para que el sol que iluminaba la ciudad resultase además agradable en la piel. Las bufandas y los gorros desaparecieron del vestuario obligado, así como los abrigos más gruesos. Aquel cambio inesperado pareció desconcertar a muchas de nuestras clientas, que se acercaban a la tienda para quejarse de lo poco práctico que resultaba no saber qué debían ponerse el día siguiente.

Nos habíamos dado cuenta, Claire y yo, de que contábamos ya con un grupo de fieles. Eran compradoras ocasionales, pero les encantaba dar un paseo hasta la tienda para comentar cualquier novedad o para curiosear en las novedades del escaparate. Algunas suponían una distracción con su cháchara acelerada, pero nos hacían sentir acompañadas y, en cierto modo, nos quitaban de encima las preocupaciones propias de ver un negocio desierto.

La gran responsable de aquello era Claire. Sus tés atraían cada vez a más mujeres, amigas de otras clientas que acudían con recelo y entusiasmo a esa pequeña tienda de la que tan bien hablaban. Claire se despachaba cada vez con más soltura, y aunque por momentos añoraba las veces en que su mirada buscaba la mía para encontrar las palabras adecuadas o la información necesaria, me llenaba el corazón de orgullo verla tan resuelta, tan madura.

A Jules lo veía cada vez menos, pero por primera vez eso no era fuente de incontables preocupaciones. El tiempo que el trabajo le dejaba libre lo dedicaba casi en su totalidad a Annette. Echaba en falta tenerlo más presente, y a veces me preocupaba su ausencia, pero cuando regresaba en compañía de su novia todas las alarmas se apagaban. Annette, además, era más aguda y sensible que él, y en ocasiones aceptaba cenar con nosotros o pasar un rato en casa para que así nosotras pudiésemos compartir también tiempo con nuestro hermano.

En una de esas mañanas de sol agradable, casi hacia el mediodía, reparé en la figura de un hombre detenido ante el escaparate. Pronto me enderecé en la silla y solté el lápiz con que trataba de definir un boceto. Ërno contemplaba con total concentración un vestido azul, como si aquella prenda fuese algo vital para él. Lo observé unos segundos sin poder moverme. Él se mantuvo igual. Caí en la cuenta de que el vestido no había secuestrado su atención, era el temor a verme a mí allí dentro, en la tienda que me había regalado, lo que le impedía apartar la vista.

Me levanté con cuidado y me acerqué al escaparate. Terminó alzando la vista y reparando en mí. Sonrió, al principio con inseguridad. Luego se permitió admirar en qué se había convertido el lugar que le había regalado a quien una vez había sido su amada. Su sonrisa dejó de vacilar, se convirtió en un gesto espontáneo y honesto. Sin embargo, cuando me dirigí a la puerta para abrirla e invitarlo a entrar, esbozó un gesto de disculpa con la mano y, como queriendo hacerme entender que llevaba prisa, se alejó de mi tienda en París.

La mañana siguiente, recibí una carta franqueada en Ustroń, Polonia. Había olvidado en parte las palabras que le había escrito a Alexander sumida en un estado de inquietud y desvelo, unas noches antes. Esperé a que Jules se fuese a trabajar y a que Claire bajase a preparar la apertura de la tienda para rasgar el sobre y leer en silencio su contenido.

Ustroń, Polonia, 22 de enero de 1925

Mi querida Alice:

He recibido tu carta esta mañana y te aseguro que no la esperaba. Me consta que estás tan ocupada que no pensaba que pudieras sacar tiempo para escribirme, abrir tan plenamente tu corazón, contarme tus cuitas entre telas, vestidos y París, y expresarme sentimientos de los que jamás he dudado.

Hemos vivido algunas angustias cuando los médicos anunciaron que a nuestro padre le quedaban pocas fuerzas para seguir viviendo; en primer lugar hablaban de sus pulmones, donde el oxígeno no parece llegar porque se despierta fatigado ya de buena mañana. Su final es incierto. Y nuestro temor palpita entre su habitación y esta mesa desde donde estoy escribiendo.

Los médicos hacen lo que pueden. Sabedores de que el aire de montaña le va bien, nos hemos trasladado a una casa de nuestros tíos rodeada de árboles, cerca de un sanatorio donde prestan atención cada vez que suplicamos ayuda. El fracaso de la última operación supuso un golpe muy grande, estábamos convencidos de que no podíamos hacer nada para salvarle la vida. Quedarnos en Ustroń ha sido una bendición, está a orillas del Vístula y al pie de los Cárpatos. Te gustaría, Alice. Si miras desde la ventana hacia la derecha, allí estoy. Muy lejos, pero muy cerca.

Primero pensé en telegrafiarte para contarte acerca de la salud de mi padre, para que entendieras mi ausencia. Luego supuse que sería un incordio y que eso apagaría el amor. Siempre he pensado que compartir desgracias no sirve más que para sentir compasión. En esas andaba y seguía cuando recibí tu carta. Por eso he acelerado el momento de responderte.

Siento que conservamos unidos el vínculo y que verte será una de las cosas más bellas de la vida, porque significará también que todo aquí está mejor, más calmado.

Yo he abandonado el boxeo que tan poco te gustaba y he recuperado mi amor por el agua; aquí no hay piscina, pero bajo al río y nado para olvidar y seguir entrenando. Quién sabe si tendré opción de regresar a otras Olimpiadas. ¿Ámsterdam 1928? No sé, he perdido mucho fuelle, mi capacidad para bracear es la de un pez. Sin embargo, la chispa no se ha apagado. Como tampoco mi amor hacia ti.

Aún no le he dicho nada a mi madre. No quiero hablar de boda, cuando esté menos preocupada le hablaré de ti. Está tan intranquila con la salud de mi padre que solo la posibilidad de perderlo la vence y se entierra con él; imagina que le digo que quiero quedarme allí contigo. No es el momento. Me resigno y aguardaré el momento oportuno para decírselo, pero, pase lo que pase, soy tuyo.

Concluyo aquí, sabes de mi afecto, de mi amor y de mis ganas de verte. Os mando un fuerte abrazo a los tres.

Alexander

Su carta me zarandeó con más fuerza que nunca desde que se había ido. Leer sus palabras me llenaba de ánimo y me hacía recordar que lo quería. No cabía duda de que había puesto una especie de escudo entre la distancia o el paso de los días y mis sentimientos. Había decidido no dedicar mi tiempo a pensar en él, a hacer su marcha más dolorosa. Pero esa carta me había hecho sentirlo cerca durante unos minutos, muy cerca. Con Alexander había empezado una nueva vida que habíamos tenido que poner en pausa. Su padre estaba enfermo, lo necesitaba a su lado. Y él necesitaba que yo no lo angustiase con nuestra separación.

Al mismo tiempo, algunas de las cosas que señalaba me producían cierta inquietud. Por supuesto, no podía reprocharle que no quisiese hablarle de mí a su madre. Pero eso significaba que yo no existía en Polonia, mientras él existía en París. ¿Podían hacer las circunstancias que el olvido se apoderase poco a poco de sus sentimientos? ¿Podía el frío de aquel país extranjero helar el afecto de aquellas líneas escritas con el esmero de mantener mi corazón caliente? Nadie podía dar una respuesta acertada a esas preguntas. Nadie salvo el tiempo.

El mes de enero llegó a su final con un tiempo espantoso. La tregua de aspecto primaveral se rompió de manera tajante. El clima impactaba de lleno en el ánimo de la gente. También en la visita de clientas a la tienda. Fueron días relajados dentro y tempestuosos fuera. Claire y yo nos calentábamos con té, y aprovechábamos para pensar en nuevas ideas. Ella se sentía más enjaulada, se había acostumbrado a la cháchara y a que las mujeres admirasen su soltura. Cambiaba el escaparate casi a cada hora, hasta el punto de verme obligada a pedirle que se estuviese quieta. Podía haberle dado esos días libres, pero no había adónde ir con un tiempo tan revuelto.

Quienes nos visitaban, al menos, nos hacían la mejor compañía. Era la gente cercana. Kiki apareció una tarde hecha un trapo, con solo un abrigo encima que hubo que estrujar en el baño varias veces. Lamentó no poder echarle un chorro de ron al té que Claire le sirvió para que entrase en calor, y terminó quedándose a cenar con nosotros con la esperanza de que en algún momento el diluvio se tomase un descanso.

—Me parece muy bien que haya que regar las calles. Pero que los bares estén vacíos es algo que no puedo entender.

—La gente solo se atreve a salir de casa para trabajar —lamentó Claire.

—Eso es lo que menos sentido tiene.

—Kiki, tómalo como un descanso para recobrar energía.

—Esto me roba energía, no me la regala. No hay visión más triste que la barra de un local sin nadie acodado en ella.

Claire y yo intercambiamos sonrisas cómplices. La lluvia y el frío no eran un problema para mi amiga, pero sí sus consecuencias. Aun así, sabíamos que exageraba. Los había peores que ella, era imposible pensar en un París desolado. En algunos barrios nada podía detener los excesos de la noche. Así que, en el fondo, Kiki había aceptado tomarse un respiro, por más que no dejase de bufar por ello.

Tuvieron que pasar los primeros días de febrero para que la ciudad recuperase su ritmo habitual. La tienda volvió a su pulso, y mi hermana y yo respiramos tranquilas. Jules se había mostrado despreocupado, el trabajo y el amor lo hacían sentirse invulnerable, y nosotras nos habíamos mofado al oírle decir que si la tienda pasaba por un bache, él se encargaría de sostener a la familia. Al menos esos ramalazos de soberbia eran mucho más agradables que sus viejas compañías.

No tuve nuevas noticias de Alexander en esos días, y resistí la tentación de enviarle tan pronto otra carta. Me contenía para no resultar una distracción o un agobio. Tampoco supe nada más de Ërno en ese tiempo. Quizá se había ido de la ciudad, tal vez había necesitado regresar a Nueva York para cerrar sus negocios allá. Pero no quería meterme ahí, no me correspondía. Aunque en alguna otra ocasión me había descubierto a mí misma mirando de reojo hacia el escaparate, con el secreto deseo de encontrarlo allí de nuevo.

¿Por qué no había entrado? ¿Tenía miedo de que hacerlo pudiese desencadenar algún recuerdo? Ërno no era un hombre timorato, y sin embargo su gesto torpe lo había señalado. Era probable que hubiese tenido que pasar por la zona y se hubiese acercado a echar un simple vistazo, nada más. Pero, aun así, me parecía descortés que ni siquiera hubiese intercambiado un saludo conmigo. No lograba entender.

Madame LeClercq apareció una tarde para decirnos a Claire y a mí que estábamos invitadas a un evento de presentación de productos de Parfums Chanel, la marca que recientemente había creado la famosa modista en alianza con Pierre Wertheimer. A Claire se le iluminaron los ojos.

—Necesitáis estar en esos ambientes —señaló madame—. Sé que la tienda no marcha mal, pero si nadie nuevo la descubre, el negocio se enquista. Y no seré yo quien permita eso.

No hice ningún esfuerzo por protestar. En el fondo, sentía curiosidad por esa nueva propuesta que Chanel había lanzado al mercado. También me gustaba pensar que, aunque yo no formaba parte de la clientela a la que ella se dirigía con esos productos, sí podía ganar algunas clientas si me dejaba ver por allí.

Así que, unos días después, nos dirigimos a la sala que habían reservado para el acto, vestidas con nuestras mejores galas. Nos acompañaban Annette y Jules, que un par de días antes nos había pedido consejo sobre qué llevar puesto a una ceremonia así. Ahora se preocupaba más que nunca de su imagen y, lo mejor de todo, hacía caso de nuestros consejos. Aunque Claire no dejaba de poner caras al verlo tan meloso, las dos nos alegrábamos de que se encontrase tan bien en compañía de Annette.

Habían reservado un local espléndido para la presentación, que acostumbraba a acoger exposiciones de grandes artistas o celebraciones de gran magnitud. Era la primera vez que ponía un pie allí, y hacerlo me transportó por un momento a una exposición del pasado. Podía tener que ver el hecho de que mi cuello lo adornase el collar de esmeraldas que me habían regalado una vez. Al buscar los complementos adecuados para el conjunto que vestiría esa tarde, había dado con la caja donde lo había guardado con la intención de no volver a ponérmelo nunca más. Me había quedado un rato absorta, mirándolo, sin atreverme a sacarlo de la caja. Ni siquiera a tocarlo.

—¿Es de Madeleine? Qué preciosidad —observó Claire acercándose a mi cuello.

No contesté.

Las palabras de mi hermana fueron suficiente acicate. La vida había continuado, el pasado había quedado atrás. Y, efectivamente, aquel collar seguía siendo precioso. Era yo la que había hecho algo equivocado, no él. No tenía por qué seguir confinado en la oscuridad.

Buscamos a madame LeClercq entre la gente que ya se concentraba en el espacio. Yo trataba de disimular el mismo asombro que a mi hermana se le dibujaba en la cara con cada vestido que pasaba a nuestro lado. Sin duda, con solo pasar unos minutos allí, podía regresar a la tienda con mil bocetos nuevos en la cabeza. Reprimía también una sonrisa cuando veía pasar cerca algunos diseños espantosos, que parecían gritar sin voz la relación independiente entre dinero y estilo.

—¡Alice!

La voz aguda de Hortense llegó hasta nosotros. La niña se acercó correteando, y la cogí en brazos para darle un beso. Me dio la sensación de que pesaba un poco más. Sus mejillas tenían ese color que había ganado desde que vivía su nueva vida.

—¿Cómo estás, mi pequeña?

—Bien. Hay mucha gente aquí —se quejó—, todo el mundo habla muy alto. Tengo que ir con cuidado porque no se fijan en mí y me pisan.

La bajé y cogí su mano. Se pegó a mí para conducirnos hasta donde madame intercambiaba algunas palabras informales con un par de parejas mayores y de presencia cuidada. Tras las presentaciones, fue ella quien nos llevó hasta una parte en la que había dispuestos canapés y copas vacías.

—Va a ser una cosa cortita —nos dijo—. Si queréis picotear algo, más vale que no os mováis ya de aquí. La gente suele acudir a estas historias con el estómago vacío.

Lancé una mirada de reproche a Jules, que retiró la mano que había alargado hacia uno de los hojaldres. Annette me sonrió con complicidad. Cada vez llegaba más gente, y aunque no habría problemas de espacio, el trajín dificultaba moverse con comodidad.

Fue un visto y no visto. Chanel apareció entre una salva de aplausos, pronunció tres o cuatro frases y dejó que otros acompañantes se encargasen de enumerar la lista infinita de cualidades que caracterizaban a aquellos productos. Los perfumes parecían ser el centro de atención. Desde luego, había dado en la diana apostando por las fragancias que empezaban a volver loca a la gente más allá de las fronteras con Francia.

En cuanto la presentación terminó, los asistentes se dividieron en dos grandes grupos: aquellos que querían tomar una muestra de los perfumes y quienes ya no podían aguantar más las ganas que les suscitaban las botellas que empezaban a descorcharse.

Logré apartar un par de canapés para Hortense. Nos fuimos hasta una esquina menos concurrida para poder escuchar el relato que me hizo sobre su vida. Estaba entusiasmada con las lecciones de la institutriz. «He empezado a tocar el piano», aseguró, mientras sus dedos finitos saltaban sobre unas teclas imaginarias.

—¿Te gusta?

—Me gusta más cuando lo toca la profesora. Cuando lo hago yo, suena feo.

Jules, Claire y Annette rieron ante su inocencia.

—Eso es porque aún estás aprendiendo —le aseguré—. Si practicas con ganas, sonará tan bien como cuando la profesora toca.

Al ver que los tres jóvenes asentían con seguridad, la niña asintió también. Una mano se enlazó a mi cintura, y antes de que pudiese darme la vuelta, la voz de Kiki me susurró al oído.

—Te noto cambiada, Alice Humbert.

Mi amiga estaba radiante. Llevaba puesto todavía un precioso abrigo de piel, cuando lo normal en ella era ir despojándose de la ropa con resolución.

—Lo luzco porque es prestado —dijo, leyéndome el pensamiento—, dudo que haya más ocasiones. Pero esto sí que es interesante.

Su vista se clavó en el collar que rodeaba mi cuello. Sentí que el calor invadía mis mejillas. Ella era la única de los allí presentes que conocía aquel adorno, su historia.

—Me lo he encontrado buscando qué ponerme —balbuceé—. Es demasiado bonito como para no darle uso, después de todo.

—No me cabe duda. Y estoy segura de que no seré la única impresionada al verlo.

No tuve necesidad de interpretar las palabras de mi amiga. Una figura exuberante embutida en un vestido escogido a todas luces para resaltar curvas se acercó hasta nosotras. Mi nombre sonó como un gritito estridente en sus labios. Dejé que la pareja de Ërno me diese un beso de cortesía, y todavía desconcertada acepté su petición de que le presentase a mis dos hermanos.

Ërno apareció unos instantes después tras ella, mientras se despedía con una sonrisa de otra pareja de invitados. Al reparar en mí, ensanchó su sonrisa, pero durante un segundo pareció congelarse en un rictus. Fue tan rápido que no tuve manera de saber si la reacción que acababa de ver había sido cierta. Se acercó a mí, al igual que su acompañante, pero con mucha más mesura, nos saludó a todos los presentes.

—Chicos —dije, haciendo un esfuerzo mayúsculo por que la voz no se me quebrase—, os presento a Ërno Hessel.

Vi el brillo en los ojos de Claire, el asombro mal disimulado en el rostro de Jules. Pero ambos actuaron con corrección, como si la apariencia destacada de aquel hombre no significase nada para ellos. Me pareció detectar una sombra de orgullo en el rostro de Ërno, como si aquellos críos de los que había oído hablar hubiesen crecido siguiendo la senda adecuada.

—¿Habéis probado el nuevo perfume? —interrumpió

la acompañante. Estiró el brazo y dio su muñeca a oler a los que allí estábamos, uno por uno—. Esto es lo que me encanta de París. En América puedes encontrarte mil olores, pero ninguno tendrá una personalidad tan marcada.

Kiki tosió para enmascarar la carcajada que se le escapó ante aquel comentario. Me apresuré a servirle una copa de champán, prefería que mantuviese la boca ocupada con burbujas antes de que soltase alguna de sus frases lapidarias.

La acompañante de Ërno decidió pronto que en aquel corrillo no podíamos ofrecerle nada interesante, así que inició un monólogo sobre la moda y la estética. Por suerte, lady Bertha apareció para saludar y decirnos que se acercaría a felicitar a Coco por su nuevo éxito. Annette, más espabilada que nadie, aprovechó para presentarle a su tía a la acompañante de Ërno, que aceptó encantada unirse al grupito de mujeres que irían en busca de la gran protagonista de la noche.

La ausencia de su pareja pareció reconfortarlo. Comenzó a hablar con Kiki y pronto me integraron en su conversación. Sin embargo, cuando se dirigía a mí parecía fijar la vista en mi frente, como si corriese el riesgo de deslizarla demasiado hasta llegar a mi cuello, donde yo sentía ahora que colgaba un gran peso. Los jóvenes fueron a dar una vuelta por la sala, capitaneados por Jules.

Hortense me tironeó de la mano en cuanto decidió que había comido suficiente. Hice el gesto de cogerla en brazos, pero negó con la cabeza, con la vista prendida en Ërno. Sonreí.

—Ërno, me parece que todavía no te he presentado a la verdadera estrella de esta cita.

—Espera —dijo él, y me siguió el juego al esbozar una mueca de sorpresa—. ¿Es esta la famosa Hortense?

Hortense me miró con los labios apretados y los ojos iluminados, como si saberse reconocida por aquel hombre apuesto fuese lo último que podía esperar. Ërno se inclinó y le ofreció con educación su mano, que Hortense estrechó mientras se balanceaba tímida de un lado a otro. Luego hundió su cara en mi vestido.

—Me encanta —dijo Kiki—. Es todavía más vergonzosa que yo.

—Dos gotas de agua... —repliqué con ironía.

—Sabe reconocer a un caballero. Le auguro un buen futuro.

—¡Kiki!

Ërno condujo el diálogo por otros derroteros. Le hizo algunas preguntas a la niña, que primero contestó de manera escueta y entrecortada, aunque poco a poco pareció desprenderse de la timidez que la había asaltado.

Al rato apareció madame LeClercq, seguida por otras personas. Insistió en que debía llevar a Hortense a casa antes de que se hiciese demasiado tarde, lo que produjo un coro de desacuerdo y lamentos. Parecía que fuera ella la anfitriona, y aunque repetía una y otra vez que ahora tenía a su cargo a una niña de la que debía hacerse responsable, se veía que estaba en su salsa con ese papel de referente al que la aupaban.

—Puedo llevarla yo, madame —le ofrecí.

—Madeleine, nada de madame a estas alturas —regañó, y luego añadió en voz baja—: Tampoco te creas que quiero quedarme por aquí hasta terminar extenuada.

—Pero aún es temprano. Y ya sabes que para mí sería un gusto estar un ratito más con Hortense.

Hortense aprobó esa propuesta, agarrándome fuerte la mano.

—Bien, dejad que vaya a buscar al chófer para darle aviso y que...

—Si no es molestia, el mío está aparcado en el lateral de la sala —interrumpió Ërno—. Sería un placer poder llevar a estas dos damas a su destino.

—No nos han presentado —resolvió madame LeClercq, en un tono que imposibilitaba saber si se trataba de galantería o de desconfianza.

Me apresuré a presentarlos, y tras la mirada que madame me dedicó, sonrió y aceptó que Ërno nos acompañase a su casa.

Kiki se encargó de avisar de nuestra misión a mis hermanos y a la acompañante de Ërno. Regresaríamos en un rato, la celebración parecía ir para largo, siempre y cuando el champán y el vino siguiesen corriendo.

Se había quedado una noche fresca, Ërno se quitó su chaqueta para cubrir con ella los hombros de Hortense, que murmuró un «gracias, señor» de nuevo entrecortada.

—Puedes llamarme Ërno.

Subimos las dos a la parte trasera del coche, Ërno ocupó el asiento del copiloto para dejarnos espacio a nosotras. Le indiqué al conductor la dirección, que no quedaba muy lejos de allí. Permanecimos todos en silencio, al principio. Hasta que Hortense se atrevió a preguntar a nuestro acompañante si era familiar mío. Ërno negó con candidez.

—Pues Alice es como mi madre —le informó en un tono que pretendía sonar solemne y adulto—. Bueno, ahora tengo dos, aunque a Madeleine le gusta más que le llame abuela.

Le di un beso en la frente, llena de amor, y rio nerviosa porque aunque le encantaban los gestos tiernos como aquel, ahora había un señor imponente delante, y ella era una señorita que debía comportarse como tal.

Al llegar a la casa de madame LeClercq, Ërno quiso esperar en el coche. Entendí que sus modales no le permitían adentrarse en una casa a la que no había sido formalmente invitado, y menos aún en ausencia de su anfitriona. Me dijo que no tuviese prisa, esperarían allí el tiempo que fuese necesario. Se despidió de la niña con un gesto cariñoso.

Me encargué de acostar a Hortense, que nada más ponerse el pijama y meterse entre las sábanas se dejó llevar por el sueño. Ya no tenía que seguir representando el papel de niña atenta y solícita. Me quedé todavía unos minutos a su lado, viéndola dormir con esa cara de paz.

Ërno no se movió del asiento delantero en el viaje de regreso, lo que me hizo sentir un poco sola allí atrás. De nuevo, el silencio pareció expandirse por el interior del vehículo. Esta vez no estaba Hortense para rasgarlo.

Al llegar de nuevo al edificio de la presentación, se adelantó para abrirme la puerta y ayudarme a bajar. El coche quedó a nuestras espaldas, nos dirigimos hacia la entrada principal.

—Pensé que nunca volvería a ver ese collar.

Sus palabras me recorrieron como lo habría hecho un escalofrío. Fueron demasiadas las sensaciones que trataron de invadirme al mismo tiempo.

—Pensé que nunca volvería a verte.

No me tembló la voz al decirlo, aunque sentía como si pudiese estallar de un momento a otro. Ërno detuvo el paso. Miró primero el collar, esta vez sin reticencia. Luego me miró a mí, directamente a los ojos. Pareció que iba a decir algo, pero solo se aclaró la garganta y con un gesto me invitó a adentrarme otra vez en el bullicio. Su mano, en un gesto cortés, se apoyó en mi espalda para cederme el paso a mí primero. Pero ese contacto fue la gota que colmó el vaso.

Me quedé rígida, de piedra. No pude avanzar un paso

más. ¿Estaba a punto de acceder al salón en compañía de Ërno Hessel, como si fuésemos una pareja más en aquel lugar, como si nuestra historia no se hubiese resquebrajado y la vida nos hubiese llevado por caminos muy distintos? ¿Era él, que se había ido a Nueva York para asegurarse de no volver a verme, el que colocaba su mano en mi espalda para acompañarme y continuar la noche junto a nuestras amistades y seres queridos?

—¡Erno! —La voz de la mujer extraña rompió los pensamientos. Era su novia. Se colgó de sus hombros y le besó en los labios.

—Creo que me iré a casa. Estoy muy cansada.

—Alice...

—Solo pensar en el vocerío de ahí adentro, me entra dolor de cabeza. ¿Te importa si le pido a tu chófer que me acerque?

Ërno me observó en silencio. Un silencio que pesaba, que me ardía en el pecho.

—¿Quieres que te acompañe?

—No. A ti te esperan ahí dentro.

—A ti también —replicó al instante, la indirecta parecía haber hecho mella—. Están tus hermanos, Kiki, madame LeClercq...

—Ellos saben apañárselas sin mí. No soy el motivo por el que están ahí.

Traté de esbozar una sonrisa con la que poner punto final a ese diálogo innecesario. No protestó, no insistió. No era un hombre que hiciese esas cosas. Se acercó un momento al coche para darle indicaciones al chófer, luego abrió la puerta trasera con la misma cortesía con que lo había hecho antes. Le di las gracias. Vi su silueta desdibujarse mientras me alejaba de las voces, del ruido de las copas, de las luces de las lámparas. En el asiento del copiloto, ahora, viajaba una soledad que hacía tiempo que no sentía.

CUARTA PARTE

—

LA BODA

Nota de Kiki de Montparnasse:

La boda de Alice Humbert se preparó en más tiempo del que ella hubiese deseado: no quería nada exagerado y de buena gana habría optado por hacerla de manera privada en la iglesia de Saint-Gervais-et-Saint-Protais, cerquita de la tienda con un párroco de diario, un bonito vestido cosido por su hermana y con Jules, Claire y yo de testigos. Alice esgrimió la muerte del padre de Alexander como razón de peso para no hacer grandes celebraciones, pero de poco le sirvió. La boda de Alice fue como debía de ser. Las cosas del corazón se reducen a dos simples posibilidades: se ama o no.

KIKI DE MONTPARNASSE

Aunque lo sospechaba, Alexander no me había dicho nada. Mi futuro marido llegó en tren a la Gare du Nord desde Polonia, a comienzos de abril. Pidió un taxi en la misma estación y apareció en la tienda a primera hora de la mañana. Había viajado toda la noche. De haberlo sabido me habría arreglado y habría preparado el taller, la casa y mi peinado. Justo cuando sonó el timbre y me asomé por la ventana para ver quién era me volví a sentir como en aquel primer día de los Juegos Olímpicos.

Alexander estaba radiante.

—¿No llegabas la semana que viene? —grité.

Sonrió como respuesta desde la acera, dejó la bolsa que llevaba al hombro como un militar que regresa de la guerra y abrió los brazos.

—¿No me abres? ¿Prefieres que siga aquí?

—Oh, pero qué estoy diciendo, qué más da cuando llegaras. Lo importante es que has venido.

Lancé las llaves para que él mismo abriera la tienda. Me dio el tiempo justo a ponerme perfume y retirarme el pelo de la cara.

Un minuto después lo tenía igual de revuelto y el perfume estaba en su piel. Apenas habíamos sido capaces de llegar a la cama. Por suerte, no habíamos tenido que contenernos, Jules se había ido al trabajo hacía rato y Claire tenía varios encargos que repartir. El aliento entrecortado me hizo sentir más joven que en las últimas semanas. Era el hombre de mi vida, el sexo improvisado, la rebelión de las emociones, y tenía unos brazos fuertes en los que dejarme abrazar.

—¿Me echabas de menos? —dijo haciendo una carantoña.

—¿Tú qué crees?

—Te he traído algo. —Alexander señaló con la cabeza su maleta y la bolsa que antes llevaba al hombro. Enarcó una ceja y entendí que era algo para mí.

—Tú eres suficiente.

Necesitaba abrazarle, estar con él, sentirle, olerle, hacer el amor una y otra vez, tocarle, dejarme besar, palpar su espalda, sentir el pulso de su sexo en mi vientre, acariciar sus dedos, su pelo. Alex se había ido y regresaba con la misma energía que aquella vez en la que nos amamos en Giverny, en el río. La habitación, la casa entera parecía ahora aquellas aguas en las que el sosiego fue un sobresalto de olas. Había llegado, por fin.

—Perdona que no me haya arreglado, que me hayas visto así.

De pronto, al decirlo, me sentí más estúpida que de costumbre: Alex me amaba y me hacía sentir la mujer más bella del mundo. La sola mención de la duda le hizo reír.

—¿Arreglarte para mí? Boba. Te quiero así. Y te querré cuando tengas las mismas arrugas de las sábanas.

—Por Dios, me acababa de levantar. Estaba preparando el desayuno.

—No me des explicaciones. Dame besos.

Me derrumbé sobre su pecho, cálido, grande, inmenso. Volvimos a hacer el amor. El sexo con Alex me hacía perder la razón.

—¿Hay café? —preguntó al incorporarse de la cama—. Lo necesito.

Fue en busca de la bolsa que había traído consigo, me besó el hombro desnudo mientras mi curiosidad de niña descubría lo que había dentro de ella. Una sortija con una piedra de color azul. Aguamarina, dijo. Me juró que me amaría siempre y que hubiera deseado llenarla de diamantes, pero que...

—Alex, no necesito más. Además, ya me diste la de tu madre. Mira cómo me queda.

Había una humildad en su mirada que me emocionaba. Esa pureza y esa ilusión rompían todos los esquemas y, además, enamoraban y enternecían. Qué más podía pedirle a la vida que un hombre como él: deportista, tierno y bondadoso.

Alex tuvo una única misión desde su vuelta: poner en marcha la boda. Se había ido con esa promesa como sello de nuestra relación, y él era un hombre de palabra. Aunque apenas había querido mencionar el tema, yo no podía obviar que su presencia conmigo, de vuelta, se debía al fallecimiento de su padre. Me dolía no haber podido acompañarlo en ese momento. Sabía lo que la orfandad hacía sentir, pero él se mostraba hermético, como si aquello formase parte de un pasado lejano que no tuviese sentido desenterrar. Me preguntaba si, en ese aspecto, el carácter francés y el polaco tenían menos puntos en común. No insistí, solo me esforcé en hacerle saber, sin palabras, que tenía en mí a alguien con quien abrirse si la tristeza o el dolor hacían llaga.

Me rendí ante la boda que mis amigas y familiares querían para mí. Alexander, abrumado y enamorado, decía que sí a todo. De todos modos, él también consideraba que casarse de manera discreta era un error —«no tenemos que escondernos de nada ni de nadie, Alice»—, y su hermana estaba encantada de venir junto con los hermanos de su padre fallecido desde Polonia. En cuanto a mi hermana, qué decir, se asoció en una empresa con Kiki y Madeleine LeClercq y llamaron a Thora, Thérèse y Treize para crear el «comité de boda». Así lo llamaron. Jules se reía y aseguró que sería el consejero del novio. Parecían dos mozalbetes de Montparnasse.

La fecha de la boda se fijó para el martes, 14 de julio, día de la Fiesta Nacional. Tras la ceremonia habría fuegos artificiales en la Bastilla, cerca de Saint Paul, iglesia elegida por madame LeClercq, y Kiki, en una de sus ocurrencias, argumentó que así parecería que toda Francia celebraba la boda de Alice Humbert.

—Será inolvidable. Y cada año dispararán un castillo de fuegos para ti.

Todos dijeron que sí. Y yo asentí, movida por la alegría y la mirada turbadora de Alexander Belov. A él le hacía ilusión: los únicos fuegos de artificio que había visto le recordaban la ceremonia de los Juegos Olímpicos.

La idea de pasar desapercibida entre tanta gente en un día de fiesta me pareció que se ajustaba precisamente a lo que yo más deseaba: algo discreto.

Claire se hizo con el mejor encaje de la ciudad, lady Bertha era un as en conseguir caprichos que deslumbraran a todo París. Le pedí que fuera un bonito vestido con falda hecha de pliegues diminutos, con varias capas de tul. De ninguna manera quería vestirme como un pastel de gasas y sedas. Nada de cola, ni glaseados, ni lazos en la cabeza, ni bordados, ni excesivo escote, ni perlas, ni volantes de encaje, ni coronas de flores en el pelo, que tanto furor estaban teniendo entre las novias, nada de extravagancias de portada de revista. No quería nada que me hiciera sentir ridícula, quería ser yo misma, sin caricaturas.

—Te sentirás bella —dijo mi hermana—. Déjame a mí.

Lo dijo tan convencida que la abracé.

—Oh, Claire. Menos mal que estás tú... Empezaba a pensar que me estaba dejando llevar por algo ridículo.

—¿Ridículo? Eres la hermana más bella del mundo y estarías bella hasta de ninfa.

—Demos un paseo —le pedí.

No quería hablar de vestidos, ni de flores, ni de invitados. El compromiso ya lo sabía todo el barrio y todas las grandes damas de la ciudad porque las amigas de Madeleine, muchas de ellas clientas, empezaron a enviar sobres de felicitación y hermosos ramos de flores.

Después de caminar en silencio desde la tienda hasta la isla de Sant Louis, nos apoyamos en la barandilla mirando el Sena.

—¿Crees que seré feliz, Claire?

—¿Por qué dices eso? Claro que serás feliz, eres maravillosa, lista, has sacado una vida adelante. Miento, has sacado tres: la mía y la de Jules también. Y tienes un novio encantador que ha regresado por ti. Y para ti. Medio París querría eso el 14 de julio.

—¿Y el otro medio, qué querría esa otra mitad?

—No te entiendo bien, Alice.

—Nada. Bobadas, seguramente. Se supone que debería estar feliz, ¿verdad?

—Nadie se lo merece más que tú. Piensa en mamá, ¿qué diría ahora si te viera? ¿Y papá? ¿Acaso dudas?

Al final de aquella tarde tuve que fingir una jaqueca devastadora para no quedarme en la tienda, me metí en la cama a llorar como una Magdalena. No sabía qué me pasaba. En el desvelo de madrugada, sin haber dormido ni un minuto, con los ojos irritados y el corazón a una velocidad que impedía relajarse, recordé mi vida desde el principio. Habíamos sido pobres, ahora vivíamos honestamente bien, discretamente felices. Iba a casarme, Hortense sería una preciosa dama de honor, las clientas ilustres amigas de lady Bertha habían encargado flores para llenar Saint Paul como un jardín de Versalles, tenía una bonita tienda, una excelente familia, amigas y un futuro marido que me quería y me necesitaba. Y ahí estaba ahora, desconsolada en la cama, desconcertada, a pocas semanas del altar. Mi relación con la culpa venía desde niña, también del desapego en la juventud; sentía que yo era la causante de muchos problemas. De la muerte, de la pérdida. Seguía con la carga horrible de haber traicionado a Ërno. Incapaz de olvidar. De ahí mis cambios de humor, mis desvaríos...

¿Cómo me sentí mientras pensaba de madrugada mientras dormía a mi lado mi futuro marido? Era un continuo malestar, que se apagaba a veces, me adentraba en pensamientos muy arriesgados. También oscuros. Y, me atrevo a admitirlo: tenía una oculta esperanza.

Cansada, agotada de ahogarme en lágrimas, me prometí en la oscuridad de la habitación disfrutar de la vida y de todo lo que tenía. Los nervios me habían desbordado. Si, veinte años atrás, en aquellas calles miserables de Contrescarpe me hubieran dicho todo lo que me estaba regalando la vida, no lo habría podido ni imaginar. Aquella niña pobre era ahora una mujer prometida con alguien intachable como Alexander Belov. Así me quedé dormida. Al fin y al cabo, vivir también consistía en soñar.

La mañana siguiente no le dije a nadie que me había sentido inquieta con respecto a mis emociones. Había tenido muchos encargos y eran la excusa perfecta para disimular entre la gente; confieso que nada me parece más solitario que la multitud.

—Voy a salir un momento. Media horita, nada más. Quiero ver a Madeleine, hablar del banquete.

—Ve tranquila, Alice —replicó mi hermana—. Está todo controlado aquí. Déjate llevar. Son los nervios de toda ceremonia.

«Tranquila», pensé mientras atravesaba l'Hotel de Ville hacia los mercados de Beaubourg. Así debe ser. Me sentí afortunada al recordar que mi mundo estaba en orden, que no tenía asuntos pendientes por resolver. «Me caso con un hombre feliz y guapo», me dije, y con esa idea en la cabeza improvisé una compra. Mientras esperaba mi turno pasó un hombre con una bandeja de pasteles de merengue de fresa, *chantilly* y *petit choux* de chocolate. El aroma del azúcar me hizo sonreír. Me acordé de aquella vez que, con mamá, nos quedamos pegadas al cristal del 51 de la rue Montorgueil, viendo la pastelería Stohrer, donde años después conseguiría mi primer gran logro: los mosaicos. El *babà au rhum* era el dulce de *Las mil y una noches*, quien lo prueba se queda prendado para el resto de su vida. Con ese recuerdo almibarado decidí que «ese» sería el dulce del pastel de mi boda. Pediría que emborracharan mucho el bizcocho de ron o vino dulce y que pusieran frambuesas. A mi madre le gustaban los *puits d'amour* rellenitos de crema, y la recordaba perfectamente untando el dedo.

Compré uno para comérmelo con los dedos. Igualita que mamá.

Al segundo sentí una fuerte presencia, tal y como me había ocurrido alguna vez cuando me ponía su chal para sentarme a leer, y me giré de golpe.

—Lo siento —dijo la mujer que tenía al lado—. Disculpe si le he dado con el paraguas.

Empezaba a llover.

La desconocida olía igual que mi madre, pero no era

ella, desafortunadamente. Miré su silueta, sus brazos con el cesto de mimbre, la manera de andar.

—Mamá.

Lo dije en voz bajita, deseando que los fantasmas me respondieran.

Sentí un dolor interior, un pellizco, pero no tenía nada más que añadir. Cuando giró hacia la esquina, me miró extrañada.

Otra vez, yo era una mujer perdida. Así me sentía cada vez que creía reconocer en un extraño a alguien a quien quería. Había pasado otras veces antes.

El restaurante donde había quedado con Madeleine a última hora de la tarde estaba cerca de su casa, Le Procope. Madame estaba en una mesa junto a la ventana, saludaba al camarero y tenía un café sobre la mesa.

—Bueno, hija, ¿cómo estás?

De buena gana le hubiese dicho que era un mar de dudas, que pasaba del sí al no, que tenía ganas de dar una patada y renunciar a todo, pero me ruborizaba solo la idea de pensarlo. ¿A qué venía estar nerviosa? Por un momento estuve a punto de decirle la verdad.

—Creo que vas a tener una boda maravillosa, lo digo con la mano en el corazón. Y sé que vas a ser inmensamente feliz —me dijo, haciendo un gesto al mismo camarero con el que antes estaba hablando.

Por supuesto, la creí. Madame añadió que sería «estupenda», «fantástica» y con una generosa ración de elegancia.

La perspectiva de entrar al altar me inquietaba. Todas las miradas, la música, los trajes, los vestidos, el sacerdote, las frases en voz alta. Por suerte, madame estaba para calmarme con su expresión de mujer en paz. Y desde luego, era muy amable de prestar toda la infraestructura para que Alex y yo nos convirtiéramos en marido y mujer.

—Ah, Alice, las chicas te envían besos. Han elegido un coro que cantará en la ceremonia y están interesadísimas en que el organista de Saint Paul interprete la marcha nupcial.

—Es demasiado, madame LeClercq. Tengo miedo a que todo parezca mucho.

—Pues es una bonita sensación.

—¿Usted cree?

—Limitar la felicidad es poner vallas al campo, no se puede ni se debe cercar. No hay mapas para eso. Déjate llevar. La felicidad no es peligrosa. A veces es rara, paradójica, inesperada y... ambigua. Pero ahí está, inundándolo todo.

—¿Cómo puedo pagarle lo que está haciendo?

—Disfrutándolo.

De pronto parecía sencillo. Sí, me dije, tal vez solo hace falta disfrutar: no complicar las cosas. Lo comparé de forma natural con la adolescencia, cuando todo fluía como el agua del río, corriente abajo, hacia el mar, donde esperaba la madurez. El discurso de Madeleine estaba lleno de palabras bonitas, explicaba cómo sería organizado cada detalle, quiénes se sentarían a un lado y otro de la iglesia. «Yo seré tu familia. Y estaré acompañada de Jules y de Claire», dijo.

—Me parece muy generoso por su parte.

—No soy tu madre, de hecho, no soy ni seré madre. Pero para mí eres como una hija y te has convertido en una mujer maravillosa. Debes sentirte acompañada. Yo haré lo posible por ofrecer mi cariño. No puedo hacer más. Sabe Dios que me habría gustado serlo... Pero no quiso que mi cuerpo engendrara vida. —Se quebró—. Hubo un tiempo en el que me enfadé, vivía atormentada porque por las calles solo veía carritos de bebés y luego niñas maravillosas que corrían delante de sus padres enamorados. No sabes la de veces que he estado sentada frente a los barquitos de Luxemburgo mirando a los pequeños empujar con el palito los veleros... Pero la vida es así. Las cosas que no he podido sortear he tenido que asumirlas, y las que puedo elegir las agarro con todas las fuerzas. Y esta boda será la que yo no tuve.

Los ojos de Madeleine LeClercq se humedecieron, pero no dejó que saltaran las lágrimas. Se recompuso con una bocanada de aire que me dejó sin respiración.

—Lady Bertha, ya sabes, quería elegir el vestido. ¿Qué le digo?

—Eso corre de mi cuenta. Claire está ilusionadísima pensando cómo vestirme. Me siento una muñeca.

—Me parece bien. ¿Crees que Alexander necesita ayuda? ¿Cómo puedo ofrecérsela?

—No he hablado todavía con él de nada respecto a la ceremonia. Supongo que...

—Supones que debería ir vestido de militar. Un uniforme es algo maravilloso, varonil, y ofrece seguridad a la novia. Impresiona a los invitados. Tendré que buscar qué llevan en Polonia, o tal vez el uniforme francés esté bien. Al fin y al cabo, vais a ser parisinos los dos.

—¿Querrá?

—¿El qué? ¿Vivir en París? ¿Vestirse de general?

—Que le impongamos lo que debe llevar...

—Es el novio, y la novia manda en una boda. La estrella eres tú. Y él, por lo que me has contado, y por lo que yo tengo entendido, es un chico maravilloso que está enamorado de ti. —Madeleine meneó la cabeza—. No será problema. Un lugar precioso, una pareja preciosa y un día precioso.

—Eso quiero.

Levantó la copa de vino blanco.

—Voy a brindar por el éxito de tu boda con Alexander

Belov. De no ser por los Juegos Olímpicos, no os habríais conocido. Al final voy a tener que invitar al barón de Coubertin. ¿Quieres? Pierre es adorable y podría ser un buen testigo de bodas, todavía tiene aires de joven atleta. A pesar de su edad, el rugby ha dejado buen legado en su estructura. Además, Marie es adorable y... Creo que la conoces... Estuvo en una de nuestras cenas en casa. ¿Recuerdas? Lo que ha unido el deporte que no lo separe nadie.

Madeleine LeClercq alzó la copa y mojó un poco los labios. De pronto, aquel vino, incluso el exquisito gesto de mi amiga y protectora, me situó en medio de la ceremonia de bodas. Había empezado a imaginar y mi cabeza dio vueltas con un vestido todavía inexistente.

Cuando llegué a casa estaba emocionalmente cansada. Claire llevaba desde temprano apurando el retoque de un vestido de novia que me dejó impactada. No sé cómo ni de qué manera (intuyo que los exóticos contactos de lady Bertha) lo había hecho traer de la Maison Paul Poiret.

—No quería que lo vieras todavía, Alice. Pero no me puedo resistir.

Mi cansancio se convirtió en un terremoto de emociones.

—¡Claire!

—¿Qué me dices, hermana?

—Estoy cautivada... ¡Es una belleza!

El vestido de «le Magnifique» estaba inspirado en los kimonos de la tradición oriental, un caftán de un finísimo terciopelo que se plegaba sobre el cuerpo. Su estilo lo habíamos visto en mil y una revistas, sobre grandes estrellas. Ningún vestido de Poiret era idéntico al anterior. El lujo de sus bordados, las plumas, los estampados eran cautivadores. Para las damas de la alta sociedad que soñaban con la Maison aquellas puntadas de hilo dorado eran una pieza de culto.

—¿Cómo, Claire? ¿Cómo es posible?

—Será un eterno secreto, Alice. Te he visto mil veces mirar la obra del maestro y sé traducir el brillo de tus ojos.

—Pero... ¡es imposible!

—No lo es. Aquí lo tienes. Yo solo he hecho un pequeño arreglo para ti. Nada más. No he tenido que ajustar más que la cinta.

—¿Qué cinta?

—Esta.

Había prendido en la cintura un sencillo lazo con la tela de un viejo vestido de mamá. Mi intento de disimular la alegría para decirle que la quería, que era la mejor hermana del mundo y que ese era el vestido más maravilloso para una novia se evaporó. Rompí a llorar como una cría. Tal vez todo lo que llevaba días, semanas, meses, arrastrando.

Claire no pudo hablar, acabamos abrazadas frente al vestido.

—Hermana, te adoro y lo sabes...

—Por favor, ahórrate los piropos o acabaremos como dos Magdalenas con los ojos rojos.

Sonreí con la felicidad entera, si eso existe. Al menos, con toda la alegría de sentirme plena, inmensamente agradecida.

—¿Qué va a pasar ahora?

—Pues que te vas a casar, Alice.

Volví a fijarme en el bonito vestido. Poiret era el responsable de las creaciones más exageradas de la moda, todas tenían un aire escénico. Solía adornar con borlas, capas, chales con plumas de colores y estolas de zorro. Sin embargo, este era la elegancia dibujada sobre una tela ligera. Según la leyenda, Denise, su mujer, había cambiado el espíritu teatral y ahora estaba cambiando. Ya no era aquel de los vestidos imperio, la estética griega había ganado en su taller. Esa tela, ese color, ese vestido con el que me iba a casar eran únicos. La realidad hacía sus esfuerzos para apartar la inquietud que me dominaba y que no me atrevía a compartir con nadie. Era una mujer prometida, con un futuro lleno de amor por delante. Atreverme a pedir algo más sería obsceno. Pero no se trataba de pedir nada más. No era eso.

«La niña irá vestida de Paul Poiret».

La frase la espetó con orgullo de madre lady Bertha en la reunión que organizó en su casa para agasajarme. Allí estaban todas las amigas, el consejo de sabias del Ritz: Mme Villeneuve, Mme Thadée, Mme Boursin y Mme LeClercq. Todas habían dejado sus sombreros de Cordeau en la entrada, parecía la paleta de un pintor, ninguna coincidía en el color elegido: azul Lanvin, rosa Polignac y verde Velasquez. El negro Chanel era de Madeleine y estuvo a punto de ser destrozado por Petit Prince, el perrito de lady Bertha. Lo salvó Annette de la carnicería y el animal acabó subido en el sofá del que no se atrevía a saltar.

—¿De verdad se va a quedar castigado ahí? —le pregunté.

—Ni se le ocurrirá saltar, tiene las patitas más cortas que las mías.

Mme Thadée rompió a reír y aprovechó para descorchar una botella de champán.

—¡Brindemos por Alice Humbert, futura señora de Belov! —dijo la señora invitando a levantar las copas.

—Estoy harta de perder el apellido —confesó Mme Boursin como un inesperado disparo a la clase social y a los maridos—. Mi padre se apellidaba Dampierre, una casa noble, condes de Flandes. Y a mí me toca arrastrar el Boursin. Suena a queso. Y todas sabéis que detesto el queso.

—¿Y a tu marido?

—Tanto o más.

—Tienes suerte, querida Alice. Lo de poner tu apellido Humbert en tu tienda es una reivindicación de la que no somos conscientes.

—¿Cambiarás el nombre de la tienda tras la boda? —preguntó lady Bertha.

—Eres boba, querida. ¿Cómo va a quitar el Humbert? Es su marca.

—Bueno... No sé si es mi marca, de momento es solo mi apellido. Ya me gustaría, pero no soy Chanel.

—A Coco le bastó con tener dinero para mantenerlo.

—Suena algo grosero —confesó Mme Villeneuve, más prudente con el champán y con las palabras.

—Sonará como quieras —respondió lady Bertha—, pero es así. La chica es lista y es un galgo de carreras: flaca e imparable.

—Noto cierta envidia —apreció Mme LeClercq.

—¿Por lo de flaca? Sí, rotundamente sí. No te lo niego. Pero, amiga, no sé parar de comer. Y no quiero parar de comer. Voy a comer hasta que saquen la guillotina del trastero de La Conciergerie.

Reímos como chiquillas, lady Bertha era la mejor cuando estaba achispada. Por eso le sirvió rápidamente la avispada Mme Boursin.

—Llámame madame Roquefort.

—¡Adoro el roquefort! Deberíamos ir a Aveyron, allí están ahora en plena producción. Y con un buen vino... *Mon dieu!*

—En Millau tiene un palacio la familia de André, André Citroën.

—¿También? Caray con los motorizados.

—Esto me recuerda que debemos elegir el menú, Alice. Apuesto por un buen champán y un cóctel con variaciones de queso, ¿te parece?

—No sé qué decir.

—Pues no digas nada —respondió rápida lady Bertha—. Quesos, frutas del bosque y mucho champán. Me parece perfecto.

—Deberíamos buscar un cocinero para todo. En el jardín de mi casa podemos celebrar la boda. Desde Saint Paul en coche hasta Saint Germain y... puertas abiertas para la buena gente.

—Confundes buena gente con gente aburrida. No estaría mal que... ¿Cómo se llama tu amiga, Alice?

—¿Kiki? —dije con miedo.

—Kiki, la reina de Montparnasse. Por supuesto. Y que traiga a pintores, amigos...

—... Me temo que si le dejo a Kiki decidir invitados, puede ser un riesgo. La quiero, pero es muy atrevida.

—Mejor.

—Eso. Mejor.

—Es tu amiga, debemos unir a todo París. Si solo vamos nosotras, ¿qué dirá Alexander, que solo tienes amigas viejas?

—¡Bertha!

—Somos unos vejestorios, podríamos haber ardido en la subasta del Bazar de la Charité.

—Por favor, qué burra eres.

—Pues si soy burra, me pasaré la boda con Kiki.

—Madame, no importa. Nadie va a pensar en... la edad. Ustedes son mi familia. Y... muy probablemente también vendrá familia de Polonia, parte de los íntimos de Alexander. Con ellos estarán mis hermanos.

—Y nosotras —respondió Mme LeClercq—. Y si como dice la siempre tremenda Mme Bertha parecemos el bazar de Carlota de Baviera, buscaremos la manera de encontrar a Luis II. Por cierto, ¿qué fue del bazar, lo reconstruyeron? ¿Sigue en la rue de La Boétie? Mi madre recordaba siempre los carteles: *Au lion d'or, Au chat botté, À la truie qui file...* Participó muchas veces y era de las primeras en ayudar con el bufé. Qué triste.

—Dejad las tristezas. Todavía tengo un nudo del incendio del cine, todos los niños... Qué horror.

—¿Abro otra botella?

—Por Dios, no. Mejor tomamos unos postres en el *boulevard.* ¿Os apetece?

Mme Villeneuve, Mme Thadée y Mme Boursin salieron hacia la calle en busca de un café con dulces para seguir hablando de la boda y del posterior banquete en el jardín de Madeleine.

—Ahora nos unimos nosotras —apuntó Mme LeClercq.

La parte trasera del palacio de mi amiga y casi madre era un hermoso patio con columnas y fuente central que se abría desde los arcos hacia un jardín lleno de árboles con bancos distribuidos perfectamente para poder sentarse y charlar. El cenador lleno de rosas era el centro, como un kiosco de músicos en el que la vida ponía el corazón.

—Peonías o rosas, ¿qué prefieres para la boda? —preguntó Mme LeClercq.

—Todas las flores son preciosas, Madeleine, prefiero que elija usted. Puede adornar su casa como quiera. Yo solo soy una invitada.

—Uno, eres la novia. Y dos, eres como una hija. No voy a repetírtelo.

Permanecimos en silencio. A nuestro lado, la fuente creaba un río de agua por el suelo que daba a un charquito donde había peces de colores.

—¿Qué quieres tú, Alice?

—No sé.

—No tenemos que decidirlo ahora. Estarás agotada con las bobadas del champán y los comentarios de unas viejas entrometidas.

Lo estaba. No quería pensar en la boda y cualquier decisión me suponía un gran cambio, el paso decisivo, el final de aquellos cuentos que leía de niña y que acababan con la boda. Yo siempre me pregunté qué pasaba después. Mamá y yo nos inventábamos las vidas cuando, de noche, leíamos en la cama. ¿Ella qué quería, rosas o peonías? Su muerte seguía escociéndome en el alma, aunque la nostalgia aparecía ya solo en momentos como este: pequeñas dudas que una madre siempre sabría zanjar de manera resolutiva. Mamá disiparía cualquier duda en un santiamén. Sentí su voz.

—Rosas —respondí con alivio—. Huelen bien.

Madeleine LeClercq me abrazó y me acarició el pelo con dulzura.

—Nunca pensé que diría esto, pero echo de menos no tener que tomar decisiones. Una iglesia, un vestido, una ceremonia, unos invitados... y ahora flores. Todo me parece un mundo. Empiezo a pensar que tal vez... No sé. Tal vez todo va demasiado rápido.

—Poco a poco, Alice. La vida decidirá sola. Si te parece bien, yo me encargo de todo lo que no tenga que ver con el amor.

Mi vida era pura contradicción. En la soledad busqué cada noche durante mucho tiempo el recuerdo de Ërno, y lo fui borrando; el tiempo me había dado una segunda oportunidad y sumaba todos los ingredientes para tener una vida bonita. Sin embargo, no me sentía feliz, ni plena, ni satisfecha con los pasos que daba. Cuando intentaba ser razonable, me hundía, y si me dejaba llevar, me encontraba con él.

Una tarde, Kiki y yo estábamos en el muelle del Sena más cercano a casa disfrutando de un rato de intimidad entre dos amigas, cuando Kiki fue directa al grano:

—¿Estás enamorada?

—Claro que lo estoy —le contesté con un matiz mal disimulado de enfado.

—No sé. Te he visto muchas veces, y en esta ocasión parece que quieres demostrarte a ti misma que lo estás en lugar de dejarte llevar.

—Ya sabes que no sé dejarme llevar... Las veces que lo he hecho he metido la pata.

—Prefieres controlar ahora la situación. Sin embargo...

—¿Qué?

—... Curiosamente no la controlas. Te veo nerviosa. Tengo que buscar ratos para hablar contigo a solas, te escondes con tus hermanos y en la tienda. Tú siempre has sido una chica abierta, habladora, alegre. Sin secretos. Desde que te conocí me sorprendió lo transparentes que eran tanto tu dolor, como tu alegría.

—Y... ¿ahora?

—Sigo viendo el mismo dolor, pero no la misma alegría.

—No somos aquellas modelos que buscaban pintor para sacarse unos francos con los que pagar el alquiler de la habitación. Ahora tenemos una responsabilidad.

—Qué feo suena, Alice.

—¿La responsabilidad?

—Me aburre. Una cosa es ser sensata y otra ser responsable y andar por donde dicen. La calle es ancha, mira cómo es París, bulevares para que podamos decidir por qué acera caminar. Los callejones ya no existen. Es más complicado hasta esconderse. Y tú intentas que no se te vea. Difícil, Alice. A ti se te ve. Eres luz.

—Me siento apagada —confesé.

—Lo sé. Y no eres tan mayor para dejarte oscurecer.

—¿Qué quieres que haga, Kiki?

—No, no, no. No debo decidir yo nada, nadie debe decidir por ti. Eres tú la que tiene las riendas de tu vida y la que debe equivocarse o tener razón. O todo a la vez. Pero mírame a la cara. Tú. Solamente tú debes decidir qué hacer.

De nuevo, muy a mi pesar, volví a tener sentimientos enfrentados. Kiki estaba siendo muy clara, pero yo debía tomar la decisión.

La mañana siguiente, cuando Jules se marchó a trabajar y Claire y yo pusimos en marcha la tienda, me vi en el espejo del probador. Tenía los ojos hinchados. Mi hermana me ofreció un pañuelo, y no dijo nada. Le dije que era la falta de descanso, que no conciliaba bien el sueño, que me costaba dormir. Claire puso el cartel de abierto. Desde dentro leí «Cerrado» y no pude evitar sentir compasión de mí.

La primera vez que oí hablar de arrepentimiento fue en la iglesia y me quedó claro tras la muerte de mamá. No podía sospechar que iba a aparecer tantas veces en mi vida. ¿Cómo evitarlo? La vida marchaba, funcionaba el ritmo de compra de telas y confección de vestidos. Mi hermana y yo éramos uña y carne gracias a la edad que nos había igualado y a su madurez en los negocios, y solo había una parte de mi vida que yo no conseguía tener controlada: el amor. Era incapaz de ser feliz. Y cuando creía que lo podía ser, la vida me devolvía el pasado como un tropezón en plena calle. A la vista de todos.

Ërno Hessel, el hombre que me había enamorado y al que engañé, regresaba desordenando todos mis argumentos de felicidad con Alexander Belov. Su sola presencia bastaba para desestabilizar mi nueva construcción de pareja.

Ërno solo estaba en París, nada más.

Alex me amaba.

Y yo, ¿a quién deseaba?

Como a Claire se la veía tan adulta, no tardé en compartir con ella mi insatisfacción. Yo quería a toda costa un refugio de vida doméstica. Una vida en común. Feliz como las demás. Ser como ellas. Como los Dardel. Esas parejas que pasean por el parque, que se sientan en una mesa para dos, en un banco de Tullerías, que se apoyan en la barandilla del puente. Esos. Estaba cautivada por la conexión con Alex, por esta unión manifiestamente franca. Cuando decidimos casarnos entendí que la vida me regalaba la oportunidad perdida frente al peligro de no volver a ser amada.

—Ya lo sabía.

—¿Y por qué no me habías dicho nada?

—Porque solo soy tu hermana pequeña. Y porque me cae muy bien Alex. A Ërno no le conozco de nada, yo era una cría. Pero puedo entender tu confusión.

—Ay, Claire. No sé qué hacer. Solo estoy siendo...

—Prudente.

—Supongo —mascullé.

—¿Por qué?

—Porque tengo la edad suficiente para no cometer más errores. Soy prudente... o cobarde.

—Alice...

—Es la pura verdad. Siempre he apostado por lo seguro. Incluso cuando arriesgué entre pintores. La vida me ha hecho así por mis propias decisiones. ¿Esto me hace infeliz? ¿Cómo se hace para cambiar?

Acababa de expresar aquello que me llevaba angustiando desde hacía tiempo, mucho más del que creía. Y no en una carta. No para mis adentros. Frente a mi hermana.

—¿Ërno ha dicho algo? ¿Te ha propuesto algo que yo no sepa?

—¡No! Nada de nada.

—Entonces... ¿Vas a decirle tú algo a él?

—¿A quién, a Ërno? Ni loca. Estoy prometida.

—Ya lo sé, Alice. Pero si él no toma la decisión, tal vez debas ser tú quien diga la primera palabra. A uno o al otro. A quien tú creas.

—La vida a veces es difícil, Claire. Todo lo contrario que coser.

—Siempre podemos descoser.

En el nuevo lugar de moda de París, todo se mostraba igual de sencillo: la Exposición Internacional de Artes Decorativas e Industrias Modernas. La premisa, según el cartel, era mostrar creaciones novedosas que se alejaran de la tradición y fueran originales y nuevas. «Serán rigurosamente rechazadas —decía *L'Esprit Nouveau*— las copias, imitaciones y derivaciones de estilos antiguos o anteriores». Nos enamoró la exposición y nos dio las claves de lo que vendría también en moda: la sencillez, sin ostentaciones ridículas y sin imitaciones grotescas. *Art déco*, ponía en un gran cartel: «La vida no necesita adornos».

Nuestro paseo no deshizo ningún nudo, pero funcionó a las mil maravillas para destensar el silencio que me ahogaba. Tal vez era esa la señal: encontrar la sencillez, nadar en ella, recrearse en la llaneza, con aquella ingenuidad que teníamos de niñas y que vamos perdiendo. *L'Esprit Nouveau.*

Después de cenar, me recogí en mi cuarto una hora antes de lo habitual con el pretexto de buscar la calma en la habitación. Jules me dio un beso de buenas noches y Claire entornó los ojos. «Dejo la cocina limpia y me pondré a preparar los encargos de mañana. No te preocupes, duerme tranquila», me dijo. Poco rato después estábamos las dos en mi cuarto.

—Un día nos hablaste de él, a mí y a Jules. Pero no de vosotros.

—No sé qué puedo decirte... Me da pudor.

—¿De verdad estuviste tan enamorada de Ërno?

Tardé en arrancar.

—Yo me dedicaba a posar para pintores, nunca te lo he ocultado, aunque hoy por hoy me da mucha vergüenza recordarlo. En aquellos días lo importante era salir del pozo en el que estábamos; económicamente me servía para sacarme las castañas del fuego y tirar hacia delante, vivir sin el apoyo de nadie. Entonces le vi. Yo había sido retratada y mi cuadro presidía la exposición. Al principio solo reparé en su aspecto varonil, su traje elegante, uno más de aquellos señores que poblaban los grandes cafés, pero me sentí fascinada por su presencia antes incluso de hablar con él. Él dijo haber sentido lo mismo. Tenía una belleza masculina, los ojos inmensos, verdes, la nariz grande, la mandíbula fuerte y esa sonrisa generosa. Me vinieron a la cabeza los personajes de las novelas que leía de pequeña, pero... era verdad. Era tan diferente a todos, y tan diferente a mí... Y no podía apartar los ojos de él. Ërno aquella noche no apartó la mirada y, confiados ya por el champán y la noche, se acercó a mí. Fue una sensación extraña, a pesar de la multitud parecía que estábamos solos. Él y yo. Ërno y Alice. Como un cuento. Había comprado el cuadro en el que yo posaba. Con esa decisión, había pasado a formar parte de su vida. ¿Cuántas historias de amor pueden permitirse un comienzo así? Un codazo de Kiki me sacó del trance y alguien hizo las presentaciones, no lo recuerdo. «Brindo por la modelo», dijo. Brindamos todos. Y entre él y yo, una batalla secreta para ver quién aguantaba más sin retirar la mirada.

—Ganó él, claro.

—¿Cómo lo sabes?

—Lo imagino. Tu timidez...

—Y su poderosa figura, Claire.

—Parece un cuento.

—No tardó en romperse. Mamá murió y se desencadenó todo el arrepentimiento por haberme ido con él y la soledad de estar condenada a no enamorarme jamás. Ërno se fue a Nueva York y antes me dejó esta tienda como regalo. Lo demás lo sabes todo.

—No.

—¿Qué no sabes?

—¿Por qué se fue? ¿Qué pasó?

Un escalofrío me recorrió la espina dorsal.

—Le fui infiel la noche que murió mamá. Acabé en casa de un pintor, Kisling. Y me retrató desnuda con un collar que me había regalado él.

—...

—Así me vio de nuevo en otra exposición, y así se enteró. Delante de todo París.

—Se sintió...

—Humillado.

—Pero ha regresado a París.

—No por mí. Verle fue una casualidad, en la fiesta de fin de año. Me llevó Kiki. Nos volvimos a ver y luego comimos juntos.

—Entonces, aquel episodio lo ha olvidado. Si no, no volvería a verte. Ni quedaría para comer.

—Haces que me llene de dudas. Pero olvidar no es perdonar. Son dos verbos diferentes. Y soy muy consciente de eso. Además, tiene pareja.

—¿Sabe que te vas a casar?

Levanté los hombros como respuesta.

Iba a contarle con todo detalle aquella noche en la que acabé en brazos de Kisling, a detallar mi dolor y mi culpa, pero el cuerpo me pedía a gritos callar. De repente, hablar era como correr hacia atrás, hasta darme de bruces con el pasado.

Me quedé muda.

Abrí el cajón de mi cómoda para enseñarle todas las cartas que había escrito a Ërno Hessel en su ausencia, para que entendiera mi amor infinito y mi penitencia. El remordimiento y el amor se habían quedado escritos en decenas de misivas que nunca envié.

—¿Qué buscas, Alice?

—Aquí deberían estar... las cartas.

—¿Qué cartas?

—Unas que... —No tardé en confesar—. Unas cartas que fui escribiéndole a Ërno durante mucho tiempo, hasta que me vi rendida. Pero no lo entiendo. Voy a volverme loca. Juraría que las tenía aquí, no las he movido. Hace mucho que dejé de escribir. Y...

—Yo te ayudo a buscar.

—Creo que no hace falta. No importa, ya aparecerán.

Abrí el cajón de la cómoda y de entre las sábanas y camisones saqué una caja. Las iniciales doradas del cofre ya sorprendieron a Claire, dentro estaba el collar de esmeraldas que jamás me había vuelto a poner, hasta la noche de los Perfumes Chanel en la que había visto a Ërno por última vez. El collar que me había regalado como prueba de amor antes de marcharse a Nueva York.

Se quedó muda.

—¡No era de Madeleine LeClercq! ¿Fue él quien te lo regaló? —No hizo falta una respuesta—. Es algo tan precioso... ¿Me dejas probármelo?

No respondí. Las cartas nunca enviadas eran mi única preocupación en ese momento.

Dos días después, por la tarde, Madeleine LeClercq y André Citroën reunieron a un grupo de personas en el palacete de Saint Germain. El empresario le había pedido que convocara una reunión distendida para hablar de su nueva empresa. Para él no tenía sentido empezar algo novedoso sin compartirlo previamente con la gente, y madame no había dejado pasar la oportunidad de llevarme de su brazo. Había insistido en que Alexander nos acompañase para que, según sus palabras, la sociedad empezase a conocer al nuevo matrimonio al que habría que dejar espacio en su esfera. Delante de él se había abstenido de afirmar nada, pero sabía muy bien que mi amiga, mi valedora, quería alejar lo antes posible a Alex de los guantes de boxeo. «El futuro esposo de Alice Humbert debe saber ofrecer la mano, no los puños». También Jules había sido invitado por Madeleine, una ocasión estupenda para destacar a uno de los discípulos ante su maestro.

André Citroën era totalmente opuesto a lo que se esperaba de un millonario en París. Yo había oído hablar de él en otras citas y, en ocasiones, a mi hermano. Pero poco podía contarme; aunque le había colocado en la empresa automovilística, de ahí a ver al jefe a diario iba un mundo.

—Así que usted es la hermana de Jules, la que se va a casar. Me ha puesto al corriente Madeleine.

—Sí, sí, ella me trata como una hija.

—Es que eres como una hija —dijo de pronto mi protectora apareciendo en el salón donde nos habían reunido.

El señor Citroën me ofreció un jerez que no rechacé, pero que en el primer trago me dio un tiro en el estómago. El primer sorbo bastó para estar sosteniendo la copa todo el almuerzo. Por el rabillo del ojo vigilé que Jules, concentrado con Alexander en la charla cercana de otro grupo de hombres, no tomase ejemplo de su hermana mayor.

—Madeleine, le agradezco mucho que nos hayan invitado —dije. Luego me dirigí al gran empresario—: A mi hermano le vuelve loco la idea del *rally* por la China, dice que el de África fue todo un éxito.

—Es un chico muy capaz —valoró él—. Goza de buena reputación entre sus compañeros, todo lo que me cuentan me recuerda a mí, un emprendedor. Seguro que ustedes dos se parecen.

—Bueno, yo solo dirijo una tienda de moda.

—Una gran tienda de moda —apostilló Mme LeClercq.

—Me gustan los tejidos, los colores, las modas... Mi hermano es un apasionado de los coches. No imagina cómo está de contento en su factoría. Y le agradezco a usted mucho que confíe en él.

—Tengo unos días de vacaciones, a la vuelta le diré que forme parte de la organización de mis viajes.

—¡Oh! Estará feliz.

—No le digamos nada. Le he visto por ahí y me gusta que sea un chico discreto. Yo tampoco me acercaría a los jefes, jamás.

—Te enamorará su carácter —dijo Madeleine—, como a mí el de su hermana Alice. Los Humbert tienen raza.

—Si me permiten... —me disculpé, sonrojada por los halagos.

Me acerqué a la ventana en la que acababa de acomodarse Alexander. Charlaba animadamente con Jules, le animaba a probar con el boxeo y, cosa rara, mi hermano rechazaba meterse a participar. La responsabilidad es como la lluvia, abona el terreno para la primavera.

Me gustó escucharle mientras me acercaba hacia ellos.

—Vaya, esperaba que te apuntaras conmigo en el gimnasio.

—Creo, Alex, que Jules no quiere lastimar su preciosa nariz de los Vosgos —intercedí.

—Procuraría darte con mimo.

—Eso no sería boxeo, sería una riña de colegio —respondió Jules.

—¿Queréis? —les dije ofreciéndoles mi jerez para quitarme la copa de encima. Sentí orgullo al ver que Jules declinaba con un gesto natural de cabeza.

—¿Has oído, Alice? André Citroën pretende realizar otra expedición por el mundo. Dicen que será por Asia y cruzo los dedos para que me escoja a mí. ¿Imaginas?

Asentí con una media sonrisa.

—¿Te gustaría embarcarte en ese viaje? —preguntó Alexander.

—¡Por supuesto! Y probar los nuevos vehículos.

—Podrías enseñármelos, tú tienes acceso a esos nuevos modelos...

—Quedaremos, futuro cuñado.

—¡Por Dios, no os adelantéis a la boda! —salté.

—Lo sé, lo sé, ya sé que no debo avanzar nada. Todo a su debido tiempo.

Alexander y Jules intercambiaron una mirada cómplice, dos hombres que en silencio destacaban lo alterada que podía mostrarse una mujer ante la proximidad de su boda. Ni siquiera tuve tiempo de lanzar un reproche. Reconocí su voz a mis espaldas, no muy cerca. Pero la proximidad es siempre relativa cuando percibes la voz de quien has amado por primera vez en la vida. Ërno.

Fueron Alexander y Jules quienes tomaron la iniciativa de acercarse al nuevo grupo de hombres que había accedido a la espaciosa sala del palacete. André Citroën ofició las presentaciones de manera distendida. Tenía facilidad para hacer que las manos de mecenas, socios y amigos se fundiesen con camaradería. Vi que Jules me miraba, durante un segundo, mientras las manos de Ërno y Alexander se entrelazaban en una presentación cordial.

Sentí que se me detenía el corazón.

¿Qué estaba haciendo allí?

¿Por qué, precisamente, ese día?

Busqué una explicación a la imagen que tenía ante mí. Ërno y Alexander. Juntos. Intercambiando con otras personas algunas impresiones desprendidas respecto al nuevo proyecto de Citroën. Ërno y Alexander. Alexander y Ërno.

—Es mejor hacerles compañía cuando todavía tienen en la mano la primera copa —dijo Madeleine, acercándoseme e invitándome a unirme al grupo—. Después se les sale la virilidad por cada poro. Y ahí es cuando nosotras nos vamos a casa.

Accedí a su proposición, no podía hacer otra cosa.

—¿Te encuentras bien? —me preguntó Madeleine—. Estás pálida.

Los ojos de Ërno se clavaron en mí y sentí que no iba a poder mantener el equilibrio mucho tiempo. De repente, todas las miradas que tenía a mi alrededor me parecían acusadoras, llenas de reprobación, imaginaba los dedos a punto de alzarse para señalarme. ¿Señalarme por qué? Sentí la garganta seca y una gota de sudor frío en la sien.

Jules apareció a mi lado con una copa rebosante de jerez.

—Ten, no queremos que te deshidrates. —Al pasarme la copa, mientras los demás reían el comentario, acercó su boca a mi oído y susurró—: ¿Quieres que te saque de aquí?

Miré a Jules, y en su rostro encontré una preocupación que me llenó de ternura. Mi hermano pequeño, por quien me había desvivido y alarmado tanto desde que la orfandad nos había dejado solos en el mundo, trataba ahora de protegerme. Había leído en mi cara la turbación de ver ante mí a mi futuro esposo y al hombre con quien había creído que construiría mi vida.

—Gracias por preocuparte —dije con calma, y di un sorbo a la copa—. Pero recuerda que si bebo en exceso, no tendrás quien te prepare la cena.

Las carcajadas sobrevolaron el corrillo formado, y Jules sonrió casi imperceptiblemente para hacerme saber que lo había entendido. Que no haría falta que me ayudase a escapar, porque no quería convertirme en alguien que se pasa la vida huyendo.

Me atreví a mirar de nuevo a Ërno, y tuve que volver a mojar los labios en la copa. Mantenía su actitud serena, su cuerpo llenaba el espacio con el aplomo de quien sabe que nunca cometerá un error insalvable. Pero sus ojos... Sus ojos brillaban con la intensidad de algo conocido. Supe, sin poder comprobarlo, que en los míos se reflejaría el mismo brillo.

Dejé que Madeleine llevase la batuta en la visión femenina que André Citroën reclamaba con entusiasmo honesto sobre su nueva empresa. Quería hacer partícipes a todos los allí reunidos no solo mediante la inversión, sino a través del entusiasmo. A cada explicación, el interés crecía a su alrededor. Más personas trataban de aproximarse dispuestas a dejar que el veneno penetrase en su carne. No había antídoto para un visionario como él.

Avanzado el encuentro, y llegado ese momento que madame LeClercq había vaticinado con tanto criterio, me disculpé, alegando que para mí había llegado la hora de irme. Había aguantado con entereza la presencia de Ërno, los comentarios que de vez en cuando y de manera espontánea intercambiaba con Alexander. Pero el calor del jerez había inflamado ya suficiente mi estómago y mi ánimo. No podía más, necesitaba aire, necesitaba también distancia.

—Te acompaño —me dijo Alexander.

—No es necesario. Tú tienes mucho que aportar, y te

convendrá hacer amistad con muchos de los hombres que hay aquí.

—Me conviene más no dejar sola a mi prometida —aseguró con una sonrisa, y me cogió la mano, sellando así el debate.

Nos despedimos ambos de la gente. Jules se quedó allí, André lo había integrado en la conversación que mantenía ahora con otros empresarios. Su gesto radiante fue señal suficiente para saber que se las apañaría bien. Madeleine me guiñó un ojo.

Agradecí con un suspiro hondo la brisa del exterior. Parecía haber una diferencia de al menos veinte grados entre el palacete y el jardín.

Alexander había mantenido agarrada en todo momento mi mano, pero al atravesar el cuidado huerto la soltó. Busqué un rostro que me rehuyó, y entonces entendí. Vi su mentón alzado, una pose que luchaba entre mantener la dignidad o darla por perdida. Percibí el silencio que ahora nos rodeaba con más nitidez.

Sentí una punzada de dolor en la boca del estómago. Allí, en mitad del jardín de Madeleine, acepté lo que me había esforzado en ahuyentar. No estaba enamorada de Alexander, pero desde el abandono de Ërno él era el pilar en el que me apoyaba, donde me sentía segura, cómoda, deseada, y no estaba preparada para perderlo. Aun así, pudo el orgullo.

—Entiendo que estés enfadado. Ërno es un amigo de hace mucho tiempo.

—Sé quién es, Alice.

—... Entonces no sé qué añadir.

Se volvió para mirarme de frente. Le costaba tanto como a mí mantener esa mirada. Éramos dos personas dañadas por la realidad.

—Puedo regresar a Polonia. He visto vuestras miradas.

—Si eso es lo que quieres...

—Lo que quiero es que vivamos juntos, que seamos una pareja feliz. Estar contigo. Eso es lo que quiero.

—Yo también, pero no puedo dejar de mirar a quien he amado. No sé mirar de otra manera. Solo quería quedar bien. —Me sentía incapaz de ordenar los pensamientos.

—Te respeto, Alice. Pero me gustaría sentir también ese respeto de vuelta. Dime si quieres seguir adelante.

—No voy a jugar a eso. La boda es el 14 de julio. Qué más prueba de amor.

—Eso es solo una fecha, no es ninguna prueba de amor.

—¿Tener un vestido, una iglesia y una ceremonia prevista no es una prueba de amor hacia ti, Alex?

—Lo siento, Alice. Habría bastado con un «te quiero», no con una retórica tan larga. Para mí el compromiso es mi relación contigo. Y en una mirada no pueden entrar más que dos.

—Querido Alex, no sé qué decirte. Sabes que amé a Ërno Hessel, supongo que el pasado no me es ajeno. Pero es pasado. Yo no me voy a casar con él.

—¿Querrías?

—Alex, haces todo más difícil.

—Alice..., ¿quieres casarte con él o conmigo?

Abandoné el jardín de *chez* Madeleine corriendo, necesitaba gritar y romper a llorar sin que me viera nadie. Pero me derrumbé en un banco del Sena, sin saber qué hacer. No entendía a qué venía tanta pregunta, pero todas me colocaban en el lugar más complicado de mi vida. O la boda con Alexander y una vida tranquila o la duda del pasado llena de interrogantes. No tenía otra opción que decidir, pero opté por llorar.

Al llegar la noche, cuando Alexander se acostó junto a mí, no pude evitar una punzada de culpa.

Él se echó de espaldas a mí, dejé un prudente espacio entre los dos, para contar estrellas y quebraderos de cabeza. Así estuve mucho tiempo, inmóvil para no molestar su sueño. Pero sabía que estaba despierto porque la respiración no se relajaba. Aun así, no dije nada. Alex tampoco.

Conocía ese cuerpo firme y deseaba cada uno de sus músculos. Quería pegarme a él y que solo su nombre ocupara mi cabeza, como aquella primera vez que nos miramos en los entrenamientos de los Juegos Olímpicos. Quería que 1925 no hubiera empezado, que 1924 siguiera su curso. Deseaba que mi vida actual se redujera a un solo nombre y no tener que pensar en la realidad.

La realidad era que estaba en una cama con el hombre que me había devuelto la confianza en el amor y desde el primer día me había hecho sentir seductora. A los ojos de todos, eso era la felicidad.

Alexander Belov representaba la segunda oportunidad, el nuevo París, la madurez de dos seres idénticos, de la misma clase, torpes y audaces. En él me había sentido luminosa y deseada.

Más allá de esa cama me esperaba otra realidad. Y otra responsabilidad.

Cerré los ojos y me dejé dormir. Las últimas dudas se disolvieron en ese momento, cuando el cansancio venció a los pensamientos. Me di el derecho a ser feliz, a disfrutar de la vida. En ese lado de la cama me concedí la sinceridad absoluta. Ahí, en ese duermevela que no se recuerda al despertar, estaba la verdadera Alice.

Una chica que solo había deseado ser feliz.

París era tan fácil, decían los pintores.

—¿En qué piensas? —me preguntó Alexander al amanecer, mirándome de costado.

—En la boda.

Fue una respuesta accidental. Impensada.

—Ayer habría pensado lo contrario, Alice.

—Era ayer.

—... Ayer es hace unas horas. Hoy sigues esquivándome. No he olvidado tu mirada.

—¿Qué mirada?

—Alice...

—Yo no sabía que él estaría allí. Es alguien del pasado, formó parte de mi vida, ya no. Ya no es... Ya no es nada, ni siquiera guardamos una cordialidad. Yo...

—¿Tienes ganas de casarte conmigo?

—Sí, Alex. Me gustaría que fuera hoy mismo. Con la ropa de ayer, sin más flores que un ramo que encontremos de camino...

—¿Quieres? Mis padres se casaron así y han sido muy felices. Guardan un recuerdo imborrable, y cada primavera nos lo contaban como si estuviera sucediendo. Mi padre consiguió un día libre en el trabajo y fue a por mamá, desaparecieron durante un fin de semana y regresaron con un embarazo. Cuando era pequeño nos decían que es mejor prepararlo todo bien y que les hubiera gustado reunir a toda la familia. Pero sabíamos que mentían, que lo harían exactamente igual cada primavera.

—Es una historia bonita.

Alexander me estrechó con fuerza entre sus brazos. Me sentí diferente, era el eco del ruido de ayer dando vueltas, la mirada, la repentina certeza y sus palabras que escondían una amargura que conocía bien.

—En Polonia pensaba muchas noches en nuestra boda. Y cuando te imaginaba entrando hacia el altar, siempre deseaba salir corriendo a por ti y escaparnos juntos lejos.

—¿Tienes miedo?

—¿A ti? Ninguno. No quiero compartirte ni con Dios en ese día.

Alex se tumbó sobre mí para acariciarme el cabello y, aunque me quise levantar, sus caricias acabaron con la delicadeza.

Hicimos el amor violentamente, como si fuera la última vez.

Con intención de borrar los pensamientos sombríos, me probé el vestido delante de Claire. A mi hermana le generaba tanta ilusión que empecé a sonreír como si la niña que habita en mí sintiera que cumplía sus sueños por primera vez; la embriagadora sensación del primer cumpleaños que se recuerda para siempre; Monte Saint-Michel rodeado de agua en aquella excursión con mis padres; la manzana de caramelo crujiendo en la boca y manchando los dedos; el baile del 14 de julio con miradas furtivas a aquel muchacho del que nunca más supe; la proyección de *El Chico* de Charles Chaplin en el Salón Indio; mi primer vestido con flecos prestado por Kiki para la exposición de Modigliani; la apertura de Le Dôme; la huida a toda prisa, borrachas, de los talleres de los pintores hacia Montparnasse perseguidas por la policía... Hay muchas primeras veces. Y atravesando ese túnel de recuerdos mientras me ponía el vestido, entendí que debía obligarme a ser feliz.

Claire me miraba en silencio.

La observé entristecerse en el reflejo de la luna del armario. Pero no dije nada, ni siquiera cuando se retiró una lágrima con el revés de la mano. Sabía qué estaba pensando. Lo mismo que yo.

Ella era consciente de que se acercaba el fin de las charlas después de cenar frente a la estufa comentando la vida; de quedarse dormida en mi hombro juntas en la cama, compartiendo almohada y sueños; de los disparatados debates con los distribuidores de nuevas telas —«esta sí», «cómo nos ofrece este horror», «aquella es perfecta»— o imaginando vestidos que nunca cosimos para grandes fiestas a las que jamás nos invitaron.

Mientras me quitaba el vestido para no arrugar los delicados pliegues de Poiret, Claire enumeró con ternura todo lo que ese día haríamos por última vez juntas. En cierta manera, ella se casaba con su libertad y en mi boda imaginaba la suya con algún hombre de Saint Germain. Elogiaba mi vestido, haciéndolo volar con la percha, y fantaseaba con que el suyo sería igual de bonito. «O más», le dije yo.

La esperanza y la ilusión se transparentan en la cara, y se sienten en los latidos del corazón.

Claire me abrazó. Los corazones de las dos hermanas latiendo a la vez. A pesar de las tragedias vividas, nuestro mundo había mejorado de manera innegable.

Aquellas calles sucias de Mouffetard que conducen a Contrescarpe eran ahora una ruta que parecía de otra época. La muerte de muchos familiares y la desaparición de otros tantos vecinos hacían de aquel primer lugar donde crecimos un sitio hostil para la memoria. La nostalgia aflige mucho más cuando suma arrepentimiento.

Después de comer, cuando Claire y yo nos quedamos tranquilas en el sillón, decidí que no debía ya dormir con Alex hasta el día de la ceremonia. Si lo seguía viendo podía perder esa magia de la que hablaba Claire. La sorpresa. Le hice caso y a media tarde fui a decirle a mi prometido que durante unos días, como chica soltera que todavía era, estaría viviendo con mis hermanos. Me parecía razonable y, utilizando las palabras de Claire, «necesario para sorprenderme en el altar como en una primera y definitiva cita». Así se lo dije. Alexander desapareció unos minutos y regresó con algo escondido entre las manos. Se sentó junto a mí en el borde de la cama y me entregó un paquetito que había traído desde Polonia deliciosamente envuelto con tela. Me lo acerqué a la nariz, el aroma era muy particular. No era nuevo.

—Es de mi madre, me lo dio para ti.

—Pero... Alex.

—Ábrelo.

Mientras deshacía el lazo y desplegaba la tela, imaginé las manos de mi madre envolviendo alguna de sus pertenencias para deshacerse de ella para siempre. Feliz, imagino.

—Déjame que te la ponga. Es su medalla. Nuestra Señora de Częstochowa, un icono de la Virgen María, es la más venerada en nuestra tierra.

—Qué colores tan bonitos —dije sorprendida—. Y qué tela para envolverla.

—Creo reconocer ese trocito, era de uno de sus vestidos más preciados. Lo estrenó para una feria y se enganchó la falda en unos caballitos de carrusel. Nos contaba siempre que rompió a llorar al ver el roto y que mi padre la rescató del enredo bajándola de la atracción. Supongo que ahí se enamoraron, lo contaba con mucha ternura. Algo de magia debe tener este trapo.

—Es una tela preciosa.

Me conmovió la forma en la que hablaba de su madre. Alexander no era un hombre dado a hablar de intimidades ni de sentimientos. En los últimos días parecía que se estaba abriendo a pesar de mí y, más que un cuerpo de coraza fuerte y atlético, también estaba desnudando un alma sencilla, como si supiera que yo le miraba en esos instantes de otra manera, como si sospechara que en algún momento podía perderme.

Un fugaz pensamiento sobre Ërno Hessel cruzó mi mente. Él era mi amor imposible, pero mi futuro estaba junto a Alexander Belov.

Así se aceleraban los días.

Los temores de mi boda pasaron a un segundo plano cuando vi llegar a Jules corriendo a casa. Aquella mañana rajé en mil pedazos los patrones que tenía entre manos. El estallido que hizo temblar todos los pilares de París no quedaba tan lejos. Desde la puerta se veía una columna de humo más allá de Notre-Dame, hacia Saint Michel. Algo grave pasaba. Jules cayó hecho un ovillo al suelo, desplomándose lentamente en cuclillas, y fue incapaz de abrir la boca, su silencio fue una tortura. Solo conseguí que levantara el brazo y, entre lágrimas, que marcaban su sucia cara de polvo y tierra, se entendió un imperceptible: «Dios mío», mientras señalaba la zona del desastre.

Sopesé la idea de coger un taxi para llegar pronto, pero enseguida imaginé que todo estaría cortado por patrullas de la policía. Además, intuía que sería mejor ir a pie para poder colarme donde fuera necesario. La mirada de Jules fue aterradora. Estaba roto. Le ayudé a sentarse en la butaca de la entrada y, con mi pañuelo, le sequé las lágrimas sucias. Jules sobrepasaba el límite de todo el dolor. Y fue su expresión la que agitó mi incertidumbre. Algo pasaba. «Yo me voy de manera urgente», espeté sin hacer caso a sus aspavientos para retenerme. Movió la cabeza y se ahogó en todas las palabras que no podía articular.

Me esforcé en correr a toda prisa, saltando bordillos y cruzando calles sin miedo a ser atropellada, era más fuerte mi preocupación en el epicentro del humo que mi propia seguridad. Mientras corría, recordé todos los miedos que siempre me han perseguido, las incertidumbres y los terrores de la infancia. Mi desasosiego me empujaba sin saber por qué, me hacían avanzar ansiosa el miedo y la cara de Jules, que atrapado en su pavor había sido incapaz de hablar. Algo grave tenía que haber pasado para descomponerlo de esa manera.

Hice poco caso a los hombres que me gritaron, «vaya con más delicadeza por la acera», «es una señorita», «puede hacerse daño». Abstraída en esos pensamientos que me turbaban, seguí, crucé la isla, llegué a Notre-Dame, salté hacia la orilla izquierda, y corrí sin parar hacia Saint Michel, el humo salía de la zona de Odeón.

Los gritos de la gente empezaban a entenderse. O una casa acababa de hundirse, o el suelo del metro había atrapado a decenas de parisinos en alguna obra o, peor, un atentado en medio de la calle. Los gestos de complicidad entre quienes huían en dirección contraria aumentaban mis ganas de llegar. Había perdido la chaqueta, el zapato se había roto. No noté si corrían detrás de mí o si yo era la única que buscaba una respuesta a aquel horror. Si alguien lo hizo, no me di cuenta.

Ascendí sin rumbo fijo por la rue Danton, allí ya era todo un desastre de humo y heridos. Pegada a la acera y tapándome la cara como uno de los heridos llegué hasta el bulevar donde decenas de enfermeras y gendarmes no dejaban pasar. Me escabullí por la rue Monsieur le Prince, Casimir Delavigne y ya ahí... el desastre.

Un sudor frío me recorrió la espalda. De golpe supe que mis presuposiciones no habían sido vanas, sino acertadas: un atentado había destrozado el Teatro Odeón, la terraza de un café, levantado el suelo por los aires y desgarrado varias fachadas contiguas de Rotrou y Corneille. No había sido una sola bomba, sino varias al mismo tiempo.

—¡Salgan de aquí con cuidado! Puede haber algo más que pueda estallar... En Luxemburgo hay más enfermeras, vayan pasando, a la derecha del palacio. ¡Por favor, corran!

La place Paul-Claudel era un hervidero de mujeres y niños en brazos. El humo salía del suelo, de entre las piedras. Las caras eran todas la misma, sangre y polvo. Y en todas creía ver a alguien conocido al que acercarme a ayudar.

De repente un estruendo nos hacía gritar a todos.

—Cálmense, no corran hacia las calles. Diríjanse al jardín de Luxemburgo. Allí estarán seguros.

Los balcones y parte de la ornamentación de las fachadas, como mascarones o guirnaldas, se desplomaban y generaban una nube de polvo y miedo. Así una y otra vez. Un estrépito, los gritos del tumulto de los vecinos y las carreras hacia cualquier lugar. La sangre de nuevo.

Encontrar el porqué de mi presencia estaba en la cara de todos los que lloraban o morían de miedo a la espera de alguien que les ayudara tapando heridas o abrigando con mantas. Volvía la cabeza constantemente: de pronto creía que eran mis padres, amigos, compañeros del colegio o vecinos del pasado.

Todos los muertos se parecen.

Cualquier herido me hacía apretar el ritmo, aunque ni sus ropas o sus voces me fueran familiares, aunque su silueta no correspondiera a nadie de mi entorno. Una niña pasó a mi lado y me cogió de la mano. No sé ni el rato que anduve con ella, hasta que un policía la cogió en brazos y la llevó con el resto de los heridos.

Encontrar a alguien que quisiera darme una explicación era una batalla perdida de antemano, así que, al igual que las decenas de personas heridas que, perdidas, sin rumbo claro, andaban de un sitio a otro, me armé de valor para buscar en el centro de la tragedia. Le di mi abrigo a una mujer que llevaba la ropa quemada y me colgué por los hombros el suyo. Así crucé a la parte donde policías y voluntarios quitaban piedras para rescatar a víctimas atrapadas.

El balbuceo de Jules seguía martilleándome la mente como todos esos dolores que jamás se han curado, esos que siguen ahí, presentes, inamovibles a pesar del tiempo. Mantuve el paso presuroso, preguntaba, me ardía la garganta con la nube de gas y polvo. ¿Qué quería decir Jules?

Alguien pasó con prisa a mi lado y, al sentir su roce involuntario en el costado, rompí a llorar. Ya era una más, porque las heridas no siempre son de sangre, el pasado se queda atrapado en la garganta y sale repentinamente.

Corrí a refugiarme en un portal, los cascotes de la fachada caían, estallaban en el suelo y saltaban hacia todos lados como munición de guerra. Un policía me tiró de la manga para que saliera de aquel desastre y mi grito de miedo lo asustó. Me abracé a él como si fuera mi padre. Crucé hacia el otro lado del Teatro Odeón, donde entraban y salían camillas con salpicaduras de tierra mojada y sangre.

Crucé con prisa y angustia, sin querer mirar las caras que yacían tumbadas en el suelo. Un poco más allá, justo donde había una preciosa terraza en la que solía sentarse Madeleine LeClercq para tomar el café con sus amigas, había ahora escombros, mesas y sillas destrozadas. Varios cuerpos seguían en el suelo, apenas unos metros más adelante logré entender la conversación de los policías: «Malditos anarquistas». «Lo pagarán». Calibraban los desperfectos causados por las bombas y el número de muertos y heridos. Despojándome del abrigo roto para tapar a una anciana que tiritaba por las lesiones, bajé la mirada hacia la camilla que un médico cubría hasta la cabeza.

—Número doce —dijo.

—¡Espere! —grité.

—No puede quedarse aquí, si está bien debe ir hacia el jardín de Luxemburgo.

—¿Me permite?

Número doce... era... Madeleine LeClercq.

Jules apenas había podido pronunciar «madame».

Estaba muerta.

Cogí la mano todavía caliente de mi amiga, parecía que me iba a responder con esa bondad que desprendía cada gesto. Pero al soltarla, la mano cayó sobre el pecho. El médico le cerró los ojos y la cubrió con la manta.

—No puede estar aquí.

La policía me arrancó del lugar, sé que cayeron más escombros, que un coche ambulancia estuvo a punto de atropellarme, que los curiosos preguntaban por nombres de amigos y familiares, que los culpables eran anarquistas, «un grupo de jóvenes», dijeron. Tal vez madame Madeleine LeClercq estaba a punto de contarme algo más, de ofrecerme algún consejo, de salvarme la vida como otras veces. Pero mientras yo era empujada del epicentro del dolor, mi cabeza fue evaporándose hasta el silencio. No dije nada. No lloré. Aparecí horas después en casa, Jules seguía en la puerta. Nos abrazamos.

Claire había cerrado la tienda y hacía compañía a su hermano, que no había encontrado la manera de articular una sola palabra hasta que estuve de vuelta. Las lágrimas de mi hermano se fundieron con las mías mientras la voz rota de mi hermana preguntaba «quién». Sabía que el atentado se había llevado a alguien cercano. A alguien querido. Y entendí entonces a Jules, porque al querer responder a la súplica de mi hermana, el nombre se me deshacía en la garganta.

Lloramos los tres juntos. Nos envolvieron la desolación, la incredulidad, el miedo, la tristeza, la rabia. Sentía en el estómago un amasijo de emociones que se convirtieron en un dolor real. Jules recuperó el habla, pero solo para repetir en una letanía interminable «perdón». Me miraba a mí, luego a mi hermana, a mí de vuelta. Buscaba en nuestras caras descompuestas un bálsamo que no sabía cómo entregarle. ¿Perdón? ¿Por qué?

El corazón se me aceleró al creer vislumbrar el significado de aquella palabra. Sentí más miedo que nunca. Pánico. Pero antes de exigir una explicación, llegó. «Piotr y Philippe...».

Piotr y Philippe. Los amigos de Jules. Ellos estaban tras los cuerpos tendidos en las aceras, las fachadas que se desmoronaban, la terraza destruida. Ellos eran los responsables del atentado, quienes habían colocado las bombas.

Habían visitado a Jules a comienzos de esa semana. Para pedirle que volviera, para convencerlo de que la causa en la que creían era cada vez más grande. Iban a dejar constancia de ello. Jules se había negado, incluso había hecho frente a un intento de agresión por parte de Piotr que Philippe había frenado.

La actitud de Philippe era lo que más le había asustado de aquel encuentro del que no había querido decir nada para no preocuparlas a ellas, restándole importancia. Piotr siempre había sido impulsivo, desafiante. No era de extrañar que terminase mostrando fervor por los ideales de un movimiento descreído y violento. Pero Philippe había sido su verdadero amigo. Y en esa visita se había mostrado distinto. Indiferente, seco. Carcomido por unas ideas ajenas a las que había terminado por rendirse. Había medido con Piotr, pero no había mostrado entendimiento ante su negativa. Solo algo parecido a la decepción, al rechazo.

—Dijeron que no había marcha atrás. Que caerían las fachadas del Estado y se elevarían las de la libertad. Decían consignas que no llegué a entender bien. Pero debí darme cuenta... Debí darme cuenta de que hablaban en serio.

Abracé a Jules como lo haría una madre. Yo también necesitaba ese abrazo. Por un momento había temido una confesión. Había empezado a prepararme para hacer frente a la responsabilidad de los actos de Jules. Pero mi hermano había tomado un camino distinto del que habíamos temido. Se había apartado a tiempo, había reconocido la realidad que pretendía absorberlo como a sus amigos, y se había alejado corriendo.

—Pensé que habías tenido algo que ver... —sollozó Claire, y rompió a llorar para expulsar la misma angustia que me había sacudido a mí.

—Lo siento. Siento haber pertenecido a algo así. Lo siento por vosotras. Por Annette. Lo siento por papá y por mamá...

—No, Jules. Tú no has pertenecido a algo así. Lo intentaron. No pudieron.

Jules enterró su cara en mis brazos, como un niño que busca consuelo sin rodeos. Había sido uno de esos jóvenes vulnerables a los que los ideales radicales se acercan con el aguijón lleno de veneno, dispuesto a hacer diana. Niños de barrio, sin apenas futuro, esos eran los blancos más apetecibles, los soldados rasos de un futuro sobrecogedor. Por suerte, Jules lo había esquivado. Pero otros habían sido víctimas, y al serlo, habían empezado a dejar otras víctimas por el camino. Madeleine LeClercq entre ellas.

Estaba muerta. Madeleine LeClercq. La certidumbre me golpeó de nuevo con una violencia que sentí en el cuerpo, y tuvieron que ser Jules y Claire los que asumieron el rol protector. No podía ser cierto... No habían podido arrebatarle la vida a quien no dejaba de disfrutarla mejorando la de los demás. No podía ser verdad que nunca más escucharía su voz segura, sus consejos lúcidos. Era imposible. Madeleine LeClercq no era alguien que pudiese desaparecer de un momento a otro. El mundo la necesitaba. París la necesitaba. Yo la necesitaba. Nadie puede quedar huérfana de madre dos veces.

Un escalofrío me traspasó como un latigazo.

—¡Hortense...!

Dejé de sentir. Ni dolor, ni angustia, ni desolación. Todo quedó en blanco. Sé, por lo que me contaron mis hermanos después, que salí sin ni siquiera coger un abrigo. Debí correr hasta hacerme sangre en los pies.

Cuando llegué a casa de madame, había policía ya allí. Pero yo solo necesitaba saber una cosa. Ella no solía llevar a Hortense a los encuentros informales con sus amigas, sería extraño que en aquel horario la niña estuviese con unas señoras que disfrutaban del café en lugar de aprender en casa con la compañía de la institutriz. Pero Hortense había esquivado la desgracia absoluta varias veces. ¿Cuántas vidas tenía una niña que el destino parecía querer sentenciar siempre que tenía oportunidad?

Esquivé las preguntas de los agentes, me dirigí directa al personal. Y al fin respiré. Hortense corrió hacia mí en cuanto me vio. No sabía nada de lo ocurrido, pero estaba asustada. Porque la casa se había vuelto un pozo de murmullos adultos y gestos sombríos.

Pasaron varias horas de preguntas, explicaciones y gestiones durante las que Hortense no soltó mi mano. Ni siquiera para ir al baño. Luego se vino conmigo a casa.

Que la vida lo curaría todo lo repitieron cada uno de los amigos que desconsolados vinieron a verme, pero jamás nada sanaría el dolor. Porque cuando se acumula, deja una luz apagada para siempre.

Cuatro días después de haber recorrido París completamente sola, y de que se repitieran las mismas palabras de pérdida y conversaciones con conocidos, me desperté una vez más con dolor de cabeza. Me serví un café y volví a la cama.

—¿Sigues echándola de menos?

—No ha pasado ni una semana, Alex —respondí nublada por la angustia.

—¿Quieres hacer algo hoy? —añadió para calmar su torpeza y mi tirantez—. Algo para despejarte. Podríamos salir hoy ya juntos a comer.

—Quiero ir a por Hortense al internado.

Alex asintió en silencio. No sabía todavía cómo abordar lo ocurrido sin causar daño, Hortense y yo le parecíamos dos víctimas frágiles de una tragedia espantosa, pero su espíritu le decía que uno no debía detenerse ante la tragedia, sino vivir la vida con dosis reforzadas. A pesar de ello, revestía sus palabras de un tacto casi paternal, cuidando de no hacerme sentir débil.

—He pensado que se vendrá a vivir con nosotros —solté las palabras que tanto había rumiado—. Las dos nos parecemos y ahora comprendo que me necesita más que nunca. No se pueden ir sumando pérdidas como si nada. Esta vez necesito tenerla cerca.

—¿Aquí en casa, con nosotros?

—Sí, Alex. Con nosotros. La niña ha perdido a Madeleine. Y yo. Creo que será lo mejor, que por primera vez en su vida viva en algo parecido a una familia.

—No sé. Yo había pensado vivir los dos. Solos. Empezar de cero. Construir un matrimonio. Y, tal vez, si quieres, tener hijos.

—...

No supe qué decir. Me parecía bueno y malo al mismo tiempo.

—Alice, no quiero que me malinterpretes. Ya habíamos hablado de la posibilidad de ser padres. Lo que trato de decir es que... Teníamos planes.

—¡Es una cría, Alex! ¿Pretendes dejarla sola?

—No, no es eso lo que quiero. Pero quizá... quizá no tengas que ser tú quien cargue con la responsabilidad de darle una familia. Ella puede seguir en tu vida, Alice. Como hasta ahora. Y podemos buscar juntos a la familia adecuada para que...

—¿Nosotros no somos la familia adecuada?

—Tenemos unos planes de futuro.

—Hortense es ya de mi familia.

—Vale, Alice. Creo que no me entiendes. Yo te quiero.

Tal vez tenía razón, no le entendía. Pero mi madre siempre decía algo muy clarificador al respecto: hay quienes no se entienden porque no se explican. O se explican muy bien y no queremos verlo.

Yo estaba ahora ahí. En esa frase de mamá. ¿Se puede vivir en una frase? ¿Se puede disimular y seguir adelante? El silencio me sirvió otra vez de caparazón, como siempre. Encerrarme en mí misma me salvaba de no asumir lo que mi cuerpo quería: ir a por Hortense a la Salpêtrière y rezar con ella por una vida mejor, agradecidas como estábamos ambas a madame, a todo lo que nos había dado y a la posibilidad de vivir.

En ese momento supe claramente que la niña se vendría conmigo, que no podía seguir ni un día más echándola de menos. Y que si la maternidad tenía que venir de esa manera tan abrupta, era porque la vida lo había querido. No se pueden acumular tantos dramas.

«Y recuerda, hija: no hay amores, solo momentos de amor, que no es lo mismo».

Cuántas palabras había dejado como herencia mamá.

Y cuánta razón deja el pasado.

A Kiki no le dio buena espina que Alex no quisiera quedarse con Hortense, pero me hizo ver que lo entendía. Desde el quicio, donde se apoyó para fumar lejos de mí, como si fuera la primera vez, me dijo que esa era una puerta que los hombres no querían atravesar: las mujeres con hijos. No se preguntó por los motivos. Pero era como la virginidad, dijo, para casarse las querían limpias. Para jugar, sucias.

—¿Y qué hago, Kiki? No puedo dejar sola a Hortense. ¿Recuerdas cómo estaba cuando perdió a sus compañeros del internado? ¡Cómo la encontramos!

—Es una niña fuerte, se parece a nosotras. Estoy convencida de que hará capa con el dolor. Lo hice yo y lo has hecho tú una y otra vez. Si Alexander no quiere... ¿Tú qué quieres?

—*Ta gueule!* No pienso poner en otra balanza a la niña, Hortense se viene conmigo.

—Pues entonces, adelante. Explícaselo y punto. Si te quiere, te entenderá.

—Es que no es cuestión de entender, esto es tener humanidad. Y Dios sabe que no lo hago por mí, que lo hago por ella.

—¿Por qué dices que no lo haces por ti?

—Pues porque puede parecer que quiero arreglar el pasado siendo buena madre. Siendo la madre de Hortense.

—Eso lo dices tú, Alice. Nadie te está diciendo nada del pasado. Eso es cosa tuya.

—Pero...

—No hay peros. Mírame. Significa que quieres a la niña y no hay más que hablar.

Hortense se había quedado esos días en el hospital, lady Bertha me había acompañado a dejarla allí, como mandaba el protocolo tras la defunción de su tutora legal. Las enfermeras ya me conocían, e insistieron en que, tal y como se encontraban las cosas, no resultaría complicado obtener el permiso para poder llevarnos con nosotras a la niña. De hecho, sin decirlo abiertamente, habían dado a entender que eso era lo más conveniente. Estaban desbordados, como de costumbre. No era futuro para una niña regresar allí.

—La pequeña no puede quedarse aquí para siempre, y merece a una joven a la que vea como madre —había dicho lady Bertha nada más salir, quien no paraba de repetir «mi niña» con el apego de una abuela que se despide para siempre.

Pensar en dejarla allí suponía una pesadilla para ella. Hortense merecía ser feliz y conmigo sería algo nuevo. La niña ya anunciaba que sería alta y esbelta, dos características que la ayudarían a ser una dama perfecta para París. Llamaban la atención sus ojos verdes, el rostro estilizado, la nariz afilada y un color aceitunado en la piel que la hacía exótica y le daba personalidad. La caída del pelo, negro, precioso, se debía al cariño con el que la cuidaban en casa de Madeleine.

En algún libro había leído que los ríos no pueden regresar a su fuente, pero siempre tienen un comienzo.

Lady Bertha quiso acompañarme a la Salpêtrière también ese día. Nadie en el hospital le había dicho nada a la niña, por lo que nuestra aparición fue una sorpresa para ella. La vimos junto a un niño más pequeño, enjuto, al que trataba de leerle un cuento. El niño sollozaba; tenía frío, o miedo, o hambre. Tal vez todo junto. Vi en Hortense la bondad de quienes están acostumbrados a tener poco y, aun así, no dudan en compartirlo. Las comodidades de las que había disfrutado en casa de madame no habían cambiado su carácter.

Al vernos se le iluminó la cara. No se separó de mí durante el rato largo en que tuve que hablar con una de las enfermeras para cubrir el permiso temporal. Todo era apurado, atropellado. Nadie allí parecía tener muy claro cómo proceder. La sensación de caos e insuficiencia me hizo querer salir de allí lo antes posible. Lady Bertha impuso su experiencia en los pocos momentos en que la tramitación pareció convertirse en un túnel sin salida.

En cuanto obtuvimos la autorización, Hortense me agarró con fuerza.

—Te vendrás a vivir conmigo.

La evidente euforia de Hortense hizo más efecto que todas las palabras de consuelo que había escuchado desde la muerte de mi amiga. Esa respuesta le daba sentido a mi vida. Y a la suya.

—¡Qué bien! —decía emocionada—, ¿en serio me voy contigo?

Yo recordaba la primera vez que me pidió utilizar mi apellido: Humbert. Y el efecto que causó en mí su amor desinteresado. Hablaba de pronto de cualquier tema sin terminar ninguno y sin un ápice de miedo, como si los temores antiguos y los últimos hubieran desaparecido ante la ilusión del nuevo hogar.

Lady Bertha reconoció que a ella también la había animado, y que en ese carácter estoico y brioso estaba la piel de Madeleine LeClercq. El amor circulaba por sus venas como la leche templada. Conforme yo terminaba de explicar cómo viviríamos, Hortense recogía sus cosas y hacía el equipaje en la bolsa en la que guardaba las contadas pertenencias que había podido llevarse a la Salpêtrière. «¿Y te podré llamar mamá?», dijo entre idas y venidas. Aquella palabra de nuevo. En boca de Hortense. De mi niña. Las puertas de la emoción se abrían de par en par y sentía la necesidad de abrazarla y llenarla de besos. Cada paso, cada respiración, requerían de un nuevo verbo. Y yo ya no tenía palabras.

Madeleine se había ido para siempre, pero Hortense había llegado para quedarse. De manera definitiva.

Alexander había preparado cena para los tres. Asumió que las cosas irían hacia delante así, en una extraña familia. La pequeña andaba tan ilusionada que se sentó junto a él en la mesa.

—¿Qué haces?

Hortense quería darle un beso.

Alex frunció el ceño, pero no apartó la cara. Sería necesario un poco de tiempo para que aceptase la nueva situación en casa. De un día a otro habíamos pasado de ser dos a ser tres. Yo también debía tener paciencia con él, con sus tiempos.

—Venga, anda, se te va a enfriar la comida.

No pasó mucho rato hasta que Alexander se metiera en la cama, escabulléndose de la escena que a mí me parecía perfecta en el salón. En su mirada había, más que amor, una duda.

En la cama dejó que asomase por completo.

—La niña no viene con un pan debajo del brazo, habrá que alimentarla, vestirla y llevarla al colegio. Pero sería mejor que te acompañase en el taller, ¿no necesitabas una asistenta?

El tono y la propuesta me confundieron. No había reproche en su gesto, y eso me agitó más. Porque parecía hablar en serio y no tratarse de un enfado momentáneo.

Para Alex, esa parecía ser la opción más acertada, que la niña renunciase a los estudios y empezase ya a coser su futuro al mío.

La proximidad de la boda jugó a favor de la nueva realidad. La incomodidad que le generaba la pequeña se arregló con el cambio de casa. Habíamos acordado que la semana anterior a la celebración la pasaría con mis hermanos, para mantener esa discreta distancia que se deben dos prometidos antes de unir sus vidas para siempre. Adelanté unos días ese traslado, con la excusa de que Hortense podría estar con Jules y Claire y darme así más margen para los últimos preparativos. A Alex le pareció buena idea que la niña fuese con mis hermanos, pero trató de persuadirme de que yo me quedase, al menos hasta que quedase una semana.

—Desde el 14 de julio me tendrás para siempre.

Esas palabras tuvieron el peso suficiente para que me dejase ir. Yo creí, durante un instante, que me astillarían la garganta al pronunciarlas.

Salvo algunos comercios cerrados y alguna calle peatonalizada por barreras de la policía para evitar los desprendimientos de algunos balcones afectados por las bombas, el barrio de Odeón casi no había cambiado: tráfico en el bulevar, terrazas con parroquianos desayunando y bandadas de aves atravesando el cielo de la primavera. Las personas, sin embargo, caminaban con otro semblante, sobre todo los vecinos. Al pasar los días se había aplacado el dolor, pero podías encontrar obreros cargando sacos de arena o manchas de sangre en los bordillos. Qué extraño era disimular el miedo. En las rues Casimir Delavigne y Racine, ahora repletas de tiendas con otra actitud, resiliencia, se veían fotos de algunos fallecidos colgadas en los escaparates. Pedían justicia. La memoria iría eliminando las imágenes y calmando el rencor de las familias, qué se podía hacer. Los culpables estaban en prisión. Y los colaboracionistas, entre los transeúntes. Quién puede distinguir la maldad entre la multitud.

La luz rasante acentuaba más detalles de los bordillos molidos por los cascotes, la puerta de la casa de Madeleine LeClercq había sido pintada en un color verde ceniza, muy similar al de la fachada de mi tienda, las ventanas habían sido repuestas y los cristales ya brillaban limpios, nuevos. Donde antes había un aldabón de un león en bronce, había ahora un llamador en forma de mano con una bola. Era dorado. No quise tañer, pero sí rocé los dedos nuevos, delicados y finos, como si fueran los de mi amiga y mentora. Jules hizo lo mismo. Y Claire.

Callejeamos en silencio sorteando carros que salían del mercado de Saint Germain y puestos de flores, peonías, francesillas y rosas amarillas y de un impresionante color azafrán. «Me gustan mucho esas», dije para romper el silencio. Nos fuimos hasta el kiosco de música de Luxemburgo, por evadirnos sin necesidad de hablar. Había un centenar de personas alrededor de la banda que amenizaba con piezas que eran aplaudidas constantemente. No nos importó el programa, ni prestamos atención al director que las anunciaba con pompa; de vez en cuando nos cogíamos de la mano en algún pasaje triste y escuchábamos nuestros corazones. Yo escuché el concierto sin entrar en él, sin emoción, la cabeza como un bombo y trazando ideas absurdas en mi futuro, todo alrededor de la boda y de los años venideros. Me salvó el aburrimiento de Claire.

—¿Qué pasa? —le dije.

—Me estoy durmiendo —respondió en voz baja.

—¿Quieres que nos vayamos? —dije en su mismo tono.

Jules ya estaba en pie y abandonamos las sillas sin molestar. Al llegar a la fuente nos quedamos con Hortense mirando los barcos. Algunos habían, supongo, sentido el mismo tedio con los niños y se entretenían con las cañas girando el rumbo de los pequeños veleros que se perdían sin viento en el agua.

—Estaría bien que alguien cambiara el sentido de la marcha con la misma facilidad.

Claire me miró con perplejidad.

—Yo quiero finales felices —añadí.

Cómo saber cuándo es el final.

Jules desapareció unos segundos y vino con dos rosas color azafrán. Nos dio una a cada una.

Esa misma tarde regresó con rosas del mismo color a la tienda; los tres, como cuando jugábamos de niños en casa, opinamos si serían las flores adecuadas para una boda. «No me gusta el rosa, me parece cursi», argumentaron ambos. Les parecía, según dijeron, un color de novias afectadas y almidonadas.

—Tú no eres así.

—Y yo... ¿cómo soy?

Daba por hecho que matizarían la respuesta con un simple: una maravillosa hermana. Pero no. Maldita pregunta. Jules y Claire fueron tan sinceros que las lágrimas y las bocanadas de risa se fueron mezclando en un tira y afloja de piropos y reproches. Estuve en muchas ocasiones a punto de pararlos y taparles la boca, pero los dos chillaban y gritaban como si estuviéramos subidos en una noria del ferial de Tullerías. A Jules le caían collejas, cuando no a Claire, hasta que nos dejamos en paz, agotados de risa y de amor. Creo que entonces no nos dábamos cuenta del todo: la familia, muy a menudo, es el mejor abrigo del mundo.

París se me hizo diferente aquella mañana. El cielo descargaba un aguacero torrencial que repiqueteaba en el alféizar y contra los cristales desde los que Claire y yo cosíamos disfraces del Bal Bullier con restos de tela de colores varios. En los bailes de los artistas solían hacer entradas espectaculares. Foujita ideaba los más extravagantes ropajes y solía rodearse de hombres y mujeres con trajes divertidos. Kiki había engatusado a Lena Börjeson para que nos los encargaran a nosotras. Su Maison Watteau era el lugar más radiante de toda la ciudad. Per Krohg, Pascin y Dardel habían ejecutado los decorados del salón, ¡trabajaron como locos! En la pared más grande se pintó un drama de celos con asesinato incluido. Continuamente me estaban pidiendo nuevos materiales para añadir al mural: calcetines, medias, calzoncillos rosas, un corsé. El próximo baile iba a ser la monda, Van Dongen se vestiría de Neptuno, Pascin de puta marsellesa con una enorme peluca roja, y Marcoussis, un amigo loco de Kiki, de tímida campesina de trenzas amarillas. La nota lo explicaba todo para que nos pusiéramos manos a la obra. Y también nos invitaban a nosotras. «Habrá buen barman y buena orquesta», cerraba.

—No sé para qué ponemos tanto cuidado con los

pespuntes, en el último baile fueron destrozándose todos los disfraces.

—Kiki no se pierde una. Me dijo que lo mejor son la entrada y el final.

—¿Por qué? —preguntó Claire.

No dije nada. Sentí el pudor como una horquilla en la sien. Cualquiera que fuese el tema del baile, el ingrediente principal era olvidar los remilgos en cuanto se cerraba la puerta. A medida que avanzaba la velada, los asistentes iban desprendiéndose de los disfraces y las parejas diseminándose por los apartados y oscuros huecos de los balcones. «Los escandinavos saben ser los más alegres», matizaba Kiki tapándose boca, ojos y orejas rápidamente como los tres monos sabios.

Metí la mano en la bolsa de trapos y saqué un trozo de piel de conejo. En mi mente podía visualizar todo lo que me estaba perdiendo de aquellos bailes a los que antes iba con Treize, Kiki y Thérèse. Sentí la tentación de confesarle a mi hermana que ya sabía todo del Montparno oculto, pero tendí la mano con el pellejo y le pedí que lo cosiera al final de la chaquetilla, «a modo de cola».

—Imagino las fiestas... —apuntó una Claire observadora—. No es difícil suponer qué pasa entre disfraces y cortinas. Los pintores están locos.

Me hizo un gesto obsceno con la mano y volvió a las agujas.

Enormes charcos de agua llenaban la calle y salpicaban a los transeúntes cuando pasaban los coches. Me embobé en el ir y venir de gente pensando en sus historias, en las vidas desconocidas que, de uno u otro color, se pegaban a las fachadas, bajo los balcones.

—¿En qué piensas, Alice?

«Un paraguas que quepa en el bolso». Eso es lo que pensé.

—¿Te imaginas, Claire, que inventaran un artilugio que pudiera abrirse lo suficiente para estos días y que pudiéramos guardar cómodamente en el bolso o bajo el sombrero?

Sentí el impulso de coger un papel y ponerme a dibujar, pero ya había memorizado la idea. Los únicos a los que podría contarles el invento sería a los Maumejean, por lo que sabían de estructuras.

—No es mala idea. Todo París te lo agradecería. Deberías decírselo a alguno de tus amigos. Al final, con tanto norteamericano, nos robarán la idea.

—¿Han tocado el timbre? —pregunté—. Bajo yo.

Claire me miró como si yo fuera la hermana menor. Después frotó la ventana empañada con una de las telas.

Al abrir: un cartero. Tomó de la saca un sobre que agarré con fuerza e inspiré profundamente al ver el remitente: Ërno Hessel. Las gotas habían humedecido su nombre y la perspectiva de que el agua borrara todas las letras me asustaba. Me preguntaba qué tendría que decirme, su caligrafía era un reflejo de su personalidad y seguramente, en ese momento, de su estado de ánimo.

—¿Quién era, Alice? —gritó mi hermana desde el salón de costura.

—Nadie —respondí.

Estuve a punto de atragantarme. Era demasiado obvio que sí habían tocado el timbre y sí había entrado alguien. Bastaba con responder «un cartero, correspondencia», sin más. Pero no, tuve que mentir.

Querida Alice:

Estoy conmovido con la muerte de Madeleine LeClercq. Te envío mi más sincera condolencia. En el breve tiempo que la he conocido me pareció una mujer muy determinada, sus palabras siempre alegraban y eran acicate para todos sus amigos, en lo emocional y en lo profesional. Sabía de su cariño inmenso y sincero hacia ti. Espero que ese mismo amor te consuele en estos duros días. Cuenta con mi apoyo.

Ërno

Me sentía demasiado abrumada como para hablar. De repente, una carta tiraba del hilván exacto y volvían a deshacerse las piezas de tela.

—¡Alice! —llamó Claire—. ¿Subes o te quedas ahí?

—Voy ya, espera un minuto —dije releyendo la nota de Ërno y doblándola para colocármela en un pliegue de la cintura.

—¿Qué sucede?

Las dos empezamos a hablar a la vez, así que no nos enteramos de nada. Telas, vestidos, encargos, correspondencia, café...

Esquivé la pregunta clave con ayuda del sol que se abrió paso entre las nubes para detener el chubasco y poner de nuevo la primavera en su sitio. La lluvia había dejado un olor a limpio que animaba a salir a pasear. Levanté la mirada y vi a una mujer que abría también la ventana con su hijo en brazos. Claire me pidió que me sentara y cerró la puerta tras nosotras. El sol entraba en el escaparate y retiró unos guantes que podían perder el color. Las aletas de su nariz temblaron, y cruzó las manos sobre el ombligo.

—Entonces, querida hermana, ¿qué quieres: calle o tienda, pasear o coser?

Su voz era más clínica que afectuosa. Me dio la impresión de que la carta de Ërno asomaba por el pliegue de la cinturilla y presioné para esconderla. Los dedos de las manos se me convirtieron repentinamente en hielo. La miré, aturdida.

—No lo sé.

—¿Qué no sabes?

—Tengo miedo a arriesgarme. A apostar únicamente por lo seguro. A que pase el tiempo. A despertarme dentro de cinco años, de diez, y pensar: ¿por qué no hice lo que mi corazón me decía que debía hacer?

Devolvió los guantes a una de las cajas y corrió las cortinas del escaparate para evitar el sol. Un silencio largo. Apretó mi mano. No me separé. La miré directamente. ¿Qué es el futuro? ¿Por qué dar tantas vueltas a qué hacer? Intentaba racionalizar mi deseo frente a lo que el corazón me pedía. ¿Cómo es que una vez que tenemos lo que queremos nos asustamos por lo que cumple nuestros sueños?

—¿Puedo hacer algo para ayudarte a decidir? —me preguntó Claire. Cogió una carpeta de patrones que tenía junto al mostrador y la guardó en los cajones.

Me di cuenta de que no iba a ayudarme. No podía llegar a la verdadera razón de mi repentina parálisis, que me hacía parecer una niña indecisa en un puesto de feria.

—Vamos a la calle, coge el chal, será mejor...

No oí la última parte de la frase. Salí a la acera y me choqué con una vecina que iba en dirección Marais. La mujer me observó mostrando un poco de compasión.

Llegamos al 31 de la Vieille du Temple, donde Claire tenía unos conocidos trabajando en una librería. El jaleo de media mañana tras la lluvia animaba las caras de los transeúntes. Todas excepto la mía. Me latía la cabeza y las lágrimas que estaba tratando de contener me producían náuseas.

—Buscaba algún libro entretenido para mi hermana —dijo una Claire resolutiva.

—¿Qué es lo último que ha leído?

La pregunta me punzó en el estómago, donde estaban las palabras de Ërno, así que no pude responder.

—Hummm... Veamos. Algo entretenido, algo que...

—Nada de novelitas románticas —dijo Claire.

—Esto reduce bastante el espectro de libros... Veamos —repitió—. *Tarzán y el león dorado,* aventuras. *Asesinato en el campo de golf,* de Agatha Christie. *Thomas el impostor,* Cocteau. También tenemos la de Conrad, su última novela: *El pirata.*

—¿De qué va?

—Correrías por los mares de Asia, regresa a su tierra natal, la Provenza en tiempos de Napoleón, y busca reconciliarse con su pasado.

—Mejor la de Tarzán. No estamos en estos momentos para Conrad.

La librera me observó cuando Claire optó por el hombre de los monos, pero no dijo nada. Las únicas que me mostraron compasión fueron las fotografías de la pared con escritores de ojos tristes y huidizos.

—Yo creo que leer algo divertido estos días te vendrá bien, hermana. Probablemente la boda te genera mucha tensión y lo importante es que te distraigas. Un libro. Tarzán de los monos, parece una película.

Nos habíamos sentado en el bistró de enfrente de la librería. Claire cogió el pan y comenzó a untarlo de mantequilla mientras llegaban dos copas de vino.

—En otro momento te habría dicho que no al tinto, pero tal vez ya no eres tan joven como creo.

—Brinda conmigo y sonríe, hazme el favor, Alice. Créeme que esto está siendo muy bonito, ¡para mí también!; pero tal vez lo ves desde el rincón que dejan los nervios. Yo también me ponía muy inquieta cuando llegaba el día de fiesta, ¿recuerdas? Creo que ni dormía la noche de antes... ¡Cómo no vas a estarlo tú, que eres la novia!

Me puse la mano en el vientre. Solo eran letras, una carta de pésame.

Claire acercó su silla a la mía y me cogió el brazo.

Sus ánimos me ayudaron a serenarme. El camarero nos dejó unas patatas fritas y un plato con dos trocitos de queso. La librería, según me contó Claire, era de unos amigos, era famosa porque también servían vino y no vendían ningún libro que ellos no se hubieran leído. «¡Hasta los siete tomos de Proust!», dijo animándome. Me fijé en su alegría y en el mismo camarero que varias veces nos preguntó si queríamos algo o si estábamos bien o si deseábamos algo más. Demasiado atento.

—A lo mejor eres tú la que debería contarme... —dije de pronto.

—¿Contarte? —repitió llevándose la copa a la boca.

—Ese camarero... te mira.

—Es gente amable, y alguna vez vengo aquí con mis amigos, los de la librería, los de Tarzán.

—Solo te mira el mismo.

Se sonrojó hasta las raíces del pelo.

—Se llama Franz y también quiere ser escritor, como mis amigos. Ahora trabaja aquí, se saca unos francos y luego se reúne con ellos —levantó la mano hacia la puerta azul—... y escriben. Es austriaco.

—Entonces... ¿tienes algo más que decirme?

—Nada, hermana. ¿Y tú?

—No, gracias —le respondí sonriendo—. Solo quería saber que estás bien.

Pedimos un *croque-monsieur* a medias y Franz no tardó en traerlo a la mesa con la consiguiente mirada, ahora sí, cariñosa de Claire como respuesta.

—Un placer, señora —me dijo.

—Encantadas, Franz.

El viernes pasé la mañana en el Petit Palais con Thérèse y Treize. Entre muebles de Luis XIV, Luis XV y otros reyes me fui imaginando de palacio en palacio. Todos murmuraban elogiando la colección de obras de arte de Edward Tuck y de su mujer Julia Stell. Edward había considerado ofrecer esa colección a la Sociedad Histórica de New Hampshire, de la que era uno de los benefactores, pero una nueva ley francesa que gravaba fuertemente la exportación de obras de arte al extranjero le llevó a reconsiderar la idea. Edward y Julia, que vivían muy cerca del Petit Palais, en los Campos Elíseos, se dejaron encandilar por el director del museo. Mis amigas me dejaron sola. Yo estaba seducida por los muebles y me quedé. Tan tranquila que casi di una cabezadita bajo la etérea luz del techo abovedado de cristal. Era difícil leer a Tarzán. Era una novela improbable de tribus de monos mangani en la selva. Apenas me entretenía la idea de la cabaña y los paisajes exóticos, pero me espantaba imaginar al simio cogiendo de la cuna al bebé que después criaba Kala, siguiendo su instinto maternal. Me hacía gracia imaginarlo con el cuchillo y saltando de cuerda en cuerda, descubriendo cartillas escolares y enciclopedias para aprender a leer sin apenas pronunciación. Tarzán me recordaba a los nadadores de los Juegos Olímpicos y no pude evitar imaginarlos a todos desnudos.

Volví desde el museo hasta la tienda por la orilla del Sena, reconciliada con la selva y con los palacios, algo agotada y anulada por darle tantas vueltas a la cabeza en lugar de sentirme más desnuda y más libre. Me habría quitado todo para nadar en el Sena y dejarme rescatar por cualquiera. El sol era cálido, pero una brisa húmeda estaba empezando a levantarse desde el norte.

Un hombre se levantó de uno de los bancos del muelle mientras se calaba el sombrero. Casi nos chocamos.

—Perdón —me disculpé.

Dio un paso atrás, sorprendido al principio, y al reconocerme desplegó una enorme sonrisa.

—Hola —saludó—. Tú eres una de las modelos de Man Ray, ¿verdad?

—Lo fui. Hace tiempo —confirmé. No iba a decirle que ese nombre me espantaba porque era el ir y venir de mi amiga Kiki.

El hombre tenía cerca de treinta años, y sus ojos verdes y su pelo bien recortado me recordaron a Ërno. Me sonaba también de haberlo visto con Alex. Tal vez en el boxeo. Se percató de que le recorría con la mirada desde la barbilla hasta la frente. Él hizo lo mismo, pero desde los tobillos.

—Lo conocí en un tiempo atrás —mentí.

—Yo soy Francis. Francis Scott Fitzgerald —me dijo, ofreciéndome la mano para estrechármela—. Estoy viviendo en París.

—Alice Humbert —le respondí.

—Me ha sorprendido verla caminar con un libro.

—Y... ¿por qué?

—Soy escritor.

—¿Todos son ahora escritores en París?

—Tenga cuidado, los libros son problemas andantes si se sacan de casa.

No le entendí. Me giré para ver a la atractiva joven que a todas luces aceleraba su paso desde la acera para colgarse de su brazo. Llevaba una falda de vestir con una bonita blusa a juego y unos zapatos que llamaron mi atención.

—Ah, ¡Zelda! —le gritó Francis—. Mira, esta chica ha sido una de las modelos de los pintores de París. Ojalá poder conocerlos a todos y entablar amistad.

—Seguro que Gertrude los conoce —le respondió ella, echándose hacia atrás.

La mujer me ignoró hasta con la mirada. Ambos se

deslizaron caminando en la otra dirección y me pareció que los dos andaban perdidos, desubicados. Pero sentí envidia al verlos caminar del brazo con una niña a la que llamaban Scotty.

Los niños otra vez. La maternidad rota de Juliette de la Grande-Chaumière, la imposible de Kiki, los niños perfectos de los Dardel, la muerte de Sylvie sin ser madre, la mía, mamá, los niños de la Salpêtrière, mi querida Hortense... De repente sentí toda la fragilidad del mundo agrandada por la incertidumbre. Arranqué una flor de un seto del paseo, como si voluntariamente quisiera deshojar la duda. ¿Qué señal necesitaba? La ansiedad es la puerta de entrada a la libertad.

Lady Bertha se detuvo ante el cartel de la tienda. Venía acompañada de Mme Thadée y Mme Boursin, las tres se dirigían a Chez Julien. Faltaban solo dos días para la boda y revoloteaban a mi alrededor sin ofrecerse de manera directa a cualquier cosa que la novia pudiese necesitar, pero dejando constancia de que una sola palabra sería suficiente para desplegar por todo París un equipo de trabajo a la altura de las circunstancias.

—Creo que deberías cambiar ya esta madera. El puñetero frío de este invierno la ha rajado.

Hasta entonces no me había percatado de lo gastado que estaba mi cartel, *Aux tissus des Vosges.* Alice HUMBERT, *nouveautés,* ni de lo importante que había sido para mí poner mi nombre en la fachada de la calle.

—No estaría mal un nuevo diseño, querida. Saint Honoré se está convirtiendo en una calle abarrotada de tiendas de moda y LaFayette pone grandes carteles. ¿Has visto los rótulos de cristal? Las letras doradas... ¡Qué belleza!

—Pero, lady Bertha, yo no soy un gran almacén. Este número es un lugar sencillo.

—Si hasta las pastelerías tienen ya cabeceras de espejo.

—Hace tiempo que dejaste de ser una mujer sencilla —apuntó Mme Boursin ajustándose los botones de mangas de encaje que yo misma había cosido—. Mira cuánto has crecido, los vestidos que confeccionas, las telas que recibes... Tu pequeña tienda ya no es un lugarcito. ¿Quién de París tiene una capilla para la eternidad con sus mosaicos?

—Además, en cuanto te cases, y te recuerdo que eso es pasado mañana, necesitarás de ayudantes. Y alguna chica que haga las labores del hogar. Una dama empieza a serlo cuando empieza a parecerlo —dijo Mme Thadée.

—Pero...

—Olvida nuestras milongas, te estamos hablando como viejas viudas del Panteón empeñadas en que la vida se modernice. Todo lo veo viejo, debe ser que soy un termómetro de antigüedades.

—No diga eso, lady Bertha. Tal vez tiene razón.

—¿En qué? ¿En que soy una pieza de museo?

—En el cartel. Podríamos cambiarlo.

—No tardarás en venderlo, yo diría que la tienda se está quedando pequeña y necesitarás adquirir otro local.

—Pero para mí, Mme Boursin, es un lugar importante. Significa mucho más que una tienda, es... mi casa.

Recordé en ese momento el día en el que Ërno Hessel me dio el juego de llaves y se despidió para siempre. De haber sabido que la tienda siempre me recordaría a él, ¿me habría dado la vuelta, habría regresado a mi barrio y buscado otro trabajo? Me gustaría haber tenido la respuesta; alguien en su sano juicio no habría aceptado un regalo para habitar dentro del recuerdo. Pero en tiempos de dolor, las líneas no están claras, hace falta marcar con la tiza y reunir la seguridad con la que se corta la tela. ¿Quedarse con una tienda es mantener viva la llama de aquel amor como quien pone flores en un cementerio? No lo sé. Pero no dejo ahora de dar vueltas en busca de un puente que me haga cruzar al otro lado. Allí donde no hay que pensar. Donde todo está podado y limpio, sin matorrales de palabras.

Las amigas de mi ausente Madeleine LeClercq, tal vez por la edad, creían que el cartel era ese puente. El cambio de nombre. Afirmaban como buenas dueñas de su vida que renovar era abrir la puerta a otra zona, desconocida pero nueva. No tengo nada que decir. A aquellas alturas de la primavera, acercándose el 14 de julio, me estaba dejando llevar por todos y por todo, y ni que decir tiene que tomar decisiones era como asomarme al precipicio. Prefería que las tomaran por mí.

En un mundo en el que casarse era lo fácil y en el que nuestras almas debían encontrar una pareja para pasear o sentarse en una terraza, mesas para dos, cenas para dos, bancos para dos, yo fui consciente de que no sabía hacerlo fácil. Oponerse, a esas alturas, habría sido imprudente, la alegría se había derramado entre todas mis amistades como un vaso de agua.

Sentí envidia de Kiki. Por su libertad.

Y Kiki sentía envidia de mí. Por mi seguridad.

Volví a mirar el cartel de mi tienda, agrietado por las lluvias y el sol, con los colores deslavazados y sin la fuerza de la pintura del primer día. El rojo era rosa y el azul, celeste.

Fue entonces cuando lo vi claro.

—No lo voy a cambiar, lady Bertha. Me gusta así, como soy, como he crecido... Seguramente no seré nunca la mejor modista de París, ni la más original, como Gabrielle en sus impactantes desfiles, ni como Lanvin, ni como Schiaparelli. Yo no soportaría su presión, ni los juicios constantes, ni tener que renovarme, ni siquiera alejarme de lo que soy. Quiero lo que siempre he querido. Y un cartel nuevo no modificará ninguno de mis pespuntes. Ni esos, ni estos —dije señalándome el corazón—. Este lugar significa mi felicidad, con sus grietas. Con mis errores.

Lady Bertha me abrazó. Y entendió todo lo que el Sena estaba arrastrando dentro de mí.

Subí la escalera hacia el apartamento donde estaba Alexander. Todavía quedaban dos días para la boda y, aunque me iba enterando por Jules de su cuenta atrás para la ceremonia, él estaba siendo su ayuda de cámara, me apetecía verle.

No estaba. Abrí y me senté en la silla de la ventana.

Sí, fui una niña que siempre se pegaba a los cristales para dibujar sobre el vapor de mi aliento. Mamá hacía lo mismo y, cuando para ir al colegio bajaba la escalera a toda velocidad con mis hermanos, ella tenía la costumbre de pegarse al cristal y dibujar una estrella para mí. La imité siempre, y ahora. Yo tendría tres años cuando me asombró con esa magia, dibujos que iban y venían, que se evaporaban y se podrían volver a hacer sobre el cristal con solo pasar la mano; era un acontecimiento más importante aún que la misma Navidad, ya que por fin podíamos enviarnos mensajes secretos y eliminarlos. Eso era lo que yo esperaba de mamá. Eso era lo que veía cuando estaba en la calle, con mi padre dentro de casa y mis hermanos jugueteando por el suelo: un mensaje. Ella, con los niños sentados a su lado, perfectamente tranquilos, improvisaba en las ventanas una pizarra. El vapor de la olla al fuego empañaba todos los cristales y, entonces, era un festín. Sonrisas, estrellas, corazones, aves, caballos y besos. Un universo de cosas sin importancia.

La casa que pronto compartiría del todo con Alexander olía a rancio, a comida pasada en la fresquera, por lo que abrí todo para ventilarlo. Efectivamente, había verduras y un trozo de pan duro como una piedra, mohoso. Sabía que Alex no era un buen cocinero, pero se notaba que ese hogar estaba pidiendo oxígeno. Solté aliento sobre el vidrio y empecé a dibujar un corazón que no acabé. En mi opinión, la casa tenía el ambiente de uno de aquellos lugares de paso en los que los pintores buscaban modelos. Borré el pensamiento de la cabeza, también el trazo y me asomé al callejón. Era Alex.

No tardó en dar unos golpes en la puerta para que le abriera.

—¿Has perdido las llaves? —le pregunté.

—Me hacía gracia que me abrieras —sonrió intentando agradarme—, sospeché que eras tú la que cruzaba tras los cristales.

Venía acelerado. Fue a besarme.

—Espera.

No sé por qué le puse la mano en el pecho para que no se acercara, pero lo hice. Me tapé la boca con la mano y dije una bobada.

—En la boda. Faltan dos días. No estaría bien.

Para mi sorpresa, me cogió la mano, la besó y la sostuvo entre las suyas. Eran manos grandes, cálidas. Sus ojos parecieron humedecerse porque le temblaba la boca.

Seguramente era el primer beso que le negaba, pero arrugó la frente, levantó los hombros y yéndose hacia la percha para colgar la chaqueta, aseguró que podría esperar. Luego me puse a limpiar para adecentar la casa y encontrarla mejor cuando me instalara definitivamente. Alex iba retirando las sillas y doblando la ropa para guardarla en la cómoda. No nos dijimos mucho. Yo entendía su pesar. Me imaginé que, tal vez igual que yo, albergaba algo de miedo.

Sobre la cama había unas medallas de la competición, unas fotos del equipo polaco al completo a las puertas del Estadio de Colombes y una foto de los dos, la que nos hicimos en Giverny, en casa de Claude Monet. Se veía el puente de los nenúfares. ¿En qué momento nos hicimos el retrato? ¿Tan feliz estaba aquel día para haberlo olvidado?

—Alice...

Le miré mientras disimulaba mi preocupación.

—... Estoy orgulloso de ti —sentenció.

Las lágrimas me escocieron en los ojos.

Después del trabajo de limpieza, Alex y yo nos fuimos de paseo hasta la place des Vosges. La rue des Francs Bourgeois era todo un espectáculo a aquella hora de la tarde, con la gente que salía de las tiendas y los bistrós. Pasamos por delante de un bar y escuché la canción que tanto me gustaba al piano, *Mon Homme* de Mistinguett. Me preguntaba si la letra era correcta.

Sur cette terre, ma seule joie, mon seul bonheur
C'est mon homme
J'ai donné tout ce que j'ai, mon amour et tout mon coeur
Ce n'est pas qu'il soit beau, qu'il soit riche ni costaud
Mais je l'aime

—Yo solía cantar esa canción —le conté a Alexander.

—Podrías hacerlo ahora —replicó.

Negué con la cabeza de pura timidez.

—¡Qué vergüenza! —dije fingiendo pudor.

—Tal vez Kiki querrá cantárnosla en la boda.

—Estoy segura.

—¿Quieres que nos sentemos en algún sitio? —me preguntó, señalando una cafetería frente a la librería de los amigos de Claire. La misma en la que nos habíamos sentado las dos y que siempre estaba abarrotada de trabajadores judíos.

—Claro —le contesté. Hubo algo rutinario hasta en la forma de sentarnos.

Desde la librería no me perdían de vista. Una de ellas, una chica con moño, pocas quedaban así, todas nos habíamos cortado el pelo, susurró algo a la librera y las demás se echaron a reír. Pensé en mi libro. Pero como me sentía segura al lado del guapo de Alex, las miré desafiante y les hice un gesto con la mano indicando que volvería otro día a por más novelas. Podía haberme pasado lo contrario, hundirme tranquilamente en la silla y sentirme cohibida ante las miradas burlonas, percibir el agua del Sena en el cuello y asfixiarme sola, sin más ayuda que una mofa. Tenía esa facilidad para cambiar de estado de ánimo; podía llamársele inseguridad o indecisión, falta de autoestima; pero dudar se me daba muy bien. Algún día me dará igual lo que piensen los demás, los seres humanos serán libres para elegir y el coraje y la fuerza se podrán comprar en el mercado.

—Yo quiero café y pastel de limón.

—Lo mismo.

Me recosté en la silla. El aire de la calle a esas horas era agradable, no llegaba a ser fresco. 12 de julio. Lo inspiré y me llené los pulmones como si fuera a meterme bajo el agua. La primera vez que vi a Alexander se tapaba con una toalla y salía de nadar en la piscina olímpica, no tardaron en presentarnos, ni él en presentarse en la tienda. De repente, mientras estaba allí sentada junto a él, todo pasó a la velocidad del cine. Me recordó a esas películas en las que todo va muy rápido y se hace amargamente trágico. Alexander, a la espera del camarero, fue al escaparate de la librería azul. Entró. Tardó un rato. El chico de Claire puso amablemente sobre la mesa los dos cafés con leche y el pastel de limón. Solo uno. Sería para compartir. Le agarré de la mano y le dije que cuidara de mi hermana. Se puso colorado. Asintió con el pudor que ofrece la ternura y la soberbia del primer amor. Alexander se acercaba con las manos en los bolsillos, un libro bajo el brazo y la sonrisa en los ojos. Saltó un charco. Siempre hay charcos en París aunque sea 12 de julio.

«*La educación sentimental*, de Flaubert. Para ti».

Eso dijo.

—¿No te gusta?

Cuando la leí me había parecido vulgar, confusa, inmoral y vacía. La acabé porque algunos decían que era un insulto contra el espíritu y eso me parecía atractivo. Pero nada. «Tal vez ahora —pensé—. Tal vez Frédéric Moreau ha aprendido algo del mundo y del amor, de los desengaños».

—Bonito título, ¿verdad? —respondí—. *Madame Bovary* me encantó. También le pegaría este título a ella, ¿la has leído?

Negó con la cabeza.

Recordé entonces la frase: «El porvenir es un pasillo completamente negro, con una puerta cerrada al fondo».

Alex probaba el pastel con una cucharilla, acercándose al plato, y yo me fijé en su cogote, ese al que me había agarrado en momentos de éxtasis y que ahora era solo cuello sin rostro. Era afectuoso, era cercano, era un hombre que me deseaba, a quien había amado con locura, pero había algo que se interponía entre los dos. No escribo *nosotros*. Me pregunté si lo que me cerraba el paso a la felicidad era la presencia de Ërno en París o la necesidad de ser amada. Otra vez la educación sentimental.

Nada era como me había imaginado en 1924, y aunque ese año ya era historia, acepté lo irrefutable: no era capaz de ser feliz.

—Te quiero, Alice.

Soporté el peso de las palabras.

Alexander era nadador, atleta, deportista. Y yo era el agua donde debía batir otro récord; no había obstáculos como en las pistas de atletismo, y si conmigo aparecían se convertían en reto para superarlos. Le contesté que sí, que allí nos veríamos, que sería la de blanco, para bromear y disimular mi resignación.

He escrito resignación.

¿Estaba perdiendo el norte o encontrándolo?

¿Era posible que estuviera dejando de amar al hombre que me había devuelto a la vida y estuviera confundiendo dos, tres tal vez, encuentros con el pasado con una posibilidad?

Llevaba noches despertándome en mitad del sueño, alterada, y me repetía que realidad y ficción no son lo mismo, mucho menos a esas horas en las que el silencio confunde ruidos de maderas con fantasmas. Yo me había enamorado de Alexander Belov con todo mi cuerpo, habíamos pasado aventuras, nos entendíamos perfectamente y habíamos hecho el amor con ganas, nada de eso era fruto de mi imaginación.

Pero... aparecía el «pero».

Un sudor frío se convertía en mi segunda piel y respiraba agitada porque una mano invisible apretaba mi cuello hasta dejarme sin oxígeno cuando contaba las horas.

Entonces, la voz de Alex surgía en sueños, en un pódium, con su mano levantando la medalla de consolación buscándome entre el público para compartir la alegría, como si fuera un oro olímpico, murmuraba palabras sucias a mi oído, trenzaba mi pelo tras la oreja, y con la suavidad del agua recorría mi espalda en un ir y venir de las yemas de sus dedos hasta que me erizaba por completo. Estábamos juntos. ¿Me estaba volviendo loca?, repetía, y... ¿por qué abandonar a alguien que había coloreado mi París y mi cama? ¿Era todo eso imaginario? ¿Confundía vida real y mi fantasía, esa que habitaba en la cintura?

El sol entró por la ventana y devolvió un rayo doble al reflejarse en el espejo de la cocina, descubierto de los trapos para secar.

—¡Buenos días! Mañana te casas, hermana.

Claire lanzó un beso al aire y se metió en el baño para ser la primera.

Desde dentro me iba preguntando por todos los que vendrían a la ceremonia y por todo lo que teníamos preparado, como una notaría de emociones y vestidos.

—No falta nada —respondí apática.

—¿Hay algo que te preocupa? —me dijo asomando la cara por la puerta.

—Estoy bien, Claire. Un poco extenuada, pero bien. Tanto ajetreo me hace sentir extraña.

—¿Extraña?

—No sé qué decir. Parezco una forastera en medio de mi vida. Todos opinan.

—Quizá hoy deberíamos comprar flores, comer juntas con Jules y... dejar de contar las horas.

Fingía normalidad, pero a mi hermana no se le escapó que yo no era la de siempre.

—Quizá deberías ir al médico hoy mismo; comes poco, a lo mejor estás débil. O...

—No, no, no.

Entendí su mirada y me anticipé.

—¿Es posible que estés...?

—¡Claire! ¿Cómo dices eso?

Le contesté que no, que no estaba encinta, que no se preocupara, que iría al doctor a mediodía. Pero que la sangre no tenía nada que ver con mi espíritu. Quise confesar que era la tristeza, que era mi corazón el que no bombeaba bien porque simple y llanamente no estaba impaciente. Sino frente a un precipicio.

Regresó al baño.

Yo fui a guardar la nota de Ërno junto a las demás cartas que había ido escribiendo durante tanto tiempo y que, ignoro por qué, habían desaparecido. ¿Dónde estaban? No podía preguntar a mis hermanos, y aunque las hubieran descubierto no las habrían tirado. Yo, recuerdo, estuve a punto de echarlas al fuego. Pero me paralizó el miedo a perder aquellos días narrados a modo de diario definitivamente, como si esas cartas no enviadas pudieran haber tenido respuesta.

¿La nota de pésame por Madeleine era la respuesta que me daba la vida a una historia de amor breve pero que parecía inquebrantable?

La releí.

Cuando Jules se despertó y Claire le dejó pasar al baño, fingí dolor de cabeza y me fui a la calle con la promesa de quedar con los dos para comer. «Traeré a Kiki —les dije—. Ella también es de la familia».

Pero no fui hacia el piso que Man Ray le había prestado a mi amiga. Cogí el collar de esmeraldas que me había regalado Ërno Hessel y me dirigí a la casa de empeños de unos italianos que se escondían en uno de los locales del Passage Verdeau. No podía casarme con Alex si la joya que había quebrado mi destino seguía en mi armario. Sin mirarla, envolví el estuche en unos paños y salí de casa.

—Si necesitas algo, estaré en la tienda —dijo Claire antes de verme salir apurada.

—¿Puedo ir contigo? —preguntó Hortense sonriendo—. Ya he hecho todo lo que me dijo la profesora.

La misma institutriz que cuidaba de la educación de Hortense en casa de Madeleine LeClercq seguía atendiendo a la niña, hasta que en septiembre ingresara en un colegio cercano que me gustaba mucho y en el que siempre hubiera querido estudiar.

—Sí. Vámonos.

Dentro del paquete también había decidido esconder la nota de Ërnó para olvidar la letra: pequeña, ligeramente inclinada y de eles alargadas, una caligrafía elegante, de un hombre que controlaba los frenos, no como yo en ese instante.

Mis pensamientos volaban y se mezclaban con momentos de uno y otro, sin sentido, con el sabor de las cenas, de los besos y de los abrazos. Mi primer pensamiento fue tirarla al Sena; de hecho, antes de dirigirme a Faubourg Montmartre me apoyé en la barandilla del Pont Louis Philippe, cerca de casa.

Las palabras de Ërno en el restaurante revoloteaban en mi cabeza. Volvieron aquellas noches de sexo que fueron un nosotros, volvió la idea de que el amor era posible, de que me esperaban en casa, su elegancia, invitándome a vivir. Volvió aquel guiño de ojo cuando yo vestía un chifón verde, como las esmeraldas que ajustó esa noche bajo mi pelo. No dije nada, aquella vez. No sabía qué decir. Y no habría sabido qué decir aun repitiendo la escena mil veces. Apareció la casa de Coco Chanel, que era un nuevo decorado en mi vida, los muebles de maderas brillantes, los vasos de plata, las conversaciones. Había visto París desde fuera, gracias a mi afición a caminar mirando fachadas inaccesibles, imaginando historias tras las ventanas de esas avenidas Haussman, tan enormes, que no me llevaban a ningún sitio y que aquella noche me hicieron protagonista principal. Era estar dentro de la caja de música. Aquella noche le confesé mi sueño: una tienda en París. «¿De verdad ese es tu sueño?», repitió.

Las semanas que siguieron a aquella noche estuvieron llenas de esperanza; cuanto más me acercaba a él, más feliz me sentía. Me recogían, me llevaban, me esperaban, me reconocían los conserjes, en los restaurantes... Todo era así por él, por Ërno.

Miré el Sena, me pareció verde como las esmeraldas.

Desplegué la tela de algodón y abrí la caja. La gargantilla era tan luminosa como entonces.

—Pruébatela.

Se me paró el corazón.

—Siempre fue más bonita en tu cuello.

Un escalofrío recorrió mi cuerpo. No podía ser cierto, no, aquello debía ser producto de la tensión. No era posible que estuviese allí, a tan solo un par de metros de nosotras, camino a algún destino que de pronto se había diluido. Ërno, Ërno...

Me quedé petrificada en la barandilla.

Inmóvil.

Él parecía tan aterrado como yo.

—¿Alice...?

—Ërn...

—Hola, Ërno —dijo también la pequeña Hortense.

—Pequeña, estás preciosa —respondió revolviéndole el pelo—. ¿Me das un beso?

Aquella cercanía con la niña enmascaraba su nerviosismo, la dificultad de aceptar que, al igual que él, yo estaba allí. Hortense se colgó de su cuello y deseé abrazarlos a los dos. Como si ambos cuerpos si hubieran convertido en uno solo. Mi idea del amor no iba más allá de esa imagen, tenía frente a mí todo lo que tenía que saber y ver. Acurrucada entre sus brazos, mecida por Ërno, se sonrieron.

Sus sonrisas callaron todas mis palabras.

—Me dirigía al banco... —explicó él, al ver que yo había enmudecido—. Día de gestiones aborrecibles. Espero que vuestro paseo tenga un porqué más entretenido.

—Íbamos... a...

—Mamá va a buscar a Kiki para comer. ¿Tú también comes con nosotros?

Vi el brillo en sus ojos cuando Hortense pronunció «mamá». Mi mente, totalmente desatada y fuera de control, deseó que lo llamase «papá» a él.

—Creo que hoy no estoy invitado, pequeña.

—¿Y a la boda? Mamá se casa.

El brillo en su mirada se apagó como lo hizo el mío. Con un soplido seco. «Boda». Aquella palabra sonaba de repente extranjera, a graznidos de aves que anunciaban cielos grises. Tuvo un efecto parecido en ambos, como si estuviésemos unidos de una manera fatal por su significado.

—Claro que lo sé...

—¿Pero se casa contigo o con Alexander?

Hortense hizo la pregunta mirándome a mí, exigiendo una explicación que nadie le había dado todavía. Sentí que enrojecía, que giraba todo a mi alrededor como un torbellino.

—Hortense, esa pregunta es una tontería muy inapropiada.

—Me temo que no lo es tanto —intervino Ërno—. No creo que ella sea responsable de no tenerlo claro.

No tuve más remedio que enfrentar su mirada. En ella lo vi todo. Y caí en la cuenta de que Hortense solo podía entender aquello que veía. Veía a dos adultos mirarse con deseo, con amor. Lo había visto ya la vez que había conocido a Ërno, porque los niños no perciben los códigos con que los adultos tratan de camuflar sus sentimientos.

—¿Vais a daros un beso?

De nuevo la impertinencia infantil. O la sabiduría. La ausencia de complicaciones. *L'Esprit Nouveau* de la sencillez.

La niña sonrió tapándose los ojos.

—Sabes lo que estoy pensando ¿verdad? —dijo Ërno mirándome fijamente.

Claro que lo sabía. Nos habíamos amado, despedido, echado de menos, vuelto a encontrar, ambos teníamos una pareja, el engranaje de las promesas estaba en marcha. Qué hacer con un amor atravesado en la garganta y en el pecho, un amor inquebrantable que había atravesado el tiempo. No era tan fácil. Y sin embargo, lo era. Bastaba decirlo. Arrancarlo de dentro, donde las palabras se van quedando a oscuras a fuerza de no pronunciarlas.

—Sabes que te he echado de menos ¿verdad?

—Y yo a ti.

—Todo este tiempo.

—Todo este largo tiempo —añadí.

—No será fácil.

—Y qué ha sido fácil.

Ërno me cogió el rostro con ambas manos y me besó hasta que nos faltó el aire.

Sentí que me desmayaba. Su perfume, el mismo de siempre, volvía a llenar el aire de aquellos días. «¿Me sigues queriendo?», balbuceó en mi oído para no invadirme. No respondí nada para no romperme. Todo lo que había a nuestro alrededor desapareció, hasta que lo único importante fue ese silencio en el que se oían nuestras respiraciones; me besó de nuevo y se borraron todas las dudas que pudiera haber entre uno y otro.

Ahora, de pronto, era ayer.

Nos miramos de manera transparente y volvieron los recuerdos de la galería Taitbout donde nos conocimos —el cuadro, mi vestido, su mano— donde su mundo, tan lejano entonces, y mi mundo habían coincidido. Nadie me dijo que el recorrido iba a ser fácil, ¿cuándo lo había sido? ¿Cuándo lo era para las mujeres de nuestra clase? Jamás. La vida solo es sencilla por momentos, pequeños regalos, amigas o casualidades, cuando no nos damos cuenta de que las piezas encajan sin presión, cuando se recolocan con una ligera ayuda. A veces solo el azar.

La caja joyero estuvo a punto de caérseme al Sena, pero solo se fue volando la tela con la que la había envuelto. Ërno alargó el brazo para intentar cogerla, pero ya volaba hacia el mar como un ave libre, una sábana al viento.

Ërno, fiel a sí mismo, me contó que la mujer extraña lo era ya también para él. Sí, la que había venido desde Nueva York acompañándole. Vinieron con la idea de rehacer lazos en Francia y, al contrario, se habían ido rompiendo con los días. París tenía la culpa. Eso dijo. Palabras claras. Sentí una punzada de felicidad y tuve la certeza rotunda de que el amor había llegado para quedarse.

—Querida Alice: ¿cómo puedo responder a todas tus cartas con una sola palabra?

Del bolsillo interior de la chaqueta sacó todas las misivas que le había escrito durante su ausencia. El fajo de hojas que había buscado sin éxito, llegando a creer que había terminado por quemarlas o tirarlas.

—¿Cómo han llegado a ti?

—Tu amiga Kiki no solo te quiere a ti. En Nueva York nos vimos, cenamos en el hotel Lafayette en Greenwich Village; venía con un tal Tony y tenía planes de cine, así lo dijo. Charlamos mucho aquella noche. Le pregunté por ti y me dijo que estaba esperando a que te nombrara. Fue en ese momento cuando me dio una, una de tus cartas, y me dijo que si estaba dispuesto a leerlas todas debía regresar a París. Y eso he hecho. Vine en busca de ellas... y de ti.

—Kiki fue...

—Sí. Ella.

El latido de mi corazón provocaba que la alegría y la vergüenza se hincharan y encogieran al mismo ritmo. No podía enfadarme con Kiki, las palabras que durante tanto tiempo habían esperado en mi casa acababan de llegar a destino.

—En Nochevieja... —acerté a decir titubeante.

—Sí, nos vimos en esa fiesta.

—Pero no dijiste nada. Parecías distante.

—Kiki no es mala amiga, tampoco es tonta, me las fue dando semana a semana para que entendiera cómo fueron escritas. Y... para entenderte a ti, para que fuera encontrándome contigo carta a carta. Yo no sabía si la Alice de las cartas seguiría sintiendo lo mismo, pero en la comida de la Tour vi que sí.

—Y tampoco dijiste nada...

—No. Preferí escucharte. Ponerme al día. Saber qué me contabas, cómo iba tu vida, tus hermanos... Tu entorno. Saber si eras feliz.

—No viste felicidad en mi vida.

—Vi que habías conocido a alguien que te daba su amor, su cariño y protección. Pero, perdóname si soy demasiado sincero, no vi que tú le dieses todo eso a él. —Calló durante un momento, dándome la oportunidad de censurar la osadía de sus palabras, de dar media vuelta y dejarlo allí para siempre. No dije nada—. Me habría apartado, habría callado y hecho de nuevo las maletas. París solo sería contigo. Pero te encontré de nuevo. Primero en las cartas, luego aquí. En la ciudad que un día compartimos. Y decidí que al menos sabrías por mí que te sigo queriendo.

Apreté la mano de Hortense, sintiendo que debía aferrarme a algo verdadero. Aquellas palabras eran un oleaje que podría arrastrarme lejos. Quién sabe adónde. La niña miraba a uno y a otro, sin entender qué ocurría. Pero ahora callaba, consciente de que había hecho ya todas las preguntas necesarias.

—No puedo exigirte nada. Solo que elijas ser feliz.

—Ërno, sabes cuál es la única manera...

De nuevo su mano en mi pelo, en mi cara. Aquellas caricias a las que podría rendirme y entregarme. ¿Cuánto tiempo las había añorado? ¿Cuántas veces las había replicado en sueños, para despertarme y enfrentar el dolor de su ausencia?

—¿... Y ahora qué? ¿Qué podemos hacer?

—Buscar la felicidad, Alice. Ahora y siempre.

Su mano buscó la mía, la que no agarraba la de Hortense. Y me vi sostenida por los dos amores de mi vida, un amor viejo y otro nuevo que se unían para envolverme en una crisálida de alivio, de temor, de esperanza, de inseguridad.

—Madeleine me habló mucho de ti en su casa, qué pena que no pueda ser testigo hoy de nosotros...

Cuando nombró a madame LeClercq se rompió el tensor que contenía todo el dolor hasta ese momento. De repente, vertí todas las lágrimas que había escondido. Lloré para librarme del sentimiento de pérdida que me perseguía desde niña. Lloré por la vergüenza de sentirme feliz, por mamá, por la traición, pero, por encima de todo, lloré por mí.

Lloré mirándole a la cara y ocultándome en su pecho también, lloré todo el camino de vuelta, hasta la tienda, y, al llegar, lloré más a solas, sabiendo que aún debía tomar una decisión. Lloré ahogándome en lágrimas viejas, las que no había derramado con mamá. Ni con papá.

El dolor está ahí, siempre. No se va, se disfraza. Y cuando empieza no sabes cuándo tendrá fin. Se esconde en el fondo del bolsillo, como un botón pequeño, en la herida de las uñas mordidas, en la marca de unos zapatos viejos, en el hambre... El dolor sale y sabe. En la boca y en la memoria.

Entendí entonces que también pasaba lo mismo con la felicidad.

Toda felicidad.

Se esconde, espera agazapada como un águila en busca de comida, un águila que debe alimentar a sus crías, que espera, que vuelve a salir... Y, cuando ya, aparentemente, no hay nada, agotada, cuando una se ha olvidado incluso del hambre, vuela. La felicidad está ahí también, en ese ruido que nace en las tripas, en el calor del pecho que esperabas y en su mirada, que de nuevo se enciende con la tuya.

Antes de que emprendiese el camino a casa, con la realidad vuelta del revés, Ërno me abrazó y la pequeña se agarró a mi cintura. Esperó a que dejara de llorar, a que la marea que había dentro de mí se calmara, a que todo volviera a su sitio. Y el sitio era él.

El día que la vida elige para hacerte feliz es inesperado.

Me gustaría haberle dicho que le amaba con toda el alma, que había estado curándome a mi manera, que la soledad huele a cerrado y a humedad aunque te pases el día en la calle, con gente, aunque te perfumes; que tenía las manos cansadas de coser, que guardaba sus letras que envolvían el primer regalo, que recordaba su olor y que por favor no se separara de mí nunca. La voz no me salió. Pero a Ërno sí.

—Sentaos aquí, a mi lado. —Hablaba con el corazón en la mano. Esperé en ese momento alguna recriminación, la explicación a mi error o un sermón para poner el contador a cero, pero no—. Yo tampoco sé qué decir. Solo que te quiero y que no he conseguido olvidarme de ti, tampoco he querido. Supongo que ambos podríamos hablar y empezar a hacer un recorrido, amonestándonos, pero aquí estamos, otra vez. Yo estoy feliz. Muy feliz. ¿Recuerdas, Alice...? París era tan fácil. No es entonces, pero somos los mismos. Con alguna lección, como diría Kiki.

—Ella no diría «lección».

—¿Qué diría? —preguntó Hortense—. ¿Qué diría Kiki, Alice? ¿Ërno...?

—Lo primero que haría, pequeña, es ir a comprar un helado. Y eso es lo que vamos a hacer. Mañana es 14 de julio.

Después del encuentro, no había dejado que Ërno me acompañase a la tienda, él entendió lo que debía hacer yo. Hortense quedó en compañía de Jules y de Claire y fui directa al piso que era, sin él todavía saberlo, solo de Alex. Ya no pertenecía a un nosotros. Ni siquiera había tenido tiempo de ordenar las palabras, pero en cuanto él asomó a la puerta supe que no podría hacerlo allí. Que lo que tenía que decirle, aún sin saber muy bien cómo, no podría hacerlo en el lugar en el que había empezado a idear un futuro a su lado.

Algo debió de leer en mi mirada, algo que la boca callaba en esos momentos, porque no me forzó a explicaciones. Me pidió calma, y también un momento para prepararse. Fue él quien sugirió el estadio de Bergeyre para encontrarnos allí, un rato más tarde. A solas, en territorio neutral.

Le miré, desde mi agobio, con pena. Si hubiese sido posible, me habría duplicado para que una parte de mí se quedara siempre con él, lejos de París, en Polonia, a su abrigo.

¿Qué es lo que me había sucedido con Alex? ¿Qué falló? De niños todos tenemos un porqué en los juegos infantiles; en familia, no hacen falta; ¿en el amor? Las explicaciones caben en una mirada. Nuestra relación se había evaporado. Alex no había cambiado, era yo. Me gustaría saber describir esa sensación, todas las emociones, como quien descose un vestido y descubre las piezas, con su desorden, pegadas en la pared como un mapa que has recorrido.

¿Y por qué fui yo la que cortó los hilos? Quizá por la misma razón por la que crecemos. Abrimos puertas, cerramos ventanas, elegimos otra calle por la que atravesar el barrio y volvemos con el tiempo a la misma por la que paseamos felices. Eso había hecho.

Kiki me había enseñado que importa nuestra música, la que late en las tripas. Esa que nadie jamás escuchará. Ahí donde se esconde el olor del cuello de mamá, el primer beso y el ruido de una manzana de caramelo. Ese es el territorio de la verdad.

Sentado en unos de los bancos del estadio de Bergeyre, donde se habían disputado algunos partidos en los Juegos Olímpicos, en ropa deportiva todavía me esperaba Alex. Había corrido varios kilómetros y quería despedirse así de la ciudad, de la misma manera y con el mismo propósito con el que llegó: competir.

La colina tenía buenas vistas, jamás la había visitado; paseamos primero por los viñedos y después, tras algunas palabras mal dichas y ciertos ahogos, nos abrazamos.

La complicidad que mostrábamos en aquellos días de las Olimpiadas era muy distinta al cruce de miradas que intercambiábamos ahora. Me pasó la mano por el pelo con una sonrisa desengañada.

—Creo que nuestros caminos se separan aquí —dijo Alex—. Quiero que te vaya muy bien, Alice. Jamás pensé que nuestra relación acabara así. Quizá con la misma facilidad con la que entramos en ella.

Quise desearle mucha suerte, en el deporte y en el amor, porque era evidente que nos habíamos amado. Sentados, en silencio, mirando el Sacré-Coeur en la distancia, me cogió de la mano, la apretó fuerte y me la besó. Era un adiós. Lo firmaba así. En mi pecho se amontonaba otro caudal de lágrimas, pero era injusto llorar delante de él. Fingir fortaleza también. Todo era incómodo. Hasta las ganas de hacer el amor que me quemaban el cuerpo a su lado. Quizá lo deberíamos haber hecho allí mismo por última vez, como la primera. Al aire libre. Dejar que sus manos se hundieran en mí. No sé bien el motivo que mueve el deseo. Tampoco sé el que lo frena.

—No se me da bien competir.

—No seas tonto, Alex. No hay medallas para esto.

—París 1924. Quién me iba a decir. —Era la voz melancólica de un deportista que vino a ganar—. ¿Sabes que este estadio lo van a demoler? Qué pena. También se irá con los escombros nuestro amor, Alice.

En silencio, como si ambos buceáramos en nuestros recuerdos, estuvimos un largo rato. Sonaron las campanas de una iglesia cercana y nos miramos como si hubieran dicho: «Pueden mirarse por última vez».

Así fue.

Al girarme hacia los tejados de Bergeyre aprovechó para levantarse y marchar, le escuché caminar hasta que fue silencio. Entonces miré, pero ya solo era una figura lejana, un amor que había venido del Este para decirme que la vida merece la pena.

¿Se giró él?

Así salió de mi vida para siempre.

Lloré sola en el mismo banco que habíamos compartido. Sin peros. Como si en ese momento todo se hubiera puesto en su sitio.

Efectivamente, tenía razón Alexander, aquel lugar desapareció poco tiempo después. Demolieron el estadio y no quedó rastro para la memoria.

En los terrenos de la colina, el cerrillo de Bergeyre, construyeron casas, muchas casas de colores. Un pequeño barrio lleno de hogares para nuevas historias, familias y parejas que ignoran hoy nuestros nombres.

14 DE JULIO

Nunca sucede lo que uno espera. Y cuando se parece a aquello que uno soñó, lo hace a su manera.

Todo lo que estaba previsto para ese día como hoja de ruta se fue como hoja de calendario, al olvido.

París despertaba tarde, pero podría parecer que anochecía, porque los animales extraños de la oscuridad se mezclaban alegremente con los del amanecer.

—Kikiii, hoy es 14 de julio. ¿Nos veremos en el baile?

—El baile no empieza sin mí.

—Bailaremos.

—¡Por supuesto que bailaremos! ¡Y beberemos!

«Para no sentir la horrible carga del tiempo que te rompe los hombros y te inclina hacia el suelo, debes emborracharte sin parar». De ron, de palabras o de pintura, lo que el deseo pida. Lo gritaban hasta las últimas consecuencias, que solían coincidir con el alba. Fue, día a día, la plegaria de las misas a las que no fuimos nunca. Fue el alarido alegre de nuestras fiestas y de nuestras tristezas.

«¡Nos emborracharemos esta noche!», se despidió Kiki haciendo gestos.

Todos éramos muy conscientes de que vivíamos en un nuevo renacimiento. Que la efervescencia no se reducía a la moda, a la pintura, a la música, a la danza..., también estábamos nosotras. El fenómeno era más amplio y más profundo. Yo ya no tenía nada que ver con mamá, con la abuela... ¡Cuánto habíamos cambiado! ¡Qué libres! Las formas, como decía Adrienne Monnier, dueña de La maison des Amis des Livres,[1] parecían las etapas de la infancia. No daba tiempo a ajustarse la ropa. Crecíamos más rápido que el tiempo, hacíamos borrón y cuenta nueva cada semana, a la vida y a París llegaban nuevos invitados todos los lunes. Viernes. Sábados. Se podría decir que hicieron su aparición con Rimbaud y Mallarmé, Cézanne y Van Gogh. Dios sabe quién y qué estaba por venir: cubismo, futurismo, dadaísmo, surrealismo... Estábamos en el patio del recreo, felices, sin saber que una depresión y otra guerra se estaban cociendo en las entrañas de los bancos, en los pescuezos de los inversores y en los palacios de los dirigentes del planeta. Por eso gastábamos la vida, porque algo nos decía que el mundo, aunque fuera el del bulevar Montparnasse, desde Le Dôme a l'Observatoire, donde la Closerie des Lilas, no podía ser una fiesta eterna. Ni París. Ni el mundo. Lo era, sí, a nuestra manera, pero la fiesta olía a pobreza, aunque ninguno quisiera saberlo. Mirábamos hacia otro lado. Palabras mudas. Palabras desordenadas. Palabras para brindar, beber, bailar, para las risas, para los dioses de las terrazas y de los camareros raudos y generosos que llegaban bailando entre las mesas, sorteando sillas y saltando borrachos. Palabras cruzadas.

1. «Una tienda, una barraca de feria, un templo, un iglú, los bastidores de un teatro, un museo de cera y de sueños, un salón de lectura y, a veces, simple y llanamente una librería en la rue de l'Odeón». Palabra de Jacques Prévert.

Acabábamos de vivir una guerra. Olía todavía a pólvora y a sangre en las esquinas y en los escalones donde nos rascábamos la mugre, aunque el óleo y el ron lo disimularan, también el perfume. Habían caído los imperios, el alemán, el de los Habsburgo de Viena, el ruso había sido derrocado. Patas arriba el mundo y también nosotras. Porque la muerte que había causado la guerra no solo se había llevado a millones de personas, también una forma de ser y de vivir. Por eso nos interesaba ahora el arte. Porque le daba la vuelta a todo. Y París era especialista en eso, en el entusiasmo.

Sé de qué hablo.

Nuestros días distaban mucho de ser gratuitos: nos exigían vida, energía. Pero para gastar la vida había que consumir el sueño y desordenar los deseos entre absenta, inmundos talleres de pintores y nuevos locales de baile donde dar rienda suelta al frenesí, deshonestos como la mejor de las alegrías.

Esa era nuestra época, la eterna y profunda bohemia, que se manifestaba en algunas calles más que en otras, la verdad; que bullía en algunos corazones más que en otros, como en las entrepiernas; pero que corría como agua por las aceras sin que nos diéramos cuenta. Salpicados en cuanto echábamos a andar.

Habíamos sido reclutas en la delantera de una guerra espantosa, un abismo del que muchos no regresaron; ahora éramos *potassons* en primera línea de la vida.

—*Nous sommes potassons, on veut de l'amour à perpétuité.*

La palabra se la había inventado Fargue cuando todavía vivía Charles-Louis Philippe. Según creo, en su origen, se refería a un gato muy gordo, redondo como una cazuela. Gordo como el culo de la Goulue. Pero ahora nos servía para distinguir a los que entendían la vida como algo positivo: *disfrutones*, con agallas, sin esfuerzo para divertirse, siempre con ganas y con buen humor. Cuando los *potassons* se juntan, todo va bien, todo tiene fácil arreglo, el mundo es claro.

Era nuestra época dorada.

—*O te un janti* —decían. «¡Oh!, tú eres gentil».

No se tomaban en serio nada, solo a ellos. Y eso mejoraba la vida. Yo les llamaba *potasson* a todos los que estaban más interesados en reír que en llorar.

Me lo dijo así Kiki.

«Hoy no será el 14 de julio que preparaste, pero será mejor que el que esperabas». Y la creí. No sé si el tiempo que pasé con Alexander fue el más excitante de mi vida. De mi 1924, desde luego. Fueron meses necesarios, electrizantes, para saber que no estaba muerta y que sabía desear. No me exigió sino estar y ser en el descaro y en la libertad. No hubo empalago, ni luna de miel, sino días para la audacia. Sé que lo recordaré con gratitud, como deben rememorarse los días felices. Los más felices.

Los fuegos artificiales estaban preparándose en el Sacré-Coeur. El ruido de la ciudad, a esas horas, tenía ya mucho de algarabía, se oía el ir y venir de gente, los coches, la compra acelerada, los *bonjour* más altos que de costumbre, el ¡viva! y el hasta luego.

En ocasiones, para disfrutar la vida hay que acercarse y meterse en el meollo, pero otras debes alejarte para saber y entender la belleza desde la distancia. Por eso quedamos en Belleville, en lo alto de la colina y lejos del tumulto.

Para mí significaba el inicio de mi nueva vida. Y así lo sentía en la piel, como se recibe la alegría del sol en los días de verano.

Atrás quedaban los Juegos Olímpicos, París ya había olvidado las heridas del fracaso de 1900 y yo había cicatrizado otras; el finlandés Paavo Nurmi, el más grande de todos los tiempos, con sus cinco medallas de oro, regresaba a la ciudad para la fiesta nacional. Todavía seguían los carteles de los deportistas pegados en las paredes de algunas calles. Y el cielo de París estaba listo para iluminarse como preludio de, quién sabe, un año lleno de fuegos artificiales.

Si esto fuesen unas memorias de verdad habría muchas cosas que contar, pero no quiero. El día 14 fue una Nochevieja al aire libre. Valery Larbaud, Pascin, Charles Chanvin, Léon Pivet, Daragnès, Delamarche, Raymonde Linossier... y nosotras: Kiki, Thérèse Bertrand-Fontaine, también Jacqueline, Sylvia Beach, Treize, la otra Thérèse, los Dardel —Thora iba bellísima—, Jules y Claire con sus respectivos. Tampoco puedo olvidarme de Erik Satie, que había compuesto la marcha de los *potassons*, y todos con nuestras mejores galas de camino a Belleville, a la colina, en comitiva, botellas en mano que había repartido Pascin y dispuestos a todo. Su generosidad era legendaria. A menudo cargaba con el vino que traía de su estudio. Le encantaba ser el anfitrión de todas las fiestas y, después, pasar desapercibido; lo hacía por amor. Recuerdo que una vez organizó una fiesta de disfraces para los hijos de sus amistades, y él mismo los animó vistiéndose de bailarín clásico. Preparaba almuerzos en las riberas del Marne. Lucy, Guy y algunas de nosotras nos bañábamos mientras él dibujaba, y luego todos disfrutábamos de un almuerzo largo y tranquilo que había preparado.

Para la noche del 14 de julio ofreció su estudio, pero queríamos aire, rodar por la ladera, tirarnos al suelo, jugar.

Ërno se había ausentado, así que pasamos buena parte del día separados. Me hubiese gustado tener poderes mágicos para llevarle la contraria, pero dijo que esa noche debía pasarla con mis amigos y hacer un borrón de manera libre. Le lancé una mirada de socorro a Kiki, para que me ayudara, pero fue imposible. Levantó los hombros y me pasó el carmín, preludio de sus interrogatorios.

—¿Dónde has dormido esta noche?

—En mi casa.

Ladeó la cabeza.

—... En casa de Ërno.

—Y... ¿bien?

—No me hagas responder. Sabes que me da mucha vergüenza.

—...

—Vale. Muy bien, Kiki. Fantástico. Tal y como recordaba el amor.

Kiki se echó a reír encantada, un poco exageradamente.

—Qué ganas tenía de escuchar esto. Nunca he sido de principios, sabes bien que soy de buenos finales. Y esto me hace inmensamente feliz. Qué trabajo me has costado, amiga.

—¿De verdad le diste las cartas en Nueva York? —le pregunté agarrándola de la mano.

—Te las robé —confesó—. Sabía que no te darías cuenta hasta pasado un buen tiempo.

—Jamás hubiera imaginado que harías eso.

—¿Ayudarte?

—Robarme.

—Pero es un robo a lo Robin Hood, para ayudar a los desamparados.

—¿Me veías así?

—Durante mucho tiempo. Has estado desamparada

de no sé qué. Incluso de ti. Pero bueno, soy la primera que se equivoca. Yo busco la felicidad en otro lugar.

—Y... ¿dónde está?

Kiki paró en seco, dejando que el resto de la comitiva se alejara.

—... A veces en una copa de champán, en un poquito de mermelada verde, en unas sábanas limpias, en una comida en Chez Rosalie, ¡qué buena pasta hace la italiana!, en un baño caliente, en una fiesta... En una amiga.

Se hizo el silencio, surcado por la confidencia recién hecha y mi beneplácito. Kiki me apretó la mano. Yo esperé unos segundos.

—Gracias por robarme.

Mi amiga se dirigió a mí como la más sabia y la mejor aliada que una podrá tener nunca.

—A veces me compensa la felicidad cuando todos los de mi alrededor están felices. Cuesta menos trabajo pasarlo bien.

—No lo había pensado así.

—Tú estás mejor cuando tus hermanos están bien, yo estoy sola. Necesito pasarlo bien.

—Algún día tendrás que parar, Kiki...

—¿Tú crees?

Nos reímos mientras nos uníamos de nuevo al grupo. Contesté lanzada:

—Pensándolo bien... No. No pares. No pares nunca. Jamás de los jamases. Sigue así. Te necesito.

—Lo sé...

—En fin, no quiero decir nada, pero... me gusta cuando se te pone cara de tonta y parece que vas a llorar, querida Kiki.

La abracé con toda mi fuerza.

—Siempre serás mi mejor amiga —le dije al oído.

—¡No quiero llorar! No me gusta llorar. Voy maquillada, Alice.

—Tan atrevida y tan tímida para otras cosas...

—¿Se puede saber qué pretendes? Es 14 de julio, es fiesta... Anda, Alice. Ponme otro vino y déjate de psicoanalizarme, no eres Sigmund Freud. Vi-no.

Kiki no tenía ni idea de lo que acababa de provocar. Para empezar, no llené la copa, agarré la botella entera, perfectamente consciente de que había que celebrarlo todo. No iba a perder mi vida por segunda vez.

—Gracias por tu ayuda...

—Estoy esperando saber qué quieres saber, Alice. Te conozco cuando te callas.

—Hummm... ¿Leíste todas mis cartas?

—Todas.

—¿Y?

—No le entregué aquellas en las que parecías una mujer patética suplicando amor.

—¡Kiki!

—Créeme, lo he hecho por tu bien.

—Está bien. Vale. Lo asumo.

—Brinda y... no me preguntes qué hice con ellas.

La miré a los ojos.

—Que te quiero...

Dos minutos más tarde, la música del *jazz* de unos salvajes nos tenía a todos en pie, descalzos, bailando en el césped.

—¿Estamos todos? ¡Habrá que prepararse para los fuegos!

—Casi... —dije en un susurro, para mí misma.

Kiki me miró escéptica, pero su mirada se transformó en algo luminoso. No me miraba a mí, sino a algo que quedaba a mis espaldas. A alguien.

Ërno Hessel llegaba acompañado de tres chavales, seis

cubos con mucho hielo y botellas de champán. Me miró, y la sonrisa sencilla de su gesto me hizo sonreír a mí también.

—¡Oh!, perfecto. Ahora ya podemos decir que es 14 de julio —gritó Kiki alborotada, mirándome y adueñándose de uno de los muchachos—. ¿Has visto qué locura de hombre, Thérèse? Te lo dije. Te lo dije.

—No tengo nada que añadir. Relléname la copa.

—¿Cómo se llaman tus amigos, muchacho? Quedaos aquí con nosotros...

Las botellas empezaron a circular y sonó el estallido repetido del corcho, uno tras otro, como un prometedor avance de los fuegos artificiales que estaban a punto de comenzar.

—Antes que nada, si me dejáis, quiero brindar por esta mujer: Alice Humbert. Mi futura esposa.

El caos se adueñó de la colina, y los silbidos, los vivas, los aplausos y los brindis se fueron contagiando por el resto de grupos de franceses que, aún desconocidos, deseaban felicidad a los novios y consagraban la noche a los dioses del Parnaso y de París.

—No quiero ni imaginar qué sería mi vida ahora sin ti.

—Repítelo, Ërno.

—No quiero ni imaginar lo que sería mi vida sin ti.

En aquel momento, después de casi un minuto mirándonos, nos besamos hasta que los fuegos artificiales empezaron a iluminar el cielo de París.

EPÍLOGO

Creo que me toca a mí contar el final de esta historia. Cuando la gente es feliz, no tiene tiempo de escribir.

Alice Humbert, nacida el 26 de octubre de 1901 en París, contrajo matrimonio con Ërno Hessel, nacido el 30 de diciembre de 1893 en Budapest, en la iglesia de Saint Sulpice el primer domingo de septiembre de 1925, ante la mirada emocionada de los testigos, Nils y Thora Dardel, Thérèse, Treize, y Leopold, amigo de Ërno; y en presencia de Claire, Jules, la pequeña Hortense y yo, mademoiselle Ernestine Prin, conocida por todos como Kiki de Montparnasse.

También estaban presentes las parejas de los hermanos de la novia y los Foujita, Tsuguharu Léonard y Kimiyo Foujita, que haría el mejor retrato de la boda en el papel con el que trajo envueltas las flores. Es una pena que no quede constancia de la obra.

—Kiki, lo cuentas demasiado rápido.

—¿Me lo dices en serio?

—¡Pues claro!

—No, por favor.

—...

—Solo eres así, mimosa, cuando tienes sueño.

—Es para ver si me perdí algo.

—Está bien, Hortense. Iré más despacio. Pero recuerda, pequeña, la vida pasa muy rápido, así que no le pidas nunca a nadie que te repita algo. Tú vívelo.

—Vale.

—Voy otra vez al principio...

El día de la boda, Alice Humbert desayunó con sus hermanos y conmigo en la terraza de Chez Julien, donde nos habían preparado una buena mesa con todo lo necesario para que fuéramos felices.

—No tengo hambre, Kiki. No me mires así. Tengo un nudo en el estómago y no puedo probar bocado.

—¿Puedo comérmelo yo? —preguntó Jules cambiando apresuradamente su plato vacío por el cruasán recién hecho que tenía su hermana Alice.

—Tienes que comer o después las burbujas caerán en saco roto —le dije cogiéndola de la mano—. Ocúpate de disfrutar, ponte guapa, come ahora algo, descansa y esta tarde lo celebraremos por todo lo alto.

Al vuelo, Jules devolvió el cruasán a su hermana con cara de resignación.

Sobre la mesa de Chez Julien había una rosa rota. Se había caído de los ramos de flores que habían llegado a la tienda y Alice todavía jugaba con los pétalos.

Las amigas de Mme LeClercq habían enviado una floristería entera para dar la bienvenida a la novia. Rosas color azafrán que iluminaban el número 10 de Pont Louis Philippe. El chico que las fue colocando en forma de arco en la fachada las rociaba con sus manos, como si de una lluvia se tratara. La belleza exótica de los diferentes tonos de naranja creaba una atmósfera que aplastaba cualquier tipo de melancolía. Alice, desde la esquina del restaurante, miraba atónita todas aquellas rosas que adornaban la puerta.

—Y yo que quería una boda sencilla... ¡Qué barbaridad!

Jules le dedicó una sonrisa idéntica a la de Claire.

—No te mereces menos. Nada es demasiado para mademoiselle Humbert —espetó Jules haciendo una reverencia propia de Versalles.

—Son maravillosas —apuntó Claire—. Me gusta mucho el color.

—Y ahora os podéis marchar —dije dando dos palmadas—. La novia y yo nos quedaremos un rato juntas.

—Yo tengo muchísimas cosas que hacer —sentenció Claire cogiendo el sombrero—. Todavía no me he lavado el pelo.

—Y... yo... muchas cosas por hacer —apuntó Julien.

Mentían, pero sabían que Alice y yo queríamos hablar y pasar la mañana juntas, como entonces, como siempre. Habíamos empezado este oficio de vivir a la vez, las dos nos llamábamos Alice, aunque a mí solo me lo recordarían alguna vez en la cama; ambas teníamos cicatrices, sueños y muchas agallas. Chez Rosalie, las fechorías de Fantômas, La Rotonde, Le Dôme, el Café Vavin, El Jockey, El Océanie, Le Boeuf sur le Toit... La vida entera en dos décadas gastadas a pulso.

Confieso que París ya nunca sería igual, que la vida me dejaba sola otra vez, como cuando mamá me abandonó en manos de la abuela. Pero estaba acostumbrada a perder. Y a disimular la tristeza con fiestas, con droga y con hombres que solo querían sexo.

Todo lo que necesito en la vida es una cebolla, un poco de pan y una botella de tinto; y siempre encontraré a alguien que me ofrezca eso. Desinhibida pero inofensiva. Algún día hablaré de mí.

Aquel día, la felicidad de Alice fue contagiosa. La Coupole todavía olía a nuevo, a pintura y muebles recién tapizados de terciopelo rojo. Los dueños Fraux y Lafon habían hecho muy bien las cosas. El número de sándwiches que se engullían y las copas de champán que volaban a la hora del aperitivo sobrepasaba todo lo que se había visto antes en el barrio.

El bar era hogar, sobre todo para mí; nos sentíamos como en nuestra propia casa. Seguramente por la juventud, todos estábamos entonces llenos de energía. Alice y yo encontramos un rincón libre.

—Dime que estás contenta por mí, Kiki.

Su candor era casi infantil.

Por supuesto que estaba feliz, muy feliz por ella; hasta el último día de mis días me he encargado de repartir felicidad, y ver a una amiga rebosante de satisfacción ha sido mi fortuna.

Cuando la vida sonríe, nos podíamos despreocupar.

—Estoy segura de que vas a ser la mujer más gozosa de París, ¡qué digo de París! Me quedo corta, ¡de todo el mundo! Alice, hoy es tu día y estás radiante.

La miraba y era como un faro de luz. Desde el primer día que la vi, en aquel encuentro por las calles del Montparno, supe que tenía una aureola de suerte, aunque la estrella nunca vea su brillo, solo el de las demás. Pero lo supe perfectamente porque hay personas junto a las que te sientes bien, y Alice Humbert ha sido y será una de esas. La única justicia que el Buen Dios me otorgó, y que endulzaba mi amor propio de hija pobre, era oír a la gente hablar de que éramos hermanas. Eso me consolaba. Los otros consuelos ya me los busqué yo. A mi manera.

—Kiki... No quiero ponerme el vestido que me había preparado Claire. El kimono de Poiret, ya sabes. Me recuerda a Alexander.

—No te lo pongas, tu hermana lo entenderá.

—Qué fácil lo ves todo... ¿Te lo ha dicho ella?

—Se lo imagina. Y te está preparando otro con el que estarás deslumbrante.

—A veces debemos equivocarnos más de una vez hasta acertar.

—Llevo unas cuantas...

—La vida, amiga. Después no habrá oportunidad de pifiarla.

Me giré hacia la barra.

—Muchacho, ¡dos copas de champán! Estas dos chicas están sedientas de amor.

El camarero me guiñó un ojo, le conocía bien de El Jockey. Montparnasse estaba de moda y todos nos encontrábamos por el día o por las noches. Ahí, o en el Océanie.

—No quiero llegar ebria a la boda.

—Es mediodía; si tú no quieres, yo sí. Se casa mi mejor amiga. Y lo hace con el hombre de su vida.

—Kiki, baja la voz.

—¡Viva la novia!

Todos aplaudieron a muerte. Sacha de Horno, el bello saxofonista, se arrancó con un *jazz* que nos hizo sentir en la primera nota las mujeres más atractivas del local. Y eso que la rusa loca estaba bailando completamente desnuda, sus grandes tetas, su inmenso culo; no sabía bailar, siempre improvisaba porque no era profesional. Llevaba a cabo una danza picante en la que jugaba al escondite con un hombre imaginario, un fauno lascivo. En un momento de la danza, se escondía detrás de las sillas.

Alice y yo nos reíamos con el resto de los clientes.

—¿Qué dirá Ërno si nos ve aquí?

—¿Si nos ve reír?

—...

—Te quiere, Alice.

—...Y yo a él.

—Eso ya lo sé. Cuéntame algo que no sepa, Alice.

—¿Crees que seremos felices?

—A ver, voy a sacar las cartas, ve retirando las copas —dije bromeando—. No pienses en mañana, solo existe hoy. *Vivez, vivez, vivez, n'attendez pas!*

—Siempre dices eso.

—Es que es la única verdad: vive, vive, vive, no esperes. Esperar es perder el tiempo. El tiempo en que pides un champán y... llega el camarero.

Puso las dos copas en la mesa.

—Gracias, bombón. ¿Quieres acompañarme a una boda esta tarde?

El camarero se retiró agitando la cabeza, divertido. Sé que no le habría importado acompañarme, pero tenía más interés en conservar su puesto de trabajo.

—Estás loca.

—Pero me quieres, hermanita mía. ¿Recuerdas cuando me subía a los mármoles de las mesas? De niña nunca se me olvidaba pasar la gorra. Recuerdo que me gustaba enseñar las rodillas mientras cantaba. Si las tenía demasiado sucias, me bajaba y me las limpiaba con el bajo de la blusa. Como el resto no estaba muy limpio, parecían dos discos blancos sobre un fondo gris. ¡Y me subía todo lo que podía las enaguas para que se me vieran bien los bordados! Qué niña más loca he sido.

—Pero si lo sigues haciendo.

—¿Ah, sí?

Alice siempre guardó ese aire cándido; era buena, sencilla e íntegra. Podía engañarla cualquiera, por eso perdió a Ërno. Pero esa misma bondad se lo devolvió.

—¿La boda no es a las seis?

Alice me miró de arriba abajo, como si hubiese preguntado una tontería.

—Claro. ¿Por qué lo dices?

En ese momento la cogí del brazo y la invité a pasear

París como aquellas dos chicas inocentes que debían despedirse de la ciudad.

—Hoy es un adiós, amiga. En el fondo, las dos lo sabemos.

—¿Vas a dejarme sola? —Alice intentaba disimular el pellizco de melancolía que tiene toda alegría.

—Alice..., tengo la vida por delante y tú también, pero ahora te toca disfrutarla de otra manera. ¡Largo de aquí, tristeza! ¡Fus, fus! No te quiero de vuelta nunca más acechando a mi amiga.

Y nos alejamos del barrio hacia Saint Germain, atravesando el jardín de Luxemburgo, nos compramos un pastel en la rue du Seine, nos descalzamos en el muelle, con una botella de vino, como dos salvajes, cantamos una de mis canciones subidas en el banco en el que nos sentamos por primera vez tras salir de los talleres de Kisling.

La ciudad estaba tranquila a esa hora de la comida. Ella iba contándome todas las virtudes de Ërno, de la casa en la que vivirían cerca de Ópera y del más que probable cambio de lugar: Nueva York. Yo sonreía, pero me tuve que pintar los labios más de una vez porque cuando no me miraba Alice, me los comía de la tristeza. Me sorbía las lágrimas y masticaba cada palabra con una canción para exagerar la alegría.

—Echaré de menos esto —comentó cuando llegamos a la colina.

—¿Lo dices de verdad? Este rato que llevamos caminando he pensado en qué será de mí. Man Ray nunca querrá casarse. Y sé que un día también habrá un océano de por medio. De todas formas, guardaré París en tu ausencia. Y prometo reservar una silla para ti en los cafés, por si regresas.

El Sacré-Coeur nos miraba con su blanco impoluto. Nos miraba comparando las vidas de una y otra. En Nueva

York le esperaba otro mundo, las prisas, los bocinazos, las tiendas de la Quinta Avenida, las cenas en el hotel Plaza, las nuevas amistades y los grandes teatros. Me pregunté si aquella nueva ciudad le gustaría a mi amiga, pero su sonrisa me respondió. París la esperaría siempre, como yo. Las grandes ciudades no están hechas para todo el mundo, y Manhattan se abriría para ella como las puertas de una casa. Ërno Hessel la haría feliz. Y, sin embargo, ¿por qué la idea de su felicidad me ahogaba tanto? ¿Por qué me daba lástima quedarme sola en París?

—¿Entramos? —le dije.

En la puerta del Sacré-Coeur había una mujer leyendo la mano, una especie de Esmeralda que por una limosna lanzaba al aire una predicción de futuro.

—Le irá bien, muchacha. La vida será fácil.

Yo retiré la mano. No quise saber.

—Pero bueno... ¿por qué no has querido, Kiki?

—Del futuro me encargaré yo, mientras pueda.

Hicimos entrada en el templo hasta el lugar donde estaban los mosaicos.

—Ven por aquí —me dijo Alice. La seguí, arrobada por su emoción—. *Voilà.*

Levanté la cabeza hacia la cúpula imitándola.

Las telas de Garín parecían de cristal: el brillo del corpiño, la falda carmesí, la esmeralda de una Claire arrodillada, el delantal dorado..., las flores parecían bordadas en el altar. Los hilos de urdimbre de seda valenciana que tanto había mimado mi amiga eran ahora colores en un espolín de vidrio. La abuela decía que había magia en las palabras. Que podían cambiarte la vida, transformarla. También el arte. La penumbra que reinaba aún a esas horas se rompía por los rayos de sol que atravesaban el aire hasta los vestidos.

—Kiki, es preciosa.

Asentí en parte cautivada y pasmada. Claire, el niño de los Dardel y yo componíamos la escena más bonita jamás pensada por Alice.

«Tal vez pasemos a la historia». Esas seis palabras ponían mi universo patas arriba. Los arquitectos más importantes del mundo, los que estaban decorando edificios y catedrales, habían contado con Alice Humbert para un encargo que culminaba la colina de París: el Sacré-Coeur. ¿Quiénes mirarían sorprendidos hacia el cielo? ¿Quiénes rendirían cuentas de sus pecados o implorarían felicidad invocándola en silencio? ¿Alguien se daría cuenta de que yo era esa mujer? Gaudin & Maumejean firmaban la obra y mi amiga había dado las puntadas reales sobre las telas, ahora sagradas y eternas. El hechizo, el orgullo y la euforia palpitaban como cañones en mi pecho. A mi alrededor, la gente rezando, ajena a lo que pasaba por mi cabeza.

Alice encendió una vela. Yo la imité. Me gustaba el olor de la cera caliente. No es fácil desprenderse de la infancia.

—Mírate, Kiki —me dijo.

—Me veo bien. Pero no me digas que venga aquí cuando quiera acordarme de ti. Prefiero Le Dôme —le respondí haciéndome la fuerte.

—¿Bromeas? Con el cariño con el que os hice los vestidos a las dos. Las dos habéis sido mi fortaleza. Me habéis protegido, mi hermana y tú, Kiki. Gracias.

Tomé su mano con fuerza.

—... Y me habéis sido de gran ayuda. Os echaré de menos. Recuerda que sin ti no habría salido del pozo en el que me encontraba. —Dirigió una mirada circular por todo el templo—. No puedo creer que vaya a casarme.

París estaba precioso. La luz en todo el horizonte indicaba que llegaba la hora de regresar a casa en taxi y prepararse para la boda.

—De acuerdo —le dije al bajar la escalera hasta el bulevar—. Vendré aquí a pensarte. Desde aquí creo que podrá verse Manhattan. Levanta la copa desde la otra orilla, ¿vale?

—Lo haré, Kiki. Levantaré la copa para que me veas.

—¿Como la Estatua de la Libertad?

—Como la Estatua de la Libertad.

El cuarteto de cuerda amenizó toda la ceremonia en el jardín de Madeleine LeClercq. Ërno Hessel, vestido de capitán, había pedido que a la hora del cóctel fueran sustituidos por una banda de *jazz*. El sonido del verano en París era definitivamente ese, mucho más dulce y más alegre. Las melodías flotaban en las terrazas cerca de Les Halles y suavizaban el barullo de los clubes de moda. La primera vez que lo escuchamos no sabíamos qué tipo de música era, todo era nuevo, inaudito.

Y así nos sentimos aquella tarde de primeros de septiembre, nuevos, inauditos.

Jules llevaba un magnífico traje oscuro con un pañuelo rosa, acompañado por su hermana Claire, con el mismo rosa, y Annette, de verde. Alice dirigió a la pareja una mirada de aprobación: estaban elegantísimos y parecían unos chicos educados en algún castillo de Normandía. La pequeña Hortense vestía de azul y llevaba una especie de sombrerito con plumas que parecía el nido de unos pájaros. Era la primera vez que iba tocada y estrenaba unos adorables zapatos de charol. En cuanto a las chicas, estaban estupendas. Habían echado el resto con los atuendos: Treize iba de celeste, con guantes hasta el codo. Los Dardel eran la guinda de cualquier tarta, a juego en tonos morados. Lady Bertha, una feliz dama de color plata que no paraba de sonreír.

—Y ahora seguidme —les dije a los novios.

Ërno miraba a Alice con las mandíbulas apretadas.

Era bonito verlos caminar de la mano. Sosiega mucho al que los observa.

—¿En qué piensas? —le preguntó él.

—En tu apellido... Hessel.

—No tienes por qué cambiarlo. Humbert es tu familia y... el nombre de tu tienda.

En el jardín de Mme LeClercq, donde siempre quiso que Alice celebrara su boda, todo estaba esperándoles.

Al parar en la puerta, los novios me miraron.

—Aquí empieza todo.

—Pero...

—Algún día sabrás también quién ha heredado la casa.

Ërno puso la mano en el hombro de Hortense que, inquieta e ilusionada, solo quería pasar al jardín de donde salía la música.

—¿La niña?

—La niña, Alice. ¿Cómo es la vida, eh?

Cuando noté que las lágrimas iban a echar por la borda el maravilloso maquillaje de la novia más guapa de París, empecé a aplaudir: «¡Abran esas puertas! ¡Llegan los novios!».

«Viva». Tres veces.

«Viva Alice Humbert».

Lo gritábamos a pesar de los gestos de la novia para que nos calláramos de una maldita vez.

«Viva el amor».

Esta vez no era por ellos, era por todos. Alice Humbert era una de nosotras, una de las chicas de Montparnasse que desde cero había llegado hasta el cielo de París. Su sonrisa era la de todas las mujeres anónimas que habíamos posado desnudas para pintores una y otra vez, de taller en taller, de cama en cama y de café en café. Por fin

Alice tenía nombre, todas nosotras dejábamos de ser invisibles con su felicidad. Las mujeres anónimas de los cuadros habíamos triunfado con su éxito, que si bien no había sido fácil, sí era esperanzador.

La música de *jazz* de la orquesta subió el volumen. Los aplausos, las sonrisas y los músicos eran una misma alegría. Allí estaba la Thérèse de Picasso, la Caroline de Giacometti, la Lee Miller de Man Ray, Juliet Browner, Adrienne Fidelin, Meret Oppenheim; la Kimiyo de Foujita, la Valentine de Ossip Zadkine, la Gabriele de Kandinski. Pompon, Matisse, Soutine, Pascin, Gris, Léger... Todos nos habían retratado, fotografiado y esculpido, y Alice Humbert era ahora el rostro de todas nosotras: las anónimas de los retratos. La cara que nos habían borrado junto al nombre en esos cuadros abstractos, impresionistas y cubistas que poblaban salones, restaurantes caros y museos.

«Por nosotras».

Lo gritó Juliet.

Y a ella se unió Valentine.

«Por nosotras».

Y Lee Miller. Y la pobre Marie Thérèse. Y Lucy Krogh.

«Por nosotras».

Yo me subí a la mesa, escandalizada por las amigas de Madeleine LeClercq, que no daban crédito al zafarrancho que teníamos montado entre caballeros e invitados que nos deseaban y a los que, por primera vez, habíamos decidido ignorar.

Desde arriba, entre tazas y platos de porcelana que con cuidado habían dispuesto, grité hasta hacer estallar las copas. Mi grito fue el alarido y la respuesta de nuestras tristezas, ahora convertidas en fiesta.

«¡Emborrachémonos!», grité más fuerte subida en la mesa.

—Por favor, Kiki —me suplicó Alice tirándome de la falda.

Le saqué la lengua y me subí los volantes hasta las tetas. París era mío y me vibraba entre el pubis y el estómago como una fiesta nacional llena de pólvora.

Lady Bertha me imitó simbólicamente desde el fondo del jardín, cogió con sus regordetas manos su pulcro vestido y se levantó las faldillas de su vestido mostrando los botines y parte de la rodilla. Le guiñé un ojo y me respondió igual. Supe en ese momento que la batalla la ganaríamos, no sabía cuándo ni en qué lugar. Pero el desahogo de la dama, enrojecida por la valentía entre otras de su clase, fue revelador.

—Gracias —dijo vocalizando las sílabas para que la entendiera.

La comprendí bien. Y ella me entendió a mí.

Un fotógrafo que andaba preparando los retratos se adelantó a los posados delante de los enormes jarrones de flores. Cogió los finos polvos de magnesio y disparó el *flash.* Alice Humbert, con su precioso vestido blanco, abrazó a Ërno Hessel, empezó a besarle el cuello, allí donde el general tenía la cicatriz, en ese momento iluminada por un destello de luz, y le dijo en voz baja:

—Todos tenemos una.

NOTA DEL AUTOR

«Escribir una novela es culminar una obsesión», afirmaba Luis Mateo Díez. Será eso lo que me ha traído hasta aquí. Mi fascinación hacia los años veinte en la capital de Francia y a todos los personajes que bullían en ese epicentro de cultura y vida.

Alice Humbert tuvo una tienda, Kiki de Montparnasse aguijoneó todos los tugurios y salones de París, la ciudad es inspiración y la atracción de la nostalgia ha sido un imán. He recuperado con excitación este mundo, para volver a él, para revivirlo. Lo imaginamos en blanco y negro, pero está inundado de color.

A MODO DE AGRADECIMIENTO Y DEDICATORIA

Abro la página de los agradecimientos porque en este tiempo de heridas, he recibido mucho cariño. Así que en esta última página quiero dar las gracias.

A Palmira Márquez, Dos Passos, que es apoyo, brindis y amistad. A Leo, Fátima, Raquel, planetarios. Vamos de la mano en este maravilloso viaje.

A Paqui Cervera, Miriam Sáez, Chimo Masmano, Nuria Agustina, Marina Carrión, Pilar Zanón... La amistad durante tantos años reforzada hoy «en un frondoso valle de la anchurosa sierra». Y a todos los vecinos de Buñol, que hacen que me sienta orgulloso de estar, vivir y trabajar. A M. Ángeles, Isabel, Concha, Bego y Emilio, el club de cada mañana frente al café con leche.

A Utiel, siempre. Por ser raíz de la viña de mi vida.

Mamá, primas, sobrinas y familia.

A Mónica Antequera, experta en telas, sedas y emociones. Gracias por la pista. A Paulo, la palabra necesaria. A Isabel Arias, primera lectora, por conectar mi batería. A Camy, que ha hecho posible que pueda tener más tiempo para escribir esta novela. A Katherine y compañía, qué honor recibir tus mensajes. A María, mi parisina, mi embajadora en la ciudad más bonita del mundo. Tus consejos para construir historias —también esta—, tu sonrisa al conocer el título y tus paseos hasta el 10 de Pont Louis Philippe.

A París, por ser inspiración. A Juan, por el amor.

Y, por supuesto, a todos los que venís a La Librería de Doña Leo, lectores y lectoras de todos los rincones de España, que sois alma y motor.

Gracias a Yolanda Gil, librera y amiga. Y para todos los que, como ella, ofrecen desde las librerías evasión, pensamiento y felicidad.

A MODO DE AGRADECIMIENTO Y DEDICATORIA

Abro la página de los agradecimientos porque en este tiempo de heridas, he recibido mucho cariño. Así que en esta última página quiero dar las gracias.

A Palmira Márquez, Dos Passos, que es apoyo, brindis y amistad. A Leo, Fátima, Raquel, planetarios. Vamos de la mano en este maravilloso viaje.

A Paqui Cervera, Miriam Sáez, Chimo Masmano, Nuria Agustina, Marina Carrión, Pilar Zanón... La amistad durante tantos años reforzada hoy «en un frondoso valle de la anchurosa sierra». Y a todos los vecinos de Buñol, que hacen que me sienta orgulloso de estar, vivir y trabajar. A M. Ángeles, Isabel, Concha, Bego y Emilio, el club de cada mañana frente al café con leche.

A Utiel, siempre. Por ser raíz de la viña de mi vida.

Mamá, primas, sobrinas y familia.

A Mónica Antequera, experta en telas, sedas y emociones. Gracias por la pista. A Paulo, la palabra necesaria. A Isabel Arias, primera lectora, por conectar mi batería. A Camy, que ha hecho posible que pueda tener más tiempo para escribir esta novela. A Katherine y compañía, qué honor recibir tus mensajes. A María, mi parisina, mi embajadora en la ciudad más bonita del mundo. Tus consejos para construir historias —también esta—, tu sonrisa al conocer el título y tus paseos hasta el 10 de Pont Louis Philippe.